新世纪作家文丛 第一辑

漫天芦花

王跃文◎著

長江出版傳媒
长江文艺出版社

图书在版编目（CIP）数据

漫天芦花 / 王跃文著. -- 武汉 ：长江文艺出版社，2015.11(2023.3 重印)
（新世纪作家文丛）
ISBN 978-7-5354-8387-4

Ⅰ. ①漫… Ⅱ. ①王… Ⅲ. ①中篇小说－小说集－中国－当代②短篇小说－小说集－中国－当代 Ⅳ. ①I247.7

中国版本图书馆 CIP 数据核字(2015)第 223267 号

策　　划：刘学明　尹志勇
责任编辑：杜东辉　　责任校对：毛季慧
封面设计：天行云翼　　责任印制：邱　莉　王光兴

出版：长江出版传媒　长江文艺出版社
地址：武汉市雄楚大街 268 号　　邮编：430070
发行：长江文艺出版社
电话：027—87679360
http://www.cjlap.com
印刷：三河市百盛印装有限公司

开本：700 毫米×970 毫米　1/16　　印张：21
版次：2015 年 11 月第 1 版　　2023 年 3 月第 2 次印刷
字数：285 千字

定价：68.00 元

版权所有，盗版必究（举报电话：027—87679308　87679310）
（图书出现印装问题，本社负责调换）

《新世纪作家文丛》编委会

顾　问：李敬泽（中国作协副主席）

阎晶明（中国作协书记处书记）

雷达（中国小说学会会长）

吴义勤（中国现代文学馆馆长）

贺绍俊（沈阳师范大学中国文化与文学研究所副所长）

施战军（《人民文学》主编）

策　划：刘学明 尹志勇

主　编：白烨（中国当代文学研究会会长，社科院文学研究所研究员）

执行副主编：康志刚

“新世纪作家文丛”总序

白　烨

摆在读者诸君面前的，是长江文艺出版社接续着“跨世纪文丛”，新推出的“新世纪作家文丛”。

在20世纪的1992年至2002年间，长江文艺出版社聘请资深文学评论家陈骏涛，主编了“跨世纪文丛”，先后推出了7辑，出版了67种当代作家的作品精选集。因为编选精当、连续出书，也因为是一个在特殊时期的特殊文学行动，“跨世纪文丛”遂成为世纪之交当代文坛引人注目的重要事件。当时，主编陈骏涛在《“跨世纪文丛”缘起》中说道：“‘跨世纪文丛’正是在新旧世纪之交诞生的。她将融汇20世纪文学，特别是80年代以来中国文学变异的新成果，继往开来，为开创21世纪中国文学的新格局，贡献出自己一份绵薄之力，她将昭示着新世纪文学的曙光！”这在当时看来实属豪言壮语的话，实际上都由后来的文学事实基本印证了。“跨世纪文丛”出满67本，已是21世纪初的头两年。《中华读书报》曾经在一篇文章中这样写到：“在新世纪的钟声即将敲响的时候，它暂时为自己划上了一个圆满的句号。这套文丛创始于7年以前的1992年，其时正值纯文学图书处于低迷时期，为了给纯文学寻求市场、为纯文学的发展探路，陈骏涛与出版家联手创办了这套旨在扶持纯文学的丛书。丛书汇聚了国内众多名家和新秀的文学创作成果，王蒙、贾平凹、莫言、梁晓声、韩少功、刘震云、余华、方方、池莉、周梅森等59位作家均曾以自己的名篇新作先后加入了文丛。几年来，这套丛书坚持高品位、高档次，又充分考虑到读者的阅读需求和阅读期待，为纯文学图书闯出了一个品牌。”这样的一个说法，客观允当，符合实际。

也正是自1992年起，在邓小平南巡讲话精神的强劲指引下，国家与社会的改革开放，加大了力度，加快了步伐，社会生活真正开始以经济建设为中心，经济建设以市场秩序的确立为重心。社会生活的这种历史性演变，对于未曾接受过市场洗礼的当代文学来说，构成了极大的冲击与严峻的挑战。提高与普及的不同路向，严肃与通俗的不同取向，常常以二元对立的方式相互博弈。正是在这种日趋复杂的社会文化背景之下，以严肃文学的中青年作家为主要阵容，以他们的代表性作品为基本内容的“跨世纪文丛”，就显得极为特别，格外地引人关注。究其原因，这既在于“跨世纪文丛”不仅以高规格、大规模的系列作品选本，向人们展示了当代作家坚守严肃文学理想和坚持严肃文学写作的丰硕收获，还在于“跨世纪文丛”以走近读者、贴近市场的方式，给严肃文学注入了生气、增添了活力，使得正在方兴未艾的文学图书市场没有失去应有的平衡，也给坚守严肃文学和喜欢严肃文学的人们增强了一定的自信。

大约是在20世纪90年代中期，在“跨世纪文丛”出满5辑之际，我曾以《“跨世纪文丛”：九十年代一大文学奇观》为题，撰写了一篇书评文章。我在文章中指出：“跨世纪文丛”是张扬纯文学写作的引人举措，而且“有点也有面地反映了80年代以来文学发展演进的现状与走向。在纯文学日益被俗文化淹没的年代，这样一套高规格、大规模的文学选本不仅脱颖而出，而且坚持不懈地批量出书，确乎是90年代的一大文学景观”。我在文章的末尾还这样期望道：“热切地希望‘跨世纪文丛’坚持不懈地走下去，并把自己所营造的90年代的文学景观带入21世纪。”

好像是冥冥之中的一种缘分，我当年所抱以期望的事情，现在正好落在了我的身上。

因为种种原因，“跨世纪文丛”在文学进入新世纪之后，未能继续编辑和出版，因而渐渐地淡出了读者视野与图书市场。约在2014年岁末，在新世纪文学即将进入第十五个年头之际，长江文艺出版社决意重新启动这套大型文学丛书，并希望由我来接替因年龄和身体的原因很难承担繁重的主编事务的陈骏涛先生。无论是出于对于当代文学事业的热爱，还是出于对于长江文艺出版社的敬重，抑或是与亦师亦友的陈骏涛先生的情意，我都盛情难却，不能推辞。于是，只好挑起这付沉甸甸的重担，把陈骏涛先生和长江文艺出版社共同开创的这份重要的编辑事业继续下去。

2015年1月7日，在北京春节图书订货会期间，长江文艺出版社借着举办《中国年度文学作品精选丛书》出版20周年座谈会，正式宣布启动大型重点出版项目——“新世纪作家文丛”。由此开始，我也进入了该套文丛的选题策划和作者遴选的准备工作。当时的“新浪·文化”就此报道说：“面对新的文化格局、新的文学现象，出版人仍然应该‘有自己的事情要做’。‘跨世纪’有跨世纪的机缘，新世纪同样有着它的使命召唤。在一片喧扰之中，一大批严肃的理想主义文学者，仍然怀揣着圣洁的执著，身负着难以想象的重压蹒跚而行，出版人当然没有理由旁而观之。这正是《新世纪作家文丛》的缘起。”

经与长江文艺出版社的社长刘学明、总编尹志勇、项目负责人康志刚几位多次沟通和商议，我们大致达成了以下一些基本共识：一、新的丛书系列以“新世纪作家文丛”命名，即以此表示所选对象——作家作品的时代属性，又以此显现新的丛书与“跨世纪文丛”的内在勾连与历史渊源；二、计划在5年时间左右，推出50—60位当代实力派作家的作品精选集，每辑以8—10位作家的作品集为宜；在编选方式上，参照“跨世纪文丛”的原有体例，作品主要遴选代表作，并在作品之外酌收评论文章、创作要目等，以增强作品集的学术含量，以给读者、研究者提供读解作家作品的更多资讯。

事实上，文学在进入新世纪之后，在社会与文化的诸种因素与元素的合力推导之下，越来越表现出一种史无前例的分化与泛化，创作形态也呈现出前所少有的多元与多样。文学与文坛，较前明显地发生了结构性的巨大变异，我曾在多篇文章中把这种新的文学结构称之为“三分天下”，即以文学期刊为阵地的传统型文学（严肃文学）；以市场运作为手段的大众化文学（通俗文学）；以网络科技为平台的新媒体文学（网络文学）。在这样一个有如经济新常态的文学新生态中，严肃文学的生存与发展，传统文学的坚守与拓进，就显得十分重要并具有非同寻常的意义。因为这一文学板块的运作情形，不只表明了严肃文学的存活状况，而且标志着严肃文学应有的艺术高度，这也在一定程度上影响和引领着整体文学的基本走向。而就在与各种通俗性的、类型化的不同观念与取向的同场竞技中，严肃文学不断突破重围，一直与时俱进；一些作家进而脱颖而出，一些作品更加彰显出来，而且同90年代时期相比，在民族性与世界性、本土性与现代性等方面，都更具新世纪的时代特点和新时代的审美风貌。即以最为显见的重要文学奖项来说，莫言获取2012年度诺贝尔文学奖的殊荣自不待说；近几届的茅盾文学奖、鲁迅文学奖，不少出自“60后”和“70后”的作家频频获奖、不断问鼎，获奖作者的年轻化使得文学奖项更显青春，文学新人们也由此显示出他们蓬勃的创造力与强劲的竞争力。这一切，都给我们的“新世纪作家文丛”的持续运作，提供了丰富不竭的资讯参照，搭建了活跃不羁的文学舞台。

我们期望，藉由这套“新世纪作家文丛”，经由众多实力派作家姹紫嫣红的创作成果，能对新世纪文学做一个以点带面的巡礼，也经由这样的多方协力的精心淘选，对新世纪文学以来的作家作品给以一定程度的“经典化”，并让这些有蕴含、有品质的作家作品，走向更多的读者，进入文学的生活，由此也对当代文学事业的繁荣与发展，乃至对社会主义精神文明建设，奉上我们的一份心力，作出自己的一份贡献。

我们将为此而不懈努力，也为此而热切期盼！

2015年8月8日于北京朝内

新世纪
作家文丛

目　录

漫天芦花

苏家世代书香，家风清白。相传祖上还中过状元。到了苏几何手上，虽不及显祖那么尊荣，但在这白河县城，仍然是有脸面的人家。早在三十多年前，苏几何就是县里的王牌教师。他是解放前的大学生，底子厚实，中学课程除了体育，门门可以拿下来。不擅教体育不为别的，只因他个头儿瘦小，一脸斯文。那个时候还兴任人唯贤，他当然成了一中校长。

读书人都说，几何几何，想烂脑壳。苏校长最拿手的偏是教几何。他的外号苏几何就是这么来的。久而久之，很多人反而淡忘了他的大名。他其实有一个很儒雅的名字，叫禹夫。有人说现在的人名和字都不分了，这禹夫还只是他的名。但他的字在“破四旧”的时候被破掉了，他自己不再提及，别人也无从知晓。这么说来，几何其实只能算是他的号了。几何二字的确也别有一番意趣，苏校长也极乐意别人这么叫他。不过真的直呼苏几何的也只是极随便的几个人，一般人都很尊敬地叫他苏校长。只是“文化大革命”中，他为几何二字也吃了一些苦头，学生们给他罗列了十大罪状，有一条就是他起名叫苏几何。十几岁的中学生只知道哪位古人说过一句“对酒当歌，人生几何”的话，几何二字自然不健康了。学生们并不知道这是别人给他起的外号。

关于苏几何，有一个故事传得很神。一中那栋最气派的教学楼育才楼是当年苏几何设计的。说是他将整栋房子所需砖头都作了精确计算，然后按总数加了三块。教学楼修好之后，刚好剩下两块半砖。还差半块砖大家找了好久，最后发现在苏校长的书架上，原来苏校长拿回去留着纪念去了。这个故事夸张得有些荒诞，但人们宁愿当做真的来流传。乡村教师向学生教授几何课时，总爱讲这个故事，说明学几何多么重要！

苏校长再一次名声大震是八十年代初。一中高考取录年年在全地区排队第一，被省里定为重点中学。他自己大女儿静秋考入复旦大学，二儿子明秋上了清华大学，老三白秋正读高三，也是班上的尖子。就凭他教出这三个孩子，谁也不敢忽视他在教育界的地位。老三白秋那年初中毕业，以全县最高分考上了中专，别人羡慕得要死，他家白秋却不愿去。苏校长依了儿子，说，不去就不去。你姐在复旦，你哥在清华，你就上北大算了。这本是句家常话，传到外面，却引出别人家许多感慨来。你看你看，人家儿女争气，大人说话都硬棒些。你听苏校长那口气，就像自己是国家教委主任，儿女要上什么大学就上什么大学，自己安排好了。县城寻常人家教育孩子通常会讲到苏家三兄妹。说那女儿静秋，人长得漂漂亮亮，学的是记者，出来是分新华社，说不定还会常驻国外。明秋学的，凡是带电字的都会弄，什么电冰箱、电视机不在话下。肯定要留北京的。老三白秋只怕要超过两个老大，门门功课都好，人又标致，高高大大，要成大人物的。财政局长朱开福的满儿子朱又文和白秋同班，成绩是最差的。朱局长在家调侃道，看来苏校长三个孩子都是白养了，到头来都要远走高飞，一个也不在大人身边。还是我的儿女孝顺，全都留下来为我俩老养老送终。朱又文听父亲这么不阴不阳地讲一通，一脸绯红。

苏几何也觉得奇怪，自己儿女怎么这么听话。他其实很少管教他们。一校之长，没有这么多时间管自己的小孩。现在大学里都喊什么六十分万岁，自己两个孩子上大学仍很勤奋，还常写信同父亲讨论一些问题。看着儿女们一天天懂事了，他很欣慰。他把给儿女们回信看做一件极重要的事，蝇头小楷写得一丝不苟。他知道自己这一辈就到这个分儿上了，孩子们日后说不定会成大器。多年以后，自己同孩子们的通信成了什么有名的家书出版也不一定。所以他回信时用词遣句极讲究，封封堪称美文。又因自己是长辈，写信免不了有所教导。可有些人生道理，当面说说还可以，若落作白纸黑字，就成了庸俗的处世哲学，那是不能面世的。这就得很好地斟词酌句。给孩子们的信，他总得修改几次，再认真抄正。发出之前还要让老婆看一遍。老婆笑他当年写情书都没这么认真过。苏校长很感慨的样子，说，我们是在为国家培养人才，不是培养自己的孝子，小视不得啊！

白秋读书的事不用大人费心，他妈担心的是他太喜欢交朋友。苏校长却不以为然。他说白秋到时候只怕比他姐姐、哥哥还要有出息些。交朋友怕什么？这还可以培养他的社会活动能力。只要看着他不乱交朋友就行了。

白秋是高三的孩子王，所有男生都服他，女生也有些说不明白的味道。篮球场上，只要有白秋出现，观战的女生自然会多起来，球赛也会精彩许多。

白秋最要好的同学是王了一，一个很聪明又很弱质的男生。长得有些女孩气，嘴皮子又薄又红。他父亲王亦哲，在县文化馆工作，写得一手好字，画也过得去，王亦哲这名字一听就知道是他自己读了几句书以后再改了的。他给儿女起名也都文绉绉的，儿子了一，女儿白一。

有回白秋妈妈说，了一这孩子可惜是个男身，若是女孩，还真像王丹凤哩。王了一马上脸飞红云，更加王丹凤了。白秋乐得击掌而笑。妈妈又说，老苏，有人说我们白秋像赵丹哩。白秋马上老成起来，说，为什么我要像别人？别人就不可以像我？苏校长刚才本不在乎老婆的话，可听白秋这么一讲，立即取下老花镜，放下书本，很认真地说，白秋这就叫大丈夫气概。

高三学生都得在学校寄宿，星期六才准回家住一晚，星期天晚上就要赶回学校自习。王了一家住县城东北角上，离学校约三华里。这个星期天，他在家吃了晚饭，洗了澡，将米黄色的确良衬衫扎进裤腰，感觉自己很英气。妈妈催了他好几次，说天快黑了，赶快上学校去。他说不急，骑单车一下就到了。他还想陪妹妹白一说一会儿话。他把教师刚教的那首叫《年轻的朋友来相会》的歌教给妹妹。妹妹在家是最叫人疼的，因为妹妹是什么也看不见的瞎子。妹妹十三岁了，活泼而聪明，最喜欢唱歌。一首歌她只要听一两次就会唱。爸爸专门为妹妹买了架风琴，她总爱弹啊唱的，白一的琴声让全家人高兴，而疼爱白一似乎又成了全家人的感情需求。有回，白一正弹着一首欢快的曲子，父亲心中忽生悲音，感觉忧伤顺着他的背脊蛇一样地往上爬。白一静了下来，低头不语。王亦哲立即朗声喊道，白儿，你怎么不弹了？爸爸正听得入迷哩！白一又顺从地弹了起来。事后王亦哲同老婆讲，怪不怪？白一这孩子像是什么都看见了，我明明什么都没说呀？老婆却说，只有你老是神经兮兮的。我们就这么一个女儿，还怕她不快活？了一这孩子也懂事，知道疼妹妹。以后条件好了，治一治她的眼睛，说不定又治好了呢？王亦哲说，那当然巴不得。只是知道有那一天吗？唉！我一想到女儿这么漂亮可爱，这么聪明活泼，偏偏命不好，是个瞎子，我心里就痛。老婆来气了，说，别老说这些！你一个男子汉，老要我来安慰你？我们女儿不是很好吗？

白一歌声甜甜的，和着黄昏茉莉花香洋溢着。了一用手指弹了一下妹妹的额头，说，很好，我上学去了。白一被弹得生痛，噘起了小嘴巴，样子很逗人。

了一推了单车，刚准备出门，却下起了大雨。妈妈说干脆等雨停了再走吧。了一说，不行，晚自习迟到老师要骂人的。白一幸灾乐祸，说，我讲等会儿有雨你不信！

了一穿了雨衣出门。骑出去不远，雨又停了。夏天的雨就是这样。他本想取下雨衣，又怕耽误时间，心想马上就到学校了，算了吧。

天色暗了下来，街上的人影有些模糊起来了。

快到校门口了，迎面来了几个年轻人，一看就知是街上的烂仔。他们并排走着，没有让路的意思。了一只得往一边绕行。可烂仔们又故意往了一这边拥来。

好妹妹，朝我撞呀！

妹妹，不要撞坏我的家伙呀！我受不了的啦！原来，了一穿了雨衣，只露着脸蛋子，被烂仔认作女孩了。了一很生气，嚷道，干什么嘛！可这声音是脆脆的童声，听上去更加女孩气了。单车快撞人了，了一只得跳下车来。烂仔蜂拥而上，撩开他的雨衣，在他身上乱摸起来。

他妈的，是个大种鸡，奶包子都没胀起来！

有个烂仔又伸手往他下面摸去。他妈的，空摸一场，也是个长鸟鸡巴的！这烂仔说着，就用力捏了一下他下面。

了一眼冒金花，尖声骂道，我日你妈！

骂声刚出口，了一感到胸口被人猛擂一拳，连人带车倒下去。可他马上又被人提了起来，掀下雨衣。一个精瘦的烂仔逼近了一，瞪着眼睛说，看清了我是谁！爷爷是可以随便骂的？说完一挥手，烂仔们又围了上来，打得他无法还手。

白秋和同学们闻讯赶来了，了一还躺在地上起不来。见了同学们，了一忍不住哭了。白秋叫人推着单车，自己扶着了一往学校走。哭什么？真像个女人！白秋叫了一声，了一强忍住了。

很快苏校长叫来了派出所马所长他们。了一被叫到校长办公室问情况。也许是职业习惯，马所长问话的样子像是审犯人，了一紧张得要死。本来全身是伤，这会儿更加头痛难支。苏校长很不满意马所长问话的方式，又不便指出来。他见了一那样子可怜巴巴的，就不断地转述马所长的问话，想尽量把语气弄得温和一点。马所长就不耐烦了，说，苏校长，调查案情是严肃认真的事情，你这么一插话，今天搞个通宵都搞不完。苏校长只好不说话了。了一大汗淋漓，眼睛都睁不开了。

问过话之后，让了一签了名，按了手模印。今天就这样吧。马所长他们夹着包就要走了。

苏校长忙问，这事到底怎么处理？

马所长面无表情，说，不要急，办案有个过程。现在只知道一些线索，作案者是谁都还不知道，到时候我们会通知你们的。

之后一连几天都没有消息。苏校长打电话问过几次，派出所的总答复不要急，正在调查。

了一负着伤，学校准许他晚上回家休息。临近高考，功课紧张，他不敢缺晚自习。白秋就每天晚自习后送他回家。了一爸爸很过意不去，白秋说没事的，反正天太热了，睡得也晚。

妹妹白一差不多每天晚上都在门口迎着了一和白秋。了一两人进屋后，白一就朝白秋笑笑，意思是谢谢了。白秋喜欢白一那文静的样子。白秋无意间发现，他不论站在哪里，坐在哪里，不用做声，白一都能准确地将脸朝着他。这让他感到惊奇。他知道这双美丽的眼睛原本是什么都看不见的。当白一静静地向着他时，他会突然感到手足无措。

一个多星期过去了，派出所那边还是没有任何消息。苏校长打电话问过好几次，接电话的都说马所长不在，他们不清楚。王亦哲也天天往派出所跑。终于有一天，马所长打电话告诉苏校长，说为首的就是三猴子，但找不到人。

一说到三猴子，县城人都知道。这人是一帮烂仔的头子，恶名很大，别人都怕他三分。但他大案不犯，小案不断，姐夫又在地公安处，县公安局也不便把他怎么样。有时他闹得太不像话了，抓进去关几天又只得放了人。

案子总是得不到处理，白秋心里很不平。了一无缘无故挨了打，父亲将派出所的门槛都踏平了，还是没有结果。凭父亲的声望，平日在县里说话也是有分量的。可这回明明是个赢理，到头来竟成到处求人的事了。同学们都很义愤，朱又文同白秋商量，说，干脆我们自己找到三猴子，揍他一顿怎么样？我认得三猴子。白秋听了，一拍桌子，说，揍！

这天晚自习，朱又文开小差到街上闲逛，发现三猴子在南极冰屋喝冷饮。他马上回来告诉白秋，白秋便写了一张纸条：愿参加袭击三猴子行动的男生，晚自习后到校门口集合。这张纸条就在男生中间递来递去。

晚自习一散，白秋让了一自己回去，他带了全班男生一路小跑，直奔南极冰屋。同学们一个个都很激昂，像是要去完成什么英雄壮举。白秋在路上说，我们也以牙还牙，将他全身打伤，也将他的鸟鸡巴捏肿了。朱又文是个打架有瘾的人，显得很兴奋。

南极冰屋人声如潮。朱又文轻声指点：就是背朝这边，没穿上衣那个。同桌那个女的叫秀儿，是三猴子的女朋友。那男的叫红眼珠，同三猴子形影不离。

白秋早听人说过，秀儿是县城两朵半花中的一朵。还有一朵是老县长的媳妇，那半朵是县广播站的播音员。这秀儿原是县文工团演员，现在文工团散了，她被安排到百货公司，却不正经上班，只成天同三猴子混在一起。

可能是谁讲了一个下流笑话，三猴子他们大笑起来。秀儿拍了红眼珠一板，歪在三猴子身上，笑得浑身发颤。

白秋让同学们在外等着，自己进去，到三猴子眼前说，外面有人找你，三猴子见是生人，立即不耐烦了。妈的，谁找？并不想起身。白秋说，是两个女的。秀儿马上追问，哪来的女的？三猴子横了秀儿一眼，起身往外走。

白秋一扬手，躲在门两边的同学们一哄而上，秀儿尖叫起来。红眼珠操起啤酒瓶往外冲，嚷着，你们狗日的吃了豹子胆！三猴子一会儿冒出头，一会儿又被压了下去，红眼珠举着酒瓶不好下手。红眼珠迟疑片刻，也早被撂倒了。厮打了一阵，白秋高声叫着，算了算了。大家停了手，朱又文觉得不过瘾，转身又朝三猴子下身狠狠踢了几脚，三猴子和红眼珠像堆烂泥，连叫唤的力气都没有了。

大家快速散离。秀儿冲着他们哭喊，你们打死人了，你们不要跑！你们要填命！秀儿嗓门儿极好，到底是唱戏的底子。

行至半路，苏校长迎面来了。他一定是听到什么消息了。白秋站住了，刚才的英雄气概顷刻间化作一身冷汗。同学们一个个只往别人身后躲。

苏白秋，过来！苏校长厉声喊道。

白秋一步一挪走到父亲跟前。父亲一掌掀过来，白秋踉跄几步，倒在地上。谁也不敢上前劝解。苏校长气呼呼地瞪了一会儿，怒喝道，都给我回去！

一路上苏校长一言不发。同学们个个勾着头，一到学校，都飞快往宿舍跑。

白秋比父亲先一步到家。妈妈见面就说，你怎么这么不听话了？看你爸爸怎么松你的骨头！

白秋不敢去睡，也不敢坐下，只站在门口等死。苏校长进门来，阴着脸，谁也不理，径直往卧室去了。白秋妈跟了进去，很快又出来，喊白秋，还不去睡觉？

不到二十分钟，听到有人在急急地敲门。白秋妈忙开了门，见是传达室的钟师傅。

快叫苏校长，快叫苏校长。钟师傅十万火急的样子。

苏校长早出来了，一边穿衣服，一边问什么事？

钟师傅气喘喘地说，来了一伙烂仔，说要把学校炸平了。我不敢开门。

苏校长吓了一跳，心想刚才白秋他们一定闯出大祸了。他一时慌了神，不知怎么办才好。当了几十年校长，从未碰上过这种事。

老婆也急了。怎么办？门是万万开不得的，同那些人没有道理可讲。

这话提醒了苏校长，他忙交待钟师傅，你快去传达室观察情况，叫几个年轻教师帮你。我去给派出所打电话。

苏校长急忙跑去办公室。摇把电话摇了半天才接上，派出所的没听完情况，就来火了。你们学校要好好教育一下学生！

苏校长也火了，说，你这是什么态度？情况没弄清就……

没等苏校长说完，那边放了电话。苏校长对着嗡嗡作响的电话筒叫了几声，才无可奈何地放下电话。这就是人民警察？

这时，门外传来烂仔吆喝声。苏几何，你出来！苏几何你出来！大门被烂仔们擂得山响。

苏校长气极了。平日县里大小头儿都尊敬地叫他苏校长，只有个别私交颇深的人才叫他几何。他仗着一股气，直冲传达室。几个年轻教师摩拳擦掌，说，只要他们敢跨进学校一步，叫他们竖着进来，横着出去！

苏校长喊道，没教养的东西！你们的大人都还是我的学生哩！轮到你们对我大喊大叫的？钟师傅，你把门打开，看他们敢把我怎么样！

苏校长见钟师傅不动，自己跑上去就要扛门闩，严阵以待的教师们忙上前拦着说，苏校长开不得，苏校长开不得！

这时，门外响起了警车声。听得外面乱了一阵，很快平息下来。

钟师傅开了门，马所长进来说，苏校长，你们要好好教育一下学生。今天晚了，我们明天再来。

第二天，马所长黑着脸来到学校，把案情说了一遍。苏校长十分气恼。了一被打的事还没处理，白秋又惹出这么大的祸。马所长说，这是一起恶性案件，不处理几个人是过不了关的。

马所长也没讲怎么办，仍黑着脸走了，苏校长没想到自己儿子竟然变得这么不听话了。他们兄妹三人本是最让人羡慕的，却出了这么一个不争气的弟弟。他感到很没有面子，便同老婆商量，说，白秋你不让他受受教育，今后不得了的。送他到派出所去，关他几天！

老婆不依，说，派出所是个好进的地方？进去之后再出来，就不是好人了！

苏校长就是固执，非送儿子上派出所不可。老婆死活不让，说，白秋也只是参加了这事，要说起来，最先提起要打三猴子的，是朱又文。为什么你硬要送自己儿子去？苏校长发火了，说，我是校长，自己儿子都管不住，怎么去教育别人的儿子？别人家孩子在学校没学好，都是我校长的责任！

他不顾老婆苦苦哀求，亲自送白秋去了派出所。马所长这一次倒是很客气，热情接待了苏校长，说，要是所有家长都像你苏校长这样配合我们工作，严格要求自己孩子，社会治安就好了。苏校长苦笑道，自己孩子做了错事，就要让他受受教育，这是为他好啊！

两人说好，将白秋拘留一个星期。

苏校长一个人从派出所出来，总觉得所有的人都望着他，脸上辣辣的。城里没有几个人不认识他的。一路上便都是熟人。似乎所有熟人的脸色都很神秘。他便私下安慰自己：我从严要求孩子，问心无愧。所有家长都该这样啊！想起马所长今天的热情，他便原谅了这人平日的无礼。

老两口在家火急火燎地熬过了一个星期，苏校长去收容所接儿子。不料收容所的人说，人暂时不能放。苏校长一听蒙了，忙跑到派出所问马所长。马所长说，情况不妙啊！三猴子和红眼珠的伤都很重。特别是三猴子，人都被废了。医生说他不会有生育能力了。

苏校长嘴巴张得天大。这么严重？这么严重？

苏校长只得回去了。老婆哭着问他要人。这个时候，他才意识到自己送白秋进去也许是个错误。

临近高考了，苏校长四处活动，都未能将儿子领出来。老两口没办法想了，去找了朱又文的父亲朱开福。心想凭朱局长的面子，说话还是有人听的。苏校长转弯抹角把事情原委说了一通，暗示白秋实际上是为他们家孩子朱又文背了过。

朱开福却说，我这儿子学习成绩的确不好，这我知道。但他听话倒是听话，从不惹人撩人。

苏校长见朱开福有意装糊涂，只好直说了，要请他帮忙，将白秋弄出来。朱开福满口答应，说，这事好说，我同公安局说声就是了。小孩子嘛，谁没个打打闹闹的？

可是左等右等，白秋还是没有出来，这是苏校长平生感觉最闷热的一个夏月。

这天，他又去收容所看望儿子。白秋痛哭着，求父亲领他出去参加高考，说今后一定听爸爸妈妈的话，一定考上北京大学。苏校长老泪纵横。他这辈子除了老父老母过世时哭过，记不得什么时候这么哭过了。

白秋到底还是被判三年劳教。

苏校长平生第一次感到了极大的惶惑。“文化大革命”中，他受到那么大的打击，也没有这么痛苦和迷惘过。那时他真的以为自己是从旧社会过来的知识分子，身上的罪孽是先天的，必须好好改造。当时天下通行的逻辑就是如此。现在是清平世界了，怎么叫他更加不明白了呢？

这事成了白河县城最大的热门话题。都说太可惜了，太可惜了。谁想得到呢？他哥哥姐姐那么有出息，他一个人到笼子里去了。真是一娘生九子，连娘十条心！

三年之后，白秋回到白河县城。他发现县城只是多了几栋高房子，没有其他变化。他的那些同学，考上大学的还没有毕业，没考上的多半参加工作了。了一还在上海交大上大四。朱又文已在银行上班。

白秋成天在家没事干。爸爸妈妈都已退休，成天也在家里。姐姐和哥哥都留在了北京。白秋一直记恨爸爸，不太同爸爸说话。妈妈总望着他们父子的脸色，只巴望他们脸上能有一丝笑容。但父子俩总是阴着脸，老太太终日只能叹息。

白秋天天在床上躺着，脑子里乱七八糟。他根本无法理清自己的思绪。劳教农场那漫无边际的芦苇总是在他的脑子里海一般汹涌。在刚去的头几个月，他几乎没有一天不在设法逃跑。初冬的一个晴天，芦苇在风中摇曳。白秋同大家在油菜地里除草。这里的油菜地也一望无涯，几百号人在这里排开极不显眼。快到中午，白秋偷偷钻进了芦苇里。他先是慢慢前行，估计外面听不见声音了，他就拼命跑了起来。他知道，只要一直往南跑，跑出这片芦苇地，再渡过那片湖水，就可以回家了。他飞跑着，什么也不顾，听凭芦苇叶刮得脸和手脚生生作痛。不知跑了多久，也不知跑了多远，他跑不动了，倒了下来。他闭着眼睛，脑子里满是妈妈的影子。他曾无数次梦见妈妈哭泣的样子。他想自己只要能出去，一定百倍地孝敬妈妈。他又想起了白一，那个清纯可爱的小妹妹。

躺了好久，他睁开了眼睛。正刮着北风，芦花被轻轻扬起，飘飘荡荡，似乎同白云一道在飞翔。芦花和白云所指的方向就是家乡。

白一妹妹的眼睛那么清亮，那么爱人，可就是什么也看不见。

太阳快掉下去了，他还没有跑出这片芦苇。他估计不出还要跑多远才到湖边。要是在夏天，他现在奔跑的这一片都是白水淼淼，芦苇便在水里荡漾。想着要在芦苇地里过一夜，他并不觉得恐惧，反而还有一种快意。

天黑下来了，他到了湖边。四周黑咕隆咚，天上连一颗星星都没有。他不知应往哪边走。东南方的天际闪着微弱的光亮，他想渡口也许就在那里。他便望着那一线光亮奔跑。

天将拂晓，他终于摸到了渡口边。望见汽车轮渡那灰暗的灯光，他心跳加剧了，说不清是激动还是害怕。他爬上轮渡，找了一个背亮的地方躲了起来。听不见一丝动静，只有湖水轻轻拍打着船底，开轮渡的工人都在睡觉。他多希望马上开船！但天色未明，没有过渡的汽车。

天亮了，终于听见了汽车声。他抬眼一望，吓出了冷汗。来的正是劳教农场的警车。

他被抓了回去，挨了一顿死揍。后来他又好几次逃跑，都没有成功。

说来也怪，在漫长的三年里，他时时想起的竟是白一。起初他也想过日后怎么样去孝敬妈妈，但日子久了，妈妈在他的脑子里越来越淡薄了。他不愿意去想父亲，纵然想起父亲，心里也充满了敌意。他总以为自己的灾难来自于父亲的天真。

白秋谁也不理，一个人出了门。妈妈望着他的背影抹眼泪。

他双手插进裤兜里，横着眼睛在街上行走，见了谁都仇人似的。走着走着，就到白一家附近了。他也不知道自己是怎么走到这里来的。迟疑片刻，他便去了白一家门口。门关着，不知屋里是不是有人。他敲了几声门，听得有人在里面答应，好像是白一的声音。

是白一吗？

不见回音。可过了一会儿，门开了。一位漂亮的女孩倚门而立。白秋吃了一惊。眼前的白一不再是小妹妹了，而是位风姿绰约的美人了。

是白秋哥吗？

白秋更是惊奇了。白一你怎么知道是我？

听爸爸说你回来了。我就想你一定会来我家玩的。怎么今天才来呢？快进来吧。

白秋进屋坐下，说，我回来之后，什么地方都没有去过，今天是第一次出门。白一你好吗？

我很好。你吃苦了，都是为了我哥哥。我哥哥回家总说起你哩。

白秋说，这都是我自己的命不好。不说这个吧。

两人就说着一些无关紧要的话。白一的大眼睛向着白秋一闪一闪的。因为这双眼睛什么也看不见，白秋便大胆地迎着它们。白秋不明白自己这几年怎么总是想念这位小妹妹，想着这双美丽而毫无意义的大眼睛。白一高兴地说着话儿，有时候脸上会突然飞起红云。白秋便莫名其妙地心乱。

很快就到中午了，白一爸爸下班回来了。白秋马上站了起来，叫王叔叔好。王亦哲愣了一下，才认出白秋。啊呀啊呀，是白秋呀！快坐快坐。知道你回来了，也没来看你。这几天有点忙。

哪里呢？白秋说着，就望了一眼白一。只见白一脸上不好，低下了头。她是怪爸爸没有去看白秋。白秋隐约感觉出了一点，只是放在心里。

一会儿，白一妈妈也回来了。见了白秋，忍不住抹了一阵眼泪。

一家人留白秋吃晚饭，白秋推辞了。

白秋勾着头，独自走在街上，心里的滋味说不清楚。突然有人在他肩上重重拍了一板。白秋本能地回过头，气汹汹地瞪着眼睛。却见是老虎。老虎是他在劳教农场的兄弟，一年前放出来的。

白秀才，回来了怎么不来找我？我俩可是早就约好了，出来之后有福同享，有难同当啊。白秀才是白秋在劳教农场的外号。

天天在家睡觉，还没睡醒哩。白秋说。

闲扯了一会儿，老虎要请白秋下馆子。两人找了一家馆子坐下，老虎请白秋点菜。随便点吧，兄弟我不算发财，请你吃顿饭的钱还是有的。

喝了几杯酒，话也多了。老虎说到出来一年多的经历，酸甜苦辣都有。他说他指望白秋早点出来，大家在一块捞碗饭吃。我们自己不相互照顾，还有谁管我们？我们这种人谁瞧得起？

在里面的时候，老虎最服的就是白秋。白秋人聪明，又最不怕事。刚去的时候，里面的霸头欺负他，但他就是不低头。霸头叫元帅，元帅下面是几个将军，将军下面的叫打手，最下面的就是喽啰了。元帅是个大胖子，是里面的皇帝。喽啰们得把好吃的菜孝敬给他，还得为他洗衣服，捶背搔痒。睡觉也有讲究，冬天元帅睡最里面的角落，依次是将军、打手和喽啰，最倒霉的喽啰就睡马桶边上。到了夏天，元帅就睡中间电扇下面，将军和打手围在外面，喽啰们一律挨墙睡，同元帅、将军和打手们分开，免得热着他们。白秋刚去，当然要睡在马桶边。白秋心想，这里本来就拥挤，人家先来先占，轮到他只好睡马桶边，也没什么说的。可元帅有意整他，一定要他头朝马桶睡。他不干，元帅一挥手，几个打手围了上来，将他一顿死揍。那天深夜，他偷偷爬起来，狠狠地揍了元帅，元帅的脸被打肿了。这还了得，白秋被打手们打昏死过去，还给他灌了尿喝。过后白秋平静了几天。元帅以为他服了，一会儿对他冷笑，一会儿又恶狠狠地瞪他。其实他只是恢复了几天。等他身体稍稍好些了，又找机会打了元帅。当时老虎是头号将军，兄弟们叫他五星上将。里面就只有他和白秋是同县的老乡，他有心要帮白秋，但又怕元帅手下的人太多了。后来他发现白秋真的是条好汉，就暗中联络几个贴心的兄弟，帮助白秋，把元帅死死打了一顿。元帅只得服输。老虎就做了元帅，白秋一下子从喽啰坐到了将军的位置。老虎出来后，白秋又做了元帅。

馆子里的客人走得差不多了，他两人还在喝酒。眼看菜凉了，老虎说加个菜。来个一蛇四吃怎么样？白秋本是不吃蛇的，这会儿酒壮人胆，又不想显得那么怯弱，就说好吧。又问怎么个吃法？老虎说，就是清炖蛇肉，凉拌蛇皮，蛇血和蛇胆拿酒泡了生吃。老虎说着就叫来老板，问，你们这里最拿手的一蛇四吃还有吗？

老板弓腰搓手道，蛇是有，只是这会儿师傅不在，没有人敢杀蛇。

蛇在当地人眼中向来是恐惧而神秘的，老辈人都忌讳说起它，一般只叫它冷物或长物。见了蛇一定要将它打死，说是见蛇不打三分罪。吃蛇只是近几年的事，也不是所有的人都敢吃。原先要是谁打死了一条蛇，就找个僻静地方将它埋了。胆子大的人就将蛇煮了喂猪。蛇万万不可放在家里煮，说是瓦檐上的楼墨要是掉进锅里，那蛇肉就成了剧毒，人只要沾一点就会七窍流血而死。白秋记得他小时候，城里同现在的乡下也差不多，很多人家都喂了猪。有回剃头匠李师傅打了一条蛇，就在城外的土坎上掏了一个灶，架起锅子煮蛇。白秋和一帮小家伙远远地围着看热闹，不停地吐着口水。事后小家伙都不敢让李师傅剃头发，总觉得他那双碰过蛇的手冰凉而恶心。那时候城里的小孩也同乡下小孩一样，吃饭时端了碗出来同人家换菜吃。可李师傅儿子碗里的肉谁都不敢同他换，都说他家的猪是吃了蛇肉的。

白秋听说杀蛇的师傅不在，就问老虎，你敢吗？老虎忙摇了摇头。白秋笑了笑，说，我来。

店老板对白秋马上敬畏起来，带他去了厨房后面。老虎也蹑手蹑脚跟了去。老板递给白秋一个长把铁夹子，指指墙角边的一个大铁笼，说，那里。

白秋就见好几条大蛇蜷伏在笼子里，只把头昂着，信子飞快地闪动，成了一条可怕的红叉叉。都说七蜂八蛇，毒性最大，现在正是阴历八月，白秋揭开笼盖，只觉大腿内侧麻酥酥的。他记起了打蛇打七寸的老话，便故作镇定，对准一条大蛇的七寸叉去，然后用力一夹，扯了出来。蛇便顺着铁夹缠了起来，蛇尾扫了一下白秋的手背，一阵死冷死冷的感觉顺着手臂直蹿背脊。这时白秋才想起不知怎么杀死这条蛇。他只知道蛇皮是要剥的，就问，是剥活的还是怎么的？

老板对白秋更是肃然起敬了，说，你老兄还真有本事，还敢剥活蛇？英雄英雄！不过一蛇四吃是要蛇血的，还是杀了再剥吧。老板说着就拿了刀和碗来。

白秋却不在厨房里杀蛇，举着蛇到了店子外面。老板和老虎跟了出来。白秋操了刀，心想这同杀鸡不是一回事？就割开了蛇脖子。蛇血喷射而出，溅在手上冰凉冰凉。白秋全身发麻，真想马上丢掉手中这长物。他怕自己胆怯，反而将蛇抓紧了。蛇在挣扎，将白秋的手臂死死缠了起来，这时围拢了许多人，一片啧啧声。

血流得差不多了，蛇便从白秋手臂上滑了下来，白秋这会儿不紧张了。却又想，怎么剥这蛇皮呢？他记得自己小时候剥过一只兔子。他便将蛇钉在一棵梧桐树上，小心地将蛇脖子处割开一圈，按照他剥兔子的经验，小心地将蛇皮往下拉。蛇肉就一截一截露了出来，先是白的，立即就渗出了血色。

皮剥完了，白秋接过老板递过的小刮刀开膛。他先摘下蛇胆，脖子一仰生吞了下去。围观的人轰的一声，退了一步。有的人不停地吐口水。白秋越发得意，收拾内脏的动作更加麻利。

弄完了，老板拿盘子端走了蛇肉。围观的人才摇头晃脑，啧啧而去。

老板越发殷勤了，亲自倒了水来让白秋洗手，还高声大气招呼服务员快拿肥皂来。

蛇肉很快弄好了，端了上来。老板笑道，蛇胆这位兄弟先吃了，就只是一蛇三吃了。白秋和老虎一齐笑了起来。两人重新添酒，对饮起来。

老板忙了一阵，出来同两人搭话，说，老虎兄弟是常客，这位兄弟有点面生。我还没请教尊姓大名哩。

小弟姓苏，苏白秋。

老板忙说，苏白秋，这名字好听。也是城里人吗？怎么不曾见过？

老虎说话了。我这兄弟受了点委屈，同我一样，也在里面待了几年，才出来的。他是绝顶聪明的人，一肚子书。不是他仗义替朋友出气，早上名牌大学了。

老板一下拘谨起来，说，对不起，对不起。我是有眼不识泰山。我要是不猜错的话，这位苏老弟一定是一中苏老校长的公子？

白秋笑道，什么公子？落难公子，落难公子。

老板叫服务员取了酒杯来，自己酌上一杯酒，说，对这位苏老弟我是久仰了，我也是你爸爸的学生哩，我姓龙，叫龙小东。你爸爸还记得我哩。来来，我敬二位一杯，算是我为苏老弟接风洗尘吧。

三人一同干了。龙小东又说，难得有这样的机会结识苏老弟，这一蛇四吃就算我送的菜了。

酒喝得差不多了，两人买了单，起身要走。老板见蛇血还没吃，就说，这是好东西，莫浪费了。刚才白秋本是要老虎喝的，老虎说他不敢喝生血，就谦让白秋。后来只顾说话，也就忘了。这会儿老板一提醒，白秋回头端起蛇血，一口喝了。

两人出了门，又说了些酒话，约好明天见面，这才分了手。

酒喝得有些过量，白秋心里像有团火在焚烧。他嘴里喷着蛇的血腥味，白河县城在他的脚下摇晃。

也许因为苏家太知名，白秋杀蛇的事很快在白河县城流传开来，而且越传越神。有人说，白秋关了几年，胆子更加大了，心也更加狠了，手也更加辣了，杀了蛇吃生的。好心的人就为白秋可惜，说一个好苗子，就这么毁了。

过了一阵，种种传言终于到了苏老两口的耳朵里。苏老一言不发，只把头低低地埋着。林老太太却是泪眼涟涟，哭道，这个儿子只怕是没救了，没救了。都怪你啊，你做事太猪了。白秋本可以不进去的，你偏相信公安那些人。

林老太太说中了苏校长的痛处，令他心如刀绞。但他只是脸上的肌肉微微抽了一下，什么表情也没有。儿子的遭遇已完全改变了老人的个性，他总是那么孤独、忧郁和冷漠。

这天下午，白秋在家睡了一觉起来，洗了脸就往外走，林老太太想同他说话，但林老太太只望了他一眼就不敢开言了。他的脸色阴得可怕，目光冷冷的。林老太太想起大家说儿子吃蛇的事，不禁打了一个寒战。白秋下楼去了。林老太太走到阳台上，让晾着的衣服遮着脸，偷偷地看着儿子。只见儿子从校园里一路走过，前面的人就纷纷让路，背后的人就指指戳戳。儿子拐了弯，往大门口去了，马上就有一帮男生躲在拐弯处偷看。似乎校园里走过的是人见人怕的大煞星。林老太太脚有些发软了，扶着墙壁回了屋里。

白秋径直去找了老虎。老虎带白秋来到城西的桃花酒家，进了一间包厢。一会儿，六位水灵灵的姑娘笑着进来了。老虎同她们挨个儿打招呼。见了这场面，白秋猜着是怎么回事了。一会儿老板也来了，是一位极风致的少妇，老虎叫她芳姐。芳姐笑眯眯望着白秋说，老虎兄弟真是不吹牛，这位白老弟果然仪表堂堂，一表人才！白秋竟然一下子红了脸。所有女人都瞅着他。芳姐拍拍白秋的肩说，我请客，兄弟便玩个开心，芳姐暂时失陪了。这女人刚要出门，又回过头来，说，白老弟今后可要常来芳姐这里玩啊。白秋点点头，心都跳到嘴巴里衔着了。肩头叫芳姐拍了一下的感觉久萦不散。

刚才这么久，白秋一直只是拘谨地笑，不曾说过一句话。

老虎说，这些姐妹们都是出来混碗饭吃的。可有些男人玩过之后要赖，不肯给钱。有回小春姑娘没得钱还不说，还叫那家伙打了。小春找到我，我让几个兄弟教训了那小子，让那小子乖乖地给了双倍的钱。后来，这些姐妹们就都来找我了。这些姐妹们也可怜，我就帮了她们。

那位叫小春的姑娘就扭了扭身子，说，我们都搭帮了老虎大哥，不然就要吃尽苦头了。众姐妹一齐附和，是的是的。

很快菜上来了，就开始喝酒。白秋还有些不适，老虎同小春做出的动作他看不入眼。女人们却你拍我，我拍你，笑声不绝。他怕人笑话，就只好陪他们笑。老虎见白秋总是不动，就说，你别太君子了，放开一点。香香，你去陪白大哥。叫香香的女人走了过来，手往白秋肩上一搭，身子就到了白秋腿上。白秋还从未经历过这事，禁不住浑身发抖。

白秋不知说什么好，就随口问道，香香贵姓？他这一问，大伙儿都笑了起来。

香香嫣然一笑，说，我们是没有姓的，你只叫我香香就是了。白哥要是喜欢，就叫我香儿吧。香香把脸凑得很近，眼睛笑成了两弯新月。白秋见这女人模样儿还不错，只是鼻子略嫌小了点。

白秋就叫了一声香儿。香香颤颤哆哆地应了。在座的齐声鼓掌。

香香在白秋身上放肆风情，弄得别的女人都吃醋了。小春玩笑道，白哥是黄花儿，香香有艳福，你可要请客哩。香香越发像捏糖人似的，往白秋怀里钻，擦得白秋口干舌燥。

香儿，我口渴死了。白秋说。

香香抿了一口茶，对着嘴儿送到白秋嘴里。大家轰然而笑，都说香香这骚精真会来事，香香也不管他们笑不笑，又抿了口茶送到白秋嘴里。

白秋酒喝得很多，不知不觉就醉了。醒来时已睡在床上，身边躺着一个女人。他知道是香香，心便狂跳起来。他开始害怕自己荒唐了，想要起床。女人见白秋醒了，就转过脸来，问，好些了吗？白秋仔细一看，却是芳姐。芳姐捧着白秋的头，说，他们都走了。你喝得太多了，不省人事，把我吓死了。我把你留下了，又叫车送到这里来了。不是酒店，是在我家里，就我一个人，你放心休息吧。

芳姐只穿了件宽松的睡衣，露着一条深深的乳沟。白秋心乱，忍不住打战。芳姐问，冷吗？是发酒寒吧。来，芳姐抱着你。不等白秋说什么，芳姐早把他搂在怀里了。白秋不好意思把下身贴过去，便拱着屁股。

芳姐说，白秋你是干净身子，不要跟她们去玩，免得染病。老虎爱和她们玩，迟早要吃亏的。

白秋问，她们不是你请的吗？

芳姐说，哪是我请的？我听老虎说了，你原来还是个学生，这几年也不在家，不知道现在社会变到哪一步了。人都变鬼了。你开酒店，没有女人陪酒，客人就不会来，生意就做不下去，请女人吗？公安的又三天两头地来找茬。这些女人都是自己找上门来的，我不给她们开工资，但也不收她们伙食费。她们就像一群赶食的鸟，哪里食多就往哪里飞。你这里要是生意不好，她们又找别的店子去了。她们只凭自己本事去陪客人喝酒，客人开的小费归她们自己。要是有人带她们出去睡觉，我也不管，出事我不负责。但是有一条是死的，决不允许她们同男人在我店子里乱来。就是这样，公安的也常来找麻烦。后来全靠老虎帮忙，公安那边算是摆平了。老虎在公安有朋友，也常带他们来这里玩玩。

白秋听着这些，全是新鲜事，但他也不怎么感叹，只是阴了一下脸。芳姐就问，怎么？不高兴了是吗？芳姐说着，就一手搂着白秋的屁股往自己身上贴，白秋再也拗不过了，就硬邦邦地顶了过去。芳姐的肚皮被戳得生痛，就爱怜地揉揉白秋的脸，噘嘴咬牙地说，好老弟，你真傻呀！说罢就脱下了睡裙。

白秋醒来，只是一个人孤零零躺在床上。脑子里像是灌满了糨糊，把昨夜经历过的事情稀里糊涂粘在一起，怎么也想不清白。起了床，就见芳姐留了一张条子：你起床以后，洗脸吃饭，饭在锅里。

条子没有开头，也没有落款。白秋这下好像突然清醒了，满心羞愧，脸也没洗，拉上门就出来了。

出了门，才知芳姐住的是三楼，下楼估了下方向，又知这是城东。他马上就想起白一了，她的家就在附近，他这会儿想不到应去哪里，家是不想回的。在外同朋友们还有说有笑，只要回到家里，他就说不出一句话来。他也想过父母的难过，但就是开不了心。

白秋这么一路烦躁着，就到白一家门口了。他在外面站了一会儿，才上前敲了门。门开了，白一歪着头探了出来，微笑着问，是白秋哥吗？

白秋又是一惊。你怎么知道是我？你未必有特异功能？

我是神仙啊！白一把白秋让进屋来，才说，你敲门的声音我听得出来。

两人就找一些话来说，白秋尽量显得愉快些。白一却说，白秋哥，你好像精神不太好？

哪里？我很好的。

白一脸朝白秋，默然一会儿，说，你精神是不太好。我看不见，但我感觉得出，你是一副没精打采的样子，就像那些没睡醒的人，脸也没洗，头也没梳就出门了。你去洗个冷水脸，会清醒些的。

白秋被弄得蒙头蒙脑，去厨房倒水洗了脸，还梳了下头发。

白秋回到客厅，白一已坐在风琴边了。白秋哥，我想弹个曲子给你听，你要吗？

当然要，当然要。白秋忙说。

白一低了一会儿头，再慢慢抬手，弹了起来。曲子低回，沉滞，像是夏夜芦苇下面静谧的湖水。起风了。天上的星星隐去了，四野一片漆黑。风越来越大，惊雷裂地，浊浪排空。芦苇没了依靠，要被汹涌的湖水吞噬了。但芦苇的根是结实而坚韧的，牢牢咬住湖底的泥土，任凭湖水在兴风作浪，风势渐渐弱了，天际露出曙色。又是晨风习习，湖面平展如镜。芦苇荡里，渔歌起处，小船吱呀摇来……

白一弹完了，理了理搭下来的头发，半天不说话，白秋说，真好。是什么曲子？白一这才转过脸来，说，没有曲名。你在外面这几年，我和哥哥总是记起你。哥哥又不能去看你。他只要回来，我俩总爱说你。哥哥知道你去的地方是湖区，那里有大片大片的芦苇。芦苇是什么样的，我不知道。我只是从哥哥讲的去猜测，琢磨。我想那该像女儿的头发吧，长长的软软的，在风中飘啊飘啊。有时一个人在家没事，就想起你在那里受苦。那里有很多芦苇，哥哥不在家，我又不能同别人说你，就一个人坐着由着性子弹曲子。

白秋很感动。他似乎意识到自己同白一存有某种灵犀。这是非常奇妙的事。但他没有说出来。白一见他不做声了就问，你在想什么？白秋说，不哩。我在想，你这架风琴太破旧了。我今后要是赚钱了，买一架钢琴送你，你要吗？白一脸一下子红了，说，我哪当得起？白秋说，你白一妹妹当不起谁当得起？

闲话着，白一爸爸回来了。一见白秋，把眼睛瞪得老大，说，哎呀呀，白秋你在这里呀！你爸爸妈妈找你找得发疯了。你昨晚家也不回，哪里去了？

白秋脸上顿时发烧，说，昨天跟朋友喝酒，晚了就没有回去了。

王亦哲转身对女儿说，你女儿家的，一个人在家里小心，来了生人不要随便开门。白秋便手足无措了。王亦哲说罢停一会儿，又说，就是白秋来了，也要听清楚是他才开门。

白秋听出了白一爸爸的意思，就起身说，王叔叔我回去了。白一爸爸客气几句，就进屋去了，白一站在门口，叫住白秋，说，我爸爸这几天心情不好，一定是他工艺美术社生意不好。要么就是碰到什么麻烦了。你常来玩啊。白秋答应常来看她。原来白一爸爸他们文化馆日子不好过了，县里只拨一半工资，少的自己想办法。白一爸爸就开了家“亦哲工艺美术社”。

从白一家出来，碰上西装革履的朱又文。朱又文好像老远就看见白秋了，目光却躲了一下，白秋就目不斜视，挺着身子走自己的路。两人本已擦肩而过的，朱又文似乎又觉得过意不去，猛然回头，说，这不是白秋吗？白秋也佯装认不出了，迟疑片刻，说，哦哦，是又文。这么风光，真是认不出了。两人客套几句就分手了。当年袭击三猴子，本是朱又文最先出的主意。要是白秋把他顶出来，说不定他也要关三年。但白秋没有说出他来。白秋今天见朱又文对他是这个样子，心里很不舒服。

白秋回到家里，妈妈像是见了陌生人样地望着他，半天不回眼。爸爸望他一眼就埋了头。白秋根本不听妈妈爸爸说什么，也不想吃中饭，只想回房睡觉。刚要去房间，爸爸说话了。你回来了几个月了，天天像鬼魂一样满街游荡。今后到底怎么办，你想过没有？白秋本来不想搭腔的，但爸爸嚷个不停，他也就喊了起来。怎么办？我知道怎么办？是我愿意变成这个样子吗？难道我就不会做人上人？我本来可以体体面面过一辈子的，是你！是你这个迂夫子毁了我一生！白秋说罢，转身进房，砰地关上了门。

妈妈被吓得嘴巴半天合不拢。父亲深沉地叹了一声，颓然瘫在了沙发里。迂夫子？我真是迂夫子吗？是啊，我真的很迂啊！老人想起前几天在街上碰上的一位男生。这学生原来读高中时最调皮，成绩最差。现在他混得最好。自己办起了公司，当了不大不小的老板。这学生见了老师，格外尊重，硬是要请老师下馆子喝几杯。老人心里闷，也就随他去了，喝了几杯酒，老人问他怎么这么有出息了？学生哈哈一笑，说，这个容易啊！只要把学校里老师教的大道理全部反过来用，就放之四海而皆准！老人被弄糊涂了，望着学生那张过早发福的胖脸，觉得这个世界真的很陌生了。

白秋在家要死不活地睡了几天，出来到街上闲逛。正巧碰上老虎。老虎请白秋喝茶。两人坐下之后，老虎说，你不够朋友，这么多天都不出来玩一下，我又不敢到你家去。白秋说，有什么不敢的？我家又没有老虎。老虎说，我怕你爸爸，他老人家蛮有股煞气哩。白秋就不说什么了，只问他有什么事吗？老虎说，事倒没什么事。只是芳姐要找你，说要你帮什么忙。白秋脸就红了，胸口狂跳不已，支吾道，知道了。

白秋岔开话题，问老虎靠什么发财。老虎神色有些得意，说，也不一定。那天你见的那些妹子，我保护她们的安全，她们每人每月给我两百块。这钱在她们不算多。我也不多要，凑在一起也有千把块了。再就是帮别人催账。有些人借了钱要无赖，不肯还，我一出面，他们老老实实还钱。你借人家一万，我要你还一万五你也得还。这些事都用不着我自己出面，我手下的兄弟都很铁的。

白秋听罢，摇了摇头。老虎觉得奇怪，问，怎么了？白秋说，你这么搞不行哩。老虎板了脸，说，听你这口气，就像公安。白秋笑道，老虎，你我是患难之交，千金难买。我这不是教训你，我这么说是有道理的。我们这些人出来之后是没有人帮助的，但人人都瞪着我们。我们就得聪明些，既要讨碗饭吃，又不能让人抓了把柄。不然，我们要是再出事，就不是送去劳教，而是正儿八经坐牢！

老虎一副不信邪的样子，说，那你说我们怎么活？去招工？有人要我们吗？要么干脆当干部去？笑话。

白秋摆摆手，说，你听我讲完吧。就说你帮的那几个妹子，你说是做好事，她们也要你撑腰。但人就怕背时，一旦有人要弄你，你就成了胁迫妇女卖淫了。

老虎发火了，红着脸说，谁胁迫她们了？是她们找上我的。她们找上我时 X 都生茧了！

白秋不火，仍只是笑笑，又说，你发什么火呢？我是说，要是有人整你，没边的事都可以给你编出来，还莫说你这事到底还有些影子呢？还有你帮人催账的事，弄不好人家就告你敲诈勒索。

老虎不服，说，你的意思是要我去拉板车？这是我老虎做的事吗？

白秋说，不是这意思。

老虎想想，觉得也对，就说，我先按你说的试试。你知道我一向是信你的，你读的书比我多。反正你的事就是我的事，我的事就是你的事。我就是赚了钱，也不急着买棺材，还不是朋友们大家花？

老虎的这股豪爽劲，白秋是相信的。在里面同住了两年，老虎对白秋像亲兄弟一样。但老虎对别人也是心狠手辣的。白秋想劝他别太过分，都是难兄难弟。又怕老虎说他怕事，看不起他，就始终没说。老虎出来之前，专门交待白秋，心要狠一点，不然别人就不听你的，你自己就会吃亏。白秋想这是老虎的经验之谈，一定有道理。但轮到他做元帅了，狠也照样狠，却做得艺术些。他只是不时让几个大家都不喜欢的人吃些苦头，威慑一下手下的喽啰。

老虎问白秋，你自己想过要干些什么吗？

白秋说，没想过。我现在天天睡觉，总是睡不醒。老虎，你知道三猴子现在怎么样了吗？

老虎说，三猴子现在更会玩了。看上去他不在外面混了，正儿八经开了家酒家，其实他身后仍有一帮弟兄。三角坪的天霸酒家就是他开的，生意很好，日进斗金啊！他那个东西叫你废了，身边的女人照样日新月异。听说他现在是变态，女人他消受不了，就把人家往死里整。女人图他钱的，或是上了他当的，跟了他一段就受不了啦，拼死拼活要同他闹翻。可是凡跟过他的女人，别的男人你就别想沾，不然你就倒霉。白秋你也绝，怎么偏偏把人家的行头废了呢？

白秋笑道，也不是有意要废他。只是他把我同学那地方捏肿了，我们一伙同学都往那地方下手，哪有不废的？嗯，原来跟他的那个秀儿呢？

老虎叹道，秀儿也惨。她不跟三猴子了，又不敢找人。去年国土局有个男的追她，羊肉没得吃，反沾一身臊，结果被人打得要死还不知是谁下的手。秀儿他妈的长得硬是好，只怕也快三十岁的人了，还嫩得少女样的。这几年县城里也有舞厅了，秀儿原来就是唱戏的，就去舞厅做主持，也唱歌。人就越加风韵了。馋她的人很多，就是再也没人敢下手。

白秋又故作漫不经心的样子，问，芳姐这人怎么样？

老虎说，芳姐的命运同秀儿差不多。她的丈夫你可能不知道，就是前些年大名鼎鼎的马天王，他出名比三猴子还早几天。马天王好上别的女人后，同她离了婚。可也没有人敢同她好，怕马天王找麻烦，后来马天王骑摩托车撞死了，不知为什么，她仍没有找人。不过她开酒店也没人敢欺负她，她娘家有好几个哥哥。

白秋说，其实马天王我也听说过。有人说马天王的哥哥就是城关派出所的马所长？那会儿社会上的事我不清楚，连他马什么名字都不知道。

他叫马有道，现在是县公安局的副局长了。老虎说。

白秋又说，芳姐说公安的老找她们酒店的麻烦，马有道这个情面都不讲？

老虎哼哼鼻子，说，马有道是个混蛋，哪看她是弟媳妇？还想占她的便宜呢！芳姐恨死他了。

白秋本想再打听一些芳姐的事，但怕老虎看出什么，就忍住了。这事说来到底不好听。他也不准备再上芳姐那里去。这几天一想起自己同芳姐那样，心里就堵得难受。

他现在不想别的，只想找个办法去报复三猴子和马有道。要不是这两个人，他这一辈子也是另一个活法了。其实在里面三年，他没有想过出来以后要做别的事，总是想着怎么去报复这两个人。

喝了一会儿茶，老虎说，反正快到晚饭时间了，干脆到桃花酒家去喝几杯吧，芳姐正要找你哩。白秋不想去，就说，你要去就自己去吧，老娘要我早点回去有事哩。两人就分手了。

晚上，白秋怎么也睡不着。他想自己这一辈子反正完了，父母也别指望他什么了。他今后要做的事就是复仇！复仇！他设计了许多方案，往往把自己弄得很激愤。可冷静一想，都不太理想。

夜深了，他却想起了芳姐。那天晚上同芳姐的事情简直是稀里糊涂。这是他第一次同女人睡觉，一切都在慌乱之中。现在想来，芳姐没有给他特别的印象，只有那对雪白的大乳房，劈头盖脑地朝他晃个不停。

白秋心里躁得慌，坐了起来。屋里黑咕隆咚，可芳姐的乳房却分明在他眼前晃来晃去。他受不了啦，起身穿了衣服出门了。

已经入冬，外面很冷，白秋跑了起来。县城本来就不大，晚上又不要让人，一下就到芳姐楼下了。他径直上了三楼，敲了门，谁呀？芳姐醒了。他不做声，又敲了几声，谁呀？声音近了，芳姐像是到了门背后。白秋有些心跳了，声音也颤了起来，说，是我，白秋。

门先开了一条小缝，扣着安全链。见是白秋，芳姐马上睁大了眼睛，稀里哗啦摘下铁链，手伸了过来。

白秋一进屋，芳姐就忙替他脱衣服，说，快上床，这么冷的天。芳姐把手脚冰凉的白秋搂进怀里，心肝肉儿地喊个不停，边喊边问冷不冷。白秋只是喘着粗气，也不答话，手却在芳姐身上乱抓起来。芳姐就用她那湿润的小嘴衔着白秋的耳附儿，柔柔地说，好弟弟别急，好弟弟别急，慢慢来慢慢来，让芳姐好好教你，芳姐会叫你离不开她的。

白秋在芳姐那里一睡就是一个星期，一日三餐都是芳姐从酒家送来。芳姐很会风情，叫他销魂不已。但当他独自躺在床上时，心里便说不出的沮丧，甚至黯然落泪。他好几次起身要离开这里，却又觉得没有地方可去。

这天清早醒来，白秋说想回家去。芳姐很是不舍，白秋忍了半天才问，我们的事别人会知道吗？芳姐说，你我自己不说，别人怎么会知道？怎么？你怕是吗？白秋说，怕有什么怕的？只是……白秋说了半句又不说了，芳姐就抚摸着白秋说，马天王死了五年了，这五年我是从来没有碰过男人。我等到你这样一个棒男人，是我的福气。但我到底比你大十来岁，传出去也不好听。我也要面子，我不会让人知道我们的事的。

白秋枕着芳姐的胸脯问，芳姐你怎么知道我会对你好呢？

芳姐妩媚一笑，说，刚见到你时，一眼就见你真的很帅。但只当你是小弟弟，没别的心思。再说，你是老虎的兄弟，我也就不把你放在心上。不瞒你说，老虎这人我是不喜欢的。我要用他对付烂仔和公安，他来了我就逢场作戏，让他喝一顿了事。那天你喝得醉如烂泥了，他们那些人都不可能留下来看着你，就只有我了。我让他们都走了，我一个人守着你，用热毛巾为你敷头。我死死望着你，眼睛都不想眨一下。没有别人在场，我偷偷舔了你的嘴唇。这下我像着了魔，实在控制不了自己了。我也就不顾那么多，叫来出租车，把你送回来了。你知道吗？我是一个人把你从下面一口气背上三楼的。我一辈子还没有背过这么重的东西啊。

白秋很是感动，撑起身子望了一会儿芳姐，伏下去吻了她。芳姐也激动起来，咬着白秋的嘴唇热烈地吮着。白秋想自己真的很爱这女人了。但他很清楚，知道这种事是见不得天日的。爱情是势利的，这种事要是发生在某些有地位有脸面的大人物身上，说不定会成为爱情佳话流传千古，而发生在他苏白秋身上，只能是鬼混！

白秋要起床，芳姐按住他的肩头，不让他起来。她说，我先起来，你再睡一会儿吧。

芳姐刚穿好一件羊毛衫，白秋突然感到胸口一阵空落落的味道，忍不住一把抱住芳姐。芳姐不再去穿衣，停下手来搂着白秋。白秋将手伸进芳姐怀里，轻轻地抚摸。芳姐的乳房丰满而酥软，这几天白秋总是抚摸着它们。它们时而叫他激动万分，逗得他很雄壮地做着非常快人的事情；时而叫他安详无比，催他沉入深深的梦乡。

不知是激动还是寒冷，芳姐浑身战抖了起来。白秋正要问她是不是很冷，感觉脸上一阵温热。芳姐在流泪。白秋马上把她拥进被窝里，一边亲着她，一边脱了她的衣服。

白秋尽情地甜蜜了一回，就摸着芳姐的乳房，酣然入睡了。醒来已是上午十一点了。芳姐在床头放了一张字条：

秋：

我过去了。你睡得很好看，像个孩子。你休息好了就回去看看吧。我留了一把钥匙在桌上，我随时都等着你来。吻你的嘴唇和鼻子！

白秋把钥匙放进口袋，心便跳了一下。

白秋出了门，猛然想起要经过白一家门口，就转身绕了道。他说不清自己的心情，反正不想从她家门口走。想到白一，他无端地感到胸口发闷。

回到家里，已是十二点钟了。妈妈问他这几天哪里去了，叫妈妈好担心。白秋说，你不用担心，死不了的。爸爸黑着脸，说，问你一句，你就是这个口气。你成天在外面混，硬是要再进去一回才心甘是吗？这话惹火了白秋，他吼道，你还想送我进去？告诉你，没那么容易！你们口口声声是为了我好，不就是嫌我扫了你们的面子吗？我不高兴呢，就这么玩一天算一天；高兴了呢，就去做个什么事情。我要是做起事来，五年之内不发大财，不捞个政协委员的帽子戴戴，我就不是人！

白秋说完，就自个儿进厨房找东西吃去了，也不顾父母气成什么样子。

吃了碗饭，白秋坐下来看电视，旁若无人的样子。没有好的节目，他便将台换来换去。两位老人坐在一边，像两只受了惊的老猫。白秋猛然想起自己一个小时之前还沉醉在温柔之乡，而真实的世界却是在这里！他觉得很没有意思，丢掉手中的遥控器，进了房里，蜷到床上去了。

父亲望着儿子那扇紧闭的门，目光呆滞而灰暗。他一直想心平气和地同儿子说说话，可话一出口就变味了。他知道自己刚才的话刺痛了儿子，心里有些后悔。他的确又说不出别的什么话来，似乎自己的观念、思维、语言和表达方式都已属于另一个时代了，他无法同这个陌生的世界交流了。

这天下午，白秋来到上次同老虎吃蛇的馆子，老板龙小东很客气地招呼他。白秋问有没有活蛇，想买一条。龙小东觉得奇怪，问他买活蛇干什么？苏老弟自己也开馆子？白秋笑道，哪里。我是想自己回去做了吃。只要你这里弄蛇肉，我就是以后开了馆子也不会弄的。做朋友啊，就不要抢朋友的生意是不是？龙小东拍拍白秋的肩膀，说，老弟够意思！这蛇算我送了！说着就叫师傅捉了一条大活蛇来。白秋硬要过秤付钱，说，这不行这不行。说不定我吃上瘾了，天天要来买，我怎么好意思？这么一说，龙小东才勉强收了钱。

当夜，白秋睡到凌晨两点多钟，爬了起来，提着蛇出了门。他来到天霸酒家门前，将蛇从门旁的花窗放了进去，然后径直去了芳姐那里，悄悄开了门。他钻进被窝，芳姐才惊醒，喜得她欢叫起来。

第二天中午，天霸酒家的吧台下钻出一条蛇来，吓得几个小姐尖叫起来，慌慌张张爬到吧台上。客人们不知发生了什么事，却见那蛇向厅中央逶迤而来。全场大惊，纷纷夺路而逃。厨房师傅跑了出来，壮着胆子想去打，那蛇又出了大门，向街上爬游。街上人见了，轰地散到一边，立即有许多人远远地围着看热闹。几个胆大的后生捡了石头去打，手法又不准。一会儿，那蛇就钻进下水道里去了。人们半天不敢上前看个究竟。

不多时，很多人都知道天霸酒家钻出一条蛇来，有说从吧台出来的，有说从服务员被窝里出来的，还有说从酱油缸子里钻出来的。

次日上午十点多钟，天霸酒家浸药酒的大酒缸后面又爬出一条蛇来。这时还没有客人，只把一个服务员吓瘫在地上起不来。厨房师傅这回毫不犹豫，操起棍子就朝蛇头打去，几下就把那蛇打死了，大家都说是昨天跑了的那条蛇。里面搞得闹哄哄的，门口便挤了许多人。有人就说，蛇是灵物，昨天来了，今天又来，只怕有怪。今天三猴子自己在场，听人这么说，他将眼一横，吼道，少讲些鬼话！今天我吃了这条蛇，看有没有怪！别人也就不敢说什么了。这天中午和晚上的客人却少了许多。三猴子叫师傅炖了这条蛇，自己同红眼珠他们几个兄弟喝了几杯。三猴子有意张扬，说这清炖蛇的味道真好，汤特别鲜美。

第三天，三猴子自己一早就到了酒家。他心情不好，龙睛虎眼的样子，说，我就要看是不是硬出鬼了。那条蛇叫我一口一口地嚼碎了，看它是不是从我肚子里爬出来了！他坐在厅中间抽了一会儿烟，发现墙角边那两张圆桌面子，就叫来服务员，骂道，你们是怎么回事？我昨天讲了，叫你们把那两张桌面收到里面去，就是没人收！两个服务员就低着头，去搬桌面。两人刚拿开桌面，立马叫了起来。一位服务员倒了下来，叫桌面压着，全身发软。

墙角蜷着一条大蛇！

三猴子脸都吓青了。厨师跑了出来，手脚抖个不停。三猴子叫厨师快打快打！厨师只是摇头，不敢近前。半天才说，我完了，我完了。三猴子怔了一会儿，见所有人都跑出去了，自己也忙跑了，感觉脚底有股冷飕飕的阴风在追着他。

外面早围了许多人。厨师一脸死气，说，我只怕要倒霉了。蛇明明是我昨天打死的那条，我们还吃了它。今天它怎么又出来呢？厨师说着就摸着自己的喉头，直想呕吐。这回三猴子不怪别人说什么了，他不停地摸着肚子，好像生怕那里再钻出一条蛇来。

一位民警以为出了什么事，过来问情况。一听这怪事，就严肃起来。不要乱说，哪会有这种事？说罢一个人进去看个究竟。一会儿出来了，说，哪有什么蛇？鬼话！

三猴子和厨师却更加害怕了。刚才大家都看见了的，怎么就不见了呢？民警轰了一阵，看热闹的人才慢慢散了。

三猴子的脸还没有恢复血色。他叫厨师同他一道进去看看。厨师死都不肯，说他不敢再在这里干了，他得找个法师解一解，祛邪消灾。服务员们更是个个哭丧着脸，都说要回去了，不想干了。她们惦记着自己放在里面的衣服，却又不敢进去取，急死人了。

不几天，天霸的怪事就敷衍成有枝有叶的神话了，似乎白河县城的街街巷巷都弥漫着一层令人心悸的迷雾。有一种说法，讲的是三猴子作恶太多，说不定手上有血案，那蛇定是仇人化身而来的。

天霸关了几天之后，贴出了门面转租的启事。白秋找老虎商量，说他想接了天霸的门面。老虎一听，说，白秋你是不是傻了？天霸的牌子臭了，你还去租它？白秋说，人嘛，各是各的运气。他三猴子在那里出怪事，我苏白秋去干也出怪事？不一定吧！我同三猴子不好见面，拜托你出面。既然牌子臭了，你就放肆压价。老虎见白秋硬是要租这个门面，就答应同三猴子去谈谈。

因为再没有别的人想租，老虎出面压价，很快就谈下来了。半个月之后，天霸酒家更名天都酒家，重新开张了。老虎在县城各种关系都有，请了许多人来捧场。这一顿反正是白吃，一请都来了。白秋请了在县城的所有同学，差不多也都到了，只是朱又文没来。就有同学说朱又文不够朋友。什么了不起的？不就是搭帮他老子，捞了个银行工作吗？听说他老子马上要当副县长了，今后这小子不更加目中无人了！白秋笑笑，说，不要这么说，人家说不定有事走不开呢？

龙小东不请自到，放着鞭炮来贺喜。他拍拍白秋的肩膀，说，苏老弟，大哥我佩服你！你不像三猴子，他妈的不够意思！说着又捏捏白秋的肩头，目光别有意味。白秋就拉了拉他的手，也捏了捏，两人会意而笑。

三猴子也来了，他是老虎请来的。三猴子进门就拱手，说老虎兄弟，恭喜恭喜！老虎迎过去，握着三猴子的手说，你得恭喜我们老板啊！说着就叫过白秋。

三猴子早不认识白秋了，只见站在他面前的是个高出他一头的壮实汉子。三猴子脸上一时不知是什么表情，白秋却若无其事，过来同他握了手，说感谢光临。

三猴子坐不是立不是，转了一圈就走了，饭也没吃。白秋脸上掠过一丝冷笑。

天都酒家头几天有些冷清，但白秋人很活泛，又有芳姐指点，老虎又四处拉客。过不了几天，生意就慢慢好起来了。

白秋名声越来越大，县城几乎所有人都知道天都酒家的白秀才。又有在里面同他共过患难的兄弟出来了，都投到他的门下。城里烂仔有很多派系，有些老大不仁义，他们的手下也来投靠白秋。白秋对他们兄弟相待，并没有充老大的意思。他越是这样，人家越是服他。老虎名义上带着一帮兄弟，可连老虎在内，都听白秋的。

白秋花三天功夫就钓上了秀儿，秀儿认不得他，同他上过床之后，才知道他就是几年前废了三猴子的那个人。秀儿吓得要死，赤裸裸坐在床上，半天不知道穿衣服。这女人大难临头的样子，将两只丰满的乳房紧紧抱着，脸作灰色，说，我完了，三猴子要打死我的。你也要倒霉的。

白秋揉着秀儿的脸蛋蛋，冷笑说，不见得吧。

白秋觉得这秀儿真的韵味无穷，事后还很叫人咀嚼。但他只同她玩一次就不准备来第二次了。他不想让芳姐伤心，只是想刺刺三猴子。想起芳姐，他真的后悔不该同秀儿那样了。是否这样就算报复了三猴子呢？真是无聊！

一天，秀儿亡命往天都跑，神色慌张地问白秋在吗？白秋听见有人找，就出来了。秀儿将白秋拉到一边，白着脸说，三猴子说要我的命。他的两个兄弟追我一直追到这里，他们在门外候着哩。白秋叫秀儿别怕，让她坐着别动，自己出去了。白秋站在门口一看，就见两个年轻人靠在电线杆上抽烟。白秋走过去，那两个人就警觉起来。见白秋块头大，两人递了眼色就想走。白秋却笑呵呵地，说，兄弟莫走，说句话。我是白秀才，拜托两位给三猴子带个话。秀儿我喜欢，他要是吓着秀儿，会有人把他的蔫茄子摘下来喂狗！

当天晚上，白秋专门叫老虎和几个兄弟去秀儿唱歌的金皇后歌舞厅玩，他知道那是三猴子也常去的地方。果然三猴子同他的一帮兄弟也在那里。秀儿点唱时间，白秋同她合作一首《刘海砍樵》，有意改了词，把秀大姐，你是我的妻呵唱得山响。秀儿唱完了，白秋就搂着秀儿跳舞，两人总是面贴着面。三猴子看不过去，带着手下先走了。

白秋觉得不对劲，就对老虎说，你告诉兄弟们，等会儿出去要小心。

大家玩得尽兴了，就动身走人。白秋料定今晚会有事，就带着秀儿一块儿走。果然出门不远，三猴子带着人上来了。老虎拍拍白秋，说，你站在一边莫动手，兄弟们上就是了。老虎上前叫三猴子，说，我的面子也不给？三猴子手一指，叫道，你也弄耍老子！老虎先下手为强，飞起一脚将三猴子打了个踉跄。混战就在这一瞬间拉开了。老虎只死死擒着三猴子打，三猴子毕竟快四十岁的人了，哪是老虎的对手？白秋在一边看着，见自己的人明显占着优势。眼看打得差不多了，白秋喊道，算了算了！两边人马再扭了一阵，就放手了。白秋站在台阶上居高临下，说，我们兄弟做人的原则是：不惹事，不怕事。今天这事是你们先起头的，我们想就这么算了，我们不追究了。今后谁想在我们兄弟面前充爷爷，阉了他！

三猴子还在骂骂咧咧，却让他的兄弟们拉着走了。老虎听三猴子骂得难听，又来火了，想追上去再教训他几下。白秋拉住他，说，他这是给自己梯子下，随他去吧。

秀儿还在发抖。老虎朝白秋挤挤眼，说，你负责秀儿安全，我们走了。

白秋要送秀儿回去，秀儿死活不肯，说怕三猴子晚上去找麻烦。女人哆哆嗦嗦的，样子很让人怜，白秋没办法，只好带她上了酒家，刚一进门，秀儿就瘫软起来。白秋便搂起她。这女人就像抽尽了筋骨，浑身酥酥软软的。白秋将秀儿放上床，脖子却被女人的双臂死死缠住了。女人的双臂刚才一直无力地耷拉着，此时竟如两条赤链蛇，叫白秋怎么也挣不脱。

女人怪怪地呻吟着，双手又要在白秋身上狂抓乱摸，又要脱自己的衣服，恨不能长出十只手来。

白秋心头翻江倒海，猛然掀开女人。女人正惊愕着，就被白秋三两下脱光了。

暴风雨之后，白秋脸朝里面睡下，女人却还在很风情地舔着他的背。白秋心情无端地沮丧起来。他想起了芳姐，心里就不好受。他发誓同秀儿真的是最后一次了。

第二天晚上，白秋去芳姐那里。门却半天开不了，像是从里面反锁了。白秋就敲门，敲了半天不见动静，就想回去算了。正要转身，门却开了。芳姐望着白秋，目光郁郁的。白秋心想，芳姐一定怪他好久没来了。他进屋就嬉皮笑脸的样子，抱着芳姐亲了起来。芳姐嘴唇却僵僵的没有反应。白秋说，怎么了嘛！芳姐钻进被窝里，说，你有人了，还记得我？还为人家去打架！

白秋这回明白是怎么回事了，心里歉歉的。但他不想说真话，就说，你知道的，三猴子是我的仇人，不是三猴子，我也不是这个样子了。三猴子太霸道，凡是同他好过的女人，别人沾都沾不得，这些女人也就再没有出头之日。我就是要碰碰秀儿，教训一下他，免得他再在我面前充人样。我和秀儿其实也没什么，只是同她一块跳跳舞，有意刺激一下三猴子。

芳姐不信，说，人家是县里两朵半花中的一朵啊，你舍得？我又算什么？

白秋死皮赖脸地压着芳姐，在她身上一顿乱吻。吻得芳姐的舌头开始伸出来了，他才说，我就是喜欢芳姐！芳姐就笑了，说，是真的吗？你就会哄人！白秋说，是不是真的，你还不知道？芳姐就轻轻拍着白秋的背，像呵护着一个孩子。

白秋伏在芳姐胸脯上摩挲着，心里很是感慨。出来这一年多，他在这女人身上得到过太多的温存。他同芳姐的感情，细想起来也很有意味。当他在芳姐身上做着甜蜜事情的时候，他是一个成熟的男人，因为他高大而壮实；当他枕着芳姐的酥胸沉睡或说话时，他又像一个孩子，因为芳姐比他大十一岁。他俩在一起，就这么自然而不断地变换着感觉和角色，真有些水乳交融的意思。白秋在一边独自想起芳姐时，脑海里总是一个敞开胸怀做拥抱状的女人形象。他感觉特别温馨，特别醉人。

白秋知道马有道好色，就问老虎，手中有没有马有道的把柄。老虎有些顾虑，怕弄不倒这个人。白秋说，不弄倒这个人，我死不瞑目！我也不想栽他的赃，只是看有没有他的把柄。

老虎说，这人既贪财，又好色。贪财你一时搞他不倒，好色倒可以利用一下。去年香香找到我，说有个姓李的男人玩了她不给钱，只说有朋友会付的。但是没有人给。她过后指给我看，我见是马有道。我想一定是有人请客，但不知哪个环节出了差错，没有给香香付钱。马有道当副局长以后，不太穿制服，香香又不认得他。我只好同香香说，这个姓李的是我一个朋友，就算我请客吧。这马有道同香香玩过之后，对香香还很上心，常去找她。总不给钱，又耽误人家生意，香香也有些烦躁。但碍着我的面子，只好应付。

白秋听了拍手叫好，说，下次他再来找香香，你可以让香香通个信吗？

老虎说，这当然可以。说罢又玩笑道，香香你也可以找她哩，这女人对你可有真心哩。

白秋脸红了，说，你别开我的玩笑了。自从去年我们同香香吃了顿饭，我再没见到过她哩。这女人的确会来事。

老虎仍有些担心，说，马有道现在是公安局副局长了，有谁敢下手？再说这么一来，把香香也弄出来了。

白秋说，香香我们可以想办法不让她吃苦。只要她愿意，今后就不再干这种事了，可以到我天都来做服务员。抓人我也可以负责，总有人敢去抓他的。

原来，城关派出所的副所长老刘，同马有道共事多年，有些摩擦。马有道升副局长，没有推荐老刘当所长，而是从上面派了人来。老刘对马有道就更加恨之入骨了。白秋回来后，有天老刘碰到他，专门拉他到一边，说，当年送你劳教，全是马有道一手搞的。所里所有人都不同意这么做，马有道要巴结三猴子在地公安处的姐夫，一定要送你去。马有道他妈的真不是东西，领导就是看重这种人。他也别太猖狂，这么忘乎所以，迟早要倒霉的。白秋相信老刘的话。见老刘那激愤的样子，白秋就猜想他巴不得早一天把马有道整倒。

十多天之后，县里传出爆炸性新闻：县公安局副局长马有道在宏达宾馆嫖娼，被城关派出所当场抓获。听说县有线电视台的记者周明也跟了去，将整个过程都录了像。周明时不时弄些个叫县里头儿脸上不好过的新闻，领导们说起他就皱眉头。宣传部早就想将他调离电视台，但碍着他是省里的优秀记者，在新闻界小有名气，只好忍着。

人们正在议论这事是真是假，省里电视台将这丑闻曝了光。小道消息说，这中间还有些曲折。说是分管公安的副县长朱开福批评了周明，怪他不该录像，损害了公安形象。我们干部犯了错误，有组织上处理，要你们电视台凑什么热闹？他还要周明交出录像带。周明被惹火了，说，到底是谁损害了公安形象？他本来就是天不怕地不怕的，索性把录像带送到省电视台。省台的人都很熟，对他明说，这类批评性报道最不好弄，搞不好就出麻烦。周明便大肆渲染了朱开福的混蛋和个别县领导的袒护。省台的朋友也被说得很激愤了，表示非曝光不可，杀头也要曝光！

马有道在省电视台一亮相，就算彻底完了。他立即被开除党籍，调离公安战线。县委还决定以此为契机，在全县公安战线进行了一次作风整顿。朱开福在会上义正词严的样子，说，一定要把纯洁公安队伍作为长抓不懈的大事。只要他胆敢给公安战线抹黑，就要从严查处，决不姑息！

白秋将这事做得很机密，可过了一段，还是有人知道了。大家想不到马有道英雄一世，最后会栽在白秀才手里。马有道平时口碑不太好，人们便很佩服白秋。

社会上的各派兄弟对他更是尊重。有人提议，将各派联合起来，推选一个头儿。这天晚上，各派头儿在城外河边的草坪上开会。白秋是让老虎硬拉着去的。他不想去凑这个热闹。他从来就不承认自己是哪个派的头儿，只是拥有一些很好的兄弟。但白秋一去，大家一致推选他做头。三猴子没有来，说是生病了，他们那派来的是红眼珠。红眼珠做人乖巧些，同白秋在表面客套上还过得去。他见大家都推举白秋，也说只有白秋合适些。

白秋却说，感谢各位兄弟的抬举。但这个头我不能当，我也劝各位兄弟都不要当这个头。白秋这么一说，大家都不明白。有人还怪他怎么一下子这么胆小了。

白秋说，我讲个道理，大家在社会上混，靠的是有几个好兄弟。我们若有意识地搞个组织，要是出了个什么事，公安会说我们是团伙，甚至是黑社会。这是要从重处理的。我们自己就要聪明些，不要搞什么帮呀派呀。只要朋友们贴心，有事大家关照就行了。不是我讲得难听，兄弟们谁的屁股上没有一点屎？要是搞个帮派，不倒霉大家平安，一倒霉事就大了，这个当头的头上就要开花！我反正不当这个头。不过有句话，既然大家这么看得起我，我今后有事拜托各位的话，还请给我面子。

于是这次草坪会议没有产生盟主。尽管白秋死活不就，但这次碰头以后，他还是成了城里各派兄弟心目中事实上的领袖。只是没有正式拜把，他自己不承认而已。

兄弟们的推崇并没有给白秋带来好的心情。三猴子和马有道他都报复过了，这也只是让他有过一时半刻的得意。他现在感到的是从未有过的空虚和无奈。想命运竟是这般无常！人们公认的白河才子，如今竟成了人们公认的流氓头子！想着这些，白秋甚至憎恨自己所受的教育了。他想假如自己愚鲁无知，就会守着这龙头老大的交椅耀武扬威了，绝无如此细腻而复杂的感受。但他毕竟是苏白秋！

白秋的天都酒家生意很红火。晚上多半是兄弟们看店子，他总是在芳姐那里过夜。只是时时感到四顾茫然。他从一开始就明白自己同芳姐不会长久的。毕竟不现实。但芳姐的温情他是无法舍弃的。芳姐不及秀儿漂亮，可他后来真的再也没有同秀儿睡过觉。秀儿也常来找他，他都借故脱身了。只要躺在芳姐的床上，他就叫自己什么也别去想。也不像以前那样总是醉心甜蜜事情了，他总是在芳姐的呢喃中昏睡。似乎要了结的事情都了结了，是否以后的日子就是这么昏睡？

白秋时不时回家里看看，给妈妈一些钱，或是带点东西回去。妈妈见白秋正经做事了，心也宽了些。他同妈妈倒是有些话说了，同爸爸仍说不到一块儿去。有回猛然见爸爸背有些驼了，胡子拉碴，很有些落魄的样子。他心里就隐隐沉了一下，想今后对爸爸好些。可一见爸爸那阴着脸的样子，就什么话也说不出了。

那天晚上他很早就去了芳姐那里。路过白一家门口，又听见白一在弹那支无名曲子。他禁不住停了下来，感觉身子在一阵一阵往下沉。犹豫了半天，他还是硬着头皮敲了门。正好是白一爸爸开的门，笑着说声稀客，脸上的皮肉就僵着了。白一听说是白秋，立即停下弹琴，转过脸来。白一脸有些发红，说，白秋哥怎么这么久都不来玩呢？白一爸爸就说，白秋是大老板了，哪有时间来陪你说瞎话？

白秋听了瞎话二字，非常刺耳，就望了一眼白一，白一也有些不高兴，但只是低了一下头，又笑笑地望着白秋。

白秋总是发生错觉，不相信这双美丽的大眼睛原是一片漆黑。

说了一会儿闲话，白一爸爸就开始大声打哈欠。白秋就告辞了。

一路上就总想着白一的眼睛。他想这双眼睛是最纯洁的一双眼睛，因为它们没有看见过这个肮脏的世界。似乎也只有在这双眼睛里，白秋还是原来的白秋。

这个晚上，芳姐在他身下像只白嫩的蚕，风情地蠕动着，他的眼前却总是晃动着白一的眼睛。那是一双什么都看不见，似乎又什么都能透穿的眼睛！

他发誓自己今后一定要娶白一！

今晚月色很好。月光水一般从窗户漫过来，白秋恍惚间觉得自己飘浮在梦境里。芳姐睡着了，丰腴而白嫩的脸盘在月光下无比温馨。白秋感觉胸口骤然紧缩一阵。心想终生依偎着这样一个女人，是多么美妙的事啊！

可是这样的月光，又令他想起了白一。白一多像这月光，静谧而纯洁。

自己配和白一在一起吗？既然已经同芳姐这样了，还是同这女人厮守终生吧，白秋想到这一层，突然对芳姐愧疚起来，觉得自己无意间亵渎了芳姐。他想自己既然要同芳姐在一起，就不能有退而求其次的想法。

正想着这两个女人，父亲的影子忽然出现在他的脑海里，父亲佝偻着腰，一脸凄苦地在那窄窄的蜗居里走动，动作迟缓得近于痴呆。父亲现在很少出门了，总是把自己关在屋里。从前，老人家喜欢背着手在外面散步，逢人便慈祥地笑。现在老人家怕出门了，怕好心的人十分同情地同他说起他的满儿子。

白秋似乎第一次想到父亲已是这般模样了，又似乎父亲是一夜之间衰老的。他深沉地叹了一声。芳姐醒了，问，你怎么了？又睡不着了是吗？说着就爱怜地搂了白秋，轻轻拍着他的背，像呵护着孩子。白秋闭上眼睛，佯装入睡。心里却想，明天要回去一下，喊声爸爸。今后一定对爸爸好些。就算想娶了芳姐，别人怎么说可以不顾忌，但必须慢慢劝顺了父母。再也不能这么荒唐了，非活出个人模人样来不可，让人刮目相看，叫父母有一份安慰！

第二天，白秋同芳姐起得迟。白秋洗了脸，猛然记起昨天酒家厨房的下水道堵了，还得叫人疏通，便同芳姐说了声，早饭也不吃就走了。也许是想清了一些事情，白秋的心情很好。路上见了熟人，他便颔首而笑。

一到酒家，就见朱又文等在那里。白秋就玩笑道，朱衙内今天怎么屈尊寒店？

朱又文就说，老同学别开玩笑了，我是有事求你帮忙哩。说着就拖着白秋往一边走。

是你在开玩笑哩，你朱先生还有事求我？白秋说。

朱又文轻声说，真的有事要求你。我爸爸的枪被人偷了，这是天大的事，找不回来一定要挨处分。

白秋说，你真会开玩笑，你爸爸是管公安的副县长，丢了枪还用得着找我？那么多刑警干什么吃的？

朱又文说，这事我知道，请你们道上的朋友帮忙去找还靠得住些。这事我爸爸暂时还不敢报案哩。

白秋本来不想帮这个忙，因朱又文这人不够朋友。但朱又文反复恳求，他就答应试试。

白秋这天晚上回家去了。他给爸爸买了两瓶五粮液酒，说，爸爸你今后不要喝那些低档酒，伤身子。要喝就喝点好酒，年纪大了，每餐就少喝点。

爸爸点头应了几声嗯嗯，竟独自去了里屋。儿子已很多年没有叫他了，老人家觉得喉头有些发哽，眼睛有些发涩。

妈妈说，白秋，你爸爸是疼你的，你今天喊了他，他……他会流眼泪的啊。今年他看到你正经做事了，嘴上不说什么，心里高兴。你有空就多回来看看。

白秋也觉得鼻子里有些发热。但不好意思哭出来，笑了笑忍过去了。

这几天芳姐觉得白秋像是变了一个人，不再老是苦着脸，话也特别多。他总说我们的生意会越来越好，我们今后一定会垄断白河县的餐饮业。见白秋口口声声说我们，芳姐很开心，就说，我们这我们那，我们俩的事你想过吗？芳姐也早不顾忌别人怎么说了，只一心想同白秋厮守一辈子。白秋听芳姐问他，就笑笑，捏捏芳姐的脸蛋儿，说，放心吧，反正我白秋不会负人，不负你，不负父母，不负朋友。我在父母面前发过誓的，我就不相信我做不出个样子来。

几天以后，朱又文家的人清早起来，在自家阳台上发现了丢失的手枪。

白秋那天只同一个兄弟说过一声，让他去外面关照一声，谁拿了人家的枪就送回去。事后他再没同谁说过这事，也没想过枪会不会有人送回来。他并不把这事太放在心上。朱又文家找回了丢失的枪，他也不知道。他这天上午很忙，晚上有人来酒家办婚宴，他同大伙儿在做准备。尽管很忙，他还是同爸爸妈妈说了，晚上回去吃晚饭，只是得稍晚一点。他想陪父亲喝几杯酒。他问了芳姐，是不是同他一块回家去吃餐饭？芳姐听了高兴极了。白秋还从未明说过要娶她，但今天邀她一同回家去，分明是一种暗示。但她不想马上去他家，就说，我还是等一段再去看他们老人家吧。现在就去，太冒失了。

可是谁也没有料到的事情发生了。就在这天下午，刑警队来人带走了白秋。老虎和红眼珠也被抓了起来。

原来，朱开福见自己的枪果然被送了回来，大吃了一惊。他同几个县领导碰了下头，说，黑社会势力竟然发展到这一步了，翻手为云，覆手为雨，这还了得？

预审一开始，白秋就明白自己不小心做了傻事。他不该帮朱开福找回手枪。他很愤怒，骂着政客、流氓，过河拆桥，恩将仇报。从预审提问中，白秋发现他们完全把他当成了白河县城黑社会的头号老大，而且有严密的组织，似乎很多起犯罪都与他有关，还涉嫌几桩命案。他知道，一旦罪名成立，他必死无疑。

总是在黑夜里，他的关押地不断地转移。他便总不知自己被关在哪里。过了几个黑夜，他就没有了时间概念，不知自己被关了多久了。车轮式的提审弄得他精疲力竭。他的脑子完全木了，同芳姐一道反复设计过的那些美事，这会儿也没有心力去想起了。终日缠绕在脑海里的是对死亡的恐惧。他相信自己没有任何罪行，但他分明感觉到有一只看不见的手在将他往死里推。他的辩白没有人相信。

不知过了多少天，看守说有人来看他来了。他想象不出谁会来看他，也不愿去想，只是木然地跟着看守出去。来的却是泪流满面的芳姐。就在这一刹那，白秋的心猛然震动了。他想，自己只要有可能出去，立即同这女人结婚！

芳姐拉着白秋的手，说不出一句话，只是哭个不停。芳姐憔悴了许多，像老了十岁。

白秋见芳姐总是泪流不止，就故作欢颜，说，芳姐你好吗？

芳姐不知是点头还是摇头，只呆呆望着白秋，半天才说，我找你找得都要发疯了。他们打你了吗？

白秋说，没什么哩。反正是天天睡觉。这是哪里？

听芳姐这一说，才知自己是被关在外县。他被换了好几个地方，芳姐就成天四处跑，设法打听他的下落。托了好多人，费了好多周折，芳姐才找到他。白秋望着这个痴情的女人，鼻子有些发酸。

芳姐说，我去看了你爸爸妈妈，两位老人不像样子了。你妈妈只是哭，说那天你说回去没回去。可怜你父亲，眼巴巴守着桌上的酒杯等你等到深夜。他老人家总是说你这辈子叫他害了。我陪了两位老人一天，又急着找你，就托付了我店里的人招呼他们二老。白秋听着，先是神色戚戚，马上就泪下如注，捶着头说自己不孝。芳姐劝慰道，你别这样子，我知道你没有罪，你一定会出去的。他们不就是认钱吗？我就算倾家荡产，也要把你弄出去。你放心，我会照顾老人家，等着你出来。

自从那天白秋喊了爸爸，他对爸爸的看法好像完全改变了。他开始想到爸爸原来并没有错。他老人家只是为了让儿子变好，让儿子受到应有的教育或者惩罚。但是老人家太善良、太正派，也太轻信。他以为全世界的人，都会按他在课堂上教的那样去做。结果他被愚弄了。白秋越来越体会到，父亲有自己一套人生原则，这也正是他老人家受人尊重的地方。但到了晚年，老人家蓦然回首，发现一切早不再是他熟稔的了。爸爸为自己害了儿子而悔恨，可老人家知道自己分明没有做错！白秋太了解爸爸了，他老人家太习惯理性思维了，总希望按他认定的那一套把事情想清楚。可这是一个想不清楚的死结，只能让爸爸痛苦终生。按爸爸的思维方式，他会碰上太多的死结。因而爸爸的晚年会有很多的痛苦。白秋早就不准备再责怪这样一位善良而孤独的老人了。只要自己能出去，一定做个大孝子。可他担心自己只怕出不去。说不定芳姐白白拼尽了全部家产，也不能救他一命。

芳姐说，告诉你，三猴子死了，同人打架打死的。他终于得到报应了。

白秋听了却没有什么反应，只说，没有意思了。我现在只希望你好好的，希望爸爸妈妈好好的。

芳姐擦了一下眼泪，脸上微露喜色，说，白秋，我们有孩子了。芳姐说着就摸摸自己的肚子。

白秋眼睛睁得老大，说不清自己的心情。芳姐就问，你想要这孩子吗？白秋忙点头，要要，一定要。芳姐终于笑了，拉着白秋的手使劲地揉着。

探视时间到了。芳姐眼泪又滚下来了。白秋本想交待芳姐，自己万一出去不了，请她一定拿他的钱买一架钢琴送给白一，但怕芳姐听了伤心，就忍住了。

夜里，白秋怎么也睡不着。最近一些日子，他本来都是昏昏沉沉的，很容易入睡。似乎对死亡也不再恐惧了。可今天见了芳姐，他又十分渴望外面的阳光了。他很想马上能够出去。直到深夜，他才迷迷糊糊睡去。刚一睡着，咣当咣当的铁门声吵醒了他。恍恍惚惚间，他听得来人宣判了他的死刑。刑场是一片漫无边际的芦苇，开着雪一样白的花。他站在一边，看着自己被押着在芦苇地里走啊走啊。芳姐呼天抢地，在后面拼命地追，总是追不上他。他想上去拉着芳姐一块儿去追自己，却怎么也走不动。又见白一无助地站在那里哭，眼泪映着阳光，亮晶晶地刺眼。枪响了，他看见自己倒下去了，惊起一群飞鸟，大团大团芦花被抖落了，随风飘起来。天地一片雪白。

平常日子

姚天明和妻子向吉月结婚十三年了，儿子姚涛也已十二岁。日子一直很平常地过着。天明是汽车发动机厂的工人，吉月在南天商厦当营业员。也没有老人在身边，就只是一家三口。天明厂里效益一年不如一年，今年发工资也困难了。但两口子还算是想得开的人，大不了日子紧过一点吧。那么多人领不到工资，人家要过，我们不照样要过？再说吉月那里工资虽然不多，到底还是月月有拿的。有时手头实在太紧了，两口子也叹几口气，或是发几句牢骚。这也并不影响一家人生活的平静。每天一早，吉月起床做饭，天明带儿子晨跑。吃了早饭，上班的上班去，上学的上学去。中午各自买盒饭吃。要到晚上，全家人在饭桌上才又重新会面。吃饭的时候，开了电视，让儿子看他喜欢的卡通片。饭吃完了，卡通片也完了，接着就是新闻联播。吉月就去关了电视。老百姓看什么新闻联播？儿子洗了脸，就去自己的小房做功课。吉月就满屋子收拾。她像是总有做不完的事。天明有些无聊，可能又会打开电视。可找不到好看的节目，就将遥控器按来按去。吉月见了，就说，别浪费电了，关了吧。

一会儿也就九点多了，吉月对男人说，你看涛涛作业完了不？睡觉了。天明一去，有时撞见涛涛在看闲书，就轻轻骂道，你又不专心了。下次再发现，我就告诉你妈妈。

多年的平静生活，最近却因儿子有了些变化。涛涛参加国际奥林匹克数学竞赛荣获了金牌，成了全市的新闻人物。李市长和主管教育的王副市长等领导同志亲切接见了姚天明一家。李市长还亲自为涛涛题了词：世上无神童，勤奋出天才。一再勉励涛涛要更加发愤，好好学习，长大成为祖国有用的人。还询问天明夫妇，有什么困难吗？有困难就尽管去找他。天明夫妇感激不尽，一时也没想到需要李市长解决什么困难。

那天晚饭后，一家三口都坐在电视机前等着看新闻。中央电视台的新闻之后才是本市的新闻节目。先报道了一个重要会议，接着就播李市长接见天明一家的新闻。天明夫妇屏息静气地看着，说不出是激动还是紧张，感觉心跳有些快。看完之后，两人都禁不住吐了一口气。两人又都不满意自己在电视里的形象，怎么像个乡巴佬似的？那么缩头缩脑的！我们涛涛还自然些，你看涛涛向李市长行队礼行得好标准好姿势！涛涛就一脸孩子气地笑。

新闻完了，一家人还沉浸在一种说不清的情绪里。天明说，当市长也真忙的。你看整个新闻节目，李市长都是主角，真是俗话说的，九处打锣，十处在场。

吉月笑话道，你连一句日理万机都不会说？幸好不要你跟领导当秘书。你看李市长好有风度！那头发，油光水亮的。

天明说，人就是怪。我们这平头百姓，要是成天头发亮光光的，别人不在背后说你不正经才怪。换了我们车间主任这样油头粉面的，别人也会说他当了个小小萝卜头，就人模人样了。到了马厂长这分上，勉强可以把头发收拾得讲究些了，但最好不要打摩丝，不然你厂子搞得不好，人家一定说就是你花花样子花掉了。可是李市长他们就不同了，他们如果不修边幅，别人又会说他们一点儿领导干部的风度都没有。想象不出他们蓬头垢面地出现在电视上是个什么效果？

吉月听了笑了起来，说你倒总结一套理论了。说话间发现儿子涛涛还坐在这里，张着耳朵听大人谈白话，就说，涛涛怎么也在这里傻听？快做作业去。天明接腔道，你要记住市长李爷爷的话，好好学习，刻苦学习，不要偷懒！涛涛只得去了自己的房间。

天明找了一家裱字店，将李市长的题词裱好。两口子反复琢磨，不知将这题词挂在哪里好。吉月说还是挂在涛涛房里吧，这是李市长专门为他写的，也好让他天天看着，更加努力。天明却坚持要挂在客厅。这可是李市长的题词啊，当然应挂在客厅，还要挂在正面墙上。不光涛涛要时刻记住李市长的教诲，我们做大人的也要记住。当然这是专门针对涛涛题的，但其中勤奋这个精髓对我俩同样重要。依我领会，李市长这八个字，其精神实质就在勤奋二字。吉月听着笑了起来，说，你这话我怎么越听越觉得像领导作报告？吉月这么一说，天明也笑了起来，说，是啊，像领导作报告吗？我这不是有意拿腔拿调啊。我想人要是说到严肃的事，可能都是这个味道。难怪大家都说领导讲话是打官腔，可能就因为领导们讲的大多都是严肃事情。

说了这么一阵子，还没有定下来是不是挂在客厅的正面墙上。因为那里已设了神龛。如今神龛也现代化了，通上电，成天都香火缭绕的。

见吉月不做声了，天明就问她，是不是将神龛撤了，挂李市长的题词？别相信你那一套，还是相信领导相信政府吧。

挂市长的题词的确也是个大事，吉月就说，你要撤就撤吧，嘴还是要干净些，不要乱讲。信则有，不信则无哩。

天明没想到吉月这么容易就同意撤了神龛。吉月这几年是越来越迷信，把烧香拜佛看得比孝顺老娘还重，那一套套的路数还学得很里手。他不信这个，但也不说吉月。这事反正劳不着他，都只是吉月独自磕头作揖。他只是有时感到奇怪：这吉月也是读过书的人，早些年见了睁眼的罗汉闭眼的菩萨还直恶心，现在却是顶礼膜拜了。世界就这么怪，很多小时候相信的事，长大了就不相信了；而很多小时候不相信的事，长大后反而不得不相信了。不过吉月今天的开通，说明她在大事上还是明白的，在领导和神明之间，毅然选择了领导。天明架起凳子取下了神龛，放到阳台的一角。再找来圈尺，在墙上左量右量，样子很认真。弄了半天，在墙的正中间钉了一颗钉子，再把那题词挂上去。挂好之后，又要吉月在下面仔细看看，是不是挂正了。

天明站在客厅中央，望着题词，久久回不过眼来。吉月说，挂好了就好了，老站在那里干什么？天明啧啧道，李市长硬是个才子，这笔字，多漂亮！

吉月听男人这么一说，也过来认真看了一会儿。男人这点眼力，她还是相信的。当初她同天明谈恋爱，就看着他有些才气，歌也唱得，琴也弹得，还写得一手好字。那时就没想过他只是一个普通工人。结婚以后，一切都真实了。天明的那些小聪明当不得油，也当不得盐，只不过为他们花前月下的日子增添过一些浪漫色彩而已。吉月在结婚不久的一段日子，心里似有淡淡的失意。日子一久，也就不在意了。到底还认为天明这人不蠢。

吉月问，裱这字花多少钱？

天明说，花了八十元。人家说，按他们的标准要收一百二十元，见是李市长的字，优惠一点。

八十？还是优惠？吉月心里有些不舍，却又不好怎么说。天明看出吉月的心思，也只作不知道。

吉月忙别的事去了，天明就走到门外，装作从外面回来的样子。一到门口，就看见李市长的题词，赫然悬挂在那里。心里就很得意。

这天吃了晚饭，全家又在看新闻。现在他们三口人每天都看新闻。到底想看到什么，谁也不说。但只要李市长一露面，一家人都会感到格外亲切。李市长的名字也时常挂在一家人的嘴上。吉月很细心，看了一段时间新闻，连李市长有几套西装也数得清清楚楚的了。吉月的家务活也等看完了新闻再去做。涛涛也习惯看了新闻再去做功课。爸爸妈妈也不催他。爸爸还会时不时就新闻中讲的一些事情问问涛涛。涛涛人是聪明，但毕竟太小，有些国家大事他不清楚，父亲就教给孩子。涛涛听得似懂非懂，懵里懵懂啊啊点头。

涛涛进去之后，天明很郑重地告诉吉月，马厂长同他说了，想调他到工会去当干事，征求他的意见。

吉月问，你怎么同厂长说的？

天明说，我说很感谢马厂长。但没有思想准备，也不知干得好干不好，还是让我考虑一下。

吉月想了想，说，去工会，虽说只是个干事，到底也是以工代干，人也体面些。我说你还是去。说不定到时候有机会转个干呢？

天明说，我也想去，工会轻松些。转不转干，就那么回事。其实天明怎么不想转干？只是不想表现得这么急切。

吉月又说，平时听你说，你们马厂长对你不怎么样，怎么一下子关心起你来了？

天明轻声道，还不是托儿子的福？说着便回头望望儿子的房门，像是生怕儿子听见。天明的确不想让儿子这么小就看出父母沾了他的光，这样既显得大人没面子，又不利于儿子成长。天明回过头来，又说，说真的，我原来一直以为马厂长不认识我的。我平时同他打招呼，他都不怎么答理。他在厂里不论走到哪里，都是昂着头，眼睛不太望人的。我想这厂里千多人，我们自己也认不全，怎么能要求人家马厂长人人都认得呢？所以有时自己热脸碰冷脸，也还算想得通。没想到他原来是认得我的。今天早上去上班，他一见我就很热情地招呼我过去他办公室。

吉月说，也是的，我们那个刘经理，平时也不太理人的，现在好像对我也不同了。

天明笑笑，说，是吗？真有意思。不过你们那刘经理，可是现在红得发紫的女强人，人家有资本摆摆格。

吉月说，你还别说什么女强人哩。去年她评上劳模，报纸上大肆宣传她，口口声声称她是女强人，把她气死了。她最不喜欢人家说她是女强人。她喜欢人家讲她温柔。别看她快四十岁的人了，人家在场面上还扭屁股翘嘴巴哩。

天明一听，就说了吉月，不要像别人那样乱说人家，人家到底是你的领导哩！不过天明说是这么说，自己也相信那女人就是那样的人，他听过她的不少坏话，说她同谁又怎么样，同谁又怎么样，都说得有鼻子有眼的。有人就说她跟李市长有两手。原先天明两口子在外听了类似的传言，回家偶尔也说说。但现在他俩谁也不提这话题了。

可吉月像是同刘经理有意见似的，又说，就论资本，她的资本总比不过李市长吧。人家李市长一个堂堂市长，在我们面前也不显得有架子，那么平易近人。说话间，吉月的脸上就洋溢着幸福的神色。天明也感慨起来，抬头望着墙上李市长的题词，说，说来说去，现在有人看得起我们，到底还是搭帮李市长。吉月也说是的是的。两人便又说起了李市长。说是这位领导不论走到哪里，都显得那么有风度，有魄力，有水平，又是那么和气。真是一位难得的好领导啊！

天明还没有去工会，消息在车间早传开了。天明去上班，大家围着他，硬说他当官了，要他请客。真叫他不知怎么办才好。不请吗？人家说你得了好处，忘了兄弟。请吗？这又不是个什么大事，就只是去工会当个干事，说不定哪天厂长叫你回车间你就回车间了。为这事兴冲冲地请客，不是落得人家背后说你吗？还是车间主任老王替他解了围，说，别为难天明了。他一个月有几个钱？你们这伙山吃海嚼的家伙，谁又请得起？我做主了，我们车间明天中午会个餐，算是欢送天明。有人玩笑道，老王就开始巴结天明了。老王说，我是代表大家巴结他哩。我们车间的福利，还要靠天明日后多关照哩，我们大家的主人翁地位，还靠天明给我们维护哩。玩笑间，事情就这么定了。

天明回到家里，正好吉月买菜回来，嚷着物价涨得不像话了，只怕过一段我们吃白菜都吃不起了。天明就说，政府正准备采取措施哩。昨天晚上，李市长不是专门讲了物价问题了吗？吉月还是有气，就说，政府还是急的，只是那些小贩，谁听政府的？要是人人都按李市长说的去做，天下就太平了。天明本想讲讲车间说请客的事，见吉月心情不太好，就暂时忍住不说了。

吃了晚饭，看完新闻，吉月就叫儿子，涛涛怎么还不去做作业？

涛涛说，明天是星期六。原来星期五晚上涛涛不做功课，爸爸妈妈准他看看电视。

吉月叹了一声，说，日子过得真快，一眨眼又是一个星期了。

天明却是另外一番感慨，说，人的日子过得快，要么就是太忙，要么就是好过。

吉月就望着天明，问，你是忙呢？还是好过呢？

天明笑笑说，说，我忙什么？在家有你这好老婆，在厂里就那么回事。

吉月就说，那么你就是日子好过了？

天明把头极舒服地靠在沙发上，目光就自然而然地投在李市长的题词上了，说，最近我还真的感到日子好过些了。家里尽是喜事，儿子为我们家争了光，李市长又接见了我们，我们俩在单位也人模人样了。我成天走起路来脚步都轻松些。

一说起这事，吉月心情一下子就好了起来，却不说什么，只摸摸儿子的头顶，说，涛涛要更加听话，记住李爷爷的话，好好学习。涛涛很懂事地点了头。

今晚的电视节目也不错，一家三口看得乐陶陶的。

临睡前，涛涛说，几个同学明天邀了去郊游。吉月一听，不让儿子去。休息日也不能全顾玩呀？你忘了李爷爷的话了？

涛涛分辩道，也要适当活动一下嘛，不能一天到晚蹲在家里死读书。

吉月生气了，说，你就是这个毛病，总以为自己脑瓜子好用，学习不认真，只顾贪玩。这几天大家心情好，我不说你，你就不认得自己了。你看看李爷爷写的，世上无神童，勤奋出天才。你以为你就是神童了？你要是还这么自满，不勤奋学习，迟早要成蠢材的！

涛涛很委屈，噘着嘴巴去房间睡去了。

天明刚才一直不说话，吉月就怪他，说，你好歹不讲涛涛，就是我一个的儿子？你看他这脾气！其实天明以为儿子休息日出去玩玩也没什么不好，原先他两口儿还专门带儿子出去玩哩。他不想在儿子面前说吉月的不是，就只好不说话算了。这会儿想说，吉月又在生气，他也不好说了。

睡在床上，天明想起同事讲的请客的事，一时不知怎么提起。扯了别的一些话题，才说及这事。吉月说，既然老王说他们请，就他们请吧。

天明说，请是他们请，但我没有任何表示也过意不去。

吉月说，我不是说你不可以请，问题是你请得起吗？你们车间可是八十多号人啦！

天明想了想，说，我当然请不起。但兄弟们在一起快二十年了，多少有些感情。大家这么热热闹闹地欢送我，我总觉得不好太不够朋友了。我想是不是买几条烟，等车间欢送我的时候，我给大家每人发一包，算是答谢。你说呢？

吉月算了算账，说，就是买一般档次的烟，也要花四五百元。这是我们一个月的工资啊。

天明不做声。四五百元还是吉月的工资，他自己一个月还拿不到这么多钱。不是说经济地位决定政治地位吗？自己钱少，就不便多说。吉月见天明这样子好为难，就说，好吧。俗话说的，借钱买米，留客吃饭，要紧就紧我们自己吧。

工会办公室只是一间大房子，摆了七八张办公桌。天明去工会报到，马厂长和工会吴主席一起，很客气地找他谈了话。马厂长说，我同吴主席商量，考虑你能弹能唱，政治上又可靠，就调你来工会，主要负责职工文化生活。天明一再表示感谢厂领导的关心，但心里清楚，他定是沾了李市长的光。

上班几天，没有什么具体任务。吴主席说，先看看一些文件资料，熟悉熟悉政策和有关情况。工会工作，政策性强，事关职工切身利益，很重要啊。天明便天天看文件，看报纸。可坐一会儿就想瞌睡。他就在心里笑自己命中注定是个贱人，天生是在车间里使牛劲流大汗的。看同事们都在悠闲地喝茶看报，就想自己怎么不也拿个茶杯来呢？原来在车间，他上班从来没有喝茶。总是下班回家才咕噜咕噜喝一大缸，像是驴饮。今天早晨来的时候，也想起要带一个茶杯来，又总觉得不该这么太像回事，就没有带了。这会儿想，如果有一杯滚烫的浓茶在手，就不会打瞌睡了。没有办法，就老是去厕所。为的是走动走动，消除疲劳。

坐机关的成天看报谁也没有这个本事，总得扯扯谈谈。天明新来，大家不免要夸他的儿子涛涛，自然也就说到李市长。话题一到李市长身上，说话的多是天明，那样子很神往。同事们听着也满心羡慕。

马厂长的办公室同工会办公室隔壁，他有时也过来坐坐。这天，同事们不知怎么又说到李市长了。天明到工会上班有一段日子了，早习惯端着一个紫砂芯的磁化杯慢慢悠悠地喝茶了。天明喝了一口滚开的浓茶，深深地吐着气，像是陶醉茶的清香，又像是在感慨什么，说，李市长，你们同他多打几次交道就知道了，对人很随便的。天明没有用平易近人这个词，一来觉得这么说太官方味了，二为这么说也没有说随便来得亲近。

大家正谈论着李市长，马厂长过来了。大家忙起身给马厂长让座。马厂长坐下，笑道，大家又在谈论国家大事？说着就把脸转向天明，问，李市长很好打交道是吗？天明笑道，是的是的，很随便的。马厂长像是见过很多领导的人，感慨道，是啊！越是大领导，越是没有架子。

马厂长坐了一会儿，起身去了自己办公室。上班时间，他一般不同大家闲坐太久。马厂长一走，大家立即意识到要正经办一会儿公了。于是大家又开始认认真真地看报。天明斯斯文文地喝着茶翻到报纸的末版。他一个做工的，越是重要新闻越是看了打瞌睡。所以他看报总是从末版开始，头版都只是瞄几眼就过了。他正准备另外拿一张报纸看，听见吴主席说，李市长还是很廉洁的哩。天明知道这是在同自己说话，就抬头望着吴主席，答道，是的是的，很廉洁的。吴主席显得很有兴趣，又问了天明许多李市长的事，看样子把天明当做同李市长过从甚密的人了。他问的有些事情叫人不好回答，但天明像是要护住自己的面子，尽量敷衍得圆滑些。吴主席五十多岁的人了，一辈子在工厂当领导，也算是在工厂搞政治的，只要说到政治人物，他的脸色就亮得特别不同。但毕竟又未曾干过真正的政治，便总是带着几分神往侧着耳朵听别人谈论当地政坛。

这天晚上，吉月避着涛涛对天明说，我在单位听到小张讲李市长的不是，说他又贪又色。小张同我关系不太好，见我在那里，专门大声讲这事，像是有意讲给我听的。

天明问，她讲到具体细节吗？

吉月说，那倒没有。贪不贪谁讲得清楚？除非抓了。倒是她讲他好色，大家听她那口气，都知道是怎么回事了。这小张是个怪人，同谁都搞不好关系，跟刘经理也像是仇人似的。大家知道她是对刘经理含沙射影，就不好附和，任她一个人讲。

天明交待吉月，不要同人家一起说三道四。别人讲是别人的事，我们可不能讲李市长。不是我说得怎么，人家李市长到了这分儿上，就是有个情人，又怎么样？只要他真心真意为老百姓办事，我没意见！人是有个层次，不同层次的人得有不同的标准去看。比方说，张学良同赵四小姐的事，要是发生在我们老百姓身上，说轻一点也是陈世美，说重一点就是道德品质败坏了。可人家是张学良，他俩的事就成了流传千古的爱情佳话了，还同爱国主义联在一起哩。

吉月却笑着问天明，这是你的理论？你有朝一日发达了，不是也要养个人？

天明也笑了，说，又叫你抓了把柄了。你相信我会吗？

吉月说，反正你们男人，就是富贵不得。

天明回道，不是我自暴自弃，我这一辈子也富贵不到哪里去。

说话间，电视上推出了特别新闻，播放李市长在全市廉政建设工作会议上的讲话。李市长表情严肃，一会儿语重心长，苦口婆心，一会儿情绪激昂，慷慨陈词。讲到某些领导干部的腐败问题时，李市长气愤地拍了桌子，惊得桌上的茶杯盖子都跳了起来。天明夫妇受到了感染，觉得特别痛快。天明说，你看，李市长对腐败问题是深恶痛绝。我就是不相信人家说的鬼话，这也是老话说的，谤随名高。

吉月说，也是，人一出众，只好随人说了。

次日天明上班，在办公室看报纸，见市里日报的头版赫然登着李市长怒斥腐败的新闻。天明便浏览了一下，心想现在新闻手段倒真快。

吴主席像是也看到了这条新闻，说，你昨天看了李市长那个讲话了吗？

天明忙抬头望着吴主席，回道，看了看了。李市长讲得很激动，可见市政府抓廉政建设的决心是大的。

两人便感叹一会儿，说是上面对廉政建设还是非常重视的，就是下面的人搞乱了，中央是三令五申啊！

一会儿发工资了。工资是以科室为单位统一去财会室领的。工会的工资都是老熊领来，各自再到老熊那里去签字。天明这是头一次在工会领工资，一边看了工资表一边签了字，发现工资倒比在车间少了差不多五十元。工资本来就不多，这会儿又少了这么些，心中难免不是滋味。可又不好说什么。老熊却随口问道，听说李市长是天明的亲戚？

天明不想老熊竟问起这话，几乎有些口吃，忙说，不不不，哪里哪里……

老熊微微笑道，你别谦虚嘛！

大家便都望着天明，各是各的心思。天明觉得鼻子上直冒汗。

心想老熊这人真是的，还叫我别谦虚，好像如果是李市长的亲戚，就是什么了不起的事了。天明这会儿不知说什么好，就信口说道，到工会来，工资倒少了几十块了。

正说着，马厂长进来了，说，同一线工人比，我们是要少拿些。说着就叫天明到他办公室去一下。

天明不知何事，木头木脑跟了去。马厂长很客气地叫天明坐，天明便坐下了。马厂长也不说有什么事，只是漫无边际地扯着厂里的困难，说最大的困难是资金困难。银行又是嫌贫爱富的，我们是个亏损大户，就贷不到款，除非有领导指示。市里领导又忙，我们总是碰不上。天明你同李市长关系不错，能不能找一找李市长？

天明万万没有想到马厂长为这事找他，心里很为难。他想也许马厂长也以为他同李市长是亲戚了。但不想失自己的面子，就说，私人关系是私人关系，这公对公的事，我只怕不太好去找他吧。我不是厂里的领导，名不正言不顺的。天明说到这里，又怕马厂长误会他是伸手要官，就说，我可以先试探一下。

马厂长就说，好好，你先试试。要是贷到款，你就是大功臣了，全厂员工都会感谢你哩。马厂长说完就递给天明一个请求贷款的报告，让他带在身上，随机应变。

天明回家，同吉月说起这事。吉月说，也怪，他自己是厂长，就不可以去找找李市长？难道他也相信李市长是我们的亲戚？

天明说，他没明问，但我想他也许也相信这事，要不就不会叫我去了。我想了，一定是他在李市长那里没面子。亏损企业的领导，市长们肯定不感兴趣的。

吉月说，你说先试试，怎么试？

天明说，我这只是一时的推脱话，真的就要去找李市长？

吉月却说，话不是这么说的，人家马厂长是三岁小孩？你在厂里也不是一天两天的事，怎么可能搪塞过去？

天明感到为难了，说，你的意思，我还是要去找找李市长？这个事情……

吉月说，李市长不是说过，我们有事就去找他吗？

天明抬头望着李市长的题词，心里拿不定主意。自从受到李市长的接见以来，总是感到李市长是多么平易近人。可如今真的有事要去找人家，感觉又有些不同了。墙上那平日里让他备觉亲切和温暖的几个大字，现在似乎也透着威严。天明半天才说，就这么去找他，合适吗？两人便反复商量该不该去找，怎么去找。吉月说，我说还是去找找。有没有结果，都不去管它。退一万步讲，你一个人民政府的市长，人民当然要找你是不是？

天明还是觉得没把握，琢磨道，要是人家见都不见怎么办？

这有什么？吉月显得无所谓，说，要是不见，大不了不去见他就是了。再说这是为工厂，也不是失你自己的面子。

事情本来这么商量好了，等到天明把今天发的工资一交，吉月改变了主意。她说，我说天明，这么一点点工资，我们怎么过？这些年家里还算平安，假如家里有什么大事，手头没有钱，不是走投无路？

天明显得有些无奈，问，你说怎么办？

吉月说，李市长不是说，让我们有困难就找他吗？我说，反正你要去找他，干脆找他关心一下我们的生活，给你调一个好一点的单位。

天明听了马上摇头，说，这怎么开口？不行不行！

吉月说，现在有门路的谁不在走门路？只要卖一回脸皮，说不定就换来一生的自在，有什么不行的？吉月便反复劝天明脑瓜子开窍些。

天明拗不过吉月，就勉强答应了。当晚就起草了一个请求调动工作的报告。心里就把贷款的事放在一边了。

次日，天明先到办公室，同马厂长和吴主席打了一个招呼，就去了市政府。他晚上就想好了，先找李市长的秘书小伍。小伍给他的印象很客气。

他从来没有来过市政府，不免有些紧张。就在心里镇定自己。这是人民政府，是人民群众该来的地方，紧张什么？在一楼大厅，他看见了墙上悬挂着办公楼示意图。仔细一看，见市政府办设在二楼。他屏静了一下自己的呼吸，向二楼爬去。本想问问小伍在哪间办公室的，可见各间办公室门都开着，就自己一间一间找过去。正找着，一个年轻干部迎面走来，正是小伍。天明便笑着点头。但小伍像是不认识他，同他擦肩而过，去了厕所。天明不好意思回头，就径直往前走，从另一头楼梯下了楼。

天明没有勇气再上楼了，就往回走。走出办公大楼，感觉大脑木木的，像是吃错了什么药。直到上了公共汽车，被那些极不友好的劳苦大众一挤，才稍稍清醒些。想自己真的没用，人民群众上人民政府有什么怕的？这么灰溜溜地就出来了。

回到单位，他先去了马厂长那里，说，李市长下基层了。

马厂长说，是啊，市长不好当啊，太忙了。不急，你注意盯着吧。

晚上回家里，天明同吉月不好说真话，只说李市长不在办公室，下基层去了。涛涛对看新闻渐渐失去了兴趣，看完了卡通片就去了自己的小房。吉月这才说，李市长同我们刘经理的关系只怕是不一般。

天明觉得吉月这话古怪，就问，你又有什么新的发现？

吉月说，听你这话，像是我很多事样的。我能有什么发现？我是听我们单位同事说的。老宋你记得吗？就是那个胖胖的男子，外地口音。他说昨天他在名人俱乐部玩，看见李市长带着刘经理，那样子就是不一般。

天明就问，你们那位老宋口袋里有几个钱？去得起名人俱乐部？那里是会员制，听说消费贵得吓人。

吉月说，老宋是去不起。他有一个堂兄，在老家是做大生意的，这回来了，请他到里面开了下洋荤。不巧就看见李市长和刘经理了。老宋眼尖，远远见了刘经理，马上避开了。

天明说，也不见得就有什么事。他们都是在场面上走的人，在一起就有事了？天明嘴上这么说，心里却想，就算刘经理是李市长的情妇也没什么大不了的。中国历史上留下名的女人，不就是几个名妓？什么苏小小呀，李香君呀，小凤仙呀。他不说出来，是不想让吉月也懂得这个道理。倒不是担心吉月怎么样，他了解自己的女人。

两人说着，中央台的新闻完了，接着就是本市新闻，头一条重要新闻就是李市长看望困难职工。李市长今天没有穿西装，而是穿了一件夹克衫，显得很朴素。市长深入到几户困难职工家里，问寒问暖。一户职工老少六口挤在一间不足十五平方米的小房里，全家月生活费只有三百多元。李市长心情十分沉重，恳切地表示自己这个市长没有当好，当场拿出自己刚发的八百多元工资放在他们手里。这一家人感动得声泪俱下，要下跪叩谢。李市长连忙扶起他们。看到这里，吉月忍不住流下了眼泪。

次日两口子要出门的时候，吉月说，还是不要去为自己的事找李市长了，比起那些特别困难的人，我们还是好的。你要找就为厂里的事找找李市长吧。

好些日子，天明都对人说去找李市长，其实都没有去。吉月妈妈生病住了医院，他每天都去医院看一下才回到办公室，再编些话来敷衍一下。

这天下班回家，吉月神秘兮兮地告诉天明，好几天都没有见刘经理来上班，听说是被隔离审查了。天明觉得不可信。说不定人家出差去了呢？不要信谣传谣。天明心想，都说刘经理同李市长有些那个，今天看看新闻，看李市长是不是还露面。

吃了晚饭，坐下来看新闻。李市长照样在新闻节目中出现了，神采奕奕的，天明和吉月像是各自有各自的心思，谁也没提起李市长怎么的。只是像是终于放了心，起身交代涛涛好好在家做作业，两人去了医院看吉月妈妈。

这天，天明照样去上班，他又准备同人说去找找李市长试试，却感觉同事们的表情有些异样。他也是有心眼的人，就坐下来老老实实办公了。今天气氛好像不对，大家不怎么说话。他去了厕所回来，就见大家正说着什么。他一进办公室，大家就不说了。他只当这些天自己总是往医院跑，有谁知道了。他当然不好问什么，就没事似的看报纸。无意间发现今天报纸上没有李市长的任何消息。再翻翻前几天的报纸，才发现好几天报纸上都没有李市长的名字。这几天岳母的病有些加重了，他和吉月一下班就往医院去，没有看新闻。

下了班，天明径直去了医院。他先去医生值班室，想问问岳母的病情。几个医生却在兴致勃勃地议论什么。一听，天明脸上轰地发起烧来。原来是说李市长被抓起来了。

天明退了回来，不想问岳母的病情了。他静静地坐在岳母病床边。岳母这会儿正睡着了。他想自己真是奇怪，又不是说你怎么了，脸烧什么？可又觉得李市长真同自己有什么关系似的。过一会儿，吉月来了，天明见吉月的脸色不太好，就问她怎么了？吉月说没什么。

服侍老人家吃了晚饭，洗漱完了，吉月的弟弟和弟媳来接班，天明夫妇就回去了。

公共车上，吉月说，你听说了吗？

天明一听就明白了，说，听说了，会不会是谣言？

是谣言就好了。吉月像是很难过。

两人不再说话，一声不响地回家了。

一连几天，天明夫妇都不太愉快。涛涛机灵，见大人不怎么说话，就以为大人闹了口角，他也就规矩了许多。

两人好久没说到李市长怎么的了，这天天明忍不住又说了起来。他说，吉月，现在听到的都还只是“路边社”消息，又没有权威的官方消息，说不定是谣言哩。

是谣言，怎么不见李市长露面？是谣言，这么满城风雨的怎么没有人出面辟谣？

天明说，你讲得也有道理。但是，人家要是上中央党校学习去了呢？议论这事的都是下面的老百姓，他们怎么知道上面领导的安排？说不定，他们议论来议论去，人家哪天从中央党校一回来，又官升一级了哩。

吉月说，这当然巴不得。

这回，天明像是一下子觉悟了，说，其实，他李市长怎么样，跟我们又有什么关系呢？我们用不着为人家去喜怒哀乐。

吉月却不这么看，说，你这么说就不仁义了，人家李市长对我们还不好？

以后的日子，天明夫妇尽量回避说起李市长，却都在心里指望这位领导平安无事。而外面的传闻却是沸沸扬扬，越来越像真的。有一天涛涛却突然问起，怎么好久不见李爷爷在电视里出现了？原来他偶尔也看看新闻。天明就说，怎么不看见？我昨天还看见他在电视里说话哩。你还是好好学习，大人的事，你不用管。其实天明夫妇早不看新闻了。

终于有一天，电视里播出了爆炸新闻：李市长、刘经理等一批经济犯罪分子受到了审判。往日的李市长头发乱蓬蓬的，头却直挺挺地昂着，尽量保持一种风度。刚听了几句，吉月朝天明使了个眼色，天明就关了电视。他们生怕里面做作业的儿子听到这条新闻。

关了电视，两人半天不说话。天明猛然记起自己原先说过，不知李市长蓬头垢面地出现在电视上，会是什么效果？不想今天真的就见到这场景了。

两人没看完电视，就不知李市长到底犯了多大的罪。但这事情是千真万确的。第二天清早，两人都觉得不太好出门，像是自己家什么人做出了丑事。

当天晚上，天明说，这副字，还是挂到涛涛的房里去吧。吉月不说什么，天明就把它取了下来，将这字放在涛涛房里挂好，天明又交待儿子，要记住这勤奋二字，好好学习。涛涛点头称是。

吉月轻声对天明说，这事还不能让涛涛知道，他太小了，大人的事，对他说不清楚。

是啊，这是涛涛碰上的最大的事。要是让他知道了，还真想不通，会以为大家愚弄了他哩。以后要是涛涛问起，就说他李爷爷调到外地去了。天明说。

吉月不做声，天明又说，我想还是回车间算了。做工的生就是做工的，懒得天天在办公室打瞌睡。过了好一会儿，吉月才说，我们是老百姓，还是老老实实过自己的平常日子吧。

客厅正面那堵墙便显得空落落的了，总像缺了些什么。这天休息，吉月又将阳台角落里的神龛掸去灰尘，很虔诚地安放在原来的位置上。然后点上三支高香，双手合十，缓缓跪下。

天气不好

小刘是县长的右手，但不是左臂右膀的右手。只有几位副县长才有资格被叫做县长的左臂右膀，小刘只是一般干部。这地方老百姓在一旁叫领导为舞左手的，那么当兵的自然就是动右手的了。小刘是政府办写材料的，县长大会小会上的同志们加冒号多出自他的手，小刘就是名副其实的右手了。尽管小刘起草的稿子还需政府办向主任把关才算数，但谁都知道这几年李县长真正的右手是小刘。替县长捉刀本是件值得荣耀的事，可右手毕竟只是当兵儿的，所以听别人说他是李县长的右手，他心里的味道也说不清楚。

李县长对小刘好像也还满意，但李县长马上要调到别的县任县委书记去了。今天，政府办向主任同几位副主任设宴为李县长送行。小刘给李县长写了几年报告，劳苦功高，也被破格邀请了，这是一种殊荣。气氛自然热烈，大家轮番给李县长敬酒。李县长海量，有敬必喝。况且今天又是什么日子？大家共事几年，不容易啊。李县长不论接受谁的敬酒，都要说几句热乎话，算是对下级的临别寄语。敬酒也有个次序，向主任打头，接着是几位副主任，小刘当然到最后才有资格敬酒。李县长客气了几句，说，小刘工作态度认真，文字仍须提高。这话听起来像中山先生遗嘱：革命尚未成功，同志仍须努力。领导同志肯定一个下级，不能讲过头话，那样不利于同志进步，对下级文字功夫的评价更要留有余地。文章这玩意儿本来就难有一个标准，天下没有一个天才的语文教师敢斗胆给学生的作文打满分。领导同志更应注意，若是讲下级的文章很不错，那他自己就不行了。领导哪有不行的呢？不行还要管你？小刘想想这些道理，便觉得李县长对自己的评价是不错的，心里也就高兴。一高兴，就多喝了几杯酒。晚上回家，妻子小文见他红光满面，问他有什么好事这么高兴，小刘很满足地靠在沙发上，双手摊开，自得地敲着沙发靠背，半晌才慢悠悠地说，李县长说话很贴心，对我的评价不错哩。便把李县长在酒席上说的原话告诉了小文。小文听了却风凉起来，说，你就受宠若惊了？他讲你不错，这几年给你提过一级半级没有？你没日没夜地为他爬格子，最后就得这么一句话，就这句话都还是一分为二，功过各半。他一拍屁股走了，你再激动也是枉自多情！

小文这些话听起来也很有道理，就是太伤小刘面子了。夫妻间有时是无道理可言的，小刘明知不该发火也不管三七二十一乱嚷了一通。小刘一嚷，小文就笑，说，好了好了，大人息怒。你为人民忙碌了一天，很辛苦的，我侍候你洗澡休息吧。你为人民服务，我也是人民的一员啊，现在我就来为你服务吧。小刘轻轻拧了小文的脸蛋儿，说，就奈何不了你这张嘴！说着，便满怀了爱意，伸手揽过小文就要亲热。小文嘴巴努向里屋，就挣脱了。保姆红妹子正在里屋哄儿子刚儿睡觉。

小文清了衣服出来，附在男人耳边说，我也洗个澡算了，我俩一起洗。小刘听了就咬着嘴唇儿笑。

卫生间连着厨房。厨房门一关，小文就扑向男人，轻轻一跳，双腿夹在男人腰间。小刘就这么搂着女人，进了卫生间，将衣服放好，再关了门，打火开水。试试水温可以了，再把女人送到莲蓬头下。小文闭着眼睛舒舒服服地淋了一会儿，双脚才滑到地上来。

小文身子依着男人，替男人搓背。搓着搓着，小刘就来事了，非就地解决不可。小文咯咯地笑，任男人搂了起来。

水龙头仍开着。两人疯过之后，发现壁上挂的衣服全弄湿了。小文怪小刘，你呀，一来了就什么都不管了。小刘说，管什么？别人是阅尽人间春色，我跟自己女人怎么了？想怎么样就怎么样！

上床之后，小文柔柔地偎着男人，说，我也并不想你当什么官。我们文家祖祖辈辈是皮鞋匠，不照样过日子？轮到我当了教师，家里人认为我为他们争了大光。小刘说，我也不是有官瘾的人。我家世代务农，爷爷活到九十五岁，爸爸今年七十岁了，力气比我还足。小文说，是嘛，人要随遇而安才好。只是那些当官的，把你们当马骑，他们哪管你？你也真是一个好人，别人一句漂亮话就把你感动了。好了好了，不说这个了。在外混得再好，到底还要我俩自己过得好才是。说着就抱着男人温存起来。小刘想天下所有女人都指望夫贵妻荣，只有自己女人看淡世间浮华。修得这样的女人为妻，想必自己早做过三辈子的善人了。小刘便回报女人深长的亲吻，恨刚才疯劲儿不用在浴室就好了。这会儿不疯一回真对不起小文，就又去撩女人。小文却双腿夹住了男人，说，不准来，不准来，你不要命了？今后不准你随行就市了，仍旧搞计划经济。小刘像小孩子吵奶吃似的，磨了一会儿，也不再油了。

过了几天，新任县长到了，姓张，外县调来的。张县长在向主任的陪同下与政府办的同志一一见面。向主任介绍一位，张县长就同一位握手，说声哦哦，好！同小刘握手时，哦哦好之后多说了句笔杆子，好，并拍了小刘的肩膀。似乎张县长这一拍有舒经活络之效，小刘顿时浑身爽快异常。直到整个会见结束，小刘才有暇细细琢磨刚才同张县长握手时的情景。张县长特别地叫他笔杆子，还很亲切地拍了他的肩膀，看来自己给张县长的第一印象不错。这第一印象可是太重要了。

下班回家，两口子一起忙做晚饭，红妹子带着刚儿玩。小文问，听说新来的张县长上班了？小刘说，是的，今天到办公室同大家见了面，人还不错。小文笑了笑，说，你真有味道，说什么人还不错。这算什么评价？评价领导吗，调子太低了。把他当普通人评价吧，结论又下早了。小刘叹服小文的精明，说，唉，在外面别人都说我聪明，写文章来得快。怎么一到你面前我就觉得自己比你少长了三张嘴。小刘本意是不想在小文面前流露白天同张县长握手之后的感受，只想表现得平淡一些。可这个女人呀！小刘觉得自己真的愚笨可笑。小刘并不在乎自己在小文面前的鲁钝，反觉得这样很有意思的。

小刘越来越感激小文的开朗和淡泊，这让他回到家里心情更加轻松。如今哪，不怕老婆看不起，也许是男子汉最幸福的事了。小刘在家解了领带，趿着拖鞋，松松垮垮，在小文面前甚至有点儿想撒娇的味道。这也满足了小文的爱心，她是一位母欲极强的女人，在她的怀里，丈夫和刚儿都是孩子。

可是奇怪，小刘一旦跨出家门，立即绷直了腰板，左腋下的公文包夹得紧紧的，右手摆得很风度，见人打那种很官味儿的招呼。自然天天要见到张县长，笑着喊声张县长好。张县长也亲和，回声好，或应声哦。

今天召开县长办公会，重点研究财政问题。这样的会议，小刘都被叫去听听，掌握掌握情况。这是张县长到任后第一次主持县长办公会，参加会议的同志都很严肃认真。财政、税务等部门负责人发了言，几位副县长也发表了意见。张县长最后讲，原则同意大家的意见，将同志们的意见归纳成几条，算是拍板。张县长着重讲到个体税收和其他零散税收的征收问题，说这是过去一段多有忽视的一大财源，一定要抓紧。聚少成多，滴水成河嘛！

谁知小刘一听到滴水成河，猛然想起了一个笑话，忍不住想笑。这场面是万万不可笑的啊，一失笑便成千古恨！小刘紧抿着嘴，用力咬住自己的舌头。记得心理学老师说过，这样可以止住笑。可是不奏效，他感觉出自己的脸在慢慢作莲花状，急中生智，忙低头端起茶杯喝茶，一来借来掩饰，二来想用茶将这即将脱口而出的笑冲落肚子去。这该死的笑呀，宁可让它通过肛门化作臭屁放出来，也切切不可从嘴巴里吐出来！

真是背时，茶刚进口，却被一阵爆发性的笑喷了出来。这下不好了，小刘不敢抬头，只觉得会议室顿时鸦雀无声。好像挨过了一个世纪，才听到张县长继续讲下去。这时，小刘才发现自己的衣服叫茶水弄湿了，样子极狼狈，身子却在冒汗。

散会后，小刘隐约听见张县长轻声问向主任，穿蓝西服那个小伙子是谁？向主任告诉他，是小刘，办公室搞综合的，这几年县长报告都是他执笔。

小刘身子更加冒汗了。自从上次握手起，他一直以为张县长对自己第一印象不错，每天碰见都热情地打招呼。哪知道县长大人根本就不认识他，自己一直在自作多情。今天可好，却叫张县长这样认识了，而且印象一定很深刻！

小刘准备下班回家，向主任叫住了他。他知道为什么了，就坐在了向主任办公桌对面。向主任脸色不好，问，你在会上笑什么？小刘说，不笑什么。向主任更加不高兴了，不笑什么你笑什么？嗯？嗯？向主任嗯了好几声，好像硬是要嗯出个水落石出。小刘只好说，我只是突然想起了一件好笑的事，忍不住就笑了。向主任批评道，开会不用心，思想开小差。什么事这么好笑？你讲讲，你讲讲！小刘哪敢讲什么笑话？却讲了更不该讲的话。他说成年人的注意力集中最多三十分钟要跳跃一次，小孩子注意力集中时间更短一些，这是心理学原理。向主任发火了，嚷道，我说你是读书读多了！

小刘回到家里强打精神，却瞒不过小文。小文问怎么不舒服了？小刘硬说没什么，只是累了。小文看他一会儿，说，不像是累了，你一定有什么事。

小刘死活不肯讲，小文也不多问了。小刘吃了一碗饭就放了碗。小文就认真起来了，说，这你就没用了。哪怕天大的事，饭要吃饱。什么大不了的事？你去坐牢，我天天送饭，你杀了头，我为你守寡。小文说罢，去厨房弄了一碟酸蒜薹来。这菜很开胃，小刘最喜欢吃的。小文硬盛了一碗饭端给小刘，说，你当药吃也要吃了。小刘鼻子发酸，这女人太贤德了。他只得勉强吃了这碗饭。

小文哄孩子似的搂着小刘睡。小刘情绪好些了，小文问，到底有什么事？让我也为你分担一下。小文真的这么当做一回事问起来，小刘又觉得那不是什么大不了的事，说出来，反让小文好笑。是的，什么事？不就是笑了一声吗？犯了哪一条？这么一想，也真的没有事似的，说，是没什么事，是没什么事。小文不相信，知夫莫如妻。没事你回家时脸都是白的？小刘不肯承认脸白，硬说外面风大，冷。小文温柔地开导了好一阵，小刘才说，今天下午开县长办公会时，张县长正在讲话，我却突然大声笑了，茶水喷了一地，自己的衣服也湿了。我头都不敢抬，知道大家都望着我。张县长起码十秒钟没有讲话，那十秒钟比十年还长。下班后向主任又找我谈了话，问我笑什么。向主任很生气。

小文也觉得他笑得荒唐。人家张县长会怎么想？这有犯领导尊严，是你们官场的大忌哩。是啊，你笑什么？小文又问。小刘说，不笑什么。不笑什么你发神经了？小文也有些不快了。小刘只得说，我当时想起了一个笑话，就忍不住了。小文责怪他，你也是三十多岁的人了，小孩子样的，什么笑话那么好笑？就让你忘乎所以了？说出来我听听。小刘不肯说。小文问为什么不肯说？小刘说，有个笑话，说是新婚夫妻白天听见腌菜坛子冒气泡的响声，就想起夜里的事，忍不住好笑，新娘子还会脸红。小文拧了小刘一把，说，你当时吓得要死，这会儿正经问你你又在开玩笑。小刘说，不是开玩笑，我当时想起的那个笑话也是这一类的。比这个还粗俗，真讲不出口。小文偏要他讲出来，说，夫妻之间粗的细的都做了，还有什么更粗的讲不出口？小刘无奈，只得讲了。原来上大学时，同寝室的同学无聊，炮制了许多稀奇古怪的笑话，被大家戏称为寝室文化。最经典的笑话，是全寝室集体创作的。假设全世界男人同时射精，汇聚起来到底有多少？中文系的数学都不怎么好，七八个脑袋凑在一起，在一张大纸上加减乘除，最后算出一个惊人的数字，竟同长江的流量差不多，那才真叫做白浪滔天哩！今天张县长讲到滴水成河，我鬼使神差就想到了这个笑话了，怎么也忍不住笑了。小文哭笑不得，说真无聊，你们男人真无聊。小刘说，是无聊，这么个笑话，我怎么敢同向主任讲？

小文骂了一阵无聊，说，你笑过了就笑过了，再去哭一回也白搭。不要再作任何解释，让时间来冲淡它。小刘也觉得只有这样。不过这一笑，虽然摆到桌面上不算个事，放在人家心里只怕又是个大事了。现在还有谁愿意把事情放到桌面上来？所以小刘心里终究不踏实。

这以后，小刘很注意张县长的脸色。远远地见了张县长，他就脸作灿烂，双目注视，期待着同张县长的目光相遇，再道声张县长好。可张县长的目光不再同他相遇了，他那句张县长好就始终出不了口。这样过了好一阵，张县长好在小刘肚子里快沤臭了。他想自己在张县长心目中的印象怎么也好不起来了。

马上要开全县经济工作会议，小刘下决心抓住这次机遇，把张县长的报告写出水平来，改变一下印象。他一边很认真地搜集资料，一边等待张县长召他去面授机宜。这样忙了好些天，总不见张县长找他。最后向主任找了他，转达了张县长的指示。向主任要他按张县长指示精神，先弄个详细提纲出来。小刘忙了一天一夜，弄了个自己很满意的提纲。向主任接过提纲，说，放在这里吧。又过了几天，向主任把提纲给了小刘，说，先按张县长的意见动笔吧。小刘一看，见张县长只对提纲作了小改动，批道：原则同意此提纲，请向克友同志组织起草。提纲顺利通过，小刘心里欢喜。可张县长批示不提小刘半字，他又不太自在。

不自在归不自在，革命工作还得干。小刘开始了没日没夜的艰苦劳动。

奋战了四昼夜，终于拖出了初稿。交稿那天，他头发也不梳就出门上班。小文说你头发都不梳一下？他一边用手胡乱地理了一下头发，一边匆匆走了，说来不及了，来不及了。小刘其实是最讲究发型的。

径直到向主任办公室，交了稿子。今天向主任心情可以，接过稿子，说辛苦了。见小刘满头乱发，又关切地问，昨夜又加班了吧，辛苦了辛苦了。小刘笑笑，说，没什么。这几个晚上都不怎么睡，还挺得住。今天小刘是有意不梳头的。

稿子交上去了，就天天等着张县长的意见，这比当年等大学录取通知书还要紧张。偏偏张县长这几天很忙，上面来了领导，要汇报工作，要陪同视察。不知张县长有时间看吗？眼看着会期近了，到时候稿子一旦不行，再推倒重来，时间又紧，那不要整死人？这样的事不是没碰到过。

向主任终于将稿子给了小刘，说，按张县长意见，再认真修改一次。只见张县长批示说，总体上可以，有几处要做修改，最后一部分要大动。请克友同志组织认真修改一次。

这算是万幸了，小刘终于松了口气。

这么上上下下好几个回合，最后定了稿。张县长批示：同意付印。

报告是否让张县长十分满意，小刘心里没有底。但这次起草报告，对改变他的印象好像没有什么帮助。张县长的批示批来批去，似乎都不在乎他小刘的存在。他小刘的一切辛劳对张县长似乎也没有什么意义。可是见了张县长，他照样还得笑哈哈，尽管张县长并不曾注意他笑得怎么好看。

这些天，小刘晚上开始失眠。他内心很是凄苦，县长对自己印象不好，简直太可怕了。小文总是劝慰他，叫他想开些。大不了就是不提拔，又能怎么样？小刘也愿意这么去想。只要老婆理解，还有什么说的？可是树活一张皮，人活一张脸。自己三十多岁的人了，讲起来本事天大，实际上屌都不算，心里能畅快吗？今晚还是睡不着。他怕小文担心，先是佯装入睡了，等小文睡着了，他便睁开了眼睛。他不敢闭眼，一闭眼就感觉头在胀大，大得像热气球，很难受。睁开眼睛也不好受，大脑更加活跃，许多恼人的心事一齐涌来。

小刘揉醒小文，说，让我玩一下吧。小文说，你昨天才来的，这样不好，叫你骨髓都要空的。小刘叹道，实在睡不着，让我玩疲倦了，好入睡。小文爱怜地摸一摸小刘的脸，顺从地脱了内裤，说衣就不脱了，冷。小刘心想将就点算了，就说好吧。小文伸手到下面一摸，说，你这么软软的怎么来？小刘无奈地说，就看你有没有本事让它坚挺了。小文便闷在被窝里，一边遍体亲吻小刘，一边抚弄着那东西。看着看着小刘就来事了，小文就趴在小刘身上，说，让我先在上面玩一会儿吧。小刘闭着眼睛，一腔悲壮的心思，说道，你玩吧。

小文半眯着眼睛，在上面如风摆柳，舌头儿情不自禁地吐了出来，来回舔着自己的嘴角。

这时，小刘突然浑身一颤，一把搂紧了小文，粗声粗气地说，我要你脱脱脱了衣，脱了衣，我要你一丝不挂，一丝不挂，我要个精光的宝贝儿，不要一丝异物，不要一丝异物，就这么语无伦次地嚷着，三下五除二脱光了小文的睡衣。

完了之后，小文搂着小刘，呵护小孩一般，说，好了，现在闭着眼睛，好好睡吧。

小刘将脸紧紧偎着小文的乳房，一会儿，竟暗自流起泪来。说不清是感激小文的温柔体贴，还是为自己伤心。他多想就这么偎依着，衔着甜甜的乳头睡去啊。可仍然睡不着，也许是神经衰弱了。但怕吵了小文，就强耐着一动不动，直到天明。

小文醒来，见小刘夜里一直贴着自己的胸口酣睡，内心一阵甜蜜。她动情地抚摸一会儿男人，再轻轻起床。

小刘弯在被子里又一次鼻子发酸。女人蹑手蹑脚出了房间，去准备早餐去了。多好的女人呀！小刘真想叫回女人，仍旧搂着睡，不吃不喝，永远不起来，管他什么县长省长！皇帝老子都不管！

可是今天还得去上班。

政府办值班室二十四小时得有人值班。白天是返聘的两位退休老同志轮流，晚上由办公室全体同志轮流。今晚轮到了小刘。值班室晚上很热闹，在那里玩扑克、下棋的都有。张县长有时也来下几盘棋。张县长棋艺不错，小刘好几次听向主任这么说过。向主任曾拿过县直机关象棋大赛冠军，他的评价应是权威。张县长一般也只同向主任对弈，多半是向主任输。其实小刘棋很精，只是在机关里从未露过锋芒。

今晚值班室依然集者如云，打牌的开两桌，看牌的围了两圈。小刘当班，原则上不可以打牌，只在一旁看。这时，张县长来了，喊声有人下棋吗？目光却在屋内环视。小刘明白他在找向主任，向主任晚上一般都会来看一下。在场的好像没有谁敢应战张县长，都赔笑着等待有人出面应付。小刘是当班的，似乎觉得自己有责任主动招呼一声，便说，我来领教一下张县长棋艺如何？张县长这才望了一眼小刘，说，你的棋怎么样？小刘一边摆棋，一边谦虚道，学习学习。刚摆好，向主任剔着牙进来了。小刘便谦让，向主任来？向主任摆摆手，说，你来吧，你来吧。于是小刘便同张县长对弈起来。张县长说，跟我下棋要认真啊，不准马虎了事。小刘点头，牢记牢记。向主任自然站到了张县长一边，成了张县长的拉拉队。张县长每走一着，向主任都要叫一声好棋，并做出简短评点。好棋！张县长，你这马同那车形成犄角之势，让他的炮和象动弹不得。对，好棋！你这炮是一夫当关，万夫莫开。好棋好棋！你这车进可攻，退可守。慢慢地围过好些人来观阵，没有一个人叫小刘好棋。小刘发现张县长的棋真还可以，但没有向主任吹得那么神。既然张县长指示他要认真，他就使出浑身解数。战了若干回合，向主任最后喊了一声好棋，哎呀呀！张县长败北。张县长宽厚地笑笑，年轻人不错，后生可畏呀！小刘不好意思说，张县长棋锋犀利，咄咄逼人，我是侥幸获胜，侥幸侥幸。张县长说声哪里哪里，就走了。向主任送到门口，不再玩一会儿？张县长说，不了不了，还有事。

向主任回来，说，小刘不错嘛，让我来领教领教。小刘一听这话中有话，心里就发怵。向主任一言不发，只把棋子摔得砰砰响。走了几着，小刘就发现向主任棋术果然老道，并在张县长之上。下棋的气氛好像不对劲，观阵的人便阴一个阳一个地散了。只剩老肖一人坐在一旁看报，并不关心这边的棋局。二人一共下了三局，小刘只险胜一局。最后向主任将棋盘一推，说，年轻人，谦虚点。说罢就走了，好像谁得罪了他似的。

时候不早了，打牌的人也都散去，只有老肖还在。老肖诡谲一笑，说，小刘你看，原先你同张县长下棋时，向主任一口一个好棋。我容他不得，我在一旁打正字作记录，看他到底能喊多少声好棋。你数数，他一共喊了一百零九声好棋，最后张县长还是输了。小刘见老肖原来还这么幽默，忍不住笑了。到了老肖这个年纪，对什么都不在乎了，也不怕得罪了谁。换了别人是不敢同小刘说这些的。

不过你的确不该赢张县长的棋。老肖说。

老肖走后，小刘一个人在那里发呆。悔不该同张县长下棋，更不该赢。向主任都不敢赢张县长的棋，你小刘算老几？吃了豹子胆了？

一个人睡在值班室单人床上，翻来覆去。唉，若是小文在这里，他真会伏在她怀里哭一场。

春节将至，机关开始办年货。今天拉来了一车鱼。自然先挑一些大个的给县领导，这个大家都觉得顺理成章。有条大鲤鱼，一称竟有三十五斤，像头小猪。大家从来还没有见过这么大的鱼，啧啧称奇。这条鱼当然非张县长莫属，可是管后勤的李副主任考虑再三，还是觉得不合适。因为这鱼肚子鼓鼓的，估计光鱼子就有好几斤，张县长买了划不来。最后李主任说还是给张县长选几条没有鱼子的。这样一来，那条大鱼竟被大家冷落了。你也来提一下，他也来提一下，都觉得买了吃亏。小刘心想，鱼子虽然味道不好，营养却很丰富。最近母亲说头晕，小两口正准备接老人家到城里来调理。不如买了这条鱼，给母亲熬些鱼子汤吃。小刘说，大家都不要，我买了算了。

小刘驮回这么大条鱼来，全家人高兴得不得了。放在浴盆里开膛破肚，浴盆都放不下。鱼子果然很多，取出两大海碗，足有六七斤。这鱼现在还舍不得吃，只用盐腌着，过几天再取出来，熏成腊鱼，过年时分送两边老人家。老人家只怕这辈子都还从来没有见过这么大的鱼。两口子一商量，明天就去乡下接两位老人来。

小文学校已放了假，第二天就搭班车去乡下。小刘走不开，还得上班。一到办公室，老肖就将小刘叫到一边说，你昨天不该拿那条鱼。小刘莫名其妙。怎么了？大家不是都不要吗？老肖说，这些人患得患失，那条鱼你一拿走，有人就后悔了。你也不兴想事，就是张县长不拿，也轮不到你呀！老肖见小刘不知所措的样子，又安慰道，拿了就拿了，这些人的名堂，你不要放在心上。小刘鱼还未吃，却如鲠在喉。

老人家见儿媳接他们了，喜滋滋的，将自家养的大白鹅宰了一只，随儿媳进城来了。

小文找了一位熟识的中医，看了母亲的病，开了些中药。中医说，鱼子同这中药一起熬，治老人家头晕最好不过的。小文将鱼子分成好几份，放在冰箱里，一回熬一点，叫老人家每餐吃一小碗。父亲不肯吃，说自己硬朗得很，留着母亲吃。小刘不想败了大家的兴，便不把老肖讲的话告诉小文。

母亲吃了一个星期鱼子药汤，精神好多了，脸上有了血色。鱼子果有这等奇效，小刘小文很高兴。小文说，当然啦，鱼子酱西方人可是常吃哩，看外国电影不常听说？小刘问，这鱼子到底是鱼精还是鱼孵？小文说，是鱼孵，鱼精俗称鱼白。说到这里，小文猛然想起一件事，便问，你在外面也讲了那个笑话？小刘一时反应不过来，反问，哪个笑话？还有哪个笑话？不就是全世界男人同时什么那个笑话。小刘好生奇怪，我没有讲呀，又怎么了？原来小文在外面听人说，政府大院里的干部闲得无聊，用计算机计算全世界男人同时射精，到底有多少。小刘摸不着头脑，怎么也想不起自己同别人说过这笑话。那是怎么回事呢？这世界就有些可怕了。

母亲熏腊味很里手，将鱼和鹅放在阳台上，文烟熏烤，小心照管。腊鱼腊鹅熏好了，鱼子汤也吃完了。两位老人硬要回乡下去，留也留不住。临走时，母亲抱着孙子刚儿问，宝宝说腊鱼给谁吃？刚儿说，给爸爸妈妈吃。还给谁吃？给爷爷奶奶吃。还给谁吃？给外公外婆吃。老人家乐陶陶的，亲着小孙子。小文告诉刚儿，宝宝说刚儿过年给爷爷奶奶送大腊鱼回来。刚儿便把妈妈的话学一遍。

如今像小文这样孝顺的儿媳的确不多，小刘为自己家庭的天伦之乐而备感欣慰。家和万事兴，真正幸福的家庭往往是清贫之家，管他什么功名利禄！近来小刘两口子常常议论这样一些话题，心情就特别好。

可人的好运一来，你躲都躲不脱。小刘把什么都想淡了，向主任却找他谈了话，组织上考虑，小刘工作不错，能力不断提高，准备给他加点担子，拟任政府办副主任。向主任说，办公室党组研究时，专门征求了张县长意见，张县长也认为小刘不错。不过现在不是正式谈话，先打个招呼，今后工作要更主动些。不久县委常委会就要研究。

这大大出乎小刘的意外。他同小文讲，小文却不怎么奇怪，凭你们办公室年轻人现在的力量格局，也只有你上合适些。不过从这件事上你也要明白一些道理，不要把什么事都放在心上，该是你的就是你的。人活在世上本来就不容易，何不放松些？小刘说夫人言之有理。

小刘再见到张县长时，心情完全变了，但张县长对他似乎也没有什么特别的表示。小刘注意到，张县长不像刚来时见人就打招呼了，总是很严肃的样子。设身处地一想，小刘也理解了张县长。张县长刚来时，认得的人不多，见面就打个招呼。现在，他认得的人多了，大家也都认得他。碰到所有认识的人都要点头致意，那么张县长一天到晚不像鸡啄米一样？再说，一县之长，太随和了，总不见得好。

小刘对向主任更是感恩戴德。向主任只是要求严格些，有时批评人有些过头，人却是个好人。小文却不以为然，她说人嘛，没有绝对的好坏之分。不过做人要恩怨分明，人家对你有恩，一定要心中有数，不要好歹不分。小刘说那当然。既然说到了这个意思，两口子都觉得应该去感谢一下向主任才是。想来想去，只有把那条鱼送去合适些。可人家明知这鱼是在单位买的，自己舍不得吃，却拿去送礼，又显得太巴结了。不如再搭上腊鹅，说是家里老娘自己做的。决定之后，心里又有些不舍，腊鹅倒不稀罕，那么大的鱼，只怕今后再也难得碰上。但欠着人家情，也只有这样了。

当天晚上，小刘夫妇带着腊鱼腊鹅拜访了向主任。向主任好像有意见似的，说，同事之间，不要这么客气嘛。小刘说，不客气，不客气，家里老娘自己做的，不是什么值钱的，也让向主任尝尝，自己还留得有。客套了几句，向主任就说些贴心话，要小刘好好干，年轻人辛苦点没关系的。今后位置不同了，各方面都要注意，特别要注意尊重领导。小刘点头称是，很谦恭的样子。

回家路上，小文问，你不像不尊重领导的人呀？小刘说，我听出来了，向主任讲的领导，名义上是县长们，事实上暗示我今后要听他的。这个好说。

睡在床上，小刘突然难过起来，唉声叹气。小文问他高高兴兴的，又怎么了？小刘叹道，自己没有本事，父母天生穷命。老母亲天天守在阳台上，把那条大鱼熏得漂亮不过了，却没有口福消受。刚儿还说过年给爷爷奶奶送腊鱼回去。这么一说，小文也有些伤感，一时无语。过会儿却来劝小刘，说，莫想那么多了。老人家见你有出息了，有个一官半职，比吃什么山珍海味都要高兴的。好在我平时还修了个孝顺名儿，不然，老人家还会以为我把腊鹅腊鱼送给娘家了。小刘这时像突然醒悟似的，说，其实刚才只送腊鹅给他也行了，为什么偏要腊鱼腊鹅全送了呢？是啊是啊，小文也觉得刚才两个人都懵懂了。

次日清早，刚儿起床，见阳台上的腊鹅腊鱼不见了，大喊妈妈，要哭的样子。小刘跑过来，佯做惊慌，说一定是该死的猫叼走了，这猫真坏。刚儿不相信，妈妈不是讲猫是好动物吗？猫抓老鼠的。小文说，猫也有坏的，不抓老鼠，专偷吃人家东西。好不容易才哄过了儿子。

过了一天，小刘有事从常委楼下走过，无意间一抬头，见二楼张县长阳台上挂着一条大腊鱼。小刘认得，正是他家那条。这条鱼从鲜鱼变成腊鱼，他每天都看好几回，太眼熟了。回来同小文一说，小文就笑了。你看你看，这回你想通了吧，那条鱼向主任也无福消受。

小刘送了个材料到县委办。县委办的同志拍他的肩膀，说要他请客。小刘知道是怎么回事了，只是说，别开玩笑了，我请什么客？大家都不挑明，就这么玩笑一会儿。事办完了，也应酬过了，小刘告辞。一出门，又想小便了，就上了厕所。小便完了出来，就见东头常委会议室的门开了，张县长低着头朝厕所走来。小刘知道，今天常委会在研究干部，他的事也在这一批研究。小刘刚准备同张县长打招呼，却突然想打喷嚏了，就皱起眉头。可又半天打不出来，不打又难受。他就抬头望天，想让光线刺激一下。可今天偏是阴天，抬头望天也打不出来，望了一会儿天，打喷嚏的感觉渐渐消失了，这才想起刚才没有同张县长打招呼。张县长进去一会儿，还没有出来，可能是在大便。总不能为了同张县长打个招呼专门站在厕所门口等吧，只好走了，心里却是说不清楚的味道。

第二天，就有消息传出来，说小刘任政府办副主任的事常委会没有通过。现在开常委会也保不了密了，很快具体细节都泄露出来了。原来，会上议到小刘提拔时，张县长正好想上厕所，就说，同志们先议议吧。大家就议了一议，认为小刘任政府办副主任还比较合适。但任用政府这边的干部，主要应听听县长的意见。张县长上厕所回来，说，小刘工作可以，能力也不错，就是太骄傲了，暂时放一放吧。张县长一锤定音，小刘的提拔就泡汤了。

这让向主任在小刘面前很难堪。他找小刘推心置腹地谈了一次，叫小刘不要有情绪，要正确对待。骄傲问题，有则改之，无则加勉。当然人骄傲不骄傲，自己往往不觉得，别人看得清楚，所以还是加倍谦虚为好。特别要注意尊重领导，我同你反复讲过的。小刘听得出，这回向主任讲的尊重领导，可能是暗示他在什么地方让张县长不满意了。

小刘怎么也想不出自己在哪件事上得罪了张县长，要说只有那天打喷嚏的事了。小文一听，笑出了泪水。小文说，肯定就为这事。你打喷嚏的样子我还不晓得？皱起眉头，像跟别人血海深仇似的。这就怪不得张县长了。是人莫当官，当官都一般。换了你，你也不会提拔一个见了你就皱起眉头，昂首望天的狂妄之徒。小刘摇头晃脑，徒叹奈何。他妈的这才叫做黑色幽默！我不在那个时候送材料过去也没有事，送了材料不上厕所也没有事。到底还是怪那天天气不好，若是出太阳，我一抬头，喷嚏立即喷涌而出，张县长就知道我不是故意不理他，也不至于误会了。唉，只怪天气不好，只怪天气不好。

旧约之失

厅里人太多了，厅长们不一定认得全。朱厅长倒是不管工作怎么忙，每隔一段，总要抽时间到各处看看同志们。今天朱厅长来到舒云飞办公室的时候，他正在接电话。处里的同志个个笑吟吟的，紧紧随在朱厅长的身后。向处长介绍说，这是舒云飞同志。舒云飞电话没接完，就笑着摇摇手，算是打招呼。朱厅长便嗯嗯，点点头。向处长马上又介绍坐在舒云飞对面的小刘。小刘便双手握着朱厅长的手，用力摇着，说朱厅长好。朱厅长道，好好，好好。小刘不错，小刘不错。这时，舒云飞接完电话了，也站起来，望着朱厅长笑。朱厅长却将身子背过去，兴致勃勃地同大家说话。同事们就在门口围成一个半圆，望着朱厅长。大家一直都愉快地微笑着。朱厅长个子不高，大家便都弓着腰。办公室本来就小，多了几个人，就显得特别拥挤了。但小刘还是侧着身子挤到了半圆的一端，就只剩舒云飞一个人站在朱厅长的身后，望着这位领导光光的秃头。舒云飞笑了一会儿也就不笑了。一个人傻笑什么呢？朱厅长根本就不看你笑得怎么样。这时，朱厅长扬扬手，说同志们忙吧。半圆的中间马上开了一个缺口，往两边闪成一条夹道。朱厅长挥着手，从夹道中间昂首而去。大家跟走了几步，便站在走廊目送朱厅长上二楼。舒云飞望着那光光的后脑，心头有些发虚，似乎那里长着一双眼睛，正意味深长地望着他。朱厅长在楼梯口一消失，同事们马上低头往各自办公室走。舒云飞刚才只是站在自己办公室门口，这会儿一转身就回到办公桌前坐下了。小刘很快也回来了，坐下来埋头写着什么。两人都不说话。过了好一会儿，小刘说，朱厅长这人很关心干部哩。舒云飞马上说，是的是的。说了两声是的好像还觉得不够，又说，朱厅长平易近人，同干部打成一片。他不能让小刘觉得他对朱厅长的敬佩有一丝勉强。小刘这会儿情绪极佳，想必是刚才受到朱厅长表扬的缘故。

尽管现在领导表扬人很随意，但舒云飞连这种表扬也从来没有得到过。前任厅长对他的看法就不怎么样，所以同他一块儿进机关的老向已从科长、副处长当到处长了，他还是一般干部。当他终于明白这一道理的时候，就开始注意处理同领导的关系，却总是找不到感觉。厅长们同下面干部的接触并不多，可他们似乎是一个个幽灵，总是弥漫在你的头顶。他们的一个脸色、一个眼神，都会叫你费劲琢磨。你值不值得再在这里干下去，就看你理解厅长们表情的能力了。前年朱厅长新来时，他想彻底改变自己在领导心目中的看法，可是他的努力都没有什么效果。朱厅长隔一段就来处里同大家握一回手，可每次还是得由向处长陪同着一一介绍。朱厅长对别人好像都有印象，只是同他舒云飞总像是初次见面。今天他的表现就不佳。朱厅长一来，你就是忙着天大的事，也得停下来，可他却继续打电话。当时他也想到不放电话不太好，但就是没有放下来。其实他只要说声对不起，请你过会儿打来好吗？问题就没了。可他当时就是转不过弯来。

临下班了，向处长也没事，到各办公室走一圈。舒云飞见向处长在门口，就招呼一声。可向处长不做声，面无表情地扫了里面一眼。小刘说，向处长还不回去？向处长说回去回去，就掉头走了。

晚饭后，舒云飞一抹嘴巴，就靠在沙发上抽烟。他想向处长对他一直不太在乎，这多半是因为朱厅长对他不以为然。香烟档次不高，散发着一股刺鼻的臭味儿。老婆晓晴一边收拾碗筷，一边嚷着烟鬼，不抽就要死人？他心里正有气，又听晓晴在嚷，情绪越发坏了。你老嚷什么？我这烟还是你引向邪路的呀！不抽你说不像男子汉，抽了你又天天嚷！晓晴也不管男人高兴不高兴，又说，光叼支烟就是男子汉了？有几个像样的男子汉抽这种烟？

晓晴这话太伤人了。舒云飞刚要发作，儿子源源在卫生间洗漱完走出来。他便忍住了，叫源源做功课去。源源应了声，就进了自己房间。晓晴也早进厨房去了。

舒云飞想想，发火也没意思，就多吸了一支烟。他知道晓晴是个好女人。最初他是不抽烟的，但晓晴见别人敬烟他老是推让，那样子很难看，就说，今后别人敬烟，你就接了做做样子吧。这样他就开始逢场作戏地抽烟。后来日子久了，就上瘾了。不过像他这个级别的干部，晚上除了收水电费的，一般没人上门，他抽的烟就只能是两三块钱一包的大众牌香烟。在这种大机关，这是很没面子的事。所以他从来不给别人敬烟，也从来不拿出烟盒，总是将手伸进衣兜里慢慢掏出烟来。要是有人在场，就尽量若无其事地将掏烟的动作做得从容一点。

男人抽烟，女人嚷嚷，也是人之常情。得忍且忍吧。一支烟过后，心头也平静多了。

晓晴忙完，又没事儿似的坐下来看电视了。最近正播一部室内连续剧，一家老小成天坐在那里插科打诨傻笑。晓晴最喜欢看了。舒云飞看电视没什么偏好，看也罢不看也罢，反正是陪晓晴坐着。要么脑子里杂乱无章地想着一些事儿，要么翻翻书。他想现在中国的老百姓真幸福。没有战争，没有革命，也没有上帝，没有真主。经常可以看看这样一些挺好玩的电视剧，乐得哈哈直笑，然后安安稳稳睡一觉，明天该干什么还干什么。

他看不下这个电视剧，就拿本书来翻，是本《论语》。这本书他读过多次了，就是读不厌。每有感悟，就叹息不止。这会儿读到一句“邦有道危行危言，邦无道危行言孙”，不禁拍了一下大腿。晓晴见男人这样子，就说，你怎么一读《论语》就中了邪似的？不等他开腔，听见有人敲门了。

门一开，嘻嘻哈哈就进来两个男人。原来是舒云飞的老同学马明高和龙子云。龙子云在一中当老师，教语文的，业余写点东西，朋友们都当他是作家。马明高在五金公司当会计。舒云飞最要好的同学就算是龙马二人了，他俩隔一段就来这里吹一回牛。

源源听见家里来了客人，就出来喊了叔叔，马上又回房做作业去了。龙马二人直夸这孩子好教养，学习又刻苦。晓晴说，不刻苦行吗？到时候上不了你们一中，我们无钱无势，不是他自己吃苦？舒云飞明白晓晴话里的意思，但不想当着客人的面同她争。不过现在小孩的学习也的确放松不得。去年小学毕业升一中的，离录取线差一分要缴九千元，今年只怕还要涨价。舒云飞的儿子同他们向处长的女儿同班，平时考试，他们源源总要高几分。向处长说过老舒的小鬼成绩不错。只说过一次。舒云飞却谦虚说，我们源源是读死书，没出息的。不像你那小家伙，那么聪明，那么活泼。

龙子云接过舒云飞递上的烟，点上吸了一口，就眯起眼睛看了牌子，说，舒云飞你什么时候当处长？还是抽这种烟？

马明高含蓄些，只是笑笑。

舒云飞望着龙子云说，你是槛外人，怎么也总是关心官场上的事？我真的当了处长，说不定架子也大了，你也不好随便找我玩了。龙子云忍不住喷嘴一笑，呛得满脸通红，咳了半天，才说，你敢，我谅你不敢。我哪是关心官场？官场关我屁事！我是看你怎么总是发达不了。

马明高摆摆手说，我们三个人，虽说没有正式拜把子，但也算得上桃园三结义了。当不当官，那是另一回事。

晓晴这会儿端过茶来，风凉道，我家舒云飞一定会大器晚成的，姜太公八十岁还遇文王哩。

两位老同学知道晓晴开朗，又是在开玩笑，就一齐笑了。只有舒云飞心里明白是怎么回事。大家都在玩笑，舒云飞不好冷场，便索性自嘲起来。他说，从马王堆出土的《道德经》上看，大器晚成应该是大器免成。这样更符合老子的思想，所谓大象无形，大道不显嘛。这同孔子的学说好像也相通，子曰君子不器。那么我舒某人这一辈子无所作为就是功成名就了。无为即有为嘛。

龙子云笑道，你是越来越夫子气了。

他们同学三人在一起是很随便的。可是不管起初聊什么话题，聊着聊着就聊到各人的境况来了。口气当然是玩笑似的。舒云飞要当处长了吧？

龙子云下个学期该当校长了吧？马明高什么时候当经理？晓晴本来也是很想得开的一个人，并不太在乎男人当个什么官。今天只是一时兴起，心里有了气。平时，不管他们三个老同学聊什么，晓晴只悠然坐在一边，温柔地笑着。

今天舒云飞见晓晴这样子，以为她还在心里嘲笑自己。龙子云见舒云飞望一眼晓晴就不做声了，似乎感觉到了什么。偏偏他又是个不太顾忌的人，有意粗着嗓子说，晓晴是笑我们几个男人俗是不是？晓晴忙过来替客人续水，说，我再怎么笑别人俗，也不敢笑你呀！我是认识了你才知道作家也只有一个脑袋哩。

马明高立时笑着表示有意见了。那么就是我真的俗了。

不是这意思，不是这意思。晓晴笑道，我嘴笨，玩笑，玩笑。舒云飞瞅了老婆一眼，说，两位别在意。真正俗的人是我，知夫莫如妻嘛。

哪敢讲你俗？你是仙风道骨啊！晓晴似嗔非嗔地白了男人一眼。

龙子云这会儿像是感触到了什么，叹道，别争这些空话了。就如今这世道，要俗也只有我们俗了。有钱有势的吃高档玩高档，样子做得很风雅。他们见了我们这种人，丢下一句话来，哼！俗不可耐！我们到哪里伸冤去？

马明高见龙子云真的这么激愤，就说，你当作家的就是当作家的，什么事一到你脑子里就复杂了。

龙子云仍是激愤，说，我说的难道不对？不过这也是自古如此啊！庄子早就说过，诸侯之门而仁义存焉。我们凡夫俗子哪配有高贵的东西？

舒云飞听罢却很有感慨。前些年，一些有学问的人动辄说层次，并自恃层次很高，俨然精神贵族。可是过不了几年，什么高层次低层次掉了个头。发了大财的喝着洋酒感觉自己的层次很高，做了大官的瞟着平头百姓，以为这些人层次很低。

人啊，凡事都要想得通才是。舒云飞像是在开导别人，其实也是在自宽自解。

龙子云摇摇头说，也只有这么想了。孟子是怎么为知识分子定义的？他说，士，有恒志而无恒产者之谓也。他老夫子真是金口玉牙，这句话就像一个咒语，中国知识分子从此万劫不复了。这也许是历史宿命论吧。

马明高听得不耐烦了，骂道，你怎么这么多的之乎者也？

舒云飞只是笑，不讲什么。心里却在想，孟子这句话算个真理。但细细一想，现在这句话也只有一半正确了。什么恒志？如今还奢谈什么大志？有道是问舍求田，原无大志。就说自己，也算是一个知识分子吧，心里想的是什么？房子和位子！生命的意义就这么彻底被简化了，直观而明了。向处长做思想工作也讲得明白，看一个干部看什么？就看你对待房子和位子的态度。这等于说，现在人们的大志就是一个好位子，一套好房子。可是只能心里想，不可嘴上说。按这个逻辑，如今人们不仅没有大志，而且还要虚伪地活着。

龙子云见舒云飞半天不说话，只是抽烟，就说，现在是越有本事越倒霉。像你舒云飞这水平，我谅你们单位也少有，可你就是上不了。

舒云飞忙摆手。别说这个，别说这个。我水平不行。

龙子云接着说，不是吗？天下乌鸦一般黑。不是我吹嘘自己，我在一中也是呱呱叫的语文教师，可就因为发表了一些散文、诗歌，别人嫉妒，说我不务正业。当语文教师的写文章是不务正业，那些务正业的连个人总结都写不好。

说到这事，马明高也有同感了。我公司那财务科长，做错了账连自己都查不出，得劳驾我们，可他还天天教训我们业务水平低，要我们加强学习。

舒云飞不便说自己的领导如何，毕竟是在政府部门工作，还是忌忌口好。这两位老同学的牢骚他也听得很多了，反正听了就听了。其实他们凑到一起，除了相互调侃，就是发发牢骚，没有什么新鲜的话题。参加工作十四五年，大家也就这么发着牢骚过来了。

马明高突然提到一个新话题，说，你们有没有想过发财的事？

发财？哪里发财去？舒云飞一副如梦方醒的样子。他怎么没有想过发财的事？只是感到很茫然。

龙子云说，明高你在公司干的都没有找到发财的门路，还来问我们？

马明高却只说，我看，你们都不要一脑子玄乎又玄的东西了，有门路就发发财吧。

这时，晓晴忍不住打了哈欠。龙子云抬腕看看表，说不早了不早了，我们该回去了。

舒云飞夫妇客气一会儿，也不强留了。

马明高临走又说道，是真的哩，我们可以一起想想办法，有钱大家赚。那么多马大哈都发财了，我们三位的智商谁也不低啊！

源源考初中的分数很快出来了。不料他考场失利，离一中录取线差三分。今年毕业生考一中还真的涨了价，差一分一万元，就算是交钱也还得走后门。舒云飞夫妇急得不行。晓晴忍不住在家骂这社会风气，什么都讲钱，分明是乱收费，还得年年涨价。舒云飞安慰晓晴别生气，生气有什么用？人家一中说，去年是九千，今年加到一万，还赶不上物价涨幅。你气坏了自己，钱还得交。要说，源源还算不错了，向处长他女儿差五分，得交五万。

其实舒云飞心里怎么没有气？他只是要宽晓晴的心。要凑齐三万元钱也的确不容易。家里掏空了老底也只拿得出二万一，还差九千。舒云飞有些打退堂鼓了。我们源源何必非上一中不可呢？上个二三流中学算了。我们上学那会儿哪有什么重点不重点？晓晴这几天本来就满肚子火，听了男人这话很不高兴。二三流中学你以为就不要交钱了？你没有填他们的志愿，同样要交钱，只是交得少一些。你光说你那会儿，你爷爷那会儿还没有书念哩！这是孩子一辈子的事，我就是砸锅卖铁也得让他上一中。别人有钱的二话没说交了钱，有权的一张条子免了费。越是这样我越要争这口气，不然的话，你有面子我是没有面子。

舒云飞想这事其实也可以依靠组织做做工作，能少交一点就少交一点。但向处长自己要交五万，找他显然不合适，又不能越级找朱厅长，这是向处长最忌讳的事，再说自己也难保有这个面子。没办法，舒云飞找到龙子云。龙子云很为难，说我在一中算老几？校长肯给我这个面子？这样吧，我借你九千块钱算了。还有，今年上一中的特别挤，还要找校长说情，这个我可以包了。

全仗龙子云帮忙，好不容易才让校长松了口，答应收了源源。

舒云飞总不见向处长在单位提起女儿上学的事，心想他一定为那五万块钱犯难，也就不便问他，免得讨个没趣。

交过钱之后，手头就特别紧了。舒云飞两口子晚上连觉都睡不好了。

晓晴说，马明高建议你们一起想办法发财，是可以考虑的，不然这亏空怎么填得上？舒云飞反问，发财是容易事？小富由勤，大富由命！

这天晚上，龙子云同马明高又来串门了。大家先为小孩上学的事感叹了一回，都说现在越来越不像话了。龙子云说着就激动起来：长此以往，中国的教育不垮了才怪！

马明高笑话龙子云，你动不动就深层次了。你忧国忧民，别人还不要你忧哩，说你不配！什么匹夫有责？这都是匹夫们自己讲的疯话。如今太平盛世，要你们匹夫忧什么？等到国难当头才用得着你们匹夫！好吧，我们都现实一点，想办法发财吧。

晓晴插话道，我看你们三位老同学合得来，要是一起创个什么业，一定能成功的。

这也是真的，我们三人还有什么说的？龙子云说罢，大家都望着舒云飞。

舒云飞沉吟一会儿说，要说我们一起干个什么事，我也是有信心的，只是现在没个头绪，无从着手。

马明高见大家都动了心，更加来劲了。他欠了欠身子，说，生意嘛，一口吃不成胖子。我们公司门口有个卖田螺的摊子，很不起眼。可知情的人说，他们家干了七八年，赚了百把万了。俗话说，小小生意赚大钱。

龙子云笑道，那么我们兄弟三人也摆田螺摊去？

马明高说，谁要你这么屈尊？大作家！真的搞了个什么事儿，你们不便露面的话，我来出头，你们还在岸上，我反正在水里了。

问题是搞什么项目好？舒云飞说。

马明高扳着指头说，一要好赚钱，二要我们熟悉，三要考虑投资。

龙子云笑道，要说我熟悉的，只有吃饭了。

晓晴马上接了腔，你还别说吃饭，现在赚钱的生意，除了吃的就是玩的。大家都在拼命玩，拼命吃，好像过了今天就没有明天了。

马明高却在正经考虑这事，说，搞餐饮的确是赚钱的买卖，但搞这一行的人太多了。你从街上一路走过去，谁不朝你鞠躬请吃饭？

舒云飞说，这餐饮业同娱乐业一样，弄不好就成藏污纳垢的地方，我看也不太妥。

龙子云不同意舒云飞的看法，说，什么藏污纳垢倒不值得担心。稍稍上档次的一些餐馆都是些什么客人光顾？最近阳光大道新开了一家餐馆叫豪客饭庄。豪客是哪些人？大小官员，大小老板。我们这些人到那些地方去吃吗？未必票子在口袋里跳得慌？

晓晴倒是认为餐馆不好开。谁都长着一张嘴巴，是嘴就要吃饭，所以谁都可以找着茬儿来管你。最难对付的是公安，稍有不周，牌子就保不住。说到这里，晓晴瞟了男人一眼，怕他怪自己讲得过火了。

舒云飞这会儿只是静听各位高见，不急于发言。

龙子云问马明高，你是搞五金的，对五金最熟悉了，可不可以搞？

马明高摇头回道，五金若是好搞，我们单位会亏成这样？现在是全民办五金，哪里没有五金店？

龙子云说，照你这么看，只有人头没有人经营了。

谁说人头没有人经营？晓晴说，今天我还在报纸上看到一条新闻，有位个体老板被他的仇人花两万块钱取走了人头。舒云飞看老婆一眼，说，大家在说正经事，你尽说些鬼话。

马明高问舒云飞，你的高见呢？

舒云飞猛吸了一口烟，慢慢吐出之后，才说，还真不知道搞什么好。要说熟悉，我们都是读书人，按说对书最熟悉了，开书店怎么样？

龙子云马上附和说，书店开好了也是赚钱的。记得北方有个青年人开了家书店，叫读来读去书屋，办得很红火，中央电视台还报道过哩！

马明高白了一下眼睛，说，这个主意好，但也不能太盲目。我这几天测算一下，看到底行不行。我们要搞就当大事业来搞，只图赚几个小钱也没意思。当然起步可以小搞一些。我过几天先拿个初步方案，大家再进一步议议如何？

几个人都说可以。

本来已经扯到别的话题了，龙子云又突然问起，我们书社起个什么名号呢？读来读去真绝，我想起都嫉妒。

晓晴忍不住笑了。是男是女都还不知道，却急着起名儿了。

龙子云说，反正在闲扯嘛。

马明高想了想，说，叫龙马书社如何？龙马大吉大利，书同舒又谐音，等于把我们三人的姓都嵌进去了。

龙子云马上摇头。不行不行。用心良苦，却嫌刁钻。未必还要在牌匾上加一个注解不成？书者舒也，谐音双关者也。

马明高不好意思了，说，这就靠你作家了。

龙子云原来早就想好了一个名儿，只是不好马上说出来。这会儿马明高激他，他就说，我看用一个典故，叫二酉书屋如何？

马明高不明白其中雅意，疑惑道，明明是三友，怎么叫二友？

大家随便惯了，言语不论粗细。龙子云半真半假道，叫你多读点书你不听。哪是那个友！是酒字不要三点水的酉！这有一个典故。湖南沅陵有大酉小酉二山，合称二酉，山中有一洞，叫二酉洞。相传秦始皇焚书坑儒时，有学子藏书于二酉洞，使圣贤之书得以留传后世。所以后人以二酉比喻藏书之丰。

马明高听了似懂非懂，就望着舒云飞。舒云飞默一会儿神，点头说，这个名儿好，有点儒雅味儿。我们文化人干事，就得有些文化气息才好。书社嘛，本来就是高雅的地方。

晓晴听着笑了起来。我说你们是为了赚钱还是为了卖弄肚子里的墨水？开饭馆怕藏污纳垢，开书社又只顾在店名上搜肠刮肚，生怕别人说你们没文化。

龙子云不等舒云飞再开言，忙抢着说，晓晴你别小看这店名了，好的店名本身就是一笔无形资产。比方说，我们今后业务大了，要大做广告，就可以打出这么两句话：古有二酉藏书，今有二酉书社！你看，多有气派！

晓晴笑道，我看你有点狂想症。

马明高倒是欣赏这股狂劲儿，说，晓晴你别笑话他，做生意同他搞创作一样，要灵感，也要一点狂想。狂想出点子，做生意就是不断要有新点子。

龙子云受到鼓舞，越发来劲了。我们可以想出许多促销手段，比如说，我们可以把书社门面搞得很有特色，门面上方设计一块可变广告牌，每天给顾客一句赠言。如果今天下雪，就写上，下雪的日子，正好拥炉读书。今天要是阴天呢，就写上，翻开你喜欢的书，那里有一片晴朗。

马明高打断龙子云的话。表扬你几句，你就酸不溜丢了，还要你作诗不成？

舒云飞却说，我看子云的建议不无道理，至少思路可取。别小看这些小聪明。南风商场冬装换季，削价处理，可别人偏叫夏日倾情大行动。倾什么情？再怎么倾情也是商场赚钱顾客花钱是不是？但我们是喜欢削价处理几个字，还是喜欢夏日倾情呢？刚才子云说的时候，我就跟着他的思路走，也想到了一些点子。比方说，每日赠言当然好，但用名人名言落俗套，得用凡人凡语，而且要保证每天讲的都是新鲜话才有意思。要做到这一点就不容易了。那么我们就可以向顾客有奖征集，从中遴选优秀作品。这活动本身就是很有作用的广告。还有，我们可以给每一个月定一个顾客幸运日，这一天第一个进入我们书社的顾客就是我们的幸运顾客。每位幸运顾客可以终身享有每年一本新书的馈赠。这些幸运顾客事实上终身都是我们书社自觉的广告员。

马明高拍了下大腿，连连叫好。别看云飞是在政府部门蹲办公室的，这生意上的事他还真能想出一些点子哩。

龙子云也说是的是的。

眼看时间不早了，龙马二人告辞。舒云飞叫马明高抓紧测算一下办书社的事儿。

今天一上班，向处长就召集全处同志开会。议题很集中，推选人大代表。厅里只有一个指标，当然是推选朱厅长了。难怪前几天朱厅长又到各处看望同志们。舒云飞无意间发现了一条规律：朱厅长要是来各处看望同志们，一定是他又有什么好事了。记得有一回朱厅长与大家握手后的第三天，厅里选他为党代表。还有一回他看了同志们，第二天全厅就以绝对多数选票评他为优秀。

向处长说开个短会吧，就慢条斯理地把这次推选人大代表的有关事项说了一通。他说的好像只是推选人大代表的重大意义、代表的有关条件等等，都是人人明白的大道理，听上去同废话差不多。可就是这些废话，始终在暗示你该选谁。舒云飞见这几天向处长同他见面一直都很严肃，他在会上就有意活跃一点。但这样的会议，只需要大家举举手，没有太多表现机会。他只好始终微笑着。可他的微笑并不能改变向处长脸上的成色。似乎只有这种脸色才能适合会议严肃的议题。选人大代表可不是闹着玩的事啊，这可是事关人民群众当家做主的大事啊。结果大家一致推选了朱厅长。

会很快就完了。回到办公室，小刘问舒云飞小孩上学的事怎么样了。能怎么样？还是交钱？他随便说道。

小刘说，三万块钱你就这么轻易交了，蛮有钱嘛！我说你其实可以活动一下，能免交或者少交一点也是好的。

舒云飞做出无奈的样子，说，我这人无职无权，谁肯给我这个面子？

说到这里，舒云飞见小刘笑了一下，他就不说了。小刘的笑有一种无可名状的怪异，这笑常提醒他同这人讲话不可太多。同小刘共事几年，他真正懂得了言多必失的含义。凭感觉，他知道小刘常弄他的手脚。他的感觉很准，他暗自印证过多次。但他只是在心里愤慨，却没有任何流露，甚至还装傻，权当什么都不知道。自己的名声要紧。如果自己也像小刘那样去做小动作，他也成小人了。整了别人事小，坏了自己的名声事大。他琢磨过小刘的心思。这处里九个人，只有他和小刘还是一般干部，其他人都是正处副处了。他的年纪比小刘大些，资格比小刘老些，按惯例下次应先提拔他舒云飞。小刘要是沉不住气，想抢先一步，当然要有所行动了。这也是人之常情，让他小刘一着吧。舒云飞常这么宽解自己。再说，摆到桌面上，他也说不出小刘什么一二三。比方说，有时同事们闲扯，大家都无拘无束。可舒云飞说了句什么，小刘就笑几声。这笑声你也说不上有什么毛病，可就是他这么一笑，你刚才讲的话好像就有毛病了。舒云飞不能对自己说过的话作任何解释，那样等于此地无银三百两。谁也没有说你什么呀？每逢这种场合，同事们就似笑非笑，面面相觑。向处长也艰难地笑一下，然后马上严肃起来，转身回自己办公室。其余的人就像怀着什么秘密似的阴一个阳一个散了。只剩舒云飞一个人待在那里，坐也不是，站也不是。这种说不出的哑巴亏，他吃过多次了，现在回想一下，连一个完整的例子都举不出。他自己都说不清小刘是怎么让他难堪的。心想小刘整人这一套还真高明，不知他在哪里学的？兴许是狄青用兵，暗合兵法吧。

这会儿，向处长叼着烟慢慢踱到舒刘二人的办公室来了。二人招呼向处长好。向处长也不答，也不说有什么事，只站在他俩办公桌边颔首而笑。舒云飞望着向处长，可向处长只望着小刘，好像不在乎他舒云飞的存在。舒云飞知道向处长是个什么都写在脸上的人，没有多大器量。器量不大的人不可能有多大出息，但他已是处长，再怎么着也只能是你难受而不是他向某人难受。他也只好目不转睛地望着向处长。

向处长同小刘说着一些无关紧要的话。小刘早已恭恭敬敬站在那里了，一脸灿烂地望着向处长。舒云飞马上意识到自己好像也应站起来，却感到四肢不是味道。挨了一会儿，还是站了起来。但他刚站起来，向处长转身走了，望都没有望他一眼。

舒云飞觉得向某人这样简直是女人做派。

既然站了起来，就不能让小刘看他的笑话。舒云飞很自然地去取了暖瓶，为自己添了茶。是否也要给小刘添一点呢？可终究怕小刘看破，就一边盖开水瓶，一边问小刘也来一点吗。小刘说我要就自己来。

舒云飞很优雅地喝茶。向处长这种风度他是经常领教的，想来又好气又好笑。他喝了一会儿茶，就去上厕所。走过向处长办公室门口时，不知怎么的，他又想同人家打招呼了。向处长却在办公室踱步，样子深沉得不得了，不知在考虑什么国家大事，根本顾不上同人家讲客气。

舒云飞蹲在厕所里咬牙切齿。他对这向某人太了解了。当年他向某人也是科级干部时，也同大家有说有笑的。等到当了副处长，就成天皱着眉头坐在那里翻文件了。后来当了处长，又学会了缓缓踱步。舒云飞想自己一眼就可以看穿他的大脑，那里沟回平坦，形同戈壁，生长不出什么思想。可这人踱步的样子像个思想家。

舒云飞解手之后，步态从容地往自己办公室走。但见各办公室鸦雀无声。大家都在看报、看文件、喝茶，很敬业很有修养的样子。似乎这是一个风平浪静的所在。他想如果有人将这里的生活写成小说，一定很枯燥、很乏味。大家只是极斯文地坐在那里，大动作和小动作都看不出，没有什么精彩的细节，既不能丝丝入扣，又不会惊心动魄。

下班回到家里，晓晴一眼就看出了他的不快。他在外面是什么事都没有似的，一回到家里，脸上该是什么节目就是什么节目了。不过也不向家人发作，只是一个人躺在沙发里上演无声电影。

晓晴知道男人的脾气，让他一个人抽闷烟，自己去厨房忙做晚饭。

这是个小人！舒云飞心里极不畅快。他想起了孔圣人为小人画像的话。小人你很难同他共事，但很容易取悦他，哪怕你用不正当的手段去讨好他，他也非常高兴。小人用人的时候则是求全责备。参加工作十四五年，现在仔细想来，真正的君子他没碰上过，小人倒是见识了不少。舒云飞早就看出来了，自己要让向某人有好感其实也并不难，给他送两条红塔山就行了。这种人就是这样不值钱，几百块钱的东西就可以将他收买。

晚饭后，晓晴让源源回房看书，然后问男人，你好像不高兴？

舒云飞也说不出什么，只道，同这种人共事，不短命才怪！

晓晴安慰道，你还是读书人，不明白不以物喜，不以己悲的道理？何必因为别人影响自己的情绪？

可这人偏偏可以影响你，可以影响你一切，让你功不成名不就，让你一辈子平平庸庸碌碌无为，你怎么办？舒云飞激动起来。

晓晴默然一想，问，你是说姓向的？

这是一个地道的小人！舒云飞说。

晓晴说，我早就劝过你，要你注意处理好同他的关系，你就是不听。人家明摆着是处长呀！谁人檐下不低头？你太不通达了。

通达？怎么个通达法？孔夫子有句话：君子上达，小人下达。什么是上达下达？上达就是识大体，明大义，正道直行！下达就是认同庸俗的人生规则，甚至不惜蝇营狗苟！你讲的通达，就是下达，是小人所为。无非是有事无事找借口到他家里去拜访拜访，孝敬点儿东西，套个近乎。这个我做不到！现在都成什么样子了？人与人之间的信任本来靠推心置腹，现在却是功夫在诗外！

男人很正派，晓晴真的敬佩。但她不希望他迂腐。像今天这样的劝解，她是不止一次了，可男人就是说不通。云飞，晓晴说，我也不是要你低三下四做人，只是要你稍微活泛一些。你就是提两条烟、两瓶酒，到人家家里去坐坐，也不怎么折你的面子呀？只要我知道你是君子，你自己明白自己是君子，这就行了，莫在乎细枝末节了。出家人还讲酒肉穿肠过，佛祖心中留哩。只要心中有佛，就不要怕入俗了。

舒云飞倒是笑了起来，说，你也这么能说了。不过你这是诡辩。按你这个逻辑，真的是盗亦有道了。再说，两条红塔山，两瓶茅台，要多少钱？我一个月工资又是多少钱？我就是一个月不吃不喝，全心全意为人民服务，也不会为他一个人服务呀！我宁愿救助失学儿童！

晓晴说，我正要同你讲这个道理。花几个钱是小事，再说又能花多少钱呢？现在有人还把花钱买官当做一种投资哩。让你走动走动，只是做个人情而已。我猜想，他向某人再怎么贪小便宜，也不在乎几条烟几瓶酒。他计较的是你的姿态。你想想，别人还惟恐攀附不上，就你一个人不理不睬，他会怎么想？至少以为你不尊重他，不把他放在眼里。特别是你，说资历跟他差不多，论本事也不比他差，他越发以为你看不起他了。他甚至可以宽容所有部下，就整你一个人。整倒你一个，其他的人都服帖了。你还成天读什么《论语》，还说半部《论语》治天下。现在哪是《论语》治天下？是厚黑治天下！

晓晴讲的这些道理，他不是没有意识到。正因为如此，他心里更加厌恶。大凡做上司的都惟恐下属不敬，偏要有意装腔作势摆出一副威风来。你想让上司看着顺眼，就不要怕人讲你是马屁精，你想保持一种正常的工作关系，往往要吃亏。

为什么上下级之间偏要成为一种人身依附关系呢？舒云飞无可奈何的样子。

晓晴说，你还是理想主义。别幻想了，世风如此，你还是活泛一点吧，连我们医院纯业务单位都是如此，何况你们？

舒云飞刚才本来已经心平气和了，听了晓晴的劝说，情绪又暴烈起来，拍着桌子吼道，既然如此，我誓不低头！

晓晴本想说他这是裤裆里屙屎同狗斗气，怕又激怒了他，就笑着熄火。算了算了我们别争了，别争了，看看电视吧。说着就开了电视机。可惜她喜欢的那个电视剧好几天都没放了。听说那个电视剧有一两百集，还没有拍完。现炒现卖，拍了几十集就先播了。

舒云飞蜷在沙发里独自抽闷烟。自己这样犟下去，固然是铮铮铁骨，却有可能终身栽在一个小人手里，死也死不了，活也活不好。这么一想，他怎么也不心甘。

晓晴拿起遥控器换了台，打断了他的胡思乱想。他心想自己怎么稀里糊涂想到了这些不着边的东西？在这里工作，大而言之是为人民服务，小而言之是为自己谋生。想那么多干什么？可是转念一想，为人民服务，却要看别人的脸色，真是荒唐逻辑！哎，不管怎么样，还得在这里挨下去。这几天常想起同龙马二人合伙开书社的事，但想来想去，这只能当个副业，私下里干。前些年上面鼓励机关干部下海，可真的下了海，个别发了财的倒是摇头摆尾快活去了，多数人呛水上岸了。上了岸的谁不灰溜溜的？毕竟同前些年不同了，单位头儿嘴上不说，心里却给你打了折扣，难怪有人说，上面的文件，你倒过来执行就对了。譬如每年年底都要发一个禁止滥发奖金和突击花钱的文件。你如果照着文件办就是大傻蛋了。那么单位有钱就赶快发，支出预算还有结余就马上用了。因为谁都在大发奖金，大肆花钱。不然上面要发一个文件来禁止干什么？吃饱了撑的？

舒云飞脑子里就这么一团糟，直到上床睡觉都还想不清楚。好像讲得那么崇高的事业，仅仅只是为了混饭吃。既然大家都在混饭，也就没有什么好歹了。

舒云飞夫妇正在看《正大综艺》，龙马二人来了。晓晴忙起身倒茶。舒云飞问马明高怎么样了，龙子云却指指电视，说莫急莫急，先看看《正大综艺》吧。

但见到场的特邀佳宾忸怩作态，答非所问。一位官员用蹩脚的幽默掩饰自己的无知。一位教授的题板密密麻麻写满了却不知所云。最好玩的是那位女明星，故作天真，搔首弄姿，在题板上画了一幅儿童画，旁边写的字谁也念不通。主持人倒是机智，一见自己念不下去，马上请女明星自己念。这位小姐就耸肩呀摊手呀，弄得大家起鸡皮疙瘩了也不知她讲了些什么。

龙子云早已忍无可忍，连叫俗不可耐。舒云飞也摇头晃脑觉得好笑。他拿遥控器调低了音量，说，让他们傻笑去吧，我们扯我们的。

马明高说，我做了一些调查，初步测算了一下。先搞一个小门面，估计一年盈利二十万是可以做到的。便把详情细细说了一遍。

晓晴听了很高兴。真的？那我说你们可以放手干哩。

马明高说，这还只是一张画饼。还有许多事要办，找门面、工商注册、税务登记，最要紧的是贷款。哪一道环节办不成都成不了事，没有一道环节是好办的，要关系，要门路，要打点。

大家听了，一时都不说话。过了一会儿，龙子云说，云飞在政府部门工作，各方面熟悉些，有些环节只怕要你多费心了。

哪里哪里，大家想办法吧。舒云飞摆手道。别人以为他是谦虚，他却是真的没有办法。这正是他的难堪之处。如今要说势利，怕是官场最势利了。你手中无权，别人就狗眼看人低，你要人家办事就办不好。几个人都在想办法，他却走神了，想起了单位买暖瓶的事。旧暖瓶用了多年，瓶底早锈坏了。今天厅行政办买了新的来，却分了档次。厅长们一个档次，处长们一个档次，一般干部一个档次。舒云飞和小刘办公室就领到一个最低档次的铁壳开水瓶。舒云飞忍不住玩笑道，真有意思，这开水瓶也有必要分个级别？他想小刘应表示共鸣的，可小刘却说，老舒你呀，农民意识！舒云飞马上后悔自己不该同他说这种话。小刘在他面前好像越来越放肆了，这多半是看了向处长的脸色。向处长一直不在乎他，当然是看了朱厅长的态度。而他从来不有意去接触朱厅长，朱厅长对他的了解只能来自向处长的汇报。就这样，他在单位的处境一天比一天尴尬。

龙马二人知道他太正派了，在单位不怎么吃得开，但不知他竟然如此窝囊。他也不想让两位老同学看出他这么不中用，所以平时总是龙马二人发一些怀才不遇的牢骚，他倒不怎么讲到自己的境遇。

马明高好像看出了他的心思，有意无意地为他解围，说，现在办事看三条：一是权，二是钱，三是朋友。适当打点是免不了的，关键是大家都要想办法找熟人。人托人，总找得着关系的。

舒云飞这会儿想起工商局好像有个熟人，就说，工商局那边我可以先联系一下。

马明高说，税务方面我可以联系一下，我同他们业务上有交道。

龙子云说，门面我倒有几条信息。大家也留意一下。

晓晴插嘴说，最难办的只怕还是贷款。

马明高不以为然，说，讲难也不难，贷款反正靠塞红包。

就这么说好了，几个人都先活动活动再说。

舒云飞次日一到办公室，就打开水，拖地板，抹桌子。刚准备去卫生间搓抹布，小刘来了，忙说对不起，来迟了。说着就伸手问他要抹布。他说，桌子我抹过了，我去搓搓。小刘说，我去我去，反正我要抹一下皮鞋。他便把抹布给了小刘。小刘一走，他又觉得手脏，应去洗洗。又不想紧跟了小刘去卫生间，只得扯了卫生纸揩了揩。

小刘洗了抹布回来，象征性地弹了弹柜子门，这才晾了抹布，安坐下来。

舒云飞看了表，已是八点半。他想等到九点钟给工商局的熟人打电话。

没有等到九点，小刘抓起了电话。像是找一位当老板的同乡，先玩笑一会儿，再问人家这两天休息怎么安排。原来小刘约了几位朋友明天去郊外钓鱼，请这位老乡一起凑凑趣。一定是他那位同乡问他是大钓还是小钓，小刘说，大小那就看你的兴趣了。那边又问几个人，小刘报了过去。那边停了一会儿，回过话来。小刘满意地笑道，好好，那就大钓吧。

舒云飞明白了，定是他那位老乡充当冤大头无疑了。如今这钓鱼，也不是随便什么人都有资本去钓的。大钓小钓是行话。小钓是自备钓竿、饵料及一切应用器具，请客者负责付鱼钱，请吃一顿饭，客气的还会备一些水果糕点。大钓那就讲究了，每人钓具一副、休闲装一套、太阳伞一顶、太阳镜一架、水果糕点若干，完了请吃一顿饭，付鱼钱当然不在话下。够派的还另备礼品或红包相送。这一来，花销就说不好了。单说钓竿，便宜的二三百、四五百可以拿到手，贵的上万的也是有的。送什么样的钓竿，自然看客人的来头了。

这么高的规格，不知小刘请的是什么贵客？

小刘挂完这个电话，并不罢手，又马上打别的电话。照样先是调侃，再是请人家明天钓鱼。邀约好了之后，又漫天漫地扯淡。等小刘打完三个电话，已是十点多了。

这时，向处长踱了进来，拿起小刘桌上的一本书随便翻翻，放下，说，没有变吧。舒云飞正蒙头蒙脑不知何事，小刘答道，没变没变。向处长这就抬起头来朝天花板上溜了几眼。舒云飞和小刘也跟着他抬头望天花板。天花板上除了电扇懒懒地转着，什么也没有。等他俩收下目光，向处长早已转身走了。舒云飞心想这姓向的真他妈的神经病！

舒云飞坐下来查工商局的电话号码，小刘却哼起了小曲儿。这人今天怎么这样高兴？简直还有些洋洋得意。舒云飞猛然想起刚才小刘同向处长的神秘对话。原来如此！他明天是请向处长钓鱼。

明天还是大钓哩！什么大钓小钓！讲行话大凡有两种情况，一是怕别人听不懂，便约定俗成了一些行话，比如某些专门行业；一是生怕别人听懂，就造出一些准黑话当行话，比方黑道、商场和官场。

不知怎么的，舒云飞眼睛有些发花了，翻来覆去查不到电话号码，只得合上电话号码簿，拿出一沓文件来做样子。自己今天的心理素质怎么这样差？见了这种事情不知是愤还是妒？

老婆说得对，别人要尽巴结，自己却木头人一般。他开始怀疑自己到底是不是真的清高了。他平时总爱讲这么一句话：投靠是背叛的开始，并戏说这是他的凡人名言。一个人今天投靠你，一定是为着某种利益，那么，明天利益需要他背叛你，他眼睛都不会眨一下就倒戈了。现在他想，自己为什么老同人讲这句话？难道不是想让向处长明白他的心迹吗？若是这样，自己也太天真了，太可怜了。怎么说呢？自古忠贞之士都是这般，就像痴情的女子，对心爱的男人似乎都是单相思，而男人却醉心于一群淫妇浪女。就说屈原，对楚怀王简直怀有同性恋情结，作《离骚》、赋《九歌》，满腹爱恋和怨尤，可楚怀王照样宠信子兰等巧言令色之徒，屈原却被放逐，落得怀沙自尽。天同此道，地同此理，亘古不变。这忠与奸，正与邪的苍凉故事只怕要永远这么演义下去了。

舒云飞满心复杂的想法，什么事儿也做不成，只见手中的文件模模糊糊的一片。

这几天，向处长带着小刘出差去了。舒云飞无端地感到心情轻松了许多。怎么会有这种反应，他觉得很奇怪。他早不在乎这个人的脸色怎么样了，可那张胖乎乎的脸又的确无时无刻不在左右他的喜怒哀乐。同事们出差在外，环境一变，相互间容易交流些，这是他长期以来感受到的一种经验。不知他们二人在外会交流些什么？这不是庸人自扰，他知道他们只要论及单位的是是非非，对他都是不利的。

一个人在办公室，他总考虑着自己的境遇和前程，只觉去路茫茫。他想过干脆调到一个清闲的文化单位去算了，读读书，写写文章，图个自在。或者干脆做生意去，赚钱也罢亏本也罢，听凭自己的本事和命运闯去，省得在这里看别人的脸色过活。可想来想去，就是不甘心，好像在跟谁较劲似的。细想不是跟朱厅长，不是跟向处长，也不是跟小刘，似乎在跟一个自己也说不清楚的东西较劲。一个假想敌？想来想去也没法跳出这里。好吧，还是在这里挨下去吧，今后也别事事都放在心上。自己成天的不快也真没意思，几乎都是一些庸人自扰的事。不要管那么多，一切听凭自然吧。其实这种犹犹豫豫的心思也是常年在他的脑子里打转转的。

这天一早去上班，他远远地就见朱厅长站在办公楼前同人说话。他想管他什么猪厅长马厅长，我就是不同你搭理，又怎么样？他便挺着身子，目不斜视朝前走去。可越是走近朱厅长越是不自然，脸上肌肉有些发紧。就在同朱厅长交臂之际，他忍不住又叫了一声朱厅长好。可朱厅长只顾同人说话，脸都不偏一下。

舒云飞额上顿时大汗淋漓。一进办公室，就关了门。反正向处长不在家，他也就不顾那么多了。好一会儿，感到越来越热，才想起空调没打开。

室内渐渐凉了下来，他才把门开了一条缝儿。手头没事，又没人管，就索性坐在那里发呆。等心情稍微平静些了，就给工商局打了电话，那位熟人说，现在正搞文化市场整顿，书店一律停止注册，也不知什么时候解冻。不管怎样今后会卡紧一些的，现在小书店太多太乱了。舒云飞同这人仅仅只是熟悉，并没有交情，人家客气几句就开始打官腔了。见这般光景，他只好说，那到时候再请你帮忙吧。

他不准备马上把这消息告诉龙马二人。别人心里正热乎乎的，这么快就去泼凉水，过意不去。再说他也希望听听他们二位的联系的情况，说不定到时候又有办法了呢？

过了几天，龙子云有消息说，门面倒是打听了几家，只是租金要价都高。但有两家门面是公家的，找他们头儿做做手脚，可以谈下来。马明高说，税务登记本来就不成问题，关键是定税，到时候再活动。

只是贷款还找不到可靠的人，不然人家谁敢收你的红包？舒云飞见龙马二人果然劲头十足，只好告诉他们，工商局那边熟人出差去了，估计个把星期回来。他说了这些，感觉心里歉歉的，好像愚弄了别人。

一连好几天，他都在犹豫，是否该把工商局的情况告诉他们二位？

这天，马明高又打电话来，问事怎么样了。舒云飞想也应该同人家讲了，就讲，我刚准备打电话给你的，那个熟人回来了，我刚才联系过。于是把情况说了一遍。马明高问怎么办？他说，只有等一段了，相信也不会等太久吧。马明高又说，贷款的事初步联系过了，人家松了口，但血是要放一点的。通完电话，舒云飞不太好受。

舒云飞那天同朱厅长打招呼讨了个没趣，只要想起就不舒服。他想今后谁要是主动同他打招呼就是和尚的崽！他甚至想再次碰上朱厅长，理都不理他就同他擦肩而过。可是朱厅长是个忙人，他要是不下楼来看望大家，你说不定几个月都见不到他的影子。听说他这会儿又去美国考察去了。舒云飞想，天知道他去美国能考察些什么。

舒云飞的心情不好，却又不便同晓晴讲。这事说起来是摆不到桌面上的，就只有一个人闷在心里烦躁。闷了几天，心情也慢慢平和下来。再回头想想这事，就觉得有些好笑了。可是现在生活就是如此平庸，除了些鸡毛蒜皮的事，还有什么大事呢？那些领导们，也不是成天同你脸红脖子粗，他们只是把一颦一笑都做得极其含蓄，又深不可测，总叫你提心吊胆地去琢磨。

这天上班，舒云飞正在卫生间，听见外面有人在高声应酬。他知道是向处长他们回来了。他本来已完事了，可一想想外面的场景，就索性又蹲一会儿。同事们出差回来，通常要与在家的同志握手客气一回，似乎一日不见隔三秋。向处长回来，更是要一一握手。舒云飞不喜欢那双胖乎乎的手。不是他心胸褊狭，他是讨厌这人握手的讲究。向处长同上司握手总是身体前倾，伸出双手握住人家的手激动地摇晃五六下。同平级干部握手，他就挺直身子，伸出右手，不紧不松抓住对方的手，摇两三下。要是下级伸过手来，他就看似平和，实则心不在焉，半伸出手，直着手掌同别人软绵绵地一带而过。你就感觉摸着了一只泡得发胀的死老鼠。可你还不便表示不快，还得赔笑。这不光因为他是领导，还因为他的表情倒是过得去的。只是你觉得让他笑容可掬地藐视了一回。

舒云飞蹲在厕所里好一会儿，听到外面的热闹劲儿过去了，方才起来，脚都有些发木了。洗了手，本想扯了卫生纸揩干的，却只抖了抖。走过向处长办公室门口，见大家站在那里说话。舒云飞便招呼道，向处长回来了？向处长应了声就伸过手来。舒云飞忙摊摊手说，对不起，手上尽是水，尽是水。就这么搪塞过去了。他不好马上走开，也只得站在那里。这才知道大家正在欣赏向处长新穿的金利来衬衫。都说不错不错，向处长层次高。向处长却只满口谦虚，哪里哪里。舒云飞发现平时在这种场合最活跃的小刘只是微笑，并不开口，他心里就明白了大半。他看不惯这种气氛，就猛然抬腕看看表，装着有急事的样子，小跑回到自己办公室。

这几年男人都有些女人味了，喜欢议论谁的衣如何，谁的鞋如何。最好玩的是处里这些人，把品评上司的衣着也当做拍马屁的必修课了。去年冬天，舒云飞新买了一双老人头皮鞋。碰巧向处长也穿了一双新鞋，同舒云飞的一模一样。有天闲聊，大家说向处长的皮鞋够层次，处长就是处长。一片啧啧声。他们马上发现舒云飞穿的也是一双新老人头，有人就开玩笑说，只怕是假的吧。舒云飞觉得好笑，故意说，我不识货，分不了真假。小刘就蹲下来很内行地摸一摸，捏捏，然后拍拍手，断定是假的。舒云飞有意愚弄一下他们，就说，管他真货假货，反正就百把块钱。在场的这下乐了。百把块钱也想买老人头？肯定是假的。并要舒云飞同向处长比肩站在一起看看。你看你看，不怕不识货，就怕货比货。这真假老人头，一比就出来了，区别好明显。是的是的，好明显。买名牌，还是要像向处长一样，到专卖店去，这是经验。舒云飞感到幽默极了。他怎么也看不出这两双老人头有什么区别。他们断言舒云飞这双鞋不到半年就会脱绽的。后来却发现并不如他们所料。再提起此事，他倒不便点破他也是在专卖店里买的了。这样会让同事们脸上不好过，尽管他们是自取其辱。他只好信口编了一套理论，说冒牌货不一定就是劣质货。有些制冒牌货的厂家，设备技术都不错，就是缺少驰名品牌，他们的东西，质量也是过硬的。大家听了，也觉得有理。

那边大概热乎够了，小刘回到办公桌前来了。见小刘容光焕发的样子，他说，小刘出差几天，倒显得更加年轻了。小刘说，哪里哪里。不过在外面自在些，不像在家里这么闷得慌。舒云飞笑笑，就不多说了。他相信向处长的金利来衬衣一定是这次在外出差小刘孝敬的。去年向处长的老人头，后来就有人知道是小刘老婆出差从外地带回来的。

小刘抬头望着舒云飞说，你听说过吗？最近要从处长中间提一个副厅长。看小刘的眼神，舒云飞猜他一定是知道内幕了。这事其实早就露出风来了，而且早已暗浪千重，只是大家都隐讳。现在小刘开始议论这事了，说明盘子只怕定下来了。他便说，我的消息不灵，还真没听说什么，也不知上面用人是凭资历还是凭能力。凭资历就不好说了，要是凭能力，我个人看法，应首推我们向处长。他说罢便望着小刘的反应。小刘不说什么，只是意味深长地笑。

他觉得小刘的笑真的有些神秘。这小子一定掌握内幕了。说不定就是向某人要发达了。这么一想，他立即感到心跳加速，肛门发胀，又想大便了。

蹲在厕所里，想自己好笑。眼看别人又要上了，你就屎尿都急出来了？说把心放开些，真遇事了又放不开了。

一转眼，源源开学了。除了原来一手交清的三万块，学费还得另外交。读书是好事，图个吉利，晓晴忍着不发牢骚。过了几天，晓晴问男人，你就从没听见你们向处长提过小孩上学的事？男人说没有。晓晴就觉得奇怪。五万块钱，他那么爽爽快快地交了？我想他就是再有钱，也不会出这个冤枉钱的，一定是找到门路免了。不过这也是人家自己的本事，我们不去管他。晓晴叹道。她本想这么宽解男人的，不料却刺激了他。什么本事？凤凰无毛不如鸡！他不当这个处长，看他哪来的本事！晓晴想人家当到了处长就是本事，难道硬要人家写本书不成？便说，也是的，越是有地位的人，越是四体不勤，五谷不分，要是没有佣人，他们连饭都进不了口哩，哪有什么本事？晓晴说完好一会儿，舒云飞才想到女人这明地里是在鄙夷别人，实际上是在奚落他。他也不怎么往心里去了。事实就是这样，能办成事，能在社会上出人头地，就是本事，不然你满腹经纶也是白费。

眼看就到了中秋节。晓晴开导男人，还是不要太犟，主动同向处长改善一下关系吧。你就借这回中秋，到他家里去坐坐。俗话说，阎王爷不打送礼的。舒云飞一听就不高兴了。改善什么关系？谁说我同他有意见？晓晴笑道，你别一来就发火，同我发火有什么用？我这是为你好。就说向处长，要是对你有意见放在嘴巴上，人家也当不了处长了，你那儿也就不叫官场了。

向处长虽是无权提拔他，但只要这姓向的不在朱厅长面前说他的好话，他就无出头之日。而且向处长时常没个好脸色给他，他的日子也不好过。他哪里不明白其中的微妙，只是讨厌这么做。再说，就是自己这会儿想屈膝了，也放不下面子。这么多年直着腰杆子过来了，到头来还是要点头哈腰去做人，成什么了？要清高就清高到底！向处长就住在他家对面的三楼，舒云飞住这边五楼，要是向处长窗帘不拉严，他站在自家阳台上可以看见那边的客厅。就这几步路，他怎么也迈不出去。

晓晴这回却像变了一个人，反复要男人脑瓜子开点窍。要想人前显贵，就得背后受罪啊！晓晴说。

舒云飞说，哪里只是受罪？单是受罪我也不怕了，我是苦出身，哪样苦都吃过，哪样罪都受过。可这是做孙子！

做孙子又怎样？你那种场合，谁又不是奴下奴？

我才不当奴哩！舒云飞像是受了侮辱，脸都有些变形了。

晓晴说，我不是讲你怎么样。你想想你那里，一般干部巴望处长有个好脸色，处长巴望厅长有个好脸色，厅长巴望市长有个好脸色。不都是奴下奴？

这么翻来覆去争了好些天，舒云飞无可奈何，答应晓晴去做一回丢人的事。

晓晴便采购了一些礼品，无非是烟酒和月饼。多少钱？舒云飞问。

晓晴说，你就别问钱了。如今除了工资不涨，什么不涨？就这点东西，还看不上眼，差不多就千把块了。不识货的，还说我们小气哩！

舒云飞听了心里很憋气。平白无故地送东西给人家，还要担心人家讲自己小气。这是什么事？千把块钱，家里老爹一年都挣不来！

吃过晚饭，两人准备到向处长家去。晓晴催男人先给人家打个电话。舒云飞很不耐烦，说好好，等一下等一下！他像是要去做一件非常重要又非常危险的事，心跳都有些异常了。他慢慢走到阳台上，深深地呼吸，想调整一下自己的心律。自己这个样儿到人家门上去，说不定一进门就会面红耳赤、语无伦次、手足无措。这样就是真正的笑话了。自己会更接受不了的。我一个堂堂汉子，为什么要在他面前窘态百出？

他的心情一时静不下来。晓晴却在催。这时，他无意间看见一位同事从向处长那个楼道出来，缩着头往旁边单车棚的黑影里钻，跟做贼似的。

舒云飞觉得好笑，自己等会也就是这副慌张相了。他正幽默着，又见小刘提着包往那里去了。快到楼梯口，碰上一个熟人，小刘同那人很随便地打了招呼。舒云飞感到奇怪，这小刘办这种事情怎么这样自然？那神态就像是回自己家去，全不像是去拍马屁。他真的佩服小刘了。要把低三下四的事做得从容不迫，也是一门本事啊。算了算了，自己甘拜下风了。

晓晴跑来问，到底去还是不去？

舒云飞狠狠地拧灭了烟蒂，说，去他妈的鬼！

晓晴睁圆了眼睛。怎么了？说得好好的，怎么又不去了？这么多东西不心疼，你怕是偷来的？

心疼什么？高级东西只配别人吃是不是？我们自己也来豪华豪华。

晓晴说，你怕是发疯了？莫说烟酒，只说这月饼，三百多块钱一盒，一盒才六个，一个合五十多块，你舍得吃？

舒云飞倒是笑了起来，说，这就是怪事了，给人家吃舍得，自己吃就不舍得了？我还偏要自己吃哩。

晓晴急了，说，你莫说吃不吃的，你只说还去不去？

舒云飞回屋里往沙发上一靠，架起了二郎腿，一副死牛任剥的样子说，我真的不去了。

你有神经病不成？说得好好的，这会儿讲不去就不去了。花了这么多钱，你怕是我们家钱没地方丢了？

舒云飞说，由你怎么讲，我反正是不去了。你要去你自己去。

他只顾一个劲地抽烟，眼睛眯成了一条缝儿。晓晴气得话都说不出了，坐在那里喘气儿。过了好一阵，她才说，你以为我舍得花这个冤枉钱？我是看到你太死板了，出不了头。你又是一个心高气傲的人，总让你这么屈着，过不了几年，你不病倒才怪。我也不图你做官出名，只望你身体好，不要出毛病。你不想想，如今谁还像你？上班在办公室老老实实坐着，下班在家死死地待着，读书呀，写字呀。在你们那个场面上混，要那么多学问干吗？我猜想，人家心里忌着你，八成是因为你书读多了，人太精明。你看什么问题一眼到底，说起话来又一针见血。这么一来，人家站在你面前就像自己没穿裤子似的，什么都叫你看了个透，当然不舒服了。可你那儿又偏叫官场，说你行你就行，不行也行；说你不行你就不行，行也不行。所以人家明知道你是块料子，偏讲你不行，偏让你翻不了身，看你捡块石头把天打破了不?!别人夜里都是怎么过的?要么请人唱唱歌，打打保龄球，要么陪人搓搓麻将，输他个千儿八百。你花不了这个钱，但起码的礼还是要尽到呀!

晓晴的体贴话还真有点让他感动，她对他处境的分析也真是那么回事。他想这女人真是一个好女人，又聪明，又贤惠。可是他还是不想到对面楼里去。这是人的节操大事啊!老半天，他才缓缓说道，晓晴，你就别难为我了。我知道你是为了我，但我实在做不出。一个人可以不做官，而且还有许多都可以不做，但终究要做人哪!辱节没操，何以为人?

晓晴长长地叹了一声，像是无奈，又像是很轻松了，说道，只好由你了。我说你呀，就是把这个人字看得太重了。好吧，那你以后就不要老是闷着生气了，凡事都想开些。你硬是要做君子，就坦坦荡荡做君子算了。可是君子不好做呀!

这个晚上，舒云飞又一次失眠。

次日上班，舒云飞一见小刘，就想起昨天晚上的事，心里难免又生感慨。但细细一想，什么都说不出，真是瞎子错嚼了抹桌布，什么味道都不是。一会儿，向处长来到他们办公室，同小刘很随便地打了招呼。舒云飞心想，要是有人给自己送了礼，第二天马上见面，一定会很不自在的。可人家自在得很。你看他俩，就像两个偷情的男女，一提上裤子，又都是好人了。舒云飞有了昨天一夜的失眠，像是又一次想通了许多事理，这会儿不在乎小刘怎么恭谨地站在那里，他只是没事似的坐着喝茶。可向处长只同小刘聊了几句，就转向他说，这里有个调查报告要呈送市政府和厅里领导，你写一下信封。写好之后给我看看再交收发室。舒云飞接过材料，向处长就走了。他心里觉得很别扭。难道我舒某人连个信封都写不好了，还得让你审查一下?但不管怎样，工作还是要认真对待，他便取出毛笔和墨汁，一丝不苟地写了起来:呈某某同志阅。他的字很漂亮，参加全市书法比赛还拿过奖的。这也是他颇为自得的地方，只要有机会，他都好亮几笔。

写好之后，他拿到向处长办公室去。他知道向处长对他的字虽说有些嫉妒，却也不好说什么的，只是时有表示不屑的意思。那年他的书法得了奖，同事们都表示祝贺，还闹着要他请客，只是向处长装做不知道有这事。舒云飞站在向处长的办公桌前不走，等着审查完了之后再送去收发室。可向处长的眉头不知怎么皱了起来。舒云飞忙凑过头去，看是否写错了字，却也没发现有错字。向处长又半天不做声，只是皱眉，弄得他都有些紧张了。过了好一会儿，向处长把信封往桌边一推，说，老舒，市长就是市长，厅长就是厅长，你写什么呈某某同志干吗？

舒云飞这下真的不理解了，说，党内称同志，我记得以前中央还专门发过文哩。

向处长更加不高兴了，你这么迂干什么？你不看报纸不看电视？领导同志出来，职务再多也要不厌其烦地排出来，后面加不加同志倒是无所谓。将心比心，你要是也是长字号的，下级口口声声就叫你舒云飞同志，看你心里是什么味道！

舒云飞觉得向处长今天有些特别，这人平时都是很含蓄的，这回怎么如此直露？他也不想争辩，说拿回重写吧。有什么多讲的？道理是道理，常情是常情。按道理不该的事还多哩。

他真想恶作剧，把领导的名字写成瘦金体，而把他们的职务写成肥肥的魏体，拳头那么大，让他们过过瘾去。但到底还是不敢，只得规规矩矩写了。

这下向处长不讲什么了，过目之后，毫无表情地说，好吧。

舒云飞便把报告封好，送往收发室。想起刚才向处长那威严的样子，真的太像处长了。看来向处长说的市长就是市长，厅长就是厅长，潜台词当然是处长就是处长了。这是否在暗示他目无官长呢？才不信邪哩！应该倒过来，叫长官无目！好吧，不称同志就不称同志吧，反正也没有什么志可以同了。也真是的，自己连个信封都写不好了，还有什么能耐？在这样的地方，大凡按正常思路去想问题、办事情，往往就会出岔！可自己的想象力有限，头脑中只有正常逻辑，歪经不会念。

这件事情不大，甚至可以不算个事情，舒云飞却想得很深，似乎它的象征意义可以涵盖整个官场。

开书社的事迟迟没有进展。老这么拖着也不是个话。晚上，龙马二人来了。进门就拱手，中秋好，中秋好。

晓晴玩笑道：拜节也没个拜节的样儿，空着手舞一下就成了?

龙子云说，我们到哪里都是空手道。

晓晴马上倒了茶来。舒云飞让女人拿月饼来吃，中秋嘛。晓晴心里有些不舍，但男人说了，她又不好驳面子，只得拿了出来。龙马二人客气一下，就一人拿了一个。龙子云吃了一口，再闻了闻，说，什么鬼月饼，有股怪味儿?

舒云飞骂道，龙子云是小看人，凡是我舒云飞的东西一定是低档货。我说你这一辈子都没有吃过这么好的月饼。你那一个月饼多少钱你知道吗?

多少钱?是块金子?龙子云偏不信。

五十多块哩!

龙子云就把月饼凑近了仔细看了看，说，我真的看不出。

马明高感叹道，这么一点点东西，用不着拇指大的面粉，却要五十多块，钱也真不叫做钱了。所以一句话，赶快赚钱。他这人不喜欢空谈，一句话就到正题上了。

舒云飞明白，书社办手续的事，只要随便有一个关系好一点的朋友或熟人，很快就会办好。停办不停办，那是另一码事。问题是就这一点小事他都无能为力。他只会按正常途径办事。他猜想马明高是生意场上的人，一定看出了这一点，只是碍着面子，不好说出来。龙子云去，早让他难堪了。想到这一层，他在马明高面前倒有一点心虚的感觉，不敢正眼望人家了。马明高说了一句话之后，只是静静地喝茶，样子好像很深沉。

大家一时都不讲话，有些冷场，舒云飞就开玩笑说，早些年有个高人给我算命，讲我是发财的相。但到目前为止，我还看不到自己发财的希望。

龙子云接过话头，说，那么我们就托你的洪福，一起发财。

舒云飞又说，不过那位高人还说，我又是一个仗义疏财的人，只怕是赚得多，舍得也多，到头还是一场空。

晓晴不太畅快，讥笑道，我还从来不见你仗过什么义，疏过什么财哩。

舒云飞知道晓晴的气是从哪里来的，就自嘲道，我那是还没有财可以疏嘛。

龙子云说，其实命相之说我是不相信的，说来说去，人的命运还是在自己手里。唐朝诗人皮日休对命相之说的讽刺很有意思。他说相术都说谁像龙，谁像凤，谁又像牛或者马。人本来是万物灵长，最为尊贵。可是人偏要像禽兽就尊贵了，像人反而下贱了。一席话说得大家忍俊不禁，大笑不止。

舒云飞说，你这个掌故很有现实意义，要是借题发挥，作个杂文，一定会获得大家喝彩的。

马明高说，确实如此。现在信这一套的人太多了。我还发现一条规律，最信命相之说的有这么三种人：发大财的、年纪大的和文化高的。

舒云飞想想这话，还真是那么一回事，不过有一种人马明高不会知道，那就是现在有的人官越当得大越相信命相，只不过这一类人暗地里请人相面，明里却会批评别人唯心主义。但他不说出来。他感到特别幽默的是皮日休讲的人像禽兽就尊贵的话。真是有意思。

笑过之后，马明高又说，我们还是扯扯那个事情怎么办吧。这么一拖，黄花菜都凉了。

龙子云说，既然书社一时办不成，我们也不要吊死在一棵树上呀！我们还可以选一下别的项目，哪个石缝里不藏鱼？

晓晴忍不住笑了。我说你们是秀才造反，十年不成。好不容易选了个项目，又搞不成。这会儿又想另外搞了。我说你们干脆办个点子公司，反正你们一夜三十二个梦。

马明高却说，点子公司也有办得好的。但人家尽管是一肚子烂书，可他们头上多半有顶教授、博士之类的帽子吓人，才有人信。我们有什么呢？

是否另图良策，舒云飞一时拿不准，但他想摆脱窘境，便说，是可以考虑有无更好的门路。

马明高想了想说，也可以考虑。要想想那些谁都缺少，或者谁都需要的东西，从这些地方开开路子。

龙子云说，我最缺的是人民币，当然有美元也不嫌弃。

马明高骂道，废话！你缺钱别人也缺钱？有人还穷得只剩下钱了哩！

舒云飞这会儿却是一腔浪漫情怀。他想现在人们最缺少最需要的只怕是真诚了。他独自感慨了一会儿，笑说，若论大家都缺少、都需要的到底是什么，我说了你们别笑我迂，那就是真诚。

一句话说得大家都叹了气。

马明高说，是呀。可是真诚同我们赚钱有什么关系呢？

我刚才只是一时感触，说说玩，不是出点子。舒云飞倒为自己的天真不好意思了。

大家正七嘴八舌，龙子云举起手往下压了压，说，刚才云飞的玩话倒是提示了我。我有个建议，听起来玄，你们别笑话。城南大道有家婚姻介绍所，开得很有成就。我们可以办个类似的公司，当然不是介绍婚姻，而是介绍朋友。你们别笑，西方国家稀奇古怪的公司多哩。有专门替人道歉的，有出租假名人照相的，甚至还有在监狱里开旅馆供人历险的，你想得到想不到的都有。

舒云飞见自己的玩话倒引来了办公司的灵感，便有些兴奋。他略略一想，觉得只要别出心裁，当做一回事去做，说不定也是一个路子。便说，朋友的确是大家都缺少、都需要的。不知你们的看法如何，我觉得朋友只会越来越少的。一般的情形是，同事之间很少能成为朋友，而大家的交际很有限，流行的交际场所又成了高档消费的地方。所以有可能做朋友的只能是同学、同乡或者其他因偶然机会结识的人。但物欲横流，人心不古，朋友反目的往往比新交的多。鲁迅同瞿秋白相知后，感叹人生得一知己足矣！雨果临死时备觉孤独，他讲的最后一句话是：我看到了一个黑暗的世界。舒云飞的语调越来越低沉，最后成了深深的叹息。

马明高像是被感动了，觉得自己在缓缓下沉。舒云飞讲完了，他才下意识地提了提身子，说，云飞很有感染力，你一番话，说得我全身都有些发冷了。这么说，这是一个路子？不过据我所知，这在我们国家只怕还是一个开创性的事业，没有经验可借鉴哩。

搞得好也是一个赚大钱的事业。开先河哩！龙子云一副神采飞扬的样子。

晓晴像是自言自语，说，听起来倒是那么回事。不过你们几个人办事情，我就怕你们太浪漫。讲起来天大，看见了抱大，到手了鸟大！几句粗话说得三个男人不好意思了。

那么我们可以扯一扯，就办这么一个公司，供人们交流感情，结交朋友。龙子云显得很有兴致。

马明高说，完全按照婚姻介绍所那种模式搞，只怕不行。介绍婚姻，见了一面不成的话就不好见第二面了，交朋友就没有这种顾虑。这也是我们这个项目的优势所在。根据这个特点，我们就可以办成沙龙式、会员制。

舒云飞一听，觉得很有道理，赞赏道，明高到底是生意场上的人，你看大家这么一凑，思路就有了。

龙子云性急，一扯就扯到公司牌号的事了。晓晴笑话说，你那女儿的名字只怕是恋爱时就起好了的吧。

闲扯也是闲扯。龙子云说，你不听说，北京有帮文化人，没事就在一块儿侃，几十集电视剧，这么侃着侃着就出来了。

侃是侃，怕你们赚得了钱吧？

马明高说，这倒不一定不赚钱，关键是要会搞。

龙子云来得快，已想好了一个牌号，就急了，说，先说说牌号。才说那家婚姻介绍所叫玫瑰之约，很不错的。我想我们叫旧约屋怎么样？

几个人听了，一时说不出好坏。过一会儿，马明高说，什么旧约新约的？不成了基督徒了？

舒云飞倒不这么快就否定人家，只玩话道，愿闻高情雅意。

龙子云便说，我原先发过一首长诗，叫《旧约之失》，不知各位读过没有？

晓晴的目光便在舒云飞和马明高的脸上飞来飞去。那诗其实谁也没有读过。马明高木着脑袋不做声，舒云飞含混地点了点头。龙子云却立即进入情绪：

我们早已相约
又总是擦肩而过
那个时候，一切
温柔得像一条河

太阳老了
月亮老了
我们的记忆
已是斑斑黄锈

龙子云的声音低回而凝滞。马明高却说，你念还念得可以，把你自己都感动了。我是没听懂，怎么听起来像是大白话？

不等龙子云说什么，舒云飞早笑了起来，说，新诗我也不懂，我总觉得，中国的旧体诗倒是到达过辉煌的顶峰，可新诗一直还处在童年阶段。是不是人类越来越聪明？反正是话越说越长。说完这些，又怕伤龙子云的面子，就说了句俏皮话。当然，诗永远是文学的童年。也正因为是童年，也就永远纯洁而天真。舒云飞望着龙子云那张疑惑怅惘的脸，还真有些天真。

马明高沉不住了，说，别再搞学术讨论了，说扯扯牌号就扯扯牌号吧。子云你说叫旧约屋，你那什么旧约诗是什么意思？

龙子云这下又神秘兮兮了。严格说来，诗是不能再解释的，一解释就寡淡无味了。这也是道可道，非常道的意思。

马明高有意作对，说，那你就不严格说吧。

龙子云哭笑不得，说，同你说不得高雅东西，真是秀才遇上兵，有理讲不清。好吧，我就说个大概吧。其实云飞感叹如今人心不古，真情难寻，我也早有同感，只不过我是一种艺术感悟，便做了这首《旧约之失》。我认为，人本来是纯真的。洪荒时代，我们质朴善良。我们相约走出那片黑森林，去寻找一块乐土。可是，走过漫漫几千年，我们迷失了。我们忘记了旧有的约定。

马明高听不下去了。怎么我越听越觉得像是梦话？

舒云飞听着听着，身子轻飘飘起来，似乎灵魂出窍了。沉默了好一会儿，才说，子云写的是人性的失落和异化，是对人类的终极关怀。我们顺着这个思路办公司，唤起人们的共鸣，客户自然不会少的。

晓晴刚才好像也被感染了，打了一个寒颤。她缓了一口气，说，把我都搞糊涂了。你们说的倒像那么一回事，只是我越来越觉得你们像是在办社会事业，哪是在赚钱？她说罢就望着马明高。赚不赚钱，她倒更相信马明高的话。

马明高说，这个思路的确新奇，办得好，当然是可以赚钱的。反正事在人为。

大家就这么闲扯着，眼看着夜就深了。龙马二人便告辞。马明高起身说，反正这么久都耽搁了，也不在乎一天两天，大家都细细想一想吧，多出一些点子，拿稳一点。有空大家再凑一凑如何？

这个晚上舒云飞有点兴奋，一时睡不着。他认为这个点子很有创意，一定会成功的。真的势头好了，到时候就干脆辞职下海了。现在的处境根本就没有什么可留恋的。俗话说，有人辞官归故里，有人昼夜赶科场。就让那些喜欢玩手脚的人去玩个够吧。

三个人好久不在一起聚了。舒云飞想到了许多好点子，等着他们两位一起来扯。可这一段大家都忙，总凑不到一起来。

这天晚饭后，马明高一个人来了。

怎么不邀子云一起来？舒云飞问。

马明高说，我邀了，子云说他有事走不开，改天再来。

闲扯了半天，都没人提到旧约屋的事。舒云飞感到有些奇怪，便问，明高有一套成熟的方略了吧？

马明高脸上很不自然，停了好一会儿，才说，你别怪我不够朋友，我只怕没时间同你们二位一起办公司了。最近我们公司上任了新班子，经理硬要我负责财务科的工作。我本不想干的，可经理三番五次找我谈，说就算是给他私人帮忙。人家这么说，我也就不好推了。这个科长一当，官又不是官，事情又啰嗦得不得了。

怎么不是官？你从一般干部一下就到科级干部了，一步登天。我这个科级干部却是十多年一级一级提上来的。你们企业用人开放些，说不定哪天一下子就到处级了。到时候我到你手下来讨碗饭吃算了。舒云飞便调侃道。

马明高真的不好意思了，说，你就别笑话我了，我哪是想当官？

舒云飞见是这样，就只好扯别的闲话了。他们在一起本是从来不需要什么话题的，今天却感到无话可说。马明高坐了一会儿，说八点半还有一个应酬，就走了。

舒云飞关上门，回到座上，脑子稀里糊涂的，像做过一场梦。

没有马明高出来，公司只怕办不好。舒云飞也就没有多大兴趣了。照样天天上办公室应卯。日子过得很无聊，今天不知明天的光景。感觉自己就像爬在苹果树上的一只蜗牛，树梢上是不是有一个大苹果，其实早就注定了，只是蜗牛不知道，仍在不遗余力地爬呀爬呀。到头了发现只是一条空枝丫，蜗牛只怕也爬不回去了。

过了很久，龙子云来玩。舒云飞也早把旧约屋的事忘到脑后了，只好把他们的宏图大略当做玩笑了，说，子云你是来赴旧约的吧？

龙子云一副无奈的样子，说，明高干不成，我也干不成了。我现在也是身不由己了。

舒云飞想起马明高，一个科级干部就把他安抚了，就问，怎么，你也当官了？

哪是什么官！这次我们学校搞人事制度改革，领导班子民主推选，竞争上岗，大家硬是要我干教导主任。这样一来，我们一起搞第二职业就不现实了。

果然是这样！舒云飞说不清此时的心情。龙子云平时那么愤世嫉俗，清高至极，到头来一个股级官帽就让他心满意足了。

龙子云随手翻一下茶几上的书，说，云飞，你也要变通一下。我一直佩服你的聪明好学，不像我人懒，写一点东西全靠一时的才气。可你，怎么说呢？不要误读诗书，到头来聪明反被聪明误。我最近也想通了，怨什么怀才不遇？有这种想法的人，就是想遇上一个好上司来赏识自己，这是天真的幻想！

舒云飞只是笑，说不出什么话。今天眼前这位老同学真的有些陌生了。他怎么突然变了一个人呢？难道平时是假清高？

龙子云说的晓晴是赞同的，但她感觉这人怎么一下子有点春风得意的意思了，便不太看得过。就说，你这个教导主任怎么也不早点竞争上岗？我们源源也好少交一点钱了。

龙子云放小了声音，做贼似的说，我正要告诉你们一件事。你们知道你们向处长的小孩上学交了多少钱吗？

多少？

一文没交！

啊？那是怎么一回事？他有这么大的能量？晓晴的眼珠子睁得要爆出来了。

龙子云摇摇头，说，我说了，你们要沉住气。他个人是一文钱没交，可你们厅里给了一中五万块！做得也艺术。教师节那天，你们单位到一中拜节，给了一中五万。这事起初就说好了的。我是当了这个教导主任才知道内幕的。本来我是不能说出这事的，你们知道了就行了。

龙子云走后，晓晴感到脚都有些发软了。自己三万块钱就那么水一样地流了。三万块，三万块哪！他五万块钱公家就出了？还有这种事？像什么话？他凭什么？

凭人家当着处长！舒云飞没好气。

晓晴更加来火了。我都要气得吐血了，你还要嚷我？我也不要你在单位忍气吞声了，我们明天就到纪检会告去，看有没有这个搞法。

舒云飞说，你去告什么？人家说厅里给教师拜节有什么错？尊师重教是全社会的事哩。人家不交钱，就明说了是找关系免了，你也没有办法。这又不是皇粮国税非交不可。到头来只落得我们自己灰溜溜的！

这是明摆着的事，就没有办法反映了？

舒云飞冷冷一笑，说，笑话！你平时那么精明，怎么一时糊涂了？如今这种明摆着而又没有办法的事还少吗？有的人大家都知道他贪赃枉法、腐化堕落、五毒俱全，可你就是抓不到把柄，扳不倒他，人家照样风风光光、青云直上！你还得在人家面前赔小心哩！莫说远了，就说你们单位，谁都知道你们修那栋新住院楼，院长不知受了多少贿，可人家照样是著名专家、劳动模范，享受政府特殊津贴，你还不是只能在家里议论议论？

晓晴不说话了，坐在那里忍不住泪水涟涟，不知是痛苦，还是愤怒。

舒云飞还不知女人在哭，只顾独自埋头抽烟。他明白了，这五万块钱还有更深层次的意义。厅里那么多处长，不是任何一位处长都在朱厅长面前有这么大的面子。这说明向某人真的要当副厅长了。

他当他的副厅长吧，我还得按我的活法活下去。只是以后不想在乎别人的脸色。自己一天到晚只在一些说不上的小事上守着清高，的确也崇高不到哪里去，但心里兴许自在些。

只是转眼想到龙马二人，心里就不是味道了。这两位今后也不能说就不是朋友了，但只怕不会像以前那样有事无事到一块侃侃了。

晓晴哭出了声，舒云飞过去劝慰道，好了好了，别哭了，别哭了。哭有什么用？

没这回事

史济老人吃了早饭，闲步往明月公园去。老人身着白衣白裤，平底力士鞋也是白的，很有几分飘逸。又是鹤发美髯，悠游自在，更加宛若仙翁。只要天气好，老人都会去明月公园，同一帮老朋友聚在来鹤亭，唱的唱戏，下的下棋，聊的聊天。史老喜欢唱几句京戏，倒也字正腔圆，颇显功底。

来鹤亭在公园西南角的小山上，四面都有石级可登。山下只能望其隐约，一檐欲飞。史老不慌不忙，拾级而上。行至半山，只觉风生袖底，清爽异常；再上十来级，就望见来鹤亭的对联了：

双鹤已作白云去
明月总随清风来

快要上亭，就听得有人在唱《斩黄袍》：

孤王酒醉桃花宫，韩素梅生来好貌容。

寡人一（也）见龙心宠，兄封国舅妹封在桃花宫。

他听得出这唱着的是陈老，拉京胡的一定是刘老了，那么郭姨十有八九还没有到。

常到这里玩的只有郭姨郭纯林是行家，她退休前是市京剧团的专业琴师，拉了几十年的二胡。去年郭姨在来鹤亭头次碰上史老，她说自己平生一事无成，守着个破二胡拉了几十年。史老说，最不中用的还是我，如今我七十多岁了，根本记不起自己一辈子做过什么事。你到底还从事了一辈子的艺术工作啊！郭姨笑了起来，说，还艺术？老百姓都把拉琴说成锯琴。我们邻居都只说我是京剧团锯琴的，把我同锯木头相提并论，混为一谈！您老可不得了，大名鼎鼎的中医，又是大名鼎鼎的书法家！史老连忙摆手。

果然是陈刘二老在搭档。陈老见他来了，朝他扬扬手，仍摇头晃脑唱着。刘老则闭目拉琴，似乎早已神游八极了。史老同各位拱手致意，便有人起身为他让座。他客气地抬手往下压压，表示谢意，自己找了个地方坐下了。郭姨真的还没有到。史老心中不免怏怏的。

我哭一声郑三弟，我叫、叫、叫、叫、叫一声郑子明呐。寡人酒醉将（呃）你斩，我那三弟呀！

陈老唱完了，拉琴的刘老也睁开了眼。陈老说，史老来一段？史老摇摇手，谦虚道，还是您接着来吧。刘老笑了，说，您是嫌我的琴拉得不行吧。您那搭档总是姗姗来迟啊。史老双手一拱，表示得罪了，说，哪里哪里，我这才上来，气还喘不匀哩。刘老鬼里鬼气眨了眼睛说，等您同她结婚了，有您喘不过气的时候呢！史老就指着刘老骂老不正经。

正开着玩笑，就见郭姨来了。她也是一身素白衣服，坐下来问，什么事儿这么好笑？刘老开玩笑来得快，说，笑您呢！笑您和史老心有灵犀，穿衣服也不约而同。年轻人兴穿情侣装，您二位赶上了。为我们老家伙们争了光呢。郭纯林笑道，刘老您只怕三十年没漱口了吧，怎么一说话就这么臭？史老摆手一笑，说，小郭别同他说了，你越说他越来劲，等会还不知他要说出什么难听的话来呢。刘老这就对着史老来了，说，您就这么明着护她了？老哥儿们都知道您会心疼老婆！老哥老姐们就大笑起来，问他俩什么时候办事，要讨杯喜酒喝。

郭姨脸红了起来，低下头来调弦。大家便笑她又不是二八姑娘，这么害羞了？

史老说，小郭你别理他们。来，我唱段《空城计》，就唱孔明那段我正在城楼观山景。

郭姨点点头，拉了起来。史老作古正经拿开架子，开腔唱道：

我正在城楼观山（呐）景，耳听得城下乱纷纷。
旌旗招展空翻（呐）影，却原来是司马发来的兵。
我也曾差人去（呀）打听，打听得司（喏）马领兵往西行。
一来是马谡无（哇）谋少才能，二来是……

有郭姨拉着京胡，刘老就不拉，同几个人在一边侃气功。他喜欢侃，侃起来口吐莲花，神乎其神。几位老太太很信他的，一个劲儿点头。这边有人给史老喝彩，刘老也不忘停下来，拍着手叫一声好，再去侃他的气功。

诸葛亮无有别的敬，早预备下羊羔美酒犒赏你的三军。
既到此就该把城进，为什么犹疑不定进退两难为的是何情？
左右琴童人（呐）两个，我是又无埋伏又无有兵。
你不要胡思乱想心不定，来来来请上城来听我抚琴。

史老调儿刚落，掌声便响了起来。史老边拱手致谢，边笑着对大家说，你们别信刘老那套鬼名堂。他哪知道什么气功？刘老眨眼一笑，并不理会，仍在那里眉飞色舞。

这会儿没有人唱了，郭姨自个儿拉着调儿，嘴里轻声哼着，很是陶醉。那边两个老哥下棋争了起来，嗓门很高，像是要动手了。大伙就转拢去看他俩，笑他俩像三岁小孩，叫他们小心别把尿争出来了。老小老小，越老越小啊！郭姨却像没听见那边的动静，仍只顾自个儿拉着哼着。

老哥老姐们三三两两地来，又三三两两地走了。刘老提着菜篮子要顺道买菜回去。陈老就说，你这个老奴才啊，忙了一辈子还没忙够？老了，就不要管他那么多了，还要给儿孙当奴才！只管饭来张口，衣来伸手，看他们把你怎么样！

刘老摇头自嘲道，我这是发挥余热啊！

史老和郭姨还没走。刘老说，你们两位老情人好好玩，我们不打搅了。我看这来鹤亭的对子要改了，如今是双鹤已作白头来了。

史老拱手道，阿弥陀佛，你快去买你的菜去，迟了小心你儿媳妇不给饭吃！

大伙儿都走了。只有些不认识的游人上来遛一下又下去了。郭姨像是一下子轻松起来，舒了口气说，清静了，清静了。

史老说，是的，到处闹哄哄的。

郭姨说，没有这么个地方，真还没个去处。

史老说，你是不是搬到我那里去算了？

我不是这个意思。郭姨低下头，脸飞红云。老太太六十岁的人，不见一丝白发，看上去不到五十岁。

已是中午了，游人渐稀。天陲西望，闲云两朵。

史老回到家里已是下午一点多。这是史家先人留下的祖居，一个小四合院，在巷子的尽头。史老进屋很轻，他知道家人都吃过了中饭，各自在午睡。

保姆小珍轻手轻脚地端来温水，让史老洗了脸，马上又端了饭菜来。儿孙们上班的上班，上学的上学，史老生活规律同他们合不上，他只顾按自己的一套过。

吃过中饭，小珍说，史叔交代我，叫您老吃了饭睡一下。

知道！史老说着，就回了自己房间。

小珍说的史叔是史老的大儿子。史老两子一女。老大史维，在市一中当教师，教历史的；二儿子史纲，继承父业，是市中医院的医生；女儿史仪最小，也在市中医院上班，是位护士。儿女们很孝顺，细心照料着史老的生活。

史老住的是紧挨中堂的正房，里外两间。里面是卧室，外面做书房兼会客室。他有十年不给人看病了，只在家修身养性，有兴致就写几个字。谁都弄不懂他为什么不肯看病了，只是惋惜。前些年曾传说他写过一副对联：

病起炎凉，炎凉即为世道，老夫奈世道何？
药分阴阳，阴阳总是人情，良方救人情乎？

有人向史老讨教，问他是不是作过这副对联，是什么意思，是不是说世道人情不可救药了。史老只是笑而不答。

史老才吃饭，不想马上就睡，推开窗户吹风。窗外是一小坪，角上有一棵大榆树，春天便挂满了榆钱；还有芭蕉一丛，老梅数棵，错落坪间，很是随意。连着小坪的也是一些平房，不挡风，也不遮眼。凉风吹来，蕉叶沙沙，梅树弄姿。史老喜欢这片小天地。在这样一个闹市，能留下这么个小天地，真是造化。史家小院原先也是当街临埠的，只是后来城市规划变了，就被挤到这个角落里来了。倒是落得清静，正好合了史老的雅意。更有这后院小坪，可以观花，可以望月。

蝉声慵懒，令人生倦。史老打了个呵欠，上床歇了。

老人家睡了一会儿起床，儿孙们各自出门了。他便去厨房，想倒水洗脸。小珍听得动静，忙跑了过来，说，爷爷等我来。他也不多讲，由着小珍去倒水。

洗了脸，感觉很爽快。他甩着手，蹬着腿，扭着腰，回到房里，铺纸泼墨。老人家每天下午都是如此，从不间断。时间也没限定，当行当止，全凭兴致。只是所写字句必求清新古雅。时下流行的语言，老人总觉得写起来没精神。这时，他想起明月公园的一副对联，便信手写下了：

青山从来无常主
平生只需有闲情

写罢抬手端详片刻，又写道：

老朽向有附庸风雅之句：后庭有树材不堪，一年一度挂榆钱。春来借取几万金，问舍求田去南山。同好见了，戏言诗是好诗，只是不合时宜。南山寸土寸金，非达官显富休想占其一席。我便又作打油诗自嘲：南山有土寸寸金，谁人有钱谁去争。我辈只谈风与月，黄卷三车与儿孙。古人有云：山无常主，闲者便是主人。明月公园之联，正古人高情也！

搁笔细细审视，不免有些得意。史老总是很满意自己的随意挥洒之作，少了些拘谨和匠气。想平日来索字的人，多半是他们自己想了些句子，那些狗屁话史老很多都不太喜欢。可收人钱财，就得让人满意，他只硬着头皮笔走龙蛇。这些作品他自己往往不太如意。史老不太肯给人家写字，硬是推脱不了的，一律按标准收取润笔。标准自然是他自己定的，但也没人说贵。

过会儿孙子明明放学回来了，跑到爷爷书房，叫声爷爷好，我回来了。史老摸了摸明明的头，说，你玩去吧。哦，对了，今天是星期五，吃了晚饭让爷爷看看你的字。

明明是二儿子史纲的小孩，正上小学。史维膝下是一女儿，名叫亦可，在一家外贸公司工作。女儿史仪，尚是独身，三十多岁的老姑娘了。

儿孙们挨个儿回来了，都先到史老这里问声好。史老只是淡淡应着嗯。只是史仪还没有回来。

吃晚饭了，大媳妇秋明来请史老，说，爹，吃晚饭了。史老说，好，就来。见史老还没动身，秋明不敢再催，也不敢马上就走，只是垂手站在门口。史老收拾一下笔砚，见媳妇还站在那里，就说，你去吧，我就来。秋明这才轻轻转身去了。

史老走到饭厅，二媳妇怀玉忙过来为老人掌着椅子，招呼他坐下。史老的座位是固定的上席，这张椅子谁也不敢乱坐。史老坐下，大家才挨次入座。史老环视一圈，皱了眉头，问，怎么不见仪仪？全家大小面面相觑，不知怎么作答。亦可平时在爷爷面前随便些，她笑笑说，姑姑可能找朋友了吧！史维望望老人家，就转脸骂女儿，放肆！有你这么说姑姑的吗？史老也不说孙女什么，只道，也该打个电话回来！说罢就拿起筷子。全家这才开始吃饭。

史老只吃了一碗饭，喝了一碗汤就放碗了。史纲忙说，爸爸再吃一点？史老摆摆手，说，够了。史维马上站起来，招呼老人家去了房间。回到饭桌边，史维说，爸爸好像饭量不太好？怀玉说，是不是菜不合老人家口味？小珍一听就低了头。秋明就说，不是怪你，小珍。老人家的口味同我们不同，你得常常问问他老人家。小珍迟疑一会儿说，我不敢问。亦可怕小珍委屈，就说，不是要你去问呢，你只管家里有什么菜就做什么菜。

因是怀玉负责买菜，秋明怕女儿这话得罪了弟媳，就骂亦可，也不是你管的事！大人的事你掺什么言？又对男人说，你要问问爸爸。你是老大，爸爸高兴不高兴，你要多想着些。

大家吃了晚饭，洗漱完了，就往老人家书房去。每周的这一天，老人家都要检查亦可和明明的书法作业。两个儿子、儿媳和女儿也都会到场。

史老先看了明明的作业，只说，有长进。

亦可的字好些，颇得爷爷笔意。但老人家也只是点点头，说，还得用功。

史维、史纲便忙教训各自的小孩。亦可和明明都低着头听训。史老望望两个儿子，严厉起来，说，你们自己也一样！史维、史纲忙说是是。

秋明乖巧，指着案上老人家的新作，说，你们快看爷爷的字！

大家忙围上去，欣赏老人家今天下午的即兴之作，一片啧啧声。

史维面带惭愧，说，爸爸用墨的方法我总是掌握不了。

老人家威严地说，外行话！书法到了一定境界，技法总在其次，要紧的是道与理。必须悟其道，明其理，存乎心，发乎外。如果只重技法，充其量只是一个写字匠！

不等史维说什么，史纲凑上来说，是的是的。爸爸的书法总有一股气，发所当发，止所当止。通观全局，起落跌宕，疏密有致，刚柔相济。刚则力透纸背，柔则吴带当风。

你肚子里还有什么词？史老冷眼一瞥，说，你只知说些书上的话。

老人家再教训儿孙们几句，只让史维一个人留下，有事要说。史维便留下了，垂手站在那里。老人家让他坐下，他才坐下，双手放在膝盖上。

老人家半天不说什么，只在书房转来转去。史维不敢问父亲有什么事，只是望着老人家，心里有些不安起来。

老人家走了好一会儿，坐下来，说，有个事情，同你说声。你母亲过世五年了，你们都很孝顺，我过得很好。但老人家有老人家的乐趣，老人家有老人家的话要说。这些你们要到自己老了才知道。我同一位姓郭的姨相好了，我想同她一起过。这郭姨你们不认得。她原是市京剧团的琴师，去年退的休，比我小十来岁。她老伴早就过世了，一个人带着个女儿过了好些年。女儿去年随女婿出国了，只剩她一个人在家，也很孤独。这事我只同你说，你去同他们说吧！

史维顺从地说，好吧。只要你老过得顺心顺意，我们做儿女的就心安了。

老人家挥挥手，说，好了，你去吧。

史维站起来，迟疑一会儿，说，爸爸，我想同你说说妹妹的事。

她有什么事？老人家问。

史维说，妹妹找了个男朋友，她说那男的很不错，对她很好。她想带回来让您看看。她同我说好久了，让我同您讲，请您同意。

老人家不高兴了，说，她自己怎么不同我说？这么说是我这个做父亲的太冷酷了，太不关心你们了？

史维忙赔不是，说，当然不是。仪仪只是……

好吧，不要说了。她要带回来就让她带回来吧！

史维说声爸爸您休息，勾着头出来了。

史老在家在外完全是两个人。同外人在一起，他显得豁达、开朗，很有涵养，只是在有些场合有点傲慢。回到家里，他就威严起来，男女老少在他面前大气都不敢出。不说别的，一家人谁也不敢在他面前架二郎腿。孝顺孝顺，以顺为孝。儿孙们凡事顺着老人家的意。仪仪原先找过一位男朋友，他老人家看不上，女儿只好不同人家好了。那男的第一次上门，忘了在史老面前的禁忌，架起了二郎腿。老人家见了，拂袖而去。

史维出来后，仪仪也回来了。史维叫她去见见爸爸。仪仪有些不敢，但还是去了。一会儿仪仪出来，问史维，哥，今天爸爸好像不高兴？史维问，怎么了，他讲你什么了？仪仪说，那倒没有，只是不太理我。史维说，老人家是这样的，由他吧。你叫二哥二嫂过来下，有个事情我们几兄妹商量一下。

史仪同二哥二嫂一起来到大哥大嫂的房间。亦可见大人有事要商量，起身回避。史家上上下下都是讲规矩的。史维对女儿说，你也留下听一下吧，你不是小孩了，参加工作的人了。大家不知有什么重要事情要说，都睁大眼睛望着史维。

史维不马上说那事，先说些外围话。他说，史家三代之内不许分家，这是祖宗定的规矩。大家在一块过日子，都没有二心，这很难得。让老人家高兴，是我们做儿孙的共同心愿。老人家养我们，教我们，不容易。没有他老人家，就没有我们的今天。老人家不感到幸福的话，我们做儿孙的哪有什么幸福可说？这些我们想过吗？只怕没有想过。首先是我做老大的做得不好，不怪你们。

你是说，要为老人家找个老伴？怀玉问。

史纲马上白了怀玉一眼，说，听大哥把话讲完。

史维说，怀玉说得不错。爸爸刚就同我讲了这事。他说有位郭姨，跟他很好，两人想一起过。这位郭姨去年才退休的，刚六十岁吧，原是在京剧团工作的。

大家听了你望我，我望你。亦可说，这么说她比爷爷小十多岁呀！以后爷爷过世了，我们少说还得养这位奶奶十年。再说……

你大胆！史维打断亦可的话，说，谁都巴望爷爷长命百岁，你却来咒他老人家！下次就要咒我了?！我和你娘早死了，就不要你养了！

秋明也骂道，你真不像话！爷爷最疼的是你和明明，你连明明都不如！爷爷上回过生日，明明还知道叫爷爷万寿无疆呢！二十多岁的人了，我和你爸爸平日是怎么教你的？

史纲夫妇就劝道，算了算了，亦可也是有口无心，她还是蛮懂事的。

仪仪也说，可可还是蛮懂事的，平时爷爷生气，只有她能逗得爷爷开心。

懂事！懂个鬼事！懂事能说出这种话？史维余火未消。

亦可低头认错，说，爸爸妈妈，叔叔婶婶，姑姑，我我错了，辜负了爷爷平日对我的疼爱。我不是这个意思。我是说，现在现在都什么年代了，我们家还三代同堂。也不是咒爷爷，人总有那一天的。爷爷百年以后，还有那位奶奶，我们还得在一起过。从管理学上说，这也是不科学的。

史维啪地拍起了桌子。秋明忙摆摆手，对男人说，你也轻点，别让老人家听见了。史维回头望望门，平息一下自己，说，你越说越不像话了。还管理学！你肚子里有几滴墨水？就凭你学的那些东西，你讲得口水流了，还抵不得爷爷吹口气！你就想一个人单飞了？你有什么本事？大家合在一起，哪一点亏待你了？一个多么温暖的大家庭！爷爷对你不好？爸爸妈妈对你不好？姑姑对你不好？还是叔叔婶婶对你不好？

怀玉忙说，哥你就别骂可可了。可可平时在我和她叔面前很有尊卑上下的，在如今这很难得了。

可可很乖的，不要说错了句话就骂得她开不了眼。仪仪过去拉了亦可的手。

秋明戳了女儿的额头，回头说，就你们总依着她。你不紧着点儿，还不知今后变成什么样儿呢！

亦可这下一句话不说了，坐在那里头也不敢抬。史维说，就不该让你留下来。当你长大了，给脸不要脸。你去吧，不要赖在那里了。

亦可揉着衣角出去了。

史维说，既然是爸爸自己看上的，就一定是位好妈妈。我们做儿女的，要顺着老人家的意才是。

史纲说，是的是的。爸爸同你说过具体安排吗？

史维说，没有。

秋明想想，说，虽然是老人家了，也得扯个结婚证，作古正经办一下才是。不然，说起来也不好听。

怀玉觉得也是这个意思，就说，还是大哥问一下爸爸的想法，过后我们几兄妹再商量一下到底怎么来办吧。

这年深秋，史济和郭纯林办了婚事。史老不太喜欢热闹，只请了常在明月公园一起乐的那些老哥老姐，再就是史家三兄妹的要好朋友。仪仪的男朋友赵书泰也来了。小伙子自己办了家公司，听说赚了不少钱。仪仪同赵书泰偷偷来往好长一段时间了，上次带回来让史老见过。史老不说什么，陪赵书泰吃了顿晚饭。大家就松了口气，说明老人家同意仪仪跟这小伙子交朋友了。

史老婚后照样天天早上去明月公园的来鹤亭，只是不再一个人走，身边总伴着郭姨。来鹤亭的老人们都羡慕他们。

可是过了十来天，史老两口子不上来鹤亭了。刘老、陈老同几位老人跑到史家里一看，方知史老病了，郭姨在一旁殷勤服侍。见史老好像病得不轻，刘老他们说了些宽慰的话就出来了。到了外边，老人们就开起玩笑来，说郭姨那么漂亮，又并不显得老，史老哪有不病的？

史老的儿孙们就急坏了，却又不敢去请医生。史老自己是一方名医，怎么会让别人给他看病呢？史老自己心里有数，叫家人不必惊慌，他不会有大问题的。儿孙们只好让老人家自己将息，把那些索字的人都婉言打发了。他让郭纯林服侍着，卧床二十来天，慢慢好起来了。

时令已是冬日了。这天午后，史老躺在床上，望见阳光照在后庭枯黄的芭蕉叶上，很有些暖意。太阳多好！他说。郭纯林望着他的眼神，便明白了他的意思，扶他下了床。史老去了窗前，推开了窗户，只见那几棵老梅开得正欢。史老嘀嘀地叫了两声，说今年的梅花开得这么热闹。郭纯林眼睛也亮了，说，怪呢，昨天我看过，还只是些花苞儿，一夜之间就全开了。老史啊！这是专门为你开放的啊！史老爱听这话，笑着就推门去了后庭。两位老人搀扶着，在庭院里转了几圈。史老站在榆树下，松开郭纯林的手，闭目调息片刻。然后说，纯林，我没事了。明天起，我们照样天天出去走走。郭纯林温柔地笑着，说，都依你吧。

回到屋里，史老说老久没写字了。郭纯林便备了笔墨，铺好纸。史老提笔蘸着墨，说手都有些发僵了。郭纯林在一旁说，你能行，能行的。史老回头笑笑，凝神片刻，随意写了一联：

推窗老梅香
闭门玉人暖

郭纯林捏了捏史老的肩膀，责怪说，你老不上路了，我这满脸荷包皱，还玉人呢！写这玩意儿，儿孙们见了，多不好意思。史老笑道，这本来就不是让儿孙们看的，是专门写给你的。你留着它，等我百年之后，它说不定值几个钱呢。郭纯林听了不高兴了。这话本来就叫人伤心，又像她看重史老口袋里几个钱似的。史老见郭纯林不说话了，猜不透她在想什么，只是感觉到她心情不好了。史老也不多说什么，仍是提笔写字，在联语两边写了些晚年遇知音之类的话。他边写，郭纯林歪着头边读。读着读着，郭纯林便开心起来。

晚饭后，史老回房同郭纯林一道喝茶。茶是小珍按二老各自的嗜好冲泡的。史老抿了几口茶，说，纯林，你喝了茶，就去看看电视吧，我有些话要同史维说。郭纯林应声行，茶也没喝完，就去了客厅，史老看出郭纯林像是有些不快，怕是怪她见外了，家里有事总避着她。史老也不准备同她解释什么。他要同史维说的事非同小可。

一会儿史维便来了，小着声儿问，爸爸有什么事？

史老先不说什么事，只道，坐吧。

史维坐下了，望着爸爸，呼吸有些紧张。在他的经验里，凡是爸爸郑重其事叫他过来谈话的，准没什么好事。要么是他家媳妇说了哪些不该说的话，或是女儿什么地方不得体，要不就是弟弟或弟媳，或家里别的什么人哪里错了。而所有这些，都是他这个做老大的责任。史老在意的很多事，在史维看来都不算什么大事。可他为了尽孝，为了别让家里为点小事就闹得鸡犬不宁，只好凡事都应承着。家和万事兴啊！可是今天，史维发现爸爸的神态格外的不同。老人家只是慈祥地望着他，慢慢喝茶，半天不说一句话。史维在爸爸慈祥的目光下简直就有些发窘了。爸爸从来是威严的，很少见他有和颜悦色的时候。

史维，爸爸老了，这个大家庭的担子，最终要落到你的肩上。史老把目光从史维脸上移开，抬头望着天花板。史维，你知道，我们家同别的家庭不同。我也注意到了，家里有人对我的这一套不理解，只是有话不敢说。尤其是晚辈，在一边说我是老古董。

史维忙说，没有呢，儿孙们都是从内心里孝敬您，这也是您老教导得好。

史老摆摆手，说，我们家有我们家的传统，这是历史造成的。现在是让你明白我们家族历史的时候了。你好好听着。我们史家是个古老的望族，世世高官，代代皇禄。故事要从显祖史彬公讲起。史彬公是明朝建文帝的宠臣。建文帝四年，燕王朱棣兴靖难之师，兵困南京，破宫入朝，窃取了皇位。这就是后来的永乐皇帝明成祖。当时，宫中大火，正史记载建文帝被烧死了。其实建文帝并没有死。建文帝见大势已去，想自尽殉国，身边近臣二十多人也发誓随建文帝同死。幸有翰林院编修程济，极力主张建文帝出亡，以图复国。于是，众臣乘乱出城，建文帝一人从暗道出宫，约定君臣在南京城外的神乐观会合。那是农历六月的一个深夜。最后商定，由吴王府教授杨应能、监察御史叶希贤、翰林院编修程济三人随身护驾，不离左右；另由六位大臣往来道路，给运衣食。其余大臣一律回家，遥为应援。显祖史彬公回到了吴江老家。自此，建文帝落发为僧，从者三人，两人为僧，一人为道。三僧一道，颠沛流离，惶惶，没有一天不在担惊受怕。再说那建文帝的满朝文武，多是忠义之士。朱棣称皇以后，一朝百官多有不从，有的抗命而死，有的挂冠回乡。事后有四百三十多位旧朝官员被朱棣罢黜。这些人一身不事二主，可敬可叹啊！朱棣也知道建文帝没有死，他一边欺瞒天下，说建文帝死于大火，一边密令四处搜寻建文帝的下落，以绝后患。朱棣曾命人遍行天下，寻找朝野皆知的神仙张三丰，就是为了搜捕建文帝。后来，又听说建文帝远走海外，朱棣便命宦官郑和航海，寻访海外各国。正史记载的郑和下西洋，只是永乐皇帝朱棣的政治谎言。建文帝流亡期间，曾三次驾临显祖史彬公家。史彬公每次都以君臣之礼相迎，并贡上衣物。君臣最后一次见面时，建文帝命随身护卫取出一个铜匣子，说，史爱卿，你与贫僧今日一别，不知有无再见之日。贫僧送你一个匣子，不是什么稀罕之物，但可保证你家在危难之时化险为夷。记住贫僧的话，不到非打开不可的时候，千万不要打开这个匣子。愿你史家世代平安，子子孙孙都不用打开这个匣子！

史老起身，打开衣柜，取出衣服，小心开启柜底的小暗仓。史维不敢近前，他感觉自己的呼吸有些急促。爸爸讲的家族历史，他听着就像神话。他注意到刚才爸爸的目光很悠远，就像从五百多年前明代的那个夏夜透穿而来。他想象那个夏夜，神乐观的蚊子一定很多，乱哄哄地咬人。那位逊国的建文帝一定满脸哀痛，他面前跪着的文武百官想必都压着嗓子在哭泣。他们不敢大声哭出来，因为南京城内肯定到处是朱棣的爪牙，鸡飞狗叫。史彬公不知是个什么品位的大臣，为什么他既没有成为三位随身护驾者之一，也没成为六位给运衣食者之一。史维虽是中学的历史教师，但他的历史知识没有超出中学历史课本的范围，弄不清历史事件的细枝末节。像建文帝这般历史疑案，他就更弄不懂了。

史老取出了那个铜匣子，小心放在桌子上。匣子并不太大，却很精巧，有些龙盘缠着。史老说，当年史彬公接过铜匣，三叩九拜地谢了建文帝。发誓子子孙孙效忠皇上。自此以后，史彬公给我们史家立下规矩，除非建文帝复国还朝，不然史家子孙永世不得出仕。这个铜匣，就成了史家的传家宝。从那以后，我们史家祖祖辈辈虽说不上荣华富贵，倒也衣食无虞。这都是这铜匣子的庇佑。按祖宗规矩，铜匣不可随意承传，得选家族中声望好、才具好的人继承。凡接过这个铜匣子的人，就是家族的掌门人，家族大事，系于一肩。我四十一岁从你爷爷手中接过这个匣子，深知责任重大。我也一直在你们两兄弟间比较，想来想去，还是觉得你合适些。史维，史家五百多年的规矩，就靠你承传下去了。

史维耳根发热，支吾道，谢谢爸爸信得过。

匣子，你抱回去，好生保管着。此事关系家族荣衰，不可同外人说起啊！史老语重心长。

知道，爸爸。史维又问道，爸爸，钥匙呢？

史老脸色陡然间变了，严厉道，你就开始要钥匙了？你是不是回去就把匣子打开？

不是不是，爸爸。我是说我是说，史维不知自己要说什么了。

史老在房间里不安地走着，说，史维，你根本就要禁绝想打开匣子这个念头。建文皇帝的旨意是，在我们家族大难临头的时候，打开匣子可以帮我们化险为夷。我们子孙要做的事，就是不要让我们家族遇上大难。不然，在平平安安的时候打开匣子，是不是意味着我们家将有不测？所以，反过来说，建文皇帝的话又是谶语了。史维，祖上定的家规，五百多年了，不会错的。你先把匣子抱回去吧，我考虑什么时候可以把钥匙给你了，自然会给你的。

史维把铜匣子抱了回去，妻子秋明在房里不安地等候。她不知今天发生了什么，丈夫去了这么久，还没回来。她知道每次公公找史维去谈话，准没有什么好事。自从进了史家的门，她也渐渐适应了史门家风，凡事顺着公公。

捡了宝贝？秋明见史维抱着个什么东西，紧张兮兮的。

史维侧着身子，不想让秋明看见他怀里的铜匣子。他说没什么东西，你先睡吧。可秋明偏要过来看，他也没办法了，只好说，你看了就看了，不要问我这是什么，也不要出去乱说！史维说罢，就把铜匣子放在了写字桌上，开了台灯。两口子头碰头，仔细审视着这个铜匣子。史维这才看清了，铜匣子铜绿斑斑，古色古香，四面和盖上都缠着龙，共有九条，底面有大明洪武二十五年御制的字样。秋明眼睛亮了起来，说，是个文物呢，老爸送给你的？史维瞟了秋明一眼，说，叫你别问呀！秋明便噤口不言了。

此后日子，史维像是着了魔，脑子里总是那个铜匣子晃来晃去，弄得他几乎夜夜失眠。他原来想，老父在世，以顺为孝，犯不着惹老人家生气。一家人好好儿孝顺着老人家，等老人家享尽天年，驾鹤仙归了，再让全家大小按自己的想法过日子去。可是，自从他听说了家族的历史，接过了那个神秘的铜匣子，他就像让某种神力驱使着，或者让某种鬼魅蛊惑着，觉得自己就是父亲，就是爷爷，就是列祖列宗，就是五百多年前神乐观里跪在建文帝面前的史彬公。一种叫使命感的东西折磨着他，有时让他感到自己高大神武，有时又让他感到自己特别恐惧。他一天到晚恍恍惚惚，像飘浮在时间隧道里，在历史和现实之间进进出出。他甚至越来越觉着自己像幽灵了，便忍不住常去照照镜子，看看自己还是不是自己。终于有一天，他实在忍受不了某种庄严使命的折磨了，便跑到图书馆，借了《明史》、《明实录》、《明史纪事本末》、《明通鉴》、《明成祖实录》等一大摞有关明史的书。戴着老花镜的图书馆管理员，看见这些尘封已久的书今天到底有人来借了，就像养了几十年的丑女总算有人来迎娶了，了却了天大的心愿。老先生把老花镜取下又戴上，戴上又取下，反复了好几次，以为碰上了大学问人。

史维把这些书堆在书桌上，在家除了吃饭睡觉就是伏案研读。他教了多年的中学历史，却从来没有读过一本历史专著。做个中学历史教师，只需翻翻教学参考书就行了。而现在翻开这些史书，他只觉两眼茫然。因为他不懂这些史书的体例，也理不清明代纪年。光是研究这几本史书的体例，他便用了三天时间。然后又花两天时间，列了一张明代纪年同公元的对照表。事实上不列纪年对照表也无妨，需要了解相关年代的时候再推算一下就得了。可史维觉得时间不明明白白，脑子就糊里糊涂。那一刹那，史维猛然间似乎有了顿悟，发现人是生活在时间里的，生命存在于时间。人可以生存在任意的空间里，却不可以生存在任意的时间里。时间的霸道与冷漠，令人绝望和悲伤。

大约半年以后，史维在《明史纪事本末》里读到这样一段话：乃逊国之期，以壬午六月十三日。建文独从地道，余臣悉出水关。痛哭仆地者五十余人，自矢从亡者二十二士。其经由之地，则自神乐观启行，由松陵而入滇南，西游重庆，东到天台，转入祥符，侨居西粤。中间结庵于白龙，题诗于罗永，两入荆楚之乡，三幸史彬之第，踪迹去来，何历历也。特以年逼桑榆，愿还骸骨。夫不复国而归国，不作君而作师，虽以考终，亦云僦矣。史维反复研究这段话，意思大致明了，只是不明白僦是什么意思。翻开《现代汉语词典》，里面根本没有这个字。查了《康熙字典》，才找到这个字。上面解释说：泥短切，音暖，缩也。史维思量再三，僦大概就是畏缩、没有胆量的意思。那么这段话的大意是说，建文帝逊国以后，在外流浪了四十多年，最后无力复国，身老还家，做了佛老，终究是畏缩无勇的弱者。

史彬公到底是多大的官？有些日子史维总想着这事。可翻遍明史，都找不到有关史彬公只言半语的介绍。史维便估计史彬公的品级只怕不会太高。这想法简直是罪过，他不敢去向爸爸讨教。爸爸说过，史彬公是建文帝的宠臣。史维猜想，宠臣起码应该是近臣，倘若不是近臣，就没有机会成天在皇帝跟前行走，自然就不会得宠。而近臣差不多都是重臣，不是一定品级的重臣，哪能经常接近皇上？按这个逻辑推断，史彬公再怎么也应该相当于当今的省部级干部。可是除了《明史纪事本末》上提了一下他的名字，明史上怎么就再也找不到他的影子了，这是为什么呢？后来史维猛然想到翻翻自家家谱。家谱是爸爸收着的，史维找了借口，拿了出来。他当然不敢向爸爸谈起自己大逆不道的想法，只是说想多了解一下家族的历史。这让史老很高兴，把家谱交给了他。你们的确要多了解自己家族的历史啊！你们欠缺的就是对自己历史的了解！

翻开家谱，见扉页上竟然就是史彬公的肖像，下面赫然写着：大明徐王府宾辅史彬公。史维平素也翻阅过一些外姓家谱，发现大凡家谱都有攀附陋习，总得推出一个历史上显赫的人物认作祖宗。似乎这一姓人的历史只是从这个祖宗才发祥的，在此之前这个家族都还是猴子。要说史家的显赫人物，史彬公之前至少还有史思明。只是史思明同安禄山先后造反，史家羞于认这位祖宗了，就像秦氏家族并不乐意把秦桧当做祖宗。史维反复琢磨，不明白这徐王府宾辅是个什么级别的官，只怕不会相当于省部级。充其量徐王也只是个省部级，那么史彬公勉强是个厅局级干部。那个时候的厅局级干部有机会经常同皇上在一块儿，是不是那时的皇上比较联系群众？史维想不清这中间的道道，反正史彬公的形象在他心目中是打了折扣了。真是罪过！

史维研究家族历史这段日子史老慢慢放权，也乘此一步步树立史维的威信。好些事情，本该是史老亲自做主的，他都让史维做了主。要说家里也没什么拿得上桌面的大事，无非鸡毛蒜皮。比方那棵榆树的枝椏伸到院子外面去了，快撑破邻居家的屋顶。邻居找到史维协商这事怎么办，史维说他得问问爸爸。他知道爸爸最看重那棵榆树。史老听史维说了这事，手一挥，说，都由你处理吧。史维同邻居商量了三个小时，拿了好几套方案，最后达成一致意见：由史家请人，将伸过去的榆树枝锯掉一截。

民工爬在树上锯树的时候，正是中午，史纲、史仪都下班了，他俩吃惊地望着在树下指手画脚的哥哥。他俩还不知道爸爸把处理榆树枝的事情交给哥哥全权负责了，生怕爸爸回家时生气。爸爸照例带着妈妈去明月公园唱京戏去了。过会儿秋明也回来了，望着树上纷纷扬扬飘落的锯末，嘴巴张得天大，忙问这是谁的主意？她还清楚地记得，前几年邻居也提过榆树的事，说是榆树叶子落在他家瓦楞上，把屋顶沤坏了。邻居家没明说，只是暗示史家把这榆树砍了。史老笑了笑，一句话没说。邻居也就不好多说了。史老是街坊心目中的贤达，大家都顾着他的脸面。自此全家人都知道老人家很喜欢这榆树，没人敢动它一枝一叶。史维全然不在乎弟弟、妹妹和妻子的惊疑，也不做任何解释，只是在那里抬着头指指戳戳。

这天史老回来得早。大家听到小珍在里面喊道爷爷奶奶回来了，这边榆树枝正好哗然落地。秋明吓了一跳，双肩禁不住抖了一下。史纲把脸望在别处，像躲避着什么。史仪飞快地从耳门进了屋里。

史老径直来到了后院，抬头望望榆树，说，好，好。史老说完就转身往屋里走。史维这才问道，爸爸你说这样行吗？史维明知是多此一举，还是冲着爸爸的背影问道。史老不再多说什么，点着头进屋了。一家人便跟着老人进屋，开始吃中饭。

一家人正默默吃着饭，史老突然说，今后，家里的大小事情，你们都听哥哥的！

全家人便望着史维，说当然当然。

过了好一会儿，史老又突然说，我老了，管不了这么多了，你们就听大哥的吧！

史维对建文帝逊国的研究几乎走火入魔了。可是能够找得到的史料少得可怜，他只能在只言片语上费劲琢磨。历史竟是这种玩意儿，可以任人打扮的。他反复研究手头的材料，没有大的收获。有个雪夜，史维面对发黄的竖排线装书，弄得头昏眼花。他去了后院，抓起地上的雪往脸上乱抹了一阵，一下子清醒了。他发现自己苦苦研究两年多，终于发现有些史实同爸爸跟他说的有些出入。爸爸说当年有二十多名大臣发誓同建文帝一道殉国，其实根据他的研究，那二十多名大臣只是愿意随建文帝出逃。爸爸和先祖怕是把自矢从亡者二十二士这句话误读了。这里面的亡其实是逃亡之亡。祖祖辈辈对先贤们的忠义感动得太没道理，简直是自作多情了。再说，建文帝无力复国，却还有脸面回到宫里去，就连有血性的大丈夫都算不上，更莫说是英明之君了，不值得大臣们那么效忠。史家世世代代还守着个铜匣子做逸民，就更显得可笑了。史彬公也不是先辈们标榜的那样显赫的重臣，这个家族没有必要把这么重的历史包袱当做神圣使命一背就是近六百年。而且，即便先辈们传下来的故事是真实的，建文帝也并不是说这个匣子不可以打开，他只是说但愿史家世世代代都用不着打开它。史维站在寒风瑟瑟的后院里，感觉自己简直可以当历史学家了，便有些踌躇满志了。

可史维一回到房里，面对一大摞明史书籍，他的观点动摇了。他重新翻开做了记号的地方，一行一行地读。他很佩服古人发明的竖排法，让后人读前人书的时候不得不点头不止。所以中国人总是对前人五体投地。而外国人发明的横排法，后人读前人书的时候总是在摇头，偏不信邪。相比之下，还是中国古人高明，牢牢掌握着后人。史维想，难道那么多高明的史家先辈都错了？不可能啊！

信奉和怀疑都很折磨人，就像热恋和失恋都会令人心力交瘁。这两种情绪在史维脑子里交替着，叫他一日也不得安宁。他想解脱自己的痛苦，便试着不再关心什么历史，把注意力放在了铜匣子上。每到夜深人静，他都有瘾似的要把铜匣子偷偷取出来把玩。他把台灯压得很低，让光圈刚好罩着铜匣子。心境不同，铜匣子给他的感觉也就不同。有时候，铜匣子在灯光下发着幽幽青光，像盗墓贼刚从古墓里挖出来的，有些恐怖。而有时候，铜匣子让灯光一照，熠熠生辉，似乎里面装满了财宝。史维尽量不让自己猜想匣子里面的谜，好像这是种邪恶，可其实他想得最多的还是里面到底装着什么宝物。他夜夜把玩铜匣子，上面九条龙的一鳞一爪，四壁两面的一纹一理，他都烂熟于心。后来一些日子，他越来越着魔的就是那把神秘的锁了。锁是蝙蝠状的，锁销子掩藏在蝙蝠的翅膀下面，匣子的挂扣也看不见。转眼又是一年多了，可老人家一直没有交给他钥匙的意思。他真的有些着急了。

终于有一天，史老叫他去房里说话。史维，你是不是觉得我应该把钥匙交给你了？老人家不紧不慢地问。

史维恭敬地注视着老人，说，爸爸交给我的话，我会很好保管的。

是吗？史老问道，你是不是每天晚上都在琢磨那个铜匣子？

爸爸怎么知道？史维感觉爸爸的语气有些不对劲了，慌张起来。

史老眼睛望着天花板，说，你不要成天想着铜匣子里面到底装着什么东西。这个匣子本来就不是交我们打开的。

是的，史维说，但按建文帝的旨意，也不是说不可以打开铜匣子，只是说但愿我们家族世世代代都用不着打开它。

史老长叹一声，说，我就知道，我只要把钥匙交给你，你马上就会偷偷打开铜匣子的。那样史家说不定就大祸临头了。

你借了那么多明史书籍回来研究，我还让你读家谱。看来，我让你掌握我们家族历史，是个失误啊！

爸爸……

不要说了，史老闭上眼睛说，你把铜匣子给我拿来吧，我考虑还是将它交给史纲算了。他只是医生，不懂历史，没你那么复杂，只怕还好些。

史纲怎么也没想到爸爸掌握着这么大的家族秘密。他把那个铜匣子抱回去时也是深夜，妻子已经睡了。怀玉是个一觉睡到大天亮的人，你背着她到街上转一圈，她保证不会醒来，说不定会告诉你昨晚做梦逛了城隍庙。史纲一个人望着铜绿斑驳的匣子，满心惶恐。爸爸今晚同他进行了几个小时的长谈，要他担负起家长的担子。从很小的时候起，他都是听哥哥的，因为爸爸一向要求他们三兄妹间应该讲究尊卑上下。他觉得自己不堪此任，不说别的，他简直无法开口让哥哥怎么做。可是爸爸的旨意是不可违拗的。就连这一点，也是哥哥反复对他说的。哥哥说过多次，爸爸年纪大了，儿女们以顺为孝，凡事依着爸爸。要是爸爸不高兴了，发火也好，生闷气也好，全家大小都过不好日子。还是那句老话，家和万事兴。爸爸把铜匣子交给史纲时，看出了他的心思，便说，你不用担心他们不听你的。你只要手中有这个铜匣子，他们就得听你的。我们史家一直是这么过来的，快六百年了。

史维在史纲面前不再像哥哥了，倒像位弟弟似的。每天的晚饭，全家人都会到齐。这往往是决定家政大事的时候。老人家便总在这个时候向史纲吩咐些事情。家里人最初感到突然，慢慢地就习惯了。所以，每餐晚饭，多半老人只跟史纲一人说话，其他人的眼珠子就在他两父子脸上睃来睃去。

这天，也是晚饭时候，老人家说，史纲，快上春了，你叫人把屋顶翻一下，怕漏雨。

史纲说，好，爸爸！

看需要多少工钱，你叫史维先帮你算算。老人家又交代。

史纲说，好。哥哥，你今晚就算算吧，我明天就去叫人。

史维说，好，我吃了晚饭就算。

老人家又说，算的时候，打紧些，心里有个数。谈的时候，人家会还价的。

史纲不知爸爸这话是不是对他说的，一时不敢回话。史维知道爸爸吩咐事情一般不直接同他说，也不敢答话。气氛一下子就不太对味了。史纲忙说，行，我和哥哥会注意的。史维这才答道，是是，我注意就是了。

怀玉这天晚上破天荒地醒来了，见男人躲在角落里鬼头鬼脑。她突然出现在身后，史纲吓了一大跳。他这会儿正想着明朝初年的那场宫廷大火，是不是真的烧死了建文帝，爸爸说的建文帝君臣四个沦作三比丘、一道人，浪迹天涯，最后赐铜匣子给先祖，是不是真的？他脑子里完全没有历史概念。关于历史，他的印象不过就是很久很久以前，人们高冠博带，羽扇纶巾，在宁静的石板街上优游而行。其实他也像哥一样，每天晚上都会把铜匣子拿出来研究一番，只是他脑子里是一团糨糊，不像哥哥那样到底懂得历史。

什么东西，好稀奇！怀玉蹲下身子。

史纲嘘了声，悄悄说，铜匣子，爸爸交给我的！

是不是很值钱？怀玉问。

史纲说，你只当从没见过这东西，不然爸爸会生气的。这是我们家的传家宝，只能让家族传人掌握，不能让别人知道！

难怪爸爸现在什么事都同你商量，原来他老人家叫你掌家了。怀玉恍然大悟的样子。

怀玉晚上再也没有那么多瞌睡了。她睡不着，她比史纲更加想知道匣子里到底装着什么。在一个夏夜里，天气热得叫人发闷，两口子大汗淋漓，蹲在地上摆弄铜匣子。当初爸爸把铜匣子交给史纲时，老人家神情很是肃穆，双手像捧着皇帝圣旨，史纲也不敢随便，只差没有跪下来了。这会儿两口子却把个传家宝放在地上颠来倒去。没办法，天太热了，他俩只好席地而坐。怀玉突然有了个主意，说，史纲，你明天偷偷把这匣子背到医院去，请你们放射科的同事照一下，看里面有没有东西。

史纲笑了起来，说，你是想发疯了！这是铜的，怎么透视？你还是当教师的哩！

怀玉也觉得自己好笑，也就笑了，说，我是数学老师，又不是教物理化学的。

怀玉说着，突然眼睛一亮，说，你还别说呢，我当老师的还真有办法！

什么办法？史纲忙问。

怀玉面呈得意色，说，我可以根据这个匣子的体积、重量等，大致推测一下这个匣子是空心的还是实心的。若是空心的，里面是空的还是装着东西，也可算个大概。

史纲想了想，觉得有道理。

于是，两人找来秤，先称一称匣子的重量，再量量长、宽、高，计算体积，再查了查铜的比重，算算实心的应是多重，空心的应是多重。经反复计算，推定这是个空心匣子，壁厚大概多少。最后又反复计算，结论令人失望。

怀玉很肯定地说，里面是空的，没装任何东西。我敢打赌！

史纲不敢相信怀玉的话。他摇头说，不可能，绝对不可能！我们史家祖祖辈辈不可能守着个空匣子守了将近六百年。我们史家历朝历代可是出了不少聪明绝顶的人，就这么容易上当？就说我爸爸，自小聪慧，才智过人，老来德高望重，在远近都是有口皆碑的。不可能，绝对不可能！

怀玉笑道，信不信由你。我这是科学计算，不会错的！

怀玉不再关心铜匣子，每天夜里照样睡得很好。史纲夜夜望着铜匣子发呆，慢慢地也就没了兴趣。他倒是把一家老少大小的事情打理得清清爽爽。毕竟生下来就是老二，他始终尊重哥哥，体恤妹妹和晚辈。所以全家人都很服他。

又是一个冬天，史老大病了一场，直到次年春上，才慢慢好起来。人却老了许多。儿女们都清楚，爸爸病起来难得痊愈，多半因为他自己是一方名医，不肯轻易相信别人。可谁也不敢说破这层意思，眼睁睁望着老人家艰难地挨着，心里干着急。老人家能自己动了，仍是每天带着郭纯林出去走走。也不是每天都上明月公园。一向感到很轻松的路程，现在越来越觉得遥远了。有天夜里，老人家很哀伤地想，明月公园的路远了，便离归去的路近了。为了排遣心中的不祥，老人家从此便隔三差五强撑着去明月公园会会老朋友。老朋友见了他，总会说他很健旺，很精神。史老听了，开朗地笑着，心里却凄凄然。他总是在这种心境下同老朋友们说起那些故去的老朋友。老朋友慢慢少了。刘老今年春上害脑溢血走了，陈老去年夏天就病了，听说是肺癌，一直住在医院里。史老不再唱京戏，早没底气了。别人唱的时候，他坐在一旁轻轻按着节拍，闭着眼睛。一会儿便来了瞌睡，嘴角流出涎水来。郭纯林见他累了，便推推他，扶着他回家去。在家里也偶然写写字，手却哆哆嗦嗦，没几个字自己满意。晚辈们却偏跟在屁股后头奉承，说爷爷的字如何如何。史老越来越觉得晚辈们的奉承变了味，怎么听着都像在哄小孩。老人家心里明白，却没有精力同他们生气了。史老暗自感叹自己快像个老活宝了。

史纲凭自己的职业经验，知道爸爸不会太久于人世了。他不忍心把自己的想法告诉家里其他人，就连怀玉他都没说。可是，他觉得在爸爸过世之前，必须同他老人家谈一次铜匣子的事。他想告诉老人家，这个铜匣子里也许什么东西也没有。日子越是无边无际地过，他越相信怀玉的话，怀疑史家近六百年来一直守着个神秘的空匣子。他觉得自己这是在尽孝，不想让爸爸带着个不明不白的挂念撒手西去。

这年秋天的一个夜里，月亮很好，史老坐在后院里赏月。史老坐在史纲搬来的太师椅上，郭纯林拿了条毯子盖在老人家腿上。史纲就坐在石凳上，望着老人家，说，爸爸，我有件事想同您说说。

史老听出这事很重要，就对郭纯林说，你先进去吧，这里凉。

郭纯林交代一声别在外面坐得太久了，就进去了。

史纲这才支吾着说，爸爸，我想同你说说那个铜匣子。

你也急着要我交钥匙了？史老生气了，他的声音很长时间没有这么响亮过了，他的眼睛在月光下蓝幽幽的很吓人。

不是不是我是想说，爸爸……

你不用说了！史老起身走了，毯子掀在地上。

史纲捡起地上的毯子，望着爸爸的背影消失在黑黢黢的门洞里。他感到石凳子凉得屁股发麻，却一时站不起来。算了吧，既然爸爸不想听铜匣子的事，就不同他说好了，免得老人家不高兴。

其实老人家已经很不高兴了。就在第二天，老人家叫史纲交出了铜匣子。爸爸没有同他说铜匣子交给谁，直到后来他慢慢发现爸爸凡事都让史仪做主了，才知道铜匣子转到妹妹手上去了。

史老将铜匣子交给史仪，也是不得已而为之。五百多年来，这个铜匣子一直由史家男丁承传，从未传过女人。可是，两个儿子都令老人家失望。铜匣子的承传人必须有个意念，就是忘掉钥匙。其实说意念也不准确，承传人根本就不应该想到这世上还存在铜匣子的钥匙。只有到了这一步，他才可以掌管钥匙。史维、史纲两兄弟念念不忘的偏偏就是钥匙。现在只有把希望寄托在女儿史仪身上了。史老从来没有交代两个儿子忘记钥匙，想让他们自己去悟出其中的道理。可当他把铜匣子交给史仪时，不得不把话说穿了。他不想再让自己失望。

史老双手颤巍巍地把铜匣子交给史仪，说，仪儿，这铜匣子的来历我都跟你说清楚了。你是史家惟一一位承传铜匣子的女辈，我想列祖列宗会理解我的用心的。你要记住，永远不要想到钥匙！忘记了钥匙，你就等于有了钥匙！

史仪捧着铜匣子的双手忍不住发抖，半天也说不出一句话来。史维懂得历史，史纲不懂历史却有生活经验，而史仪虽然年纪不小了却还在恋爱季节。恋爱的人是不会成熟的，就像开着花的植物离果实还有很长一段时间。史仪接过爸爸交给的铜匣子，好几个晚上都没有睡好觉。她倒是真没有想过打开这个稀奇古怪的匣子，只是感到自己承受着某种说不出的压力。她有种很茫然的神圣感，却又真的不知道自己肩负着什么使命。她把铜匣子藏在房间最隐秘的地方，深信赵书泰轻易不会发觉。

可是爱情的魔力能让人忠诚或者背叛。史仪失眠了好长一段时间之后，还是向赵书泰吐露了铜匣子的事。她是把这个秘密作为忠诚的象征奉献给赵书泰的，让她的男朋友很感动。她却没有意识到这其实是在背叛爸爸和家族。赵书泰知道了这个秘密很是兴奋，甚至比第一次尝试史仪的童贞还要兴奋。

史仪上夜班的时候，白天在家休息。赵书泰便将手头的生意让别人打理，自己跑来陪他的可人儿。史仪感受着男朋友的体贴，很是幸福。上午大半天史老都会带着郭纯林出去走走，赵书泰便把两人间所有浪漫和温情细节剪辑成精华本，史仪总迷迷糊糊飘浮在云端里。赵书泰简直是位艺术家，他将所有场景都安排得紧凑却不失从容，没有让史仪体会到半点潦草和敷衍。每每在史老夫妇没有回来之前，史仪两人该做的事都做过了，还有空余时间坐下来研究铜匣子。

两人偷偷摸摸研究了约摸大半年，没有任何结果。赵书泰便怂恿史仪去问爸爸要钥匙。史仪直摇头，说这万万不可以的。赵书泰便说，其实有个办法，找位开锁的师傅打开就行了。史仪哪敢！说爸爸交代过，不可以打开的。赵书泰笑了，说没那么严重。史仪从男朋友的笑脸上看到了某种莫名其妙的意味，令她害怕。她终于同意找个师傅试试。可如今哪里找得了能开这种古锁的师傅？赵书泰说，这个不难，多访访，总会找到的。

赵书泰果然神通，终于找到了一位六十多岁的老师傅。这天，史仪本是休息，却装做上班的样子出了门，带出了铜匣子。她是一会儿白班，一会儿夜班，家里人根本摸不准她哪天上什么班的。赵书泰开了辆车子等在外面。史仪爬上车子后，脚都发软了。她生怕家里人发现了。其实这会儿家里只有不太管事的保姆小珍，不必如此担心。

两人径直去了赵书泰的公司，进了他自己的办公室。这办公室布置得很是典雅，墙上还挂了一柄古剑。史仪来过多次。一会儿，手下领着位老者来了。赵书泰告诉史仪，这就是那位老师傅，如今这世上很难找到这样的师傅了。老师傅也不客气，神情甚至还有些傲慢。可当史仪把铜匣子摆上桌子，老师傅眼睛顿时亮了。老师傅摸着那精美绝伦的铜锁，啧啧了半天。我的祖宗啊，我一辈子没见过这么漂亮的锁啊！老师傅好像并不在乎这个铜匣子，他是修锁的，眼睛里只有锁。老师傅把铜锁反反复复看了个够，才打开自己带来的木箱子。老师傅拿出一根微微弯曲的细长铁钩，小心伸进锁眼里，便闭上了眼睛。赵书泰望着闭眼菩萨似的老师傅，嘴巴老是张着。史仪不安地扣着指节，发出阵阵脆响。好一会儿，听到咋的一声，老师傅睁开了眼睛。锁被打开了。老师傅还未将锁销子抽出，赵书泰说了，老师傅，谢谢你了。说着扯开钱夹子，付了钱。老师傅问，要不配把钥匙？史仪说，谢谢了，不用。赵书泰也说，对对，谢谢了。我们这锁，不要钥匙的。老师傅被弄得莫名其妙，点点钞票，奇怪地望望史仪他俩，背上木箱子走了。

赵书泰扯锁销子时手有些发抖。取下了锁，却不敢马上打开匣子，过去将门反锁了，拉上窗帘。回到桌前，才要揭盖子，赵书泰又住了手。他猛然想起平时在电影里看到的一些场面，宫廷里的东西往往神秘诡奇，说不定匣子装有什么伤人机关。他左右转转，想不出好办法，便取下墙上那柄古剑。他将铜匣子移到桌沿，叫史仪蹲下，自己也蹲下，然后抬手将剑锋小心伸进匣子盖缝里，轻轻往上挑。听到哐的一声响，知道匣子被揭开了。两人慢慢站起来，立即傻了眼。

空的！铜匣子是空的！

失望过后，两人忍不住哈哈大笑。大笑之后，两人又坐在桌子前面一言不发。

赵书泰最后说话了。他说，我想了想，只可能有两种情况。要么匣子里原本是藏有什么宝物的，早被史家哪位先人偷偷拿了；要么匣子里本来就是空的，什么东西都没藏过。但可以肯定，史家的历代传人都打开过这个匣子，都知道里面是空的，却仍旧保守着这个秘密。他们越是知道里面什么都没有，就越是交代后面的传人不可以打开这个匣子。

史仪被赵书泰弄糊涂了，道，如此说来，我们史家是个荒唐家族！

赵书泰笑道，不知道！

建文帝跟我们史家开了几百年的玩笑？史仪觉得这真是匪夷所思，坐在那里没精打采，就像自己动摇了家族的根本。

赵书泰说，别多想了，空的就是空的。再怎么说，这空匣子也是个珍贵文物，很值钱的。

史仪明白了赵书泰的意思，忙摇头说不可以，不可以。

赵书泰脑子转得快，说我有个朋友，做文物生意的，紫禁城里的金銮宝座他都仿制得出。我请他照原样仿制一个，把这个真的卖掉。

行吗？我总觉得这样不合适。他老人家这么大年纪了，哄他于心不忍。史仪说。

赵书泰笑道，你就是只知道往一头想，转不了弯！你现在也知道了，这个铜匣子原本就是空的，我们造个假的来取代空的有什么不行呢？空的同假的本质上是一回事。再说了，你爸爸肯定也打开过这个匣子，他也是在哄你啊！

关键时候也许因为爱情，史仪答应按赵书泰说的办。

那天晚上，史仪抱着仿制如初的铜匣子紧张兮兮地回到家里，发现屋子里静得令人心慌。她先去了自己房间，把铜匣子藏好。刚出来，就见二哥来了。二哥说，我听见脚步声，知道是你回来了。这些天你到哪里去了？爸爸病得不行了，我又找不到你。

史仪知道二哥一定是去她科室找过她了。她也不多解释，只问，爸爸怎么样了？不等二哥答话，便往爸爸房间去。见全家人围在爸爸床前，却没有一个人说话。大哥、大嫂、二嫂和两位侄辈一齐回头望她一眼，又转过脸去了。史仪凑上去，见爸爸躺在床上，闭着眼睛。妈妈坐在床边，拿手绢揩着眼泪。史仪俯身下去，摸着爸爸的手。爸爸的手微微动了一下，想张嘴说话，却发不出声音。史仪便跪下去，耳朵附在爸爸嘴边。她听见爸爸隐约在问，匣子呢？

在，你放心，爸爸。史仪安慰道。

你把它拿来，你叫他们走……铜匣子……

史仪站起来，说，爸爸要你们出去一下。

史仪是同大家一块出来的。出门大家就悄悄地问，爸爸说了些什么？史仪说，没说什么。他老人家有事要我办。

史仪回房间取出铜匣子，用布包着，回到爸爸房间。爸爸眼睛顿时睁开了，伸出双手。史仪将爸爸扶起来，斜靠在床头，再送过铜匣子，放在爸爸胸前。爸爸抚摸着铜匣子，手微微颤抖，眼睛里放着绿光。史仪心里一酸，眼泪便出来了。她给爸爸抱着的是一个仿制的赝品啊！赵书泰找的那位仿古高手的确技艺高超，这个假铜匣子足可乱真，那个精美的蝙蝠锁也仿制得跟真的一模一样。见爸爸像抱着命根子似的抱着这个假铜匣子，史仪感到一种难以自已的辛酸。

你去吧，叫你妈妈来。爸爸的声音清晰了，但仍显得微弱。几天以后，史老去世了。老人家是在深夜走的，没有经受太大的痛苦。郭纯林事后跟子女们讲，你们爸爸只是想说话，嘴里咕噜咕噜几声，就走了。

忙完老人家的丧事，日子显得格外宁静。很快就是秋天了。夜里，一家人坐在客厅里说话，说着说着就会说到爸爸。这时会听到爸爸房里传来凄切的二胡声，往往是《二泉映月》。轻寒的夜露似乎随着琴声哀婉地降临。史维、史纲便会重重地叹息，史仪和两位嫂子便会抹眼泪。这个秋天是在郭纯林的二胡声中渐渐深去的。

有天夜里，史仪从外面回来，快到家门口，又听见妈妈在房里拉《二泉映月》。琴声传到外面，叫寒风一吹，多了几分呜咽之感。史仪保持了一天的兴奋的心情顿时没了。今天，赵书泰将存有一笔巨款的存折给了她。原来赵书泰将铜匣子脱手了。

史仪进屋后，听得亦可在说，奶奶的女儿出国这么长时间了，怎么都不回来看看她妈妈？

大人们听懂了亦可的意思，却只是装糊涂，不说话。

日子看上去依然很宁静。可是私下里全家人都在关心那个铜匣子。史维、史纲已经知道铜匣子早不在史仪手上了，史仪也不知铜匣子到了谁的手里。后来，晚上听到爸爸房里传来琴声，一家人沉默的表情各不相同。大家心照不宣，猜测那个铜匣子已传到妈妈手里去了。可这不符合家族的规矩。但反过来一想，铜匣子既然可以传给史仪，当然也可以让妈妈承传了，就像历史上皇后可以垂帘听政。

史仪是偶然发现一家人都在寻找那个铜匣子的。那天她白天在家休息，晚上得去上夜班。她躺在床上睡不着，便起了床，往爸爸房里去。妈妈仍然是爸爸生前的习惯，上午出去走走。她不知自己想去干什么。一推门进去，发现大哥正在撅着屁股翻柜子。见妹妹进来了，史维慌忙地站了起来，脸窘得通红。史仪这才意识到自己也是想进来找那个铜匣子。

哥今天休息？史仪没事似的问。

对对，不不，回来取东西。史维说着就往外走。

史仪也出来了。从此以后，史仪再也不进爸爸房间。她白天在家睡觉时，却总听到爸爸房间那边有翻箱倒柜的声音。

有天，史维跑到史仪房里，悄悄说，关键是找钥匙！没钥匙，找到铜匣子也没用。

史仪说，对！

你见过钥匙吗？史维问。

史仪摇头说，没见过！

史维觉得自己在妹妹面前没什么值得隐瞒的了，便索性同她进行了一场关于铜匣子及其钥匙的探讨。他认为不管这个铜匣子的历史靠得住还是靠不住，它的意义都是不可否认的。哪怕它仅仅是个传说，也自有它形成的历史背景，不然，它不会让一个家族近六百年来像是着了魔。所以，我们作为后人，不可笼统地怀疑先祖。目前关键是找到钥匙。史仪听得很认真，很佩服哥哥的历史知识和哲学思辨。她听着听着，猛然发现因为自己的原因，全家人对铜匣子的关心早已变得毫无意义了。赵书泰说空匣子和假匣子本质上是一回事，可她现在才明白这并不是一回事。

亦可终于把话说明白了。她当着爸爸妈妈、叔叔婶婶和姑姑说，得设法同奶奶的女儿联系，让她尽点赡养老人的责任。大人们知道亦可想让妈妈在美国的女儿接走她老人家，好腾出个房间来。亦可这么大的人了，还同保姆小珍住在一起，来个朋友也不方便。大人们自然也有这个想法，却不能纵容晚辈如此不讲孝心。史维夫妇便私下商量这事。秋明说，可儿说的也是实话。妈妈跟着我们，我们自然要尽孝，当亲生妈妈看待。但不是说得分心，毕竟隔着一层，我们万一哪些地方做得不好，她老人家又不好说出来，倒委屈了她老。你说呢？

史维想想说，我找机会同妈妈说说吧。

有个星期天的下午，郭纯林在房里休息。史维敲敲门，进去了，说，妈妈最近身体好吗？

好啊，好啊。我感谢你爸爸，生了这么几个懂事明理的孩子。郭纯林慈祥地笑着。

史维猛一抬头，发现墙上多了一副爸爸的字。是那副推窗老梅香，闭门玉人暖的对联。史维有种读到父亲情书的感觉，有些尴尬，可再读读下面长长的题款，他几乎被感动了：

> 郭君纯林，贤淑善良，堪为母仪。不弃老夫，与结秦晋，使我晚年尽享明月胜景。桑榆知音，弥足珍贵。更幸儿辈孝顺，以郭君为亲生之母。史家祖风，可望承传而光大也。大病初愈，喜见后庭老梅竞放，心旷神怡，涂书自娱。

读完题款，史维鼻子里酸酸的了，轻轻叹了一声，表示了对爸爸的追思，再说，妈妈，您要好好保重身体啊。我们有哪里做得不好，或者没想到的地方，您一定要说我们啊！

郭纯林点头说，你们都做得好，我很满意。

史维出来，对秋明说，爸爸的遗愿墨迹未干啊！我们再也不要说那个意思了。你同可可好好说说，要她好好孝顺奶奶。

明明还小，不懂得关心铜匣子的事。亦可最近才知道家里有个祖上传了五六百年的铜匣子，而且知道最重要的是得找到开匣子的钥匙。她不懂得关心铜匣子的历史渊源，只觉得那一定是笔财富。可可在奶奶面前撒娇似的嘟着嘴巴说话儿，突然发现奶奶脑后的发髻上别着个很漂亮的簪子，便用现代少女习惯的港台腔夸张地叫道，哇，奶奶头上的簪子好漂亮好漂亮喔！

奶奶忙用手捂了捂脑后，说，这是你爷爷送我的，是个想念儿。

可可听得明白，奶奶这话的意思，就是让她别打这个簪子的主意。可这个簪子实在太漂亮了，可可不拿下来看上一眼不死心。便说，奶奶，可以让我看看吗？

奶奶迟疑一下，只好取了下来。这是个金制的凤形簪子，凤的尾巴长长地翘起。可可看了半天不想放手，嘴里不停地啧啧着。她发现这个簪子的嘴并不是尖的，而是分开成一道叉，更显得别致。奶奶的手一直托着发髻没放下，可可只好将簪子还给奶奶，心里万般遗憾。

第二天，可可下班回来照样去奶奶那里说话，忍不住抬头望望奶奶的发髻，却发现那个漂亮的金簪子不在她头上了。她自然不好问，只在心里犯疑惑。

最近老人家心口痛。她怕儿女们着急，一直没说，一个人忍着。自己出去，就顺便找药店开些药，回来偷偷地吃。挨了些日子，觉得实在有些受不了啦，只好同史纲说了。史纲替她把了脉，拿不准是什么毛病，便同哥哥妹妹商量，送老人家上医院。

上医院看了好几位资深大夫，都不能确诊老人家是什么病。几位医生会诊，决定照个片看看。

史纲拿出片子一看，吓了一跳，发现胸口处有个阴影。他明白，一定是个肿瘤。凭他多年的经验，只怕是个恶性肿瘤。

三兄妹凑在一起商量，这事怎么办？莫说她老人家到底是位娘，就是按史家几百年的规矩，她手上掌握着铜匣子，也是家里绝对的权威。史纲最后表态，说，要确诊！我建议去上级医院。病情还不能让老人家知道。如果是恶性肿瘤，已经开始痛了，说明到了晚期，没什么治的了。但是，正是哥哥刚才说的，爸爸遗言在耳，我们做儿女的，一定要尽到这份孝心啊！可是老人家倔，怎么说也不肯去上级医院检查。她说自己老大一把年纪了，弄不好死在外面，不甘心。全家人便轮番去劝说她老人家。这天可可去劝奶奶，老人家说，可儿，你是奶奶最疼的孩子，你跟奶奶说实话，奶奶到底得的什么病？可可先是不肯说，她被奶奶问得没办法了，便说了实话。老人家脸色顿时苍白，两眼一闭，倒了下去。

可可吓坏了，忙叫人。大家急忙把老人家扶到床上躺下，问可可刚才奶奶怎么了。可可只好说了事情经过。她爸爸妈妈不便在老人家床前高声大气，狠狠地望了女儿几眼。等老人家清醒过来，整个人都虚脱了，有气没力地说，既那样，更不用出去了。你们的孝心我知道。这都是命啊！她想自己看看片子，儿女们不同意。他们担心老人家看了片子心里更不好受。

但老人家没有见到片子，总不甘心。她猜想那片子一定是史纲拿着，他是医生。有天，她趁家里没人，去了史纲房里。翻了老半天，才在抽屉里找到了片子。她不敢马上看，把片子揣进怀里，回到自己房间。她让自己靠在沙发上坐稳了，再戴上老花镜。果然发现胸口处有一大块阴影。老人家浑身一沉，软软地瘫在沙发里。可是，那块阴影似有股魔力，老人家不敢再看，又想看个清楚。她让自己感觉缓和些了，又捧起了那张片子。她没有生理解剖知识，不知这个肿瘤是长在肝上、肺上、胃上，还是脾上？不知道！她望着片子，又摸摸自己的胸口，猜想阴影处该是什么。可她看着看着，突然发现这个阴影的形状有些特别，好眼熟。怎么像只凤呢？她再摸摸胸口，脑子一阵轰鸣，突然清醒了。她手伸进胸口，取出那个凤形簪子。

这是史老临终前交给她的，是那个铜匣子的钥匙。史老连说话的力气都没了，还在反复嘱咐，要她好好收着这钥匙，千万不能拿钥匙去打开铜匣子。要她到时候在亦可和明明中间选一位承传人。史老最后那些日子，成天同她讲的就是铜匣子的历史。史老是断断续续讲述的，她听得不太明白，只懵懵懂懂觉得这个匣子很重要。史老过世后，她越来越发现那个铜匣子也许真的很重要。她发现家里人都在寻找那个匣子，因为每次从外面回来，都发现有人来过房间。没有办法，她只好把史老生前写给她的那副对联拿到外面裱好，挂在房间。以后便没有人去房间翻东西了。她原是把钥匙和铜匣子分开藏在房里的，到底还是放心不下，就把钥匙当簪子插在头上。她以为这是个好办法，却让可可发现了。好在可可不知道这就是铜匣子的钥匙。但她不敢再把钥匙插在头上了，便拿绳子系着挂在胸口。不料挂了钥匙去照片，虚惊了一场。

老人家拿着钥匙反复把玩，见这金钥匙当簪子还真是好漂亮的。这时，她内心产生一种从未有过的冲动，想去打开那个铜匣子，看看里面到底装着什么。她闩了门，取出铜匣子，小心地开锁。可是怎么也打不开。这是怎么回事呢？她把钥匙一次次插进去，抽出来，都没有把锁打开。硬是打不开，她只好把铜匣子藏好。心想，这也许就是个打不开的匣子吧！史家拿这么个打不开的匣子当宝贝，真有意思。她也不想这么多，只要在自己入土之前，把这个匣子和钥匙传给史家后人就行了。看来可可是靠不住的，只好等明明长大了些再说。

老人家觉得胸口不痛了，整个人都轻松了。她叫小珍烧水，洗了个澡，换了身自己最满意的衣服。等儿女们下班回来，听得老人家在房里拉着欢快的《喜洋洋》。

可可又成天看见奶奶头上别着个漂亮的金簪子。

朝夕之间

一

关隐达从地委大院里走过，忽听身后有人议论：“秘书是最容易学坏的。”

他顿时两耳发热，不敢回头。不知这话是谁说的？最近陶凡刚出任西州地委书记，关隐达走出去就显眼多了。他跟陶凡当秘书已有快三年了，原先认识他的人却并不多。

六年前，大学毕业临分配了，系主任王教授告诉关隐达，省委组织部来选人，看中他了。关隐达问是去干什么？王教授说上面要笔杆子。王教授并没有替自己卖人情的意思，只是告诉他进了官场，该如何如何。王教授说，最要紧的，是要去掉你身上的诗人气质。上面看中你，就因为你发表过作品。但人家是要你去写官样文章，不是要你去写诗。关隐达虽是懵懂，却也知道进官场只怕是他最好的去向。只是不太明白，诗与官场那么不相容。古时的官员们可都会吟诗作赋，风雅得很啊。

六年间，关隐达见识了不少。他眼看着地委秘书长张兆林三七开的小分头慢慢梳成了大背头，就成了地委副书记。副秘书长吴明贤的头发越来越稀疏，最后秃了顶，就熬成了地委秘书长。而原任地委书记伍子全，本是腰板挺直，红光满面，退下来没多久，就腰弓背驼，鸡皮鹤发了。关隐达自己呢？先几年不怎么走运，有人背地里叫他书呆子。自从跟了陶凡当秘书，什么都顺畅了。

秘书的确是最容易学坏的！关隐达那天听谁背后议论秘书，并不生气，只是没来由地脸红。似乎人家透过他的背膛，看出他身上的某些坏来。尽管他并不觉得自己哪里坏。他后来老琢磨那句话，越想越有道理。当了秘书，身边围着转的人就多起来。有下面部门和县市的头头，有企业老板，三教九流，应有尽有。这些人贴着你，哄着你，给你些小便宜，心里不一定就把你当回事。你自己一不小心，就忘乎所以起来，不知道自己姓什么了。还有个意思，他只能闷在心里想想，万万不可说出来。他想当秘书的假如跟的领导是个混蛋，见的就尽是些蝇营狗苟的事，要保证不学坏就更难了。据说美国民间流行一句话：总统是靠不住的。关隐达套用这句话，暗自交待自己：领导是靠不住的。

不过这话最多只是关隐达私下里的幽默。别人并不这么看。有种奇怪的病毒，叫做个人崇拜，无时无刻不在空气中弥漫。官场的人们很容易感染上这种病毒，他们眼睛就开始发花，误认上司为神人。陶凡任地委书记后第三天，就在县处以上干部大会上作了个报告。题目听上去很大气，有毛泽东风格，叫《形势与展望》。他没叫秘书班子起草讲稿，自己随口讲来。整整讲了一个半小时，下面掌声不断。事后地委办又把陶凡的讲话录音整理了，发表在地委《内参》上。陶凡作报告的功夫了得，干部直说他是西州迄今最有水平的地委书记。

起初总有那么些人，见着关隐达，就说他人好，不像张兆林的秘书孟维周，一天到晚不知道自己是谁。关隐达记住有句俗话，不是是非人，不听是非话。他就总说小孟其实人也不错的。慢慢的就没有谁在他面前说孟维周的坏话了。关隐达从不同别人说人是人非的，那样既有失厚道，又免不了会惹麻烦。再说了，在他面前说孟维周如何如何的人，背过头去会不会又说他关隐达呢？当秘书的，千百双眼睛盯着，总会让人盯出些毛病来。孟维周才从大学毕业，就车前马后地跟着张兆林跑，难免有些少年得志的意思。有人看不惯，孟维周就是个不知天高地厚的年轻人了。不过在关隐达面前，孟维周还是很有分寸，言必称关兄。毕竟关隐达是地委书记的秘书，而孟维周只是副书记的秘书。

西州的老百姓说，从去年冬上开始，就尽是些怪事儿。都腊月底了，天还冷不下来。年轻姑娘高兴，可以穿裙子。老年人看着摇头，说如今年轻人，什么都不懂，只顾着玩，眼看着灾年要来了，还蒙在鼓里。黎南县修公路，黎阳山先天挖开了，一夜间又合上了。老百姓急了，说是修公路惊动了龙脉。上面派地质队来看了，说是自然现象，没什么了不起的。还是有人不信，硬说要天下大乱了。又老是打雷。冬雷是凶兆，明年不会好过的。

老百姓关心的事，官场却不会在意。官场对气候的变化越来越麻木，热有空调，冷有暖气。甚至对季节的变化也很漠然，农民春种秋收，自己忙去，用不着官员们瞎操心。他们便放心落意想大事，干大事。今天开春以来，西州官场最大的事，就是地委头头儿换了人。老百姓正关心着种种凶险的异兆，官场却在关心地委人事变动。各种神秘的小道消息如水之东逝，不舍昼夜。好多种人事方案在流言中渐渐形成了。喜欢议论官场人事的，满脑子只有官场，可他们的表情通常是毫不在乎。有点儿像人们谈论电视剧角色，谁演唐僧更合适，孙悟空可以尝试换换人。其实他们密切关注着官场人脉，巴望着新上来的官儿同自己沾着点儿什么，同学也好，老乡也好，战友也好。哪怕新任领导只同自己同姓，或是偶然间同自己打过照面，他们也会莫名其妙地兴奋。最后谜底揭开了，既出乎意料，又耐人寻味。陶凡原是党群副书记，地委三把手，竟然越过一级台阶，出任地委书记。张兆林一觉醒来，成了地委副书记，更让人吃惊。地委秘书长虽说是领导班子成员，但直接出任地委副书记，在西州还没有先例。地委秘书长要任实际职务，通常还得从行署副专员干起，至少要干到个常务副专员，才重新当上地委委员。所以那些按正常程序走的秘书长，总是觉得冤枉了。

西州人说起官场，又有了新的话题。陶凡和张兆林上头有什么人？官场上的人发达了，没谁相信你是能力强，或是业绩好。准说你上头有人。陶凡同省委书记原来是省一化工厂的同事，大家都知道。但平时也看不出陶凡得到了什么特殊照顾。他两年前调来西州，在地委副书记位置上坐着，就不见动静了。从他到西州那天起，就有人说他本来就是派下来接班的，马上就要任专员或是书记了。两年时间不算长，但总有人盼着西州地委早些走马换将，自己也许会时来运转。这些人着急，两年时间就太漫长了。陶凡自己却是什么也不说。他只管自己分内的事。该他管的，别人水都泼不进；不该他管的，他决不插手。话不多，却是说一句，算一句。谁想找他套近乎，多说几句话，准会自讨没趣。有人就说陶凡是金口玉牙。此话誉毁各半：既是说他讲话算数，说一不二；又是说他架子天大，不好接近。后来陶凡当上地委书记，人们说法又变了：人嘛，有本事，就有脾气。

关隐达并不觉得陶凡架子大，他只是不爱多话。也可以说陶凡是做人干脆。陶凡很少同下级寒暄，见面只谈工作。谈完工作，你还想多热乎几句，他就漠然地望着你。你就不好意思了，只好赔笑着告辞。起初关隐达也不太适应陶凡的性格，慢慢也就习惯了。陶凡有什么吩咐，就叫声小关，要么一天到晚不会叫他半句。关隐达就得时刻跟着他，怕他找不着人。有些时候又不知应不应跟着，只得试探着问问，很为难的。

后来陶凡竟同关隐达多说些话了。缘由很偶然。有个星期天，陶凡在办公室看文件。关隐达没事，也得在办公室守着。闲着无聊，拿了些废报纸练毛笔字。关隐达没其他爱好，就喜欢写几笔。有回吴明贤到单身楼去找人，随意敲开关隐达房门。见关隐达正在狂书怀素体，就说："小关，练书法呀!"关隐达忙说："什么书法，练练字，练练字。"吴明贤歪着头看了半天，说："龙飞凤舞啊。"关隐达知道吴明贤认不得狂草，却只是嘿嘿地笑。他害怕同吴明贤多说话，弄不好就出麻烦。果然后来吴明贤找他谈话，要他多琢磨琢磨正经事，别老想着当书法家。但关隐达仍是手痒，有空就想练几笔。只是不敢再让领导看见他练字了。忽听着陶凡叫："小关，走吧。"原来是中饭时间了。陶凡从不进关隐达办公室的，那天居然推门进来了。关隐达慌了，忙放下毛笔。陶凡却走了过来，细看了关隐达的字。关隐达脸红心跳，手足无措。却见陶凡的脸色渐渐开朗起来，最后就微笑了。“小关，你的字很不错啊！”陶凡点头不已。

西州官场人都知道，陶凡是书画两绝。但是他从来不肯给别人写字，也不肯题招牌。总有人不死心，求他给公司或是酒店题字。原先他是副书记，就总说，你找伍书记吧。伍子全的字实在不敢恭维，可他也照样题字。现在伍子全退下去了，他题写的招牌也该撤下来了。慢慢的，西州境内伍子全体就让舒同体取代了。因为陶凡仍不肯题字。

自那以后，下基层的路上，陶凡高兴了就会同关隐达说说书法。陶凡没有了地委书记的味道，关隐达自然更是谦虚。有时车开到半路，陶凡会让车停下来，叫关隐达坐到后面来，两人好说话。就不像领导和秘书了，倒像两位书法同道在切磋。陶凡随口就能说出各种书法流派的沿革、风格、代表人物以及掌故轶闻。关隐达不得不佩服。说到些书法名家的趣事，陶凡会爽朗大笑。听着陶凡的笑声，关隐达甚至有些感动。他想平时那么威严的陶书记，其实多么亲切！关隐达平时只顾练字，从未做过追根溯源的事。从此他就满世界找书法理论书看。关隐达恶补书法理论，不是想在陶凡面前去炫耀，的确是有了兴趣。他知道，自己想在陶凡面前谈书法，再过十年都没资格。但也得尽量多知道些，免得出洋相。

司机刘平，就因为伺候过好几位地委书记了，人就说不出的傲气。首长司机好像都是这个脾气。起初刘平对关隐达也是不太在乎的。不知从谁那里开始的规矩，地委书记上下班，必须是司机同秘书一块儿接送。其实地委领导的家离办公室不远，从山上抄近路，走过那条鹅卵石小径，只需几分钟。每天早上七点五十，刘平就在关隐达楼下使劲儿按喇叭。关隐达下楼略微迟了些，刘平就沉着脸。关隐达也不计较，心想司机嘛，就这个修养。

有天清早，关隐达吃完早饭，坐在房里等候刘平的喇叭声。眼看着时间差不多了，却不见喇叭声响起来。突然听见敲门声，有人喊道：“关科长，好了吗？”

关隐达开了门，见是刘平，竟有些吃惊。“关科长好了？”刘平又问。他一向叫关隐达小关的。

关隐达说：“好了，走吧。”

上了车，刘平说：“关科长，陶书记对你好器重啊。”

关隐达知道这可是不好谦虚的，总不能说陶书记不器重自己吧。就说："陶书记很关心人，对你也不错啊。"

刘平脑子简单些，直说："我跟过这么多地委书记，就是怕陶书记。我跟着他两年多了，他没同我说过几句话。"

关隐达笑道："领导是不是关心人，不在于说多少话。"

刘平忙说："关科长说的是。"

关隐达说："刘平，别叫我科长，就叫隐达吧。"

刘平却坚持要叫关科长，也就由他去了。

慢慢地，越来越多的人看出了陶凡对关隐达的器重。他们弄不明白，严厉得几乎有些冷酷的陶凡，惟独对关隐达很是随和。有时候，陶凡正同关隐达有说有笑的，下面的头头儿汇报工作来了，陶凡的脸色立即就冷了。人们便断定，关隐达前程无量。

围着关隐达转的人自然就多起来了。关隐达知道，他同陶凡亲近起来，就因了书法的缘故。就像掌握了某种官场秘笈，关隐达暗自有些得意。有回地委秘书长吴明贤请教关隐达："老弟，陶书记对我们总没个好脸色，对你却那么好。我摸不着头脑啊。"

这是个危险话题。关隐达忙玩笑道："吴秘书长说笑话了。陶书记只是把我当小孩，笑笑也行，骂几句也行。对你们领导就不一样了，那是谈正经事，自然要一本正经了。"

随便吴明贤怎么说，关隐达只是敷衍过去。他觉得吴明贤年纪也不小了，好歹也是地委领导，还是这么不老成？吴明贤说的这些话，都是应该咽落肚子里去的，他却全部说了出来。偏偏还找陶凡的秘书来说。关隐达心想自己幸好不是奸臣，不然吴明贤就死定了。吴明贤却是使劲儿套近乎，还送给他一本书，日本人写的，叫《操纵上司术》。关隐达只看了书名，就不太自在。心想这吴明贤说不定心术不正。回去翻了几页，就没了兴趣。书中讲的无非是公司里的人际艺术，翻译者哗众取宠，弄了个吓人的书名。吴明贤只怕是冲着书名，以为弄到本官场宝典。这本书只是在关隐达的枕头下压了几天，就被他丢掉了。

别说关隐达现在没有操纵欲，就是他有那心思，陶凡又岂是谁操纵得了？陶凡天生是操纵别人的。他的虎气是天生的。哪怕当初他只是副书记，他往地委会议室一坐，气度就不一样。自从他第一次开会坐了那张沙发，再也没人敢去坐。有一回例外，他的那张沙发让管政法的副书记郭达坐了。他端着茶杯站了几秒钟，郭达马上让了位。郭达开了玩笑，想替自己解除难堪："我坐了陶书记的宝座了。"陶凡只作没听见，埋头整理手头的文件夹。

官场人说话含蓄，比方说谁有个性，多半是说他脾气坏。西州上上下下都知道张兆林是个有个性的人。原先他只是个秘书长，很多部门和县市领导都畏惧他三分。下面干部有意见，说他架子比地委书记都要大。牢骚背地里发，当面还得服服帖帖。谁也弄不明白，张兆林又不会吃人，大家为什么怕他。地委其他领导对张兆林都很客气，并不仅仅把他当作大内总管。张兆林在书记们面前也没有太监相，俨然就是地委领导。秘书长做得如此威风，在西州历史上从没见过。有个机密后来让个别人知道了，原来张兆林同伍子全是相交多年的把兄弟。这个机密让小道消息一传，似乎并不让张兆林的形象打折扣，他的分量反而更重了。张兆林看上去却是很平和的，他只要不真的生气，总是微笑着。有人背后就叫他笑面虎。俗话说，就怕笑面虎，吃人不吐骨。但万物都是相生相克的，张兆林在陶凡面前很是恭敬。陶凡对张兆林却没什么特别礼遇，照样黑着脸。张兆林头一次见着陶凡的批示，笑着说："陶书记的字真漂亮。"陶凡没接腔，只道："你去办吧。"

陶凡刚来西州，在招待所里住了几个月。没房子住，正好碰着上面禁止建设楼堂馆所。张兆林很为难，请示陶凡。陶凡说："我住招待所很好，天天有人换被子，吃饭也是现成的。"

张兆林捉摸透陶凡的意思，又说："再不建新房，干部们真要住办公室了。建吗？地委不能带这个头。"

陶凡说："就没有办法想？"

张兆林说："我向伍书记汇报过这事。伍书记意思，让我请示一下您。"

陶凡说："请示我干什么？我没房子住，就嚷着要建楼？"

张兆林忙说："伍书记意思，是听听各位书记意见，想个办法。机关多年没建宿舍了，住房紧得不得了。但是地委机关一动土，各部门都要跟着上。大家都建，影响就不好，说不定就会成为全省的典型。”

陶凡说：“不建楼，建平房吧。”

张兆林笑笑，说了句调侃话：“城里人说乡里人，没有饭吃，就吃面吧。”

陶凡却没有笑，只道：“我不是同你开玩笑。招待所后面的山，空在那里干什么？山上的柑橘树又值得了几个钱？在上面建些平房，地委领导去住。”

张兆林答道：“只怕是个办法。山上的柑橘品种也老化了，要改良。”

“不要改良了。全部砍掉，另外栽吧。”陶凡说。

张兆林问：“仍栽柑橘？”

陶凡说：“不要指望院子里的果树能有多少收成。就栽桃树吧。”

“桃树？”张兆林有些吃惊。

陶凡说：“最好是观赏桃，不要望着它结桃子。”

张兆林还在犯疑惑，陶凡又说话了：“地委领导没房子住，在山上搭个平房，总算不过分吧。”

只两三个月工夫，二十来栋平房就建起来了。满山的柑橘树全部砍掉了，改栽了桃树。山头疏朗多了，添了些画卷气象。那些平房因山势而错落，散布开来，虽格局相同，却并不显得单调。

陶凡出任地委书记这年，西州没出什么大事。这年头，总像要出事的样子，却终究还算太平。为着那些异兆，西州的百姓白操心了。

二

地委大院里级别高的老干部太多了。西州当年是个土匪窝，剿匪战役打得相当惨烈。后来，那些剿匪功臣大多留下来了。又因为西州太穷了，难得出业绩，干部上去的就少。外地干部又很少愿意进来。很多南下干部享受着地厅级、副省级待遇，却只能终老西州了。不论谁当地委书记，他们首先得稳住老干部。这似乎成了西州传统。西州地区的老干部工作年年被评为省里先进，外地老干部局看着羡慕，却不知这中间有多少无可奈何。老干部们自己无职无权，可他们的老领导、老战友如今都是上面的大人物。他们没别的能耐，至少可以让你难受。这些老人年纪多在七十岁左右，正是发脾气的时候。

每天清晨，关隐达起来跑步，都会碰上位留着长辫子的老人舞剑。什么年头了，还有留长辫子的？关隐达难免有些好奇，偷偷儿注意过老人。老人的辫子灰白色的，梳得不怎么规整，像是胡乱搓成的草绳。他舞起剑来却是气定神闲，宛若仙人。晨练的老人很多，他们见面会点头致意，或是边运动边聊天。只有这位长辫老人，总是半闭着眼，不搭理任何人。也没人去打扰他。长辫老人四周方圆三十来米，无人近前。

关隐达后来才知道，长辫老人竟是西州第一任地委书记陈永栋。这是位传奇而古怪的老人。西州剿匪时，他是个连长。民间流传很多陈永栋的故事，什么生擒匪首活阎王啦，什么智取匪巢金鸡界啦。很多别人的事迹，或是电影里面的故事，也被老百姓敷衍到了他身上。剿匪那会儿，陈永栋的名字在西州吓死人。小孩哭着，只要喊声陈永栋来了，马上就钻进妈妈怀里大气都不敢出了。西州情况太复杂了，只有陈永栋才镇得住。他就被留了下来。虽然只是个连长，却当上了地委书记。当时他老婆孩子仍在山东老家的农村里。他一个人住单身宿舍，敲着钵子吃食堂，过了好多年。后来省委领导反复做工作，他才同意把老婆孩子迁来西州。却坚决不让家人在城里落户，硬是叫他们在西州郊区当了农民。家里人都生气，不太理他。前几年老婆死了，儿孙们就再也没来看望过他。家人几十年都闷着股气，既进不了城，又不想正经当农民，所以总是受穷，就越发怨他，没把他当亲人。他却是越老越古怪，家人都把他当神经病。人们想不起陈永栋什么时候开始留辫子的。隐约记得有年，很长时间不见他了，几乎把他忘记了。他突然在机关里露了面，就留着长辫子了。

老人住的是六十年代的地委领导房子，三室一厅，七十多平米。这栋楼现在住的都是科级干部。地委领导早搬进了四室两厅的新房子，老人就是不肯搬。他住的是一楼，窗帘长年垂着，门也总是闭着。就是夜里，也不见里面有灯光。没听谁说进过那屋子。

老人总是独自在院子里走过，或扛着剑，或提着菜篮子。从没见他买过鸡鸭鱼肉，菜篮子里永远只见蔬菜。每月十二号上午，他会准时赶到机关财务室领工资。财务室的人再怎么忙，见老人去了，便会放下手头的事，赶紧把老人的工资发了。老人接过钱，细细数过一遍，然后抽出几张最新的票子揣在手里，再把其余的钱拿手绢小心包好，塞进贴身口袋里。不管财务室有多热闹，老人都是旁若无人地数钱包钱，才半闭着眼睛出门去。老人一出门，财务室里的人就吐舌头，封着嘴巴笑。

老人手里揣着几块钱，径直去地委办，找支部书记交了党费。支部书记总会说："陈老，您每个月都是第一个交党费！您的党性真强！"只有这时候，陈永栋的脸上才会露出淡淡的笑容。却不说什么，又半闭上眼睛，转身走了。

地委领导见着陈永栋进办公楼了，都会装着不知道，守在办公室里绝不出门。他们甚至不会高声说话，只埋头看文件。他们会不经意瞟瞟窗外，望着陈永栋拖着长辫子走出办公楼，消失在下坡的阶梯上。他们谁也不愿正面碰着陈永栋。

陶凡早就知道陈永栋这个人了。说来也怪，都几年了，陶凡从来没有碰见过他。陶凡的脑子里，陈永栋只像一个传说，神秘得不可思议。老干部局的局长刘家厚汇报工作时，陶凡专门问起了陈永栋。刘家厚说："陈永栋同志轻易不说话，说起话来天摇地动。"陶凡不明白，问："何以天摇地动？"刘家厚说："陈老在老干部中间很有威信，大家都信他的。好几位地委书记，就因为惹得陈永栋恼火了，在西州就待不下去了。"陶凡猜得着是怎么回事，却只得说些场面上的话："老干部是党的财富，我们要重视和关心他们。他们有意见，肯定是我们自己工作有问题。关键是要多联系，多沟通，争取老同志的支持和谅解。"

陶凡倒是没有把陈永栋想象得多么可怕。自己同他没有宿怨，他平白无故不会发难的。就怕有人找茬儿，去调唆他。老干部们肚子里通常都埋着股无名火，谁去一拨弄，就会燃起来。陶凡当上地委书记后，免不了也要过老干部关。他要了份老干部名单，逐个儿琢磨。看看他们的资历，真叫人肃然起敬。很多老同志都是枪林弹雨中过来的。陶凡忽然有些感慨，心想这些老人都是枪口下捡回的性命，要让他们好好活着。他们想发脾气，就让他们发发脾气吧。

陶凡不想按照惯例，只是在老干部工作会议上讲讲话，表示自己如何关心老同志。他排了个时间表，想挨个儿同老同志沟通。他想第一个就拜访陈永栋老人。都说陈永栋是个倔老头，想找他聊天十有八九会碰钉子。没有办法，也得硬着头皮去碰碰。

可是陶凡还没来得及去拜访，就碰着陈老了。地委办公楼建在山坡上，楼外有个小坪，小车可以直接开到坪里。正对着办公楼大门的是宽大的石级路。那天下午，陶凡带着关隐达，往办公楼去。刚爬上几级阶梯，就见陈永栋出了办公楼，低头往下走。陶凡忙站住了，招呼道："陈老书记，您好！"

陈永栋本来就站在上方，气势更有些居高临下了。他半睁了眼睛，瞟着陶凡："你是谁？"

陶凡笑笑，上去握手："我是陶凡。"

陈永栋半天才伸出手来，轻轻搭了下，就滑过去了，淡淡地说："哦，新书记？"

陶凡说："我刚接这个摊子，需要您老多支持。"

"你说假话，我能支持什么？怕我们老骨头坏事吧！"陈永栋说。

陶凡笑笑，避过锋芒，说："陈老书记，我哪天专门到您那里坐坐，行吗？"

陈永栋说："我是不欢迎别人进屋坐的。听说你也有这个毛病？"

"我只在办公室谈工作。"陶凡说。

"还是不一样。"陈永栋说罢，低头走了。

陶凡不明白陈永栋这话是什么意思。关隐达怕陶凡尴尬，就说："陈老真的好怪啊。"

陶凡严肃道："小关你别乱说。"

陶凡进了办公室，回头叫道："小关你进来坐坐吧。"

陶凡从来没有叫关隐达进办公室坐过的，不知今天有什么大事？关隐达望着陶凡，胸口忍不住怦怦跳。陶凡半天不说话，眼睛望着窗外。窗外正是刚才他碰上陈老的石阶梯。那石阶梯让休息平台分作两段，各段九级，共十八级。陶凡无意间数过的。刚才陈老刚好站在休息平台下面第一级，陶凡只好站在下面不动了。他若往上再走一步，陈老只怕就擦过他的肩膀下去了。他站在下面，既显得谦恭，又堵住了陈老。可是陈老眼皮都懒得抬一下，真让人不好受。

“小关，你猜猜，陈老为什么留着辫子？”陶凡突然问道。

这时吴明贤敲门进来了。陶凡说：“老吴你等等吧。”吴明贤笑笑，退出去了。

关隐达就明白这个问题的重要性了，认真想了想，说：“我只能瞎猜。我想，陈老要么就是对新的形势不适应，留辫子是他的抗议方式。就像西方有些年轻人，要反抗主流社会，就故意穿奇装异服。要么就是陈老学年轻人，想换个活法，所谓老夫聊发少年狂。要么这个不好说……要么就是有人说的，他有神经病。”

“你以为哪种情况可能性最大？”陶凡又问。

关隐达说：“我想十有八九是第一种情况。老同志大多有牢骚。他过去是地委书记，而且是西州地区第一任地委书记。同样资历的，谁不是成了省部以上干部？他离休多年才补了个副省级待遇，又只是个虚名。加上他可能看不惯现在社会上的一些事情，就越来越古怪了。说不定，他脑子多少也有些问题，不然留那么长辫子干什么？”

陶凡听罢，没任何态度，只道：“你去吧。叫吴明贤来。”

关隐达去了吴明贤那里，说：“吴秘书长，陶书记请你。”

吴明贤笑眯眯地，道：“小关！”吴明贤把小关二字叫得意味深长，甚至同男女之间暗送秋波差不多。关隐达笑笑，回了自己办公室。他越来越看不起吴明贤。这人当初老是找他的茬，现在见陶凡很满意他，就对他格外热乎。关隐达心想，你吴明贤堂堂地委委员，犯不着在我面前赔小心啊！

每天下班，关隐达送陶凡到家，都得问问晚上有没有事。陶凡若是晚上工作，关隐达就不能休息。今天陶凡说晚上没事。

送回陶凡，刘平说：“关科长，我送送你。”

关隐达忙说：“不要送，我走走，几步路。”

关隐达就在中途下车了。他不能让人家说闲话，一个秘书，就得小车接送。上班随小车一起走，是为了接陶凡，下班就不能让小车送到楼下了。可是刘平每次忍不住都要说送送他。

陶凡晚上不是没事，只是不想让关隐达跟着。他想独自会会陈老。不带秘书去，一则不在老书记面前摆架子，二则遇上难堪也没人在场。吃过晚饭，他交待夫人林静一，说散散步，就出门了。

陶凡沿着蜿蜒小径，缓缓下山。两年多过去，山上的桃树都长好了。正是暮春，满山落红。暮色苍茫中，落花多了份凄艳。说不清什么原因，陶凡就喜欢桃树。每天上下班，他要在桃林中过往好几次。树影婆娑，屋舍隐约。他禁不住会深深地呼吸，感觉着有股清气浑身流动。

下了山，陶凡径直去了陈老住的那栋楼。想了想，估计栋头一楼那套就是陈老的家。却不见屋里有灯。陶凡试着敲了门，没人答应。又敲了几次，门终于开了。

果然是陈老，问："你找谁？"

"陈老书记，我是陶凡呀，来看看您老。"陶凡说。

陈老不说话，转身往里面走。陶凡见他没有把门带上，就跟了进去。灯光很昏暗，窗帘遮着，难怪外面就看不见光亮了。屋里有股霉味，很刺鼻。客厅里几乎没有家具，就只一张桌子，两张长条木椅。桌子是老式办公桌，上面隐约可见"西州地委办置"的字样，只怕很有些年月了；木椅也是过去会议室常用的那种，上面却刷有"西州专员公署置"，竟是五十年代的物件了。没有任何家用电器，惟一值钱的就是桌上摆放着的小收音机。

"陈老，您身体还很健旺啊。"陶凡自己坐下了，注意不让自己挑二郎腿。

"一个人来的？"陈老答非所问。

陶凡说："我一个人来看看您老，想听听您的意见。有别人在，反而不方便。"

"又不讲反动话，有什么不方便的？"陈老说。

"那也是啊。我这是非工作时间，自己出来走走……"

没等陶凡说完，陈老接过话头："到你们手上，公私就分明了啊。难怪你一定要到办公室才谈工作。八小时之外，是你自己的时间。"

陶凡说："陈老啊，我跟您说啊，现在风气不如以前了，到你家里来的，都是有事相求的，总要送这送那。好像空着手就进不了门。所以啊，我就立了个死规矩，绝不在家里接待客人。"

陈老眼睛睁开一下，马上又半闭着了，问："真是这么回事？"

陶凡笑道："我为此是得罪过不少人的。有人说进我的门，比进皇宫还难。由他们说去吧。"

陈老说："这么说，我俩的毛病一样了。我还以为不一样哩。我那会儿，上门送礼倒没什么。可是到了家里，他们就会套近乎，老领导呀，老战友呀。我听着这些话就烦。我就死也不让他们进我的屋。快三十年了，没几个外人进过我的家门。有人说我家是阎王殿，我也由他们去说。"

陶凡无意间挑上了二郎腿，又放了下来。他想原来陈老并不像别人说的那么不近人情。"陈老，您生活上有什么困难吗？有事就要找我啊。您不要找其他人，直接找我就是了。"陶凡说。

"我没困难。是群众有困难，很多群众还很困难，你是书记，要多替群众办实事啊。"陈老的眼睛总是半睁半闭着。

陶凡说："陈老告诫得是啊。现在有些同志，群众观念淡泊了，这有违党的宗旨。"

陈老低着头，像是自言自语："我们都是共产党人，我们是为人民服务的。我们来自五湖四海，为了同一个革命目标，走到一起来了。这个这个……方针政策决定之后，干部是决定因素。我们要听取群众意见，哪怕是反对过我们的意见。李鼎铭先生，一个民主人士，他的意见提得好，我们就接受了，这个精兵简政……"

陶凡不打断老人的话，不停地点头。陈老说的都是毛主席语录，却像有些人唱歌，从这首歌跑到那首歌里。见陈老停顿了一下，陶凡就说："我会按照您的意思去办的。陈老，我想看看你的房子，可以吗？"

"没什么可看的。"陈老说着就站了起来，领着陶凡往里走，又说，"我只用客厅，一间房，还有厨房和厕所。那两间用不着，锁了好多年了。"

进房一看，里面就只有一张床，连凳子都没有一张。那床也是公家的，上面刷了字。床上的被子叠得整整齐齐，就像营房里的军人床。

陶凡胸口不由得发麻："陈老，您生活太清苦了。"

陈老像是没听见，什么也不说，就出来了。陶凡跟了出来，说："陈老，您身体没什么事吗？我让老干局定期组织老同志检查身体，您老参加了吗？"

陈老说："我身体没问题。"

"您安排个时间，我陪您去医院看看。"

陈老望望陶凡，又是那句话："我身体没问题。"

陈老虽不像人们说的那样不近人情，却总是冷冷的。两人说了很多话，其实是你说你的，我说我的。陶凡总是顺着陈老说，或是听他多说些。想同陈老完全沟通，肯定不可能。如果把陈老想象成很有见识的老领导，语重声长地提出些好意见，或是把他想象成隐世高人，一语道出治世良策，那就是电影俗套和通俗小说了。陈老真诚、善良、质朴，可他说的却是另一个世界的话。这就是所谓代沟吧。代沟不是隔阂，而是进步。当然进步是有代价的。很多陈老看不惯的事情出现了，那就是代价。陶凡只能对陈老表示深深的敬意，仅此而已。

从陈老家出来，陶凡在桃岭上徘徊。人们约定俗成，早把这片山叫做桃岭了。陶凡被某种沉重的情绪纠缠着，胸口堵得慌。历史真会捉弄人，同陈老他们开了个天大的玩笑。谁又能保证自己如今做的工作，几十年之后会不会又是个玩笑呢？他丝毫不怀疑陈老某种情怀的真实，但老人只能属于另一个时代了。夜风起了，桃花缤纷而下。又一个春季在老去。陶凡感觉手中的事千头万绪，时光又如此匆匆。着急是没用的，事情再多，也得一件件去做。

此后个把月，陶凡白天再怎么辛苦，晚上也得抽时间去走访老干部。他再也不是一个人去了，总是带着关隐达。说是专门把关隐达带来，今后老领导有事，可以找他陶凡，也可以让关隐达带个话。其他老同志就不像陈老了，他们哪怕再怎么拿架子，心里多少还是感激的。陶凡还没走上几户，消息早传出去了。后来陶凡再上别家去，他们就早做了准备，递上报告来。或是替子女调工作，或是要求换个大些的房子，或是状告某个在位的干部。陶凡差不多都是当场表态，所有要求都答应解决。只有告状的，他就谨慎些。他话说得严厉，批示却决不武断，只是要求有关部门认真调查落实。

老人家高兴起来，就跟小孩子差不多了。他们逢人就说陶书记是个好书记，西州有希望了。有几位老干部甚至联名写了感谢信，贴在了地委办楼前。望着那张大红纸，陶凡心里说不出的难堪。他不想如此张扬，会出麻烦的。

果然过不了几天，就有人说，陶凡笼络人心的手腕真厉害，只怕非良善之辈。原来老干部中间也是有派系的。多年政治斗争，整来整去，弄得他们之间积怨太深了。他们的拥护或反对，看上去很有原则，其实没有什么原则。只是那句经典教导在作怪：凡是敌人反对的，我们就拥护；凡是敌人拥护的，我们就反对。不过这些话一时还传不到陶凡耳朵里去。

三

陶凡提议，改造地委招待所，建成三星级宾馆。自然不能像老百姓修房子，修就修吧。政府修宾馆，总得讲出个重大意义。陶凡在地委领导会上说，西州要加快发展，必须吸引各方投资，巧借外力。外商来考察，连个睡觉的地方都找不着，这哪行？所以改造地委招待所势在必行。

消息一传出，说什么话的都有。意见最大的是老干部。他们认为招待所都嫌豪华了，还要弄成宾馆？招待所不就是开会用用吗？非得睡在高级宾馆里才能想出方针政策？毛主席的《论持久战》是在窑洞里写的哩！

正是此时，有的老干部吵着要修老干活动中心。刘家厚拿了报告来找陶凡：“全省就只有我们地区没有老干活动中心了。我们尽管年年被评为先进单位，但省里年年都督促我们建老干活动中心。”

地委研究过多次，都说老干活动中心暂时不修。财政太紧张了。怎么突然又提出来了呢？肯定是老干部们冲着修宾馆来的。陶凡想这刘家厚也真不识时务，怎么就看不出老干部是怎么想的。他也不批评刘家厚，只说：“你把报告放在这里吧。”

本来没刘家厚的事了，他却还想找些话说：“陶书记，陈永栋同志这回参加了我们组织的体检。这可是头一次啊。”

“老人家身体怎么样？”陶凡问。

刘家厚说：“具体情况我还不了解。”

陶凡听着就来火了，黑了脸说：“家厚同志，你真不像话！你是老干局长，管什么的？一管他们精神愉快，二管他们身体健康！其他的都是大话套话！”

刘家厚没想到陶凡会为这事发火，脸红得像猴子屁股。他后悔自己多嘴，刚才走了就没事了。陶凡放缓了语气，说："陈老你们并不了解，都把他当神经病。老人家眼睛亮得很哩！我们要多同他联系，多请示汇报。你马上去把陈老体检的情况弄清楚，告诉我。"

刘家厚嘿嘿一笑，出去了。陶凡想这老干活动中心的事，真是个麻烦。有条件的话，可以考虑，无非就是建栋房子。但是西州太穷了，捉襟见肘啊。再说陶凡对建老干活动中心是有看法的，觉得这种思路有些怪。他在北京街头看到那些什么中心，心里就犯疑：在北京修栋房子，挂上"中国"的牌子，全中国的妇女、青少年和工人阶级就享福了？荒唐！

不一会儿，刘家厚回来了，说："陈老身体没大问题，只是有点低血糖。"

陶凡正批阅文件，头也没抬，只道："知道了。"

陶凡没必要说再多的话。他知道刘家厚肯定会去外面宣扬，陶凡如何关心陈老身体。此话一传，意义就不单是陶凡关心陈老一个人，而是关心全体老干部了。刘家厚自然乐意做这种渲染，说明陶凡对老干工作多么重视。刘家厚哪怕自作多情，也愿意相信陶凡对自己是赏识的。

陶凡正忙着手头的事，见刘家厚还没走，就说："老干活动中心的事，还是暂缓。你要做做老同志工作。可考虑改善老同志娱乐、休闲和锻炼的条件。一个门球场少了，再修一个。还可以腾两间办公室作棋牌室，让老同志玩玩扑克，下下象棋。你们还可以多组织些活动，比方搞书画比赛。我想老同志会理解我们工作难处的。"

"我们按照陶书记指示办。老同志一向是支持地委工作的。"刘家厚只能这么说，好让陶凡有面子，也让自己有面子。可他心里实在没底。他这老干局，实际上成了老干信访局。老干部找上老干局，多半只为一件事，就是提意见。

不久，省里竟转回一封老干部的上访信。那信的意思是说，老干部们觉悟高，体谅财政难处，主动放弃修老干活动中心的要求，为的是节约资金帮助改造中小学危房；但西州地委领导讲排场、比阔气，要修豪华宾馆。可见西州地委班子是个铺张浪费的班子，贪大求洋的班子，办事不切实际的班子。因此强烈要求省委严肃处理西州地委的错误做法。

省委管老干工作的周副书记批示道：转西州地委。

陶凡见周副书记的批示很原则，事实上没任何意见，心里就踏实了。再琢磨这封上访信，无非是个别老同志想不通。就由他去吧。陶凡便只在信访件上签了个“阅”字。

关隐达将这信送还秘书科存档，吴明贤却跑来问道：“陶书记，省里转回的那封老干部的上访信，要不要转老干局一阅？”

“我签了那么大个阅字，你没看见？”陶凡说。

吴明贤还没明白陶凡的意思，又问：“我的意思，这封信怎么处理？”

陶凡笑了起来，望着吴明贤：“老吴啊，我阅了不算数？”

吴明贤脸顿时红了，忙说：“不是这意思。”

陶凡又笑道：“不是这意思，你说是什么意思？反正是你没领会我的意思。改造招待所，个别老同志有看法，这很正常。我们要求所有人包括所有老同志都理解和支持地委的工作，这是不现实的。我们不是不重视老同志的意见，但少数服从多数，这也是党的原则啊。这事就不要再提了，免得没事也弄得沸沸扬扬。”

吴明贤说：“我是见这封信里有些措辞太激烈了，有必要在老同志中间澄清一下……”

陶凡摇头道：“老吴啊，你真是个书呆子。你以为有些意见真的就可以统一的吗？你以为有些看法和谣言真的就可以澄清的吗？你以为什么情况下都可以万众一心的吗？我知道你也许是一片好心，见这封信说到地委时有些过激言论，就想做些化解工作。我说不必要，老吴。地委连这点儿雅量都没有，怎么做工作？”

吴明贤像是恍然大悟，点头不止：“对对对，陶书记你看，我一时糊涂了。”

陶凡心想，你哪是一时糊涂？从没见你精明过。吴明贤当秘书长，是陶凡提议的。外人以为陶凡如何赏识吴明贤，其实不然。他内心对吴明贤的评价是六个字：有文才，少干才。好在配了几位能干的副秘书长，也就误不了事。参谋班子的力量格局，陶凡有意这么维持的。张兆林任秘书长时，太强硬了。总让参谋班子强硬下去，不太合适。必须结束张兆林时代。陶凡对吴明贤总是正式场合抬举，私下场合批评。吴明贤便看上去很是体面，实际上硬不起来。副秘书长们心里不服吴明贤，但碍着陶凡面子，又不得不在场面上敷衍。吴明贤也并不因为私下里挨了几句骂，就对陶凡离心离德。毕竟是陶凡提拔了他。吴明贤教子教孙都会说，陶凡是他的大恩人。

陶凡推出吴明贤当秘书长，还有更深远的考虑。头上有个一官半职的，都会担心一朝天子一朝臣。陶凡上任后，只从县委书记里面提了个副专员，整个县市和部门班子没动一个人。人们见前任地委书记的人马原封不动，就都说陶书记正派。其实陶凡用不着急于动人。他坐上地委书记位置，只需找下面头头脑脑谈次话，前任的人马不就是他陶凡的人马了？况且他原本就是管干部的副书记，同下面干部处得本来就算不错。他现在当了一把手，下面干部也没有换了主子的感觉。当初考虑秘书长人选，本来可以从县委书记中物色的。但怕一时摆不平，干脆就暂时提拔了吴明贤。毕竟吴明贤的资格也算老，提了也过得去。县委书记里面有两位资格老的，却不是陶凡最中意的。陶凡暗自看重的，资历还稍微欠了些。陶凡心里有数，一两年间，地区人大和政协有几位头头相继到了退休年龄，就让他们去人大和政协任职。那两位县委书记安排了，陶凡自己中意的人就可以提到实际岗位上来。目前让吴明贤充任秘书长，是个权宜之计。

县市和部门的头头们都在算着账，这次轮到谁上去了，下次又轮到谁了。到底怎么个轮法，大家心里都有数。反正不会光按资历或政绩用人，个中学问玄妙得很，不可言传。陶凡暗暗盘算着，成竹在胸。

有天，陈老突然跑到陶凡办公室来了。陶凡正在听吴明贤汇报几件事儿，忙叫吴明贤过会儿再来。吴明贤便亲自替陈老倒了茶，退出去了。陈老依然是长发，却没梳成辫子，随意披着，像个老嬉皮士。

陶凡问："陈老有什么吩咐吗？"

陈老没什么表情，说："下面班子，老放着不动也不行。"

陶凡心想陈老开始干预地委工作了，这就不对了。但他不好多说什么，只道："地委会统筹安排的，请陈老放心。陈老有什么具体意见吗？"

陈老望了眼陶凡，有些生气的样子，说："你以为我想提议用哪个干部吗？我没那私心！"

"哪里，我不是这个意思，是想听听陈老意见。"陶凡笑道。

陈老半低着头说："你上来后，干部队伍稳定，大家都说你是个好人。这说明你正派，很好。但是不能做老好人。干部队伍稳定固然好，但稳定时间过长了，就不行了。毛主席说得好，流水不腐，户枢不蠹。八大军区司令员都要换换防哩。"

陶凡说："陈老，您这个意见，地委会考虑的。我们正在运筹，有个过程。您老放心，我会尽力带好西州这个班子。"

陈老说："不行的，就要坚决下掉。"

"行，我们会的。"陶凡问道，"陈老，您血糖有些低，要注意营养，注意休息。"

陈老慢慢抬起头，问："你怎么知道的？"

陶凡玩笑道："我是地委书记，什么都得管啊。"

"我身体没事的。"陈老起身走了，脸上的笑容似有若无。

四

星期日，关隐达想好好儿睡睡觉。他问过陶书记了，今天没什么事儿。陶书记星期日很少空闲的，不是在农村或工厂，也是坐在办公室看文件。昨天陶书记那意思，这个星期天连文件也不看了。

关隐达总是睡眠不足，可成天还得生龙活虎的样子。他奇怪自己的精力竟然不如陶书记。陶书记五十多岁了，总是红光满面，精神抖擞。他每天工作十五六个小时，关隐达只跟在后面打转转都觉得累。关隐达本是每天晨跑的，今天没有早起，一直迷迷糊糊睡着。早饭也懒得吃了。

忽听得有人敲门。问声是谁，不见人回答。他不开门，门又响了。他睡眼迷糊，开门看看，大吃一惊。原来是陶陶，笑吟吟地站在门口。关隐达只穿了裤衩，很不好意思，忙说对不起。陶陶递了个塑料袋进来，说："我爸爸找你哩。"

关隐达不知陶陶递了个什么东西，接了过来，说："我洗个脸，就来。你先去吧。"

关隐达抬手一看，见陶陶递给他的塑料袋里装着几个包子。他匆匆洗漱了，跑下楼去。却见陶陶站在楼下等他。关隐达说："陶书记说今天没事的，我才睡了懒觉。”

陶陶说：“又没谁怪你。你吃呀。我猜你肯定没吃早饭，顺便带些来。”

关隐达问：“你爸爸说有什么事吗？”

陶陶笑道：“我跑腿来叫你就不错了，还要管你们有什么事？爸爸本来要打电话给值班室，让他们来叫你。我反正想下来走走，就来了。”

关隐达不习惯在路上吃东西，可也没法子，只好抓着包子嚼起来。想快些吃完，就有些狼吞虎咽了。陶陶就笑，说：“你慢些，别咽着了。”

关隐达笑笑，说：“我斯文不起来啊。”

碰着些熟人，都同关隐达打招呼，眼睛却瞟着陶陶。他们不太认识陶陶，看他们的眼神，肯定以为关隐达带了个女朋友。陶陶还在上大学，不怎么在家。也有认得陶陶的，目光就有些异样。他们的目光就在关隐达和陶陶的脸上飞来飞去。关隐达觉得不是滋味，只想快些到陶书记家里。

“陶陶，我昨天到你家，还没见你回来哩。”关隐达问。

陶陶说：“才放假。火车是昨天半夜才到。”

关隐达笑道：“我现在很怀念大学生活。一个暑假，差不多两个月，多过瘾！”

“人说不准的。我们现在就只盼着早些出来工作。”陶陶说。

关隐达问：“你不打算再深造了？比方出国留学？”

陶陶说：“我现在还没这个想法。”

迎面碰见吴明贤过来了，笑眯眯的。陶陶认识他，叫道：“吴叔叔好。”

“我老远就认出是陶陶了。才回来吧？”吴明贤说着，就望望关隐达，眼睛亮晶晶的，只是亮得有些怪。

关隐达说：“吴秘书长，陶书记找我。”

吴明贤点头说：“我知道了。你跟陶书记说，我在办公室等他。”

吴明贤走远了，陶陶说：“小关，我爸爸很喜欢你。你哪些地方好？我爸爸可是很少在家里说起干部的。”

关隐达笑笑：“你也叫我小关，你多大了？”

陶陶也笑了，说：“我总不能叫你关科长吧？”

关隐达脸红了，说：“科长好大的官？拜托你了。”

陶陶调皮道：“你叫我陶陶，我就叫你关关。”

关隐达笑道：“还关关雎鸠哩！不好听。”

陶陶在关隐达肩上使劲拍了一板，说：“谁同你关关雎鸠!”

“得罪大小姐了，小生不敢造次。”关隐达玩笑道。

“不能叫关关，叫隐隐也不好听，就叫达达……”陶陶突然噤了口，脸羞得通红。

关隐达也红了脸，望着别处，只当什么也没听见。

两人沉默着，上了桃岭，到了陶家小院。陶凡正在廊檐下的大方桌上挥毫泼墨。听得关隐达来了，陶凡并不抬头。关隐达凑上去看看，见陶凡正在题写桃园宾馆招牌。他觉得奇怪，陶凡是从来不题字的。已写了好几张，陶凡低头斟酌着。

“小关，你说哪张好些？”陶凡问。

关隐达歪头看了会儿，说：“我更喜欢这张。”

陶凡点头说：“那就选这张了。”

陶陶望望爸爸，偷偷儿笑了。她眼睛想瞟着关隐达，目光却只落在他的脚下。

林姨出来了，笑道：“小关来了？老陶也怪，我的话他都不信，就信小关的话。”

关隐达不好意思似的，说：“这是陶书记信任我啊。”

陶陶终于抬头望了关隐达，说：“关隐达，怎么话一到你嘴里，就成官腔了？”

陶凡听着就笑了。林姨却骂陶陶：“你对关哥真没礼貌。”

陶陶吐吐舌头，似乎觉得关哥两字好玩，怪腔怪调地说：“关哥。”

说笑间，陶凡稀里哗啦吃完了早餐。他嘱咐关隐达拿好那张字。陶陶早把她爸爸的包拿出来了。关隐达伸手去接包，陶陶低头递了过来。关隐达只觉脸上发烧，浑身的筋骨有些僵。

关隐达回头向林姨道再见，却见陶陶躲在她妈妈身后，红了脸望着他。关隐达胸口便跳得厉害。每个寒暑假，关隐达都会见着陶陶，两人只是打个招呼，说几句客气话。没想到他这次竟弄得心慌意乱的。上次寒假，陶陶跑到关隐达宿舍里玩，问他，听说你是个诗人？关隐达笑笑，什么诗人？这年头说人家是诗人，等于骂人啊。陶陶说，不会吧！我可喜欢诗了。陶陶便把关隐达发有作品的杂志通通借走了。后来陶陶开学走了，却没有来还杂志。关隐达说不清为什么，只盼着陶陶早些放暑假。

这个季节的桃叶最茂盛，晨风吹拂着，吧嗒吧嗒地响，脆生生的好听。陶凡背着手，缓缓走在小路上。他星期天只要不出机关大院，从不劳动司机刘平。人们慢慢地发现，陶凡对一般工作人员倒很宽厚，对领导干部就严厉了。

陶凡突然问道："小关，陶陶同你很谈得来？"

关隐达不知陶凡此话何意，有些紧张，顿了会儿，答非所问："陶陶很活泼。"

"其实是顽皮。"陶凡笑道，"她大学都快毕业了，还像个孩子。她也没想过将来干什么。我意思是让她继续学业，最好能出国留学。她却没个真话告诉我。如今孩子啊，不知听谁的话。"

陶凡说起女儿，语气似乎无可奈何，神情却是慈祥的。关隐达瞟了眼陶凡，晨光正照在这位父亲脸上，那脸色是少有的柔和。

"你们年轻人容易沟通些。你找陶陶说说，问问她有什么想法。你可以把我的意思转告给她。"陶凡说。

关隐达应道："行啊，我找她说说。"

吴明贤见陶凡去了，忙说："陶书记早。我去叫张书记。"

陶凡说："是请张书记，不是叫张书记。"

吴明贤笑笑，忙改口说："是请，对对，是请。"

其实陶凡自己平时也是要么说请，要么说叫。可听吴明贤说去叫哪位地委领导，心里就别扭。

陶凡在办公室坐下没多久，张兆林就进来了。后面跟着孟维周。关隐达同孟维周便争着替领导们倒茶。两人倒了茶，刚要走开，陶凡说："你们俩不要走，又不是研究军机大事。"

吴明贤就问："那我就开始汇报了？"

原来是研究几栋干部宿舍改造。机关多年没修干部宿舍了，住房相当紧张。财政口袋里没钱，上面对领导机关建房卡得又紧。地委办研究了个变通方案，改造几栋宿舍，加大面积。吴明贤汇报完了方案，说：“我们征求了这几栋宿舍住户的意见，大多数都很欢迎，但也有少数同志不同意。主要是老同志。陈永栋同志就反对改造宿舍，他说自己现在房子都嫌大了，还加什么？他还给我上了一课，说他们刚进地委机关，地委书记都住单身宿舍。”

陶凡说：“关键是把改造方案弄好，老同志的工作慢慢做去。上面说不建楼堂馆所，这个政策我们要坚决贯彻执行。但是也要从实际出发，不是说干部房子也不要住了。办公楼我们可以暂时不考虑改造或是新建，但干部住房要重视。怕自己丢官帽子，就连干部生活都不考虑了，这种事情我陶凡是不会做的。你们放手搞，上面要追究，我作检讨吧。”

张兆林说：“陶书记这个指导思想是对的。不从根本上解决干部生活问题，单讲调动干部积极性，不行啊。老干部的工作，只要过细，会通的。他们都是政治水平很高的老领导，通情达理。”

吴明贤笑道：“只有陈永栋同志的工作难做些。我有个想法，干脆告诉他，就说他住的那栋房子已是危房，必须改造加固，这是人命关天的事。”

陶凡沉了脸说：“怎么做工作，是你的方法。我总不至于同意你去欺骗老领导吧。”

研究完了宿舍改造，关隐达把陶凡题写的桃园宾馆拿了出来。大家自然都说好字好字。张兆林说：“陶书记，您怎么不落名呢？”

陶凡笑道：“陶某名值几何？就不签了吧。”

吴明贤笑道：“还是落名好些。伍书记的字都是落名的。”

吴明贤那意思，分明是在贬伍子全。陶凡听着便有些不快，心想伍子全才从地委书记位置上下去几个月啊！孟维周也说：“还是落名好些，陶书记的字，可以传世的。”陶凡知道自己下去了，字肯定也要被拿掉的。他心里有些感慨，却只是微笑着摇头。只有关隐达不说话，低头欣赏这四个字的韵味。招牌字难写，不是所有书法家都擅于此道。陶凡不是正经的书法家，可他这字做招牌倒是再好不过了。关隐达心想，何必留名？如果留了名，这字过不了几年就会被换掉的。不留名呢？说不定就留下去了。他见陶凡写的桃园宾馆四字结体宽博，墨气淋漓，暗自叹服。真是奇怪，看陶凡的字，越看越像他的人，沉稳而威严。

整个暑假，陶陶老是去关隐达的宿舍玩。陶凡临时要找关隐达，也是陶陶争着去报信儿。林姨看出些意思了，就问陶凡："老陶，你不觉得陶陶有些怪吗？她平时可是傲气得很啊。"

陶凡说："陶陶也大了，由不得我们了。我看哪，关隐达这小伙子人还不错。"

林姨笑道："这么说，你同意他们了？"

陶凡说："没影的事，说说就说说，还当真？小关倒是个好苗子。再过一年半载，我会考虑让他下去锻炼一下。陶陶这孩子，也不知道上进。我想让她继续学业，她只想早些出来工作。我让小关专门找她谈了，她就是这个意思。"

林姨微叹道："女儿家，有个吃饭本事就行了，随她吧。"

那天吃过晚饭，陶凡突然想起要去办公室。陶陶忙说："爸爸我去叫关哥。"

陶凡望着夫人笑笑，回头对女儿说："我只是去处理几个文件，用不着叫小关。"

陶陶说："有他在身边，你方便些。我去叫他吧。"

陶凡摸摸女儿的头，笑道："你就去吧。你叫小关去办公室，我不在家里等他了。"

陶陶说得那么急，钻进房间却半天没出来。等她出来了，爸爸早走了。陶陶换了件漂亮的裙子，眼睛不敢望妈妈。妈妈就当什么也没看见，只吩咐说早去早回。

陶陶下山走得不紧不慢，怕汗湿了裙子。望见了关隐达的宿舍，她胸口就咚咚地响。敲了门，听得关隐达应了声，门却半天才开。原来关隐达才洗完澡，刚换好衣服。

"陶陶，你坐吧，我先洗衣服。"关隐达望着陶陶，憨憨地笑。

陶陶说："你没时间洗衣服了，我爸爸在办公室等你。"

关隐达说："好吧，我回来再洗。"

陶陶说："你去吧，衣服我替你洗。"

关隐达慌了："这怎么行呢？"

“怎么不行呢？”陶陶说罢就抢过了脸盆。

关隐达红了脸笑道：“那就谢谢你了。”

关隐达刚准备走，陶陶又说话了：“我明天回学校了。”

“明天？一个暑假真快。”

“这个暑假我哪里也没去玩，一晃就过去了。”

“等你爸爸去省里开会，我来看你。”

“你一个人去看我，还是跟我爸爸去？”

关隐达玩笑道：“跟着你爸爸，伴君如伴虎。我敢开小差？”

陶陶突然低了头，递了个纸条给关隐达。关隐达只觉手心火辣辣的。他下楼走了很久，不敢打开那张纸条。晚风吹在脸上，软得像锦缎。

人生真是奇妙，很多不经意的事情，也许正是神秘的暗示。五年前的某个凌晨，关隐达正在招待所后面的林子里锻炼，忽听得哪里传过说话声。透过林子望去，只见一辆黑色轿车里钻出个中年汉子。马上又有位夫人，有位少女下了车。张兆林同地委组织部长正围着下车的几位握手。没隔几分钟，又驰来一辆轿车，下来几位中年男人。张兆林他们忙又围上去握手。那位少女雪白而文静，大人们正在寒暄，她便漫不经心地四处打量。她往林子方向张望了好一会儿，关隐达以为她看见他了，忙转过身去。

吃过早饭，关隐达才听人说，上面派了位地委副书记来，叫陶凡。过了两天，关隐达就成了陶凡的秘书。他猜想那位少女肯定是陶凡的女儿，却很长时间没见着她。直到陶家搬进桃岭，关隐达才不时在他们家的庭院里见到她。听林姨叫女儿名字，关隐达才知道那少女叫陶陶。陶陶正上着高中。她喜欢坐在庭院里的石头上看书，随外人怎么进进出出，她头总是不抬起来。关隐达就越是想看清她的脸，却总看不着。他见过她很多回了，仍想不起她的轮廓。有时无端地想起陶陶，头脑中只是一片模糊的白。

有个秋日的午后，关隐达同陶凡坐在庭院里谈书法。林姨端了西瓜上来，说别光顾着说话，口都干了，吃西瓜吧。关隐达正客气着，突然感到左脸痒痒的，像有只蝴蝶在上面挠。他偏过脸去，见陶陶正坐在他左边的石头上，睁大了眼睛望着他。他胸口猛地空了一下，那一刻，耳朵也聋了，眼睛也花了。陶陶也红了脸，忙埋下头去看书。

记得那是星期天，陶凡难得有个清闲。两人聊了会儿，来了兴头，就铺开纸来写字。陶凡总把笔塞给关隐达，说你露几手吧。陶凡的哈哈打得越响亮，林姨脸上的笑容就越慈祥。关隐达想林姨那样子就像自己的母亲。陶凡全神贯注写字了，就没人出声。草虫吱吱，清风不言。

关隐达上了办公楼前的台阶，终于忍不住了，就着路灯打开了纸条。见上面一句话也没有，陶陶只写下了她大学的通信地址。

半年以后，年底了，省纪委来了个调查组，不同地委打招呼，住进了新开张的桃园宾馆。陶凡听说了，觉得有些不祥。但他装聋作哑，不去理会。心里没鬼，怕什么？又怕是冲着别的地级领导来的，心里就挨个儿猜猜。还真拿不准谁会有什么问题。

过了几天，省纪委调查组才说要同地委领导见面。陶凡这才知道，改造招待所的事还有人揪着不放，后来又加了件改造机关宿舍的事。陶凡不愠不火，调查组问什么就答什么。调查组的人说话注意方法，尽量不提陶凡本人，只说西州地委如何。陶凡却屡次纠正，说他个人要承担主要责任。

又过了个把月，陶凡被省纪委通报批评。吴明贤送了通报来，很不好意思。陶凡却是没事似的，并不细看，只是粗粗浏览几眼，就交还吴明贤，笑道："老吴，这是我头一次受处分，值得纪念。你把这通报复印一份给我吧。"吴明贤摇头笑道："陶书记，这算什么处分？"

官场上的任何故事，都会有多种民间版本。陶凡挨了处分，自然有人高兴。多数人却是更敬重他了。这事在普通干部那里传开了，就增添了很多好玩的细节。他们说陶凡擂着桌子同省纪委的人干，表白自己改善干部的住房条件不会有错，改善西州的接待条件也不会有错。

有人私下里却恨恨的：陶凡太厉害了！一年之内，县级干部班子让他神不知鬼不觉地慢慢地就换掉了，起初大家以为他不会玩一朝天子一朝臣的老把戏。

五

凡事都有头一回。自从陶凡题了桃园宾馆的字，找他题字的就越来越多了。实在推脱不了的，只好硬着头皮题了。不出半年功夫，西州城里很多招牌都换上了陶凡体。陶凡谨慎起来，发誓不再题字了。但是西州爱好书法的人却是越来越多。城里书法班的生意格外的好。一到星期天，很多家长便带着小孩去学书法。

元旦前夕，吴明贤请示陶凡，想在地机关干部中举办一次书法比赛。陶凡说："你们弄吧，这事就不要请示我了。"

吴明贤说："我的意思是，想请地委领导最好也能参加，这对干部是个鼓励。"

陶凡说："地委领导就不参加吧。我们参加了，谁当评委？不能请省委领导来吧。下面同志当我们的评委有顾虑，会影响公正性。"

吴明贤笑道："缺了地委领导，书法比赛的意义就得打折了。"

陶凡也笑了，说："老吴学得幽默了。你说打几折？这样吧，地委领导，你分头汇报一下，他们愿意的，就请写幅字，只参展，不参赛，表示对这项活动的支持。"

吴明贤沉吟道："不知哪几位领导愿意题字？"

陶凡看出吴明贤的意思了，他是担心有的领导字拿不出手，不肯题字。就说："你找地委领导分头汇报一下就行了，不一定都要他们题字。没谁要求领导都是书法家，只是表示个意思。"

吴明贤点头道："有您这个指示，我心里就有底了。"

关隐达听说要搞书法比赛，很有兴趣。可他的作品迟迟没交出去。吴明贤亲自抓这事，见了关隐达就问："小关，怎么还不见你的大作交来？你的呼声最高啊！"关隐达就笑，说："哪里哪里，地委机关藏龙卧虎，我小关算什么？集体活动，我会积极参加的。我一定按时交稿。"其实关隐达心里早有谱了，只是还没时间创作。他想今人的书法作品，写来写去无非李白、杜甫、白居易，要么就是苏轼、辛弃疾，不太有意思。更低俗的，不是"宝剑锋自磨砺出，梅花香自苦寒来"，就是"书山有路勤为径，学海无涯苦作舟”。关隐达原是很得意自己的诗作的，这回突然暗生惭愧了。他想若将自己的诗写成书法作品，简直有些滑稽。他有种奇怪的感觉，似乎书法必须配古诗文。比方新诗，最多只能入硬笔书法。现代人已没文采可言了，只好拾古人牙慧。关隐达想即便是用古诗文，也应尽量特别些，贴切些。他一直喜欢张孝祥的《念奴娇·洞庭青草》，气势豪放，正合狂草气韵。这些天他跟陶凡出去，坐在车里老琢磨作品的布局谋篇，手忍不住在膝头比划着。

有天晚上，刘平跑到关隐达宿舍，进门就笑，很不好意思的样子。关隐达见他有些扭捏，同平日是两个人，觉得奇怪。

“刘平你今天怎么了？不是有人替你介绍了女朋友吧？”关隐达笑着问。

刘平嘿嘿一笑，说：“关科长，我也想参加一下书法比赛，是个学习机会嘛。”

关隐达说：“那好啊，你参加书法比赛，比地委领导参加意义大多了。”

“哪里哪里。”刘平摇头说着，就从怀里掏出张纸来。展开一看，原来是他的书法作品。没想到刘平的字还过得去。他写的是楷书，还算周正，只是嫌呆板了。

“很好啊，你是练过书法的嘛！”关隐达点头赞道。

刘平说：“哪里，我原来毛笔都不会捏。见你和陶书记天天练书法，我也跟着偷偷儿学，越学越有意思。学点东西好啊，光开个车，没味道。”

听了这话，关隐达就琢磨出刘平的心思了。刘平是想逐步武装自己，好有机会转为干部。机关司机差不多都有这个想法，人之常情。不过刘平悟性还行，他没读多少书，能把字的架子弄稳，就不错了。关隐达见刘平写的是“春眠不觉晓，处处闻啼鸟”，便说：“我建议你把内容换一下。这诗听得大家耳朵都起茧了，没意思。”

“换什么呢？我听关科长的。”刘平很是恭敬。

关隐达琢磨会儿，就把李白那首《赠汪伦》写了下来，说：“李白这首诗也是耳熟能详的，但比春眠要好些。你还要注意章法，书法作品很讲究布局，包括字的疏密，墨的浓淡，落款等等。你先把这首诗的每一个字写熟了，再来找我。”

刘平头点个不停，说了很多恭维话。他见关隐达桌上满是龙飞凤舞的字，一个也认不得，便说：“关科长的字真漂亮。”

关隐达看出刘平的意思，便念道：

“洞庭青草，近中秋，更无一点风色。玉鉴琼田三万顷，着我扁舟一叶。素月分辉，明河共影，表里俱澄澈。悠然心会，妙处难与君说。

“应念岭表经年，孤光自照，肝胆皆冰雪。短发萧骚襟袖冷，稳泛沧溟空阔。尽挹西江，细酌北斗，万象为宾客。扣舷独啸，不知今夕何夕。”

刘平听了，就像一筐黄豆从头上倒下来，耳朵缝里都没夹着一颗。嘴里却道：“真好，古人的文章就是好。”

截稿日期只有几天了，关隐达才最后选了幅自己最满意的字去参赛。正好那天陶凡也将自己的字交给关隐达。陶凡只写了“崇实”二字，用的魏碑笔法。下面题了长款，由“实”字说开去，用语古雅，告诫广大干部如何如何。关隐达细细读了题款，很佩服陶凡的文字功夫。

书展弄得像回事，陶凡和张兆林等地委领导亲自去看了。举行了简短的开展仪式，吴明贤请陶凡讲话。陶凡就讲了几句，说地委机关开展些有意义的文化活动，很有必要，可以陶冶干部的情操，并促成一种爱学习，钻业务的良好风气。

关隐达留意看了看，发现地委、行署所有领导都题了字。有些领导的字实在上不了台面。张兆林写的正是“书山有路勤为径，学海无涯苦作舟”，落款题曰：与全体干部职工共勉。张兆林的字有些张牙舞爪，很不像他本人的温文尔雅。关隐达暗自觉得好玩，心想真难为这些领导了。他们为着这题字，肯定伤透了脑筋。如果不题几个字，好像不给陶凡面子。大家都以为这次书法比赛，分明是吴明贤投陶凡所好。再说了，只要有领导题字，其他领导都得题，不然显得没位置似的。只是有些人的字实在见不得客。

陶凡很有兴趣的样子，背着双手，挨次浏览参赛作品。走到关隐达作品前面，陶凡站了会儿，微微点头。关隐达就浑身发热，不好意思。陶凡却不说关隐达的字，只说张孝祥的词：“这首词意境阔大，笔酣兴健，怀抱高远。肝胆皆冰雪。表里俱澄澈。杜甫有句诗，心迹喜双清，就是这种意思。真是妙处难与君说啊！”

陶凡心里却颇感奇怪：关隐达怎么独独选了张孝祥？这首词豪放，孤高，通透，但字字句句都隐含着贬官情绪。想是关隐达喜欢词的意境，忘了张孝祥的处境吧。陶凡不是个神经兮兮的人，可是刚才默念着张孝祥的词，心里竟微微一震。他心里越是说不出的叹惋，脸上就越是笑得慈祥。

张兆林见陶凡如此赞赏，便说：“小关的字，真好。你跟着陶书记，就是不一样。”

张兆林这话，前面的意思是夸关隐达，后面的意思就是吹陶凡了。关隐达就不知该点头还是摇头，只好傻笑。他点头就是不谦虚，摇头就是不承认自己跟着陶书记受益匪浅。更难堪的却是孟维周，他的钢笔字都自觉丢人，莫说是毛笔字了。他没有交作品参赛。听张兆林夸奖关隐达，他脸红耳热。他认不得狂草，目光就上下翻飞。原来条幅下方附了张白纸，是用小楷写的原文。

陶凡走到刘平作品面前，却大加赞赏：“刘平，你的字也不错嘛。好！好！同志们都像刘平这么爱学习，提高机关业务水平就能落到实处了。”

张兆林就微笑着望望刘平。吴明贤嘴里说声“小刘”，忍不住抬手拍了拍他的肩膀。刘平抓耳挠腮的，脸红到了后颈上。

这边没人留意，张兆林的司机马杰早黑着脸了。马杰很傲气，连孟维周都不放在眼里。他头一次见了孟维周的字，就意味深长地笑了。马杰没事坐在孟维周办公室，喜欢找张纸，掏出钢笔写字。通常写他在部队唱过的军旅歌曲的歌词。有次，马杰本来知道张兆林不用车了，却在孟维周那里一屁股坐下来不走了。孟维周有个材料得赶出来，很是着急，弄得头都大了。马杰坐在他对面写字，头一晃一晃，弄得纸沙沙地响。孟维周心里烦，却不好说什么。孟维周想自己不夸他的字，他是不会走了。于是像是才发现似的，说：“马杰的字好漂亮。”马杰便不写了，发起牢骚来：“老子在部队时，要我干文书，我不干。我喜欢开车，跟军首长开了五年车。那老王八蛋假正经，自己不拿群众一针一线，也不给群众一针一线。到头来我连干部都没转成。不然，老子还是这个样子？”他说罢把笔一丢，起身出门。突然想起笔是他自己的，又转回来取了去。

孟维周心里憋着股气，同关隐达说起过马杰。关隐达便觉得小孟还欠老成，这种事情有什么好说的？不值得放在心里的。他却从此无意间留意马杰，还真是孟维周说的那个味道。陶凡表扬了刘平的字，马杰就像没听见，眼睛望着别处。

几天后，书法比赛揭晓了。关隐达获第一名，刘平也获了个纪念奖。

不久马杰碰上关隐达，神秘兮兮地说：“关科长，你获了奖，有人还不服气。”

关隐达笑道：“服气不服气，都只有这么大的事。不就是奖了条毛巾，两块香皂嘛。”

马杰见关隐达并不关心是谁不服气，好像有些失望，却仍不死心，就说：“他说西州附庸风雅学书法的，都是拍陶书记的马屁。他说了两句老话，我记不全。什么楚王细腰。读了几句书，说起话来就是孔夫子的卵包，文绉绉！”

关隐达忍不住笑了起来，觉得马杰这个“文绉绉”的歇后语大概是他说过的最有水平的话了。关隐达一听便知，马杰说的是孟维周。他猜想孟维周大概是说了“楚王好细腰，宫中多饿死”的话。关隐达不知孟维周这话是在什么场合说的，也许是开玩笑。他并不在意这事，倒是替小孟担忧。心想孟维周当秘书都这么久了，还是这么不老成。他不改掉这个毛病，迟早要吃亏的。

六

图远公司老总舒培德转弯抹角找了来，硬要请关隐达帮忙，求陶书记替他们公司写个招牌。关隐达一巴掌把门封得天紧，说：“陶书记指示过，今后再不题招牌了。”

舒培德却是好磨歹磨，坐在关隐达办公室不肯走。他从关科长喊到关老弟，最后居然讲起了大道理：“关老弟，不是我舒培德想拉虎皮作大旗，我是要为私营企业争地位，争发展。我图远公司目前虽不是西州头块牌子的私营企业，可我敢说是发展前景最好的。政府说要支持我们私营企业发展，这不错。但是落到实处，卡我们的多，帮我们的少。关老弟，我们难啊！”

舒培德说了一大通，好像陶凡不题字，政府说支持私营企业发展就是句空话了。自然不是这个道理。关隐达只想早些打发他走，就答应向陶书记汇报一下。舒培德就千恩万谢了，直说他做老兄的心里有数。关隐达听了这话不太舒服。怎么个有数？你送坨金子我不敢要哩！

关隐达本来只是想搪塞，舒培德却是穷追不舍。他隔三岔五就来找关隐达，一磨就是个把小时。关隐达又不能发火，只好不断地编些话来哄人。几乎没人见关隐达发过火，大家都说他的修养真好。他哪里是不想发火？有时被人逼急了，真想捶桌子哩。但他只能微笑。他不能让别人说陶凡的秘书架子太大了。张兆林当秘书长那会儿就老是嘱咐：秘书是领导的门面，事关领导形象。关隐达有回遇了点事儿，心里正委屈着，张兆林又在会上强调：秘书是领导的门面，领导的耳目，领导的左右手！关隐达听着没好气，暗自骂道：他妈的，秘书是门面、耳目、左右手，反正不是个人。旧时讲文武百官是朝廷鹰犬、走狗，可都不是贬义的；若干年后说起秘书是领导的门面、耳目、左右手，会不会成了贬义呢？

舒培德只敢找关隐达，就因陶凡太有煞气了。碰上别的地委领导，舒培德只怕早就自己上门去了。关隐达没想到舒培德如此难缠。他原想只需稍稍拖拖，舒培德就知趣了，不会再找他了。领导工作有个重要方法，就是一个字：拖。很多领导都用此法应付那些棘手的事儿，局面弄得四平八稳。可轮到关隐达偶尔用一回，却失灵了。

他只好硬着头皮找了陶凡：“陶书记，图远公司总经理舒培德找我好多回了，想请你给他公司题写招牌。我回了他，却回不掉。这个公司的情况您很了解，还算是私营企业健康发展的好典型。”

陶凡沉默片刻，缓缓说道：“最近我接到好几位私营企业主的来信，说下面有关部门把支持私营企业发展放在嘴巴上，实际工作中却是关、卡、压。地委对此应有个态度。好吧，我同意替他题个招牌。隐达你把个关，下不为例了。”

关隐达心中暗喜，没想到陶凡这么爽快就答应了。他知道陶凡不是个随便说话的人，却也并不马上告诉舒培德事情办妥了。直到陶凡将字题好了，他才通知了舒培德。舒培德电话里说尽了感谢的话，然后十几分钟就赶到了关隐达办公室。

舒培德打开陶凡的题字，脸色顿时发光。他想掩饰自己的兴奋，嘴却怎么也合不拢。他笑了老半天，应该同关隐达说几句客气话了。他便咬住嘴唇，想让嘴皮子合上。可那嘴皮子像是橡皮做的，一弹又咧开了。

关隐达说："老舒，你坐下吧。陶书记早就说过了，不再给任何单位题字。这次破了例，可见陶书记对私营企业的发展是非常重视的。"

"那是，那是。"舒培德点头应道，脸上仍是喜不自禁。

关隐达又说："陶书记题这个字的意义在于，表明私营企业是社会主义经济的重要组成部分，这个思想不能停留在口头上，而应落实到行动上。"

"正是，正是。"

"但是，"关隐达调整一下坐姿，身子往后靠靠，目光自然深远起来，"老舒，你们企业在今后的发展中就更要加强自律。因为陶书记为你们题了字，你们就是万人瞩目了。所以，你们一定要合法经营，加快发展，争取成为西州个体私营经济的典范。"

舒培德说："有领导支持，我有信心把企业搞得更好。"

"这些都是陶书记的意思。"关隐达笑笑，让语气舒缓些，"地委对你是寄予厚望的，你可不能给陶书记脸上抹黑啊。"

舒培德赌咒发誓道："请关科长转达告陶书记，我会用公司更好的效益来向他报喜。我舒某人用人格担保，决不给陶书记丢脸。"

关隐达微笑着点头，没有出声。望着舒培德那肥硕的脑袋，他真怀疑那里面还装着什么人格。舒培德是怎么富起来的，在西州是个谜。据说他早年做生意，亏得一塌糊涂，背了一屁股债。人突然就失踪了。过了五六年，他突然出现在西州，已是某外国公司的国内代理。有几年他四处考察，说要投资。两年前，他注册了自己的公司，说是不再给外国人打工了。有人怀疑他只是个空架子，兜里其实没钱。可他还了人家的账，点的却是现票子。这个人反正说不清。可世风却是只认结果。

舒培德倒是很会办事。他将陶凡题的公司招牌制了两块：一块是霓虹灯箱的，安装在图远公司楼顶，西州城里通城看得见；一块是檀木雕刻的，悬挂在图远公司正门上方。不知舒培德哪里弄来那么好的檀木板，足有米多宽。制作也讲究，那檀木板是锯开后有意不作修整的，形状随意，连树皮都原封不动。字是宝石绿的，檀木板是做旧处理的，显得古朴厚雅。有回陶凡乘车从图远公司门前路过，注意看了看那块檀木招牌。轿车一晃而过，陶凡竟回过头去盯了足有五秒钟。他平时是很少回头的，走路如此，坐在车上也是如此。他习惯平视前方，目光深沉而辽远。陶凡没说什么，关隐达心里却明白了。他想陶凡很满意那块檀木牌匾，自己总算没把事情办糟。

舒培德同关隐达混熟了，有事没事会跑来坐坐。他也算知趣，生怕误了关隐达的事，聊上几句就走了。有回，关隐达告诉他："你那块檀木招牌做得好，陶书记很满意。"

舒培德笑道："西州上上下下都知道陶书记是个读书人，品位很高。我估计陶书记喜欢这种风格，不敢搞得太俗气了。但霓虹灯箱又不能不搞。搞企业就是这样，方方面面都要想得周全些。"

关隐达见舒培德如此精明，暗自佩服。舒培德笑起来，脸上的肥肉鼓作圆圆的两坨。关隐达印象中，舒培德这种脸相的人应该很鲁钝的。可是这个肥头大耳者恰恰聪明过人。慢慢的，舒培德竟时时出现在陶凡的庭院里了。

西州官场上的人都知道，陶凡的家门是很难进的。有回，关隐达送陶凡回家，正好行署副专员黄大远来汇报工作。陶凡边问边往屋里走："你有什么事？"黄大远跟在陶凡身后，那意思是想随他进屋。陶凡却突然转过身来，站在门口，面无表情。黄大远刚抬起的脚退了回来，自找台阶："我就不进去口头汇报了，报告在这里，请陶书记过目。"陶凡接了报告，转身就进了屋。关隐达见黄大远脸色很难看，不好意思下车同他打招呼。黄大远见刘平正在倒车，站在一边避让，脸仍是垮着。关隐达只好按下车窗，问："黄专员，您是回家还是下山去？"黄大远便低了头，挥挥手，懒得正眼望他一眼，说："你们走吧。"关隐达便叫刘平慢些倒车，让黄大远先走。黄大远昂了昂头，夹着包走了。刘平也灵泛，故意让黄大远稍稍走远些，才倒车下山。不一会儿，轿车同黄大远擦身而过。关隐达偷偷瞟了眼，见黄大远还是一脸黑气。刘平忍不住说道："关科长，陶书记好有威信啊！"

舒培德尽管隔上些日子就上桃岭去，陶凡却从没让他进过屋，也不同他多说话，每次见面就问："你有什么事吗?"意思很明白，没事你就走人。舒培德却总能找个由头，向陶凡汇报几句。陶凡也不是每次都批条子，多是说他几句，怪他屁大的事也找上门来。舒培德就点着头笑，心悦诚服的样子。

有天夜里，舒培德敲了陶凡的门。林姨开了门，表情很客气，话却说得硬："小舒，是你呀。老陶晚上不会客的，你知道。"

舒培德说："我知道，很不好意思。林姨，我就不进去了。是这样的，朋友送我一方老砚，我想陶书记用得着。"

林姨摇手道："小舒，老陶你知道，他不会要的。"

舒培德说："只是一方砚，不是值钱东西。我拿着是和尚的篦子，没用。"

实在推不掉，林姨就说："你就放在这里吧。要是老陶骂人，你还得取回去。"

次日一早，关隐达准时上了桃岭。陶凡正在欣赏那方老砚，翻来覆去地看个不厌。那砚台随物赋形，古色古香。砚池有深山老潭的意思，古灵精怪；潭岸奇石嶙峋，不露斧凿；深潭高岸是舒展的荷叶，荷叶上一只青蛙正鼓眼蹬腿，转瞬间就会跳下潭去。古潭的黑，荷叶的绿，青蛙的黄褐，颜色都是自然天成。

关隐达连声感叹，直说："造物神奇，简直不可思议。"

陶凡点头说："这是一方上好的端砚，稀罕稀罕。"

"现在哪里还能弄出这么好的砚台?"关隐达问。

陶凡说："我细细看过，这方砚没有任何题款，但肯定是古砚。"

陶凡从来都是早几分钟赶到办公室的。今天因为欣赏砚台，竟然迟到了五分钟。

七

舒培德果真厉害，很快就成了西州私营企业的头块牌子。西州的国有企业怎么也搞不好，个体企业却是红红火火。地委笔杆子弄出很多文章，多是以陶凡的名义发表。省里就重视起来，派人下来整材料。时下流行说

“现象”，所谓“西州现象”就这么诞生了。

省里想在西州开个现场会，促进全省个体私营经济发展。可是有些理论家们还在为个体私营经济的概念打文字官司。省委书记亲赴西州调研，同陶凡彻夜长谈。陶凡的心情竟有些沉重，说：“我们再也不要在概念上做文章了，而应从实际出发。西州各县市的财政过去都很穷，这几年收入上升很快。为什么？我们算了账，原来个体私营经济对财政的贡献增长了十五倍，占了财政收入的百分之六十到七十多。忽视基本的经济事实，钻进经济或政治概念中去玩文字游戏，不行啊。”

省委书记说：“你的忧虑我有同感。但中国的问题让有些人弄起来，就不会是简单的经济问题，而是政治问题。都说一切以经济建设为中心，但现实生活中或是关键时候，政治仍然是中国最大的事情。我反复考虑过，我们省里如果率先开个发展个体私营经济经验交流会，在全国就出风头了。却不知道是祸是福。但是这项工作又太重要了，必须开个会促促。”

陶凡说：“我建议会还是要开，只是会议名称得策略些。不叫经验交流会，而叫研讨会。只要各地市一把手都参加会议，效果一样。”

省委书记哈哈大笑起来，说：“老陶，你可是老奸巨猾啊。好好，就叫研讨会吧。你们好好准备一下，这个会议要开得有历史意义。”

不论哪里来人调研私营经济，必然要去舒培德公司。舒培德就得细细汇报，说自己的经验主要是哪几条。陶凡亲自去了一次，听舒培德汇报了个把小时。那天陶凡很高兴，竟同意在他公司吃了中饭。趁陶凡上洗漱间去了，关隐达对舒培德说：“你情况介绍得不错。我有个建议，你要根据不同的汇报对象，准备几种不同版本的汇报材料。上级领导来了，你汇报要简短，最多十分钟。留下时间由他提问题。今天陶书记一声不吭听你讲了个把小时，已经是稀罕事了。说明陶书记很看重你。”

舒培德忙说：“都是关科长关照得好。”

关隐达接着说：“领导大概会提什么问题，你事先要有所准备。每次领导提过的问题，你要记住，说不定下次别的领导还会问到。若是上级单位写材料的笔杆子来了，你就要讲详细些，时间也可以长些，个把小时没关系。新闻记者来了，你只需讲三两句，就由他们提问题得了。他们了解情况从来都只是表面上，深入不下去的。还有，你要注意些措辞。比方说，你喜欢说自己的经验主要是哪几条。这不好，别人听着以为你不谦虚。你要把经验说成做法，说我的做法主要是哪几条。”

舒培德点头不止，说：“关科长说得对。你这么一点，我就通了。”

舒培德确实一点即通。他不断地汇报，一而再，再而三，快训练成职业新闻发言人。他出现在桃岭的次数越发多了。陶凡对他客气起来，竟请他进书房坐过一次。全省发展私营企业研讨会上，舒培德作了书面发言。舒培德发言时，坐在主席台上的省委书记偏过头，同陶凡耳语了几句。两人都微笑着点了点头。眼尖的人看得出，省委书记很欣赏舒培德。私营企业主只要会来事，都会成为政协委员的。年底，舒培德也成了省政协委员。

西州城里都在说，陶凡要上去了，说是任副省长。人们说省里工业搞不好，陶凡在西州抓私营企业有经验，想让他去管工业。老百姓习惯把升官的道理想得简单，以为上面再不启用陶凡说不去了。好事者都问关隐达，陶书记真的会走吗？关隐达只是笑笑而已，不置可否。说陶凡要上去，不是头次了。这次却是真的。关隐达不久前随陶凡去了趟省委。省委书记同陶凡在办公室谈话，关隐达就在书记秘书那里坐着。这位秘书平时不怎么理人的，这回对他格外热情。其实每年年底，关隐达都要代陶书记去省城看望省委领导，送些土特产去，自然也要送给他们的司机和秘书。可这位省委书记的秘书，你再怎么送礼，他都是板着个脸。这回他却是笑容可掬，倒了茶过来，叫关隐达老弟。关隐达觉得奇怪，心想早几天听到的传闻可能是真的了。果然，这位秘书说：“关老弟，你也随陶书记调过来算了。”关隐达就笑，含糊了几句。

关隐达年年去送礼，慢慢看出些道道来了。他发现别的地市委书记都是亲自带着人去敲门，而西州却是地委办领导同关隐达去送礼。送的也只是西州土特产。难怪那位省委书记秘书怎么也没兴趣。关隐达便想陶书记只怕难得有所作为。有年关隐达去送礼，竟见张兆林的车也在省委大院里穿梭。原来张兆林每年开组织工作会议期间，都得在省里拜拜码头。省里的会都安排在年头年尾开，正是大家联络感情的好时机。古时候，冬天朝贡叫炭贡，夏天朝贡叫冰贡。如今不仅有炭贡、冰贡，还有病贡、喜贡、丧贡，等等。陶凡却是什么时候都不贡，就算年底派人送送土特产，也是迫不得已。这是西州多年的惯例，陶凡也不好不依。可是这早就落伍了。

关隐达最怕的事，就是年底去省里进贡。不知要打多少电话，不知要约多少人，不知要托多少关系，有时躲在人家楼外不知要等候多久。真不是人做的事。像陶凡那种性格，怎么愿如此委屈？

这次陶凡竟然也要上去了，出乎关隐达的意料。可是陶凡却像什么事也没发生，带着关隐达一声不响往西州赶。用人的事，从开始有风声，到尘埃落定，总得一年半载的。空口说的还不算，硬要白纸黑字才作数。中间充满变数，说不定一夜之间，什么都落空了。莫说盘子里的鸭子会飞走，就算吃进口里的鸭子，有人要你吐出来，你不敢咽下去。一路上陶凡不怎么说话，闭着眼睛假寐。关隐达知道陶凡没睡着，却又不能说话，只好懒洋洋地看风景。

消息本来早就在西州传开了。自从陶凡去了趟省城，关于他荣升的事就成了西州的热门话题。却没几个人敢在陶凡面前提这事，只是跑到他那里汇报的人越来越勤了。陶凡哪里看不出什么变化，他从地委大院里走过，依然沉稳地踱着方步，目光深沉而辽远。人们碰见他，只会远远地点头致意，没敢随便上来握手。陶凡认为必要，他会主动同你握手。不然，你伸过手去，他要么装着没看见，要么淡淡地抬手同你搭一下就算了。

张兆林的大背头梳得越来越光滑了。有人竟从他的发型看出名堂来，说他会接任地委书记。有些老干部闲着没事，就注意着晚上去谁家的人多。他们发现，最近天一断黑，上张兆林家去的人比春节还多。这种迹象又反过来印证，陶凡真的要走了。

人们总以为陶凡马上就会走了，可是迟迟不见有什么动静。直到年底省里开人大会前夕，人们才突然发现：陶凡上调的事其实早就黄了。省里确定的副省长候选人是外地区的地委书记。

西州城又沸沸扬扬了。可是太刺耳的议论，关隐达是听不见的。有人同关隐达说起这事，很同情的样子："陶书记太斯文了，不肯上去送礼。"关隐达便说："陶书记是不准大家瞎说这事的。他说组织上安排干部，自有道理。若是按自己的意愿，谁都想当大官。"

陶凡其实什么话也没说。关隐达看不出他有任何情绪，只是见他最近老爱写狂草。关隐达每日清早去接他，见他的几案上总是满纸的急风暴雨，酣畅淋漓。

慢慢地，陶凡又开始写端重沉着的魏碑。关隐达心里有数，知道陶凡心里宁静些了。关隐达跟随陶凡日子久了，自然就有了感情；又因为他喜欢陶陶，陶凡在他心目中就像父亲似的。关隐达在陶凡面前便越发细心，只想让陶凡畅快些。他有事没事，晚饭后都要去陶凡家。陶凡有时同他聊天，有时就独自呆在书房里。若是陶凡没空，关隐达就陪林姨说说话，要么就帮着收拾庭院。庭院里栽着些花木，需要浇水、施肥、修剪。

清净了些日子，忽然听得有人说，陶凡只怕要出事了。关隐达迟迟才听说这事，外面早说得有鼻子有眼。说是陶凡同舒培德之间不干净。谁都知道陶凡从不在家接待客人的，只有舒培德上他家去就像走亲戚。

关隐达没法将这事同陶凡说，只是干着急。他相信陶凡，知道这是谣言。但听凭谣言流传，只怕会影响陶凡的威信。

有封群众来信，注明陶凡同志亲启，并在“亲启”二字上打个着重号。关隐达便将这信送给陶凡。陶凡看看信封，说：“不管亲启不亲启，你先看吧。”

关隐达打开一看，脑子嗡嗡地响。这是封署名“老同志”的匿名信，批评陶凡贪污受贿，让过去信任他的老干部们痛心。信中说他当地委书记几年，业绩不错，群众有目共睹，但他私欲太重，不洁身自好，终究会沦为历史的罪人。措辞严厉，说是批评，其实是咒骂。

关隐达本不想把这信交给陶凡，怕他难受。可是陶凡见他半天没回话，竟跑来问他：“小关，那信讲了什么重要事？”

“胡说八道！”关隐达把信给了陶凡，就随他去了办公室。

陶凡看完信，笑道：“你相信吗？”

关隐达说：“没人相信的。”

陶凡说：“说明有人开始弄名堂了。让他们弄去吧。舒培德就送我个砚台，我很喜欢。就算上面来人调查，我会如实汇报，但不会退回去。哪怕它是个文物，我想也值不了几千块钱。”

关隐达说：“陶书记您不问，我根本就不想把这信给您看。这种信，您不值得看的。”

陶凡笑了起来，说：“小关，你越来越会当秘书了。我哪天被你卖掉了，还要帮着你数钱。”

关隐达不好意思，说：“你的事够多的了，哪有心思为这些劳神？不过这位老干部自己也许没有恶意，只是听信了外面谣言，就义愤起来。我建议，您不要管这些。”

陶凡叹道：“我是不会管的。清者自清，浊者自浊。只可怜真相大白之前，会伤了某些老同志的感情。也顾不得了。”

这事儿在西州传了些日子，终究没什么响动。人们就渐渐没了兴趣，懒得再去操心。

八

每隔段时间，又会听到传闻：这次陶凡真的要调到省里去了。不是说他去当副省长，就是说他去当省委副书记，也有人说他会当组织部长。

有些人眼里，陶凡怎么看怎么是大干部的气象。他的相貌、神情、步态、腔调等等，人们都喜欢琢磨。有人甚至说他龙行虎步，大气磅礴，沉默寡言，威风凛凛，这简直是帝王之相了。

可是陶凡仍在西州地委大院里踱方步。外界的议论不知他是否知道，关隐达是不会把这些话告诉他的。哪些事情该报告陶凡，哪些事情该装聋作哑，关隐达很清楚。官场很多细微之处都说不出个道理，全在一个“悟”字。关隐达偏是个悟性高的人。

外面的各种传闻，关隐达自然听得见。他知道有时是无中生有，有时却是事出有因。比方有回省委书记来西州调研，同陶凡单独长谈了一次，就有人说他马上要升官了。其实没这回事。陶凡就某项工作发表了署名文章，又有人说陶凡马上要走了，上面已经在造舆论了。也没这回事。

有知情的，就在陶凡面前抱不平，说上面用人怎么不讲原则？甚至说陶书记您就知道干实事，也不上去跑跑。这些人本是拍马屁的，陶凡却很不给面子。他说官帽子都是送礼来的？我这地委书记不也是送礼送来的？你们头上都有顶官帽子，你们给我送了多少？

很难有人能看出陶凡的内心。有回，陶凡正在庭院里写字，关隐达去了。他凑过去一看，见陶凡写的竟是陆游的一首词：

当年万里觅封侯，匹马戍梁州。关河梦断何处，尘暗旧貂裘。

胡未灭，鬓先秋，泪空流。此生谁料，心在天山，身老沧州！

关隐达微微一怔：陶凡感叹自己要身老西州了。他猜想陶凡内心肯定苦不堪言，却不能向任何人倾诉。凭陶凡的个性，就是在夫人面前也不会诉苦的。他只好写写陆游的词，暗自宣泄一下。

关隐达看出了陶凡的内心，感觉就不太自然。他点着头，欣赏陶凡的书法。他本来觉得陶凡的草书不如行书和楷书，却只是说好。陶凡摇头叹道：“唉，好什么？老了！”陶凡那落寞的样子，分明不是在说书法。他怕关隐达看出自己的心情，马上又朗笑几声。笑罢，想随意写几个字。默然片刻，写的却是：神龟虽寿，犹有竟时。他原想显得放达些，可是此等情状，这两句诗不过是对生命的无奈而已。

陶凡埋头写字时，关隐达突然发现他的头发已经花白了。他本是看着陶凡的头发慢慢白起来的，今天竟感觉这满头白雪是一夜间落下的。日子过得真快，陶凡在地委书记任上一晃就是三年。陶陶大学都快毕业了。关隐达同陶陶早就偷偷儿相爱了，却一直没同陶凡夫妇正式谈过。陶陶不让关隐达泄露消息，要由她自己同父母去讲。其实陶凡和林姨早看出了，只是装傻。

这年春上，又传说陶凡要调走了。人们看出了迹象：关隐达被派到下面任县委副书记去了。领导干部调走之前，通常都要把身边的人安排好的。大家又猜错了。只是陶凡看出女儿同关隐达关系越来越明朗，再把他放在身边当秘书就不太好了。于是同夫人商量，还是让关隐达下去算了。夫人同意，说小关是个好苗子，下去干几年，有好处。

关隐达感觉这半年过得太快了。他刚被提拔，总是很兴奋，干什么都是一阵风。又有很多机会去省城，可以见着陶陶。过去都是跟着陶凡去，就算见了陶陶，两人最多只能偷偷儿眉目传情。

很快就到了暑假，陶陶毕业了。她回到西州，进门就告诉妈妈：“我要去看看关哥。”

母女俩这才第一次正式谈到关隐达。林姨见女儿真的喜欢这个小伙子，她自己见着也满意，就没说多话。毕竟是婚姻大事，陶凡也嘱咐了几句。陶陶没想到父母如此通达，没说什么就同意他们的事了。可是她发现爸爸总有些哀伤的样子，关在房里待了老半天。陶陶就问妈妈：“爸爸怎么不高兴？”

妈妈说：“爸爸不是不高兴，他是舍不得你。孩子大了，就要飞了，父母都有些伤心的。”

陶陶忍不住落了泪：“那我就不出嫁了。”

晚上，陶凡叫女儿进了他的书房，说：“陶陶，隐达跟我多年，我了解他。他人品好，有才气，也灵活。但是，他如果成了陶凡的女婿，不一定就是好事。”

“为什么？”陶陶问。

陶凡说：“官场上的事，你弄不懂的。如果隐达真的爱你，他就要想到自己的仕途也许会受到影响，就要不管这些。”

“我还是不懂。”陶陶说。

陶凡长叹一声，说：“爸爸不能同你说得太透。你去问隐达吧，他会告诉你。”

陶陶说：“我想明天就去关哥那里，住几天再回来陪你。”

陶凡抬手摸摸女儿的头，说：“你去吧。自己坐班车去，我不叫车送你，你也不要叫隐达来接。你妈妈跟我几十年，从来没有摆过官太太的架子。对你，我就说这一句。”

第二天一早，陶陶背着包去了长途汽车站。买了票，等了两个多小时，又颠簸三个多小时，才到了关隐达县里。正是中午一点多，县委办没人上班。问了传达室老头，他说不知道关书记住哪里。传达室的人看谁都像上访的，没什么好话。陶陶只好在县委办前溜达。太阳很老，晒得皮肉生生地痛。直等到两点多，才有位中年男人揉着眼睛来了。他见了陶陶，本想不理睬的，似乎过意不去，又回头问道：“你干什么的？”

陶陶说：“我找关隐达。”

那人就站住了，惊愕地望着陶陶，心想这人怎么敢直呼关隐达的名字。可他的脸慢慢热情起来了，将信将疑道：“请问，你……是陶书记的……”

“我叫陶陶。”陶陶抢着答道。

“快进来坐吧，热死人了。”那人忙开了办公室，“我是县委办主任，姓王。”

王主任替陶陶倒了茶，忙说：“小陶，这个这个，怎么称呼你？你比我小，叫你小陶没意见吧？你坐坐，我马上把关书记找来。”

“没事的，他不就要来了？不要专门去找。”陶陶说。

王主任却挥挥手，飞跑出去了。一会儿，关隐达就来了，见面就伸出手来。陶陶笑道：“谁跟你握手？我又不是你的下级。”

关隐达嘿嘿一笑，说：“是上级，是上级。”

晚上，关隐达领着陶陶在街上散步，却是一路握手而过。陶陶说：“这哪是散步？简直像毛泽东接见红卫兵嘛。”

“尽是熟人，怎么好不打招呼呢？”关隐达说道，“好吧，我带你走小巷子，去城外的河边。那里僻静。”

陶陶说：“这方面你得学学我老爸。他从地委大院里走过，别人只敢远远地打招呼，没几个人敢上来握手。”

关隐达说：“你老爸是只虎，没几个人能像他那样。但是你要知道，老虎不是一天长大的。”

陶陶望着关隐达，说：“你怎么也同我老爸一样，说话玄玄乎乎了？”

关隐达笑了：“我哪里玄乎？我是说你爸爸的威望是慢慢形成的，也可以说是历史形成的。我呢？刚入官途，总不能像你爸那样吧。”

“我爸怎样？”陶陶说，“好像你话中有话。”

关隐达说：“陶陶你多心了，我非常敬重你老爸。不过真要说起来，他的个人魅力是他的书生意气，而最终让他不会太得志的也许还是因为他的书生意气。”

陶陶说：“我真不明白。”

关隐达说：“你可能并不了解你爸爸。他老人家既有文才，又有干才，更有思想。但是他太自信，难免就有些自负或自傲，不肯求人。当官这事，得由各种机缘促成，单是自己如何能干，不行的。”

陶陶说：“你知道得这么透，怎么就不向我老爸进言呢？原来你是个刁参谋！”

关隐达说："我说的不一定就对了，只是瞎猜。大家都说你爸同省委书记如何好，可是也不见他怎么关照你爸。你爸同省委书记原先是老同事，这倒是真的。"

陶陶说："我也不知道。爸爸从来不在家里谈工作上的事。爸爸说，你真成了陶凡的女婿，不见得就是好事。可是他不肯再说下去。"

出了小巷，河风迎面而来，很凉爽。关隐达说："他老人家担心是多余的。未必老婆同仕途哪个重要我都不知道了？"

陶陶听了这话，身子就软软的，头贴进关隐达怀里。陶陶说："爸爸有时心情不好，我也看出些。却不知怎么劝他。妈妈拿着他也难办。妈妈当面笑眯眯的，背后就叹气。爸爸在西州干得到底怎么样？"

关隐达说："你爸爸很不错。每一位领导新来，大家都会发现我们来了个最好的领导。这差不多已成规律。但是你爸爸，真的很好。可是，他在这位置上待得太久了。俗话说，管家三年狗都嫌。"

"这么说，很多人嫌我爸爸了？"

关隐达说："当官就得干事，干事就要得罪人。干事越多，失误肯定就越多。时间越长，好领导的神话就越受怀疑。中国人是习惯神化领导人的。还有，你老待着不走，想上的人就上不来，也遭人恨。我原来是你爸爸的秘书，现在别人都知道我是他的女婿，所以很多话我是听不到的。但是可以想象，不知有多少谣言在传播。等他下来了，接任的来了，人们又会发现西州来了位最好的地委书记。这是个很可笑的规律。"

陶陶点头道："难怪爸爸说你做他女婿不见得是好事。等爸爸把西州的人得罪得差不多了，就退下来了。你也许要在西州待一辈子，别人就会整你。是这个道理吗？"

关隐达笑笑说："没这么严重，不要管它。"

陶陶心里并不在意这事儿，却故意说："如果真是这样，我想你还是最后考虑一下。我不能误你的前途。"

关隐达捧着陶陶的脸蛋儿，说："我喜欢你，哪管那么多！"

其实关隐达早就反复想过这事了。他知道自己并不蠢，可是因为他将是地委书记的女婿，别人就会低看他几分，以为他不过搭帮岳老子发迹。他要让人们相信自己能力，得比别人花更多心血。如果陶凡真的当了省委领导，关隐达就是另一番风景了。可是陶凡多半会在地委书记位置上退下来，关隐达今后的日子不会太好过。关隐达也只是反复忖度自己的未来，徒增几分无奈。他并没有想过为着顶官帽子，就把自己心爱的人儿放弃了。

陶陶轻轻叹道："这次回来，我见爸爸的头发白得差不多了。望着他那样子，我真心疼。"

关隐达也很感慨，说："男人一辈子就是这样，什么事都得硬着腰杆子挺着，直到满头飞雪。"

陶陶撩着关隐达的头发，说："我不让你的头发变白。"

关隐达就说："好，我就不白。跟着你过日子，我头发不会白的。"

"那你可别后悔啊！"陶陶抬头望着关隐达，满脸的娇嗔。

关隐达又把陶陶的脸托起来，动情地抚摸着："傻孩子，我怎么会后悔呢？你是我最大的成就。知道吗？你踏上西州这块土地第一脚，就有双眼睛注视着你了。我同你说过的，那个早晨，我在招待所后面的林子里望着你。命运真是神奇啊！"

陶陶说："就让他们把我分配到你县里来，今后你往哪调，我就跟着往哪跑。"

河风激起水花，拍打着堤岸，啪啪地响。流萤漫舞，蛙声四起。

九

隆冬了，成天寒雨纷飞。每日凌晨，城里人多半还在睡梦里，就会听见街上的鞭炮声、哭号声和唢呐声。今年很奇怪，人老得很多，天天都有出丧的。陶陶见不得死人的事，心里害怕。只要听见街上有哭声，陶陶就钻进关隐达的怀里，浑身发抖。关隐达哄着她，说她还是个孩子。

县委办突然接到通知，说是老地委书记陈永栋去世了，要求各县市敬献花圈，并派领导同志参加追悼会。关隐达同陈永栋熟识，就说："我跑趟西州吧。"

陶陶正好想回去看看父母，就一同去了。两人回到西州城，在街上买好花圈，直接奔灵堂去。理事的都是地委办老同事，见了关隐达，免不了客气。可毕竟在办着丧事，不便热乎，就握握手，脸上露出说不清的表情。陈永栋两儿一女，都四五十岁的人了，不怎么懂礼数，倒是躲在一边。等地委办的人叫他们，才过来同关隐达握手。关隐达见了他们那漠然的样子，说不出节哀顺变之类的话，只说陈老书记是个好人。围观的人很多，都在叽叽喳喳说着什么。

追悼会得下午举行，关隐达同陶陶就先回爸爸家看看。关隐达打发司机去宾馆休息，自己同陶陶步行上山。桃岭的风更猛，吹得人不能张嘴呼吸。陶陶背着风，说："有人说陈老留下了很多钱。"

"你怎么知道?"关隐达迎着风，大声问。

陶陶退着走，说："你在同人打招呼，我听别人议论。"

只有妈妈在家，爸爸还没回来。妈妈见两人冻得脸都红了，忙开了空调。

"真是个怪老头!"妈妈说。

陶陶问："别人都说，陈老存下了很多钱。"

妈妈说："你爸爸同我说过，是真的，有四十多万。陈老留下遗嘱，这些钱全部交党费。"

陶陶说："老人家境界倒蛮高啊。"

妈妈摇摇头，说起事情原委。陈永栋好可怜的，死了几天，才有人知道。他平时独来独往，儿女又不在身边。有位老同志突然想起，好久没见陈老清早舞剑了。他觉得不对劲，就报告了地委办。地委办派人撬开门，发现老人家安详地睡着了。幸好是冬天，不然尸体都不行了。陶凡听说了，马上带着吴明贤赶了去。地委办的同志正在清理陈老的遗物。从床头搜出张纸条，皱巴巴的。打开一看，竟是陈老的遗嘱。字歪斜而粗大。

我的遗嘱

一、我终身积累的钱共四十五万圆交党费。

二、我的辫子要剪掉，理光头，干干净净去见马克思。

三、我的儿女肯定要争我的钱，不能听他们的。

陈永栋

某年某月某日

陶凡接过遗嘱看了看，嘱咐在场的人说："这份遗嘱，请同志们务必保密。"

陶凡马上约见了张兆林等几位在家的领导。陶凡说："陈永栋同志的高风亮节值得我们敬佩。但是，我个人意见，这个遗嘱我们不能完全执行。"

大家都吃了一惊，不知陶凡有何用意，却都不说话，等着陶凡说下去。陶凡有些激动，沉默片刻，才说："陈老一生严格要求自己，连自己的子女进城都不准。老人家两个儿子，一个女儿，都在农村，生活条件很不好。我个人意见，把五万元零头交党费，也算顺老人家的意，其余四十万还是给他自己儿女。党不缺这几十万块钱。"

张兆林带头表了态："我同意陶书记意见。"

有人提出疑问：存在法律问题吗？

陶凡说："好在遗嘱方面立法暂时还是个盲区。我觉得这样处理，老人家九泉之下有知，会理解我们的。"

说完遗嘱的事，陶凡又让张兆林留一下。"兆林，关于陈老去世的情形，你同吴明贤打个招呼，要他告诉同志们，不要议论。陈老是建国后西州首任地委书记，晚景如此凄凉，传出去影响不好。维护党的威信，比什么都重要。为了安慰陈老家人，我考虑把丧事尽量办得像样些。可以简朴，但规格要高。最近上面有新规定，地市以上党员领导干部去世，遗体可以覆盖党旗。我建议，追悼会上，陈老遗体要覆盖党旗。平时这边都是火化以后再开追悼会，陈老就破个例，开完追悼会再火化吧。各部门和县市都要送花圈，各单位得派领导参加追悼会。"

张兆林点头道："我同意您的意见。我让吴明贤把灵堂布置得像样些。"

"对对。遗体周围要放些鲜花。兆林，你让吴明贤赶快拟个治丧委员会名单吧。我任主任，其他你们考虑。"

半个小时以后，吴明贤把治丧委员会名单送到了陶凡案头。陶凡过目后，骂吴明贤："老吴，你秘书长都当几年了，怎么连起码常识都不懂？治丧委员会名单，不等于地委、行署领导名单。退下去的老领导，都得进治丧委员会。主任、副主任按职务排列，其他委员就得按姓氏笔画排列。”

吴明贤说：“有些老领导，长年不住在西州。”

陶凡来火了：“你糊涂！他们就是长年住美国，政治待遇你不能动人家的！”

几经反复，治丧委员会名单才定了下来。陶凡批示道：着速印发各县市党委、政府，地直部门各单位，并送地委、行署、人大联工委、政协联工委领导，以及副地级以上离退休老同志。

吴明贤尽管挨了骂，但是看着陶凡的批示，心里还是佩服。他见陶凡用的词是“着速”，而不是“立即”、“马上”之类，似乎比别的领导墨水就是多些。

一会儿就到中午了。陶陶听得汽车声，说：“爸爸回来了。”

陶陶忙出门去看。关隐达也跟了出去。陶凡下了车，见关隐达来了，微微笑了一下。进屋后，陶凡坐下，忍不住叹了声。陶陶问：“爸爸怎么了？”

陶凡摇头说：“有人嘴巴不紧，把陈老的遗嘱泄露出去了。一位记者多事，竟让这消息见了报。”

关隐达问：“那么只好全部交党费？我看没有必要。”

陶凡没说怎么办，只道：“造这种新闻，没意义！”

见陶凡不想再说这事，大家都不提了。吃过中饭，一家人聊聊天，就到下午上班时间。陶凡还得去给陈老致悼词。轿车来了，陶凡夹着包出门。关隐达也要去参加追悼会，却并不随陶凡的车去。陶凡也没有请他同去的意思。两人再不是领导和秘书的关系，倒不能像原来那样亲近了。老向人家提醒他们的翁婿关系，对关隐达并不太好。

陶凡走后两分钟，关隐达下山去。灵堂庄严肃穆，花圈里三层外三层地摆着。陈永栋老人躺在花丛中，身上覆盖着鲜艳的党旗。陈老干瘪的脸颊化了妆，就像涂了蜡的核桃壳。稍等几分钟，追悼会正式开始。场面安静下来，陶凡低沉着声音，回顾陈永栋同志光辉的、艰苦卓绝的战斗历程。听得有人悄悄议论，说陈老运气真好，碰上地厅级干部可以覆盖党旗了。

晚上，陶凡独自呆在书房里没有出来。关隐达和陶陶没有马上回县里去，原想陪陪爸爸。妈妈说让你爸爸自己静静吧。从陈老去世那天起，他心情就不太好。

电视一直开着，谁也没去看一眼。到了晚间新闻时间，竟然播了条有关陈老的消息，说一位老共产党员临终时，将终生积蓄的巨额财产全部交给了党组织。记者采访了陈老的儿女们，三位老实巴交的农民木然地望着地上出神，说不出一句话。电视里便是沉重的新闻腔：是啊，他们说不出一句话，有的只是对老人无尽的哀思。

睡觉前，陶陶说："爸爸心情好像很不好。"

关隐达说："爸爸的心思我琢磨不透。如果是我处在爸爸位置上，我会想陈老这辈子值不值得？我自己这辈子该怎么评价？"

"都说陈老是个怪老头。"陶陶说。

关隐达叹道："任何事情，只要超越情理了，违背人性了，就有问题。陈老越到晚年越有些像走火入魔。爸爸也许看破了这点，才不理会他的遗嘱。不知爸爸到底怎么看？我觉得陈老的结局有些荒谬。"

夜已很深了，陶凡书房的门缝里还透着光亮。

我的堂兄

一

舒通是我的堂兄，我叫他通哥。通哥喜欢把绿军帽做成工帽的样子，低低地往前压着，快盖住鼻子了。我看不见他的眼睛。工帽是我后来才晓得的叫法，当时我们都叫它鸭舌帽。我平常只在电影里见特务和上海滩的阿飞戴这种鸭舌帽。通哥戴着这种军帽做成的鸭舌帽，在村子里走过，小伢儿们都很羡慕。

通哥的帽檐压得太低，走路时自然得使劲儿昂着头，看不清脚下的路，腿就抬得高高的。当时我才八九岁，并不晓得这个样子就是趾高气扬。村里女儿家背地里说通哥很朽，极看不起的样子。“朽”是我的家乡方言，不晓得怎么翻译成普通话，大概意思是得意、臭美、忘乎所以。

女儿家纳着鞋垫，嘴里总得说些事的。她们最喜欢说的就是通哥，常常都是不屑的口气。她们说通哥的近视，就是戴帽子戴成那样的。成天拿帽子盖着眼睛，哪有不近视的？近视就是书读得多？就有文化了？真是个活宝！

舒家祠堂是大队部。有个春天的晴日，舒家祠堂前围满了许多人。我钻进人墙去，见通哥正在八仙桌上写毛笔字。这张八仙桌原是地主舒刚廷家的，四周都有抽屉，据说是打麻将用来装钱的。现在抽屉斗早不见了，只有四个空空的洞。记得每回斗争舒刚廷，大队干部就会说到这张八仙桌，它是地主分子花天酒地的罪证。万恶的旧社会！

我头回看见通哥的帽檐没有压着鼻子，而是翻转过去，翘在后脑勺上。通哥歪着头，舌头伸出来，左右来回滚动，似乎他不是用毛笔写字，而是用舌头。我这时已是小学二年级了，晓得通哥是给大队出墙报。正在批林批孔哩。

通哥对面站着阳秋萍。阳秋萍双手扯着纸角，望着通哥写字。通哥写完一行，就直起腰来，眯着眼睛打量刚写好的字，脑壳往左边歪一下，又往右边歪一下，就像栽禾时生产队长检查合理密植。阳秋萍看看通哥的眼色，再小心地把纸往下拉拉。

“孔老二四体不勤，五谷不分……”我吃力地念着通哥写的字。

“呀，六坨才二年级哩，抄字都认得！”马上就有大人夸我。村里人把正楷以外的行、草之类潦草的字都喊作抄字。

通哥望着我笑笑，说：“六……六……六坨是块读……书读书的……料子！”

通哥是我的语文老师，他说话结巴得嘴角鼓白泡，读课文却很流利。我受了夸奖，就有些忘乎所以，钻到阳秋萍前面，想帮通哥扯纸。阳秋萍啪地拍了我脑壳：“六坨，快过去，别把纸扯坏了！”

“六坨，人家哪要你扯？”

大家都笑了起来。我不晓得刚才是哪个说了这话，只听见是个女儿家说的；也不晓得他们为什么会大笑。

通哥抬起头来，样子很生气：“我和……和阳秋萍出墙报，是……是……大队支书安……安排的，哪个有意见……就就去找……支书……”

“哪个有意见？扯纸只有阳秋萍会，我们又不会！”

这回我看见了，说话的是腊梅。大人们都说腊梅长得像李铁梅，眼睛大，辫子长，偏又嗓子好，最喜欢唱“我家的表叔数不清”。

阳秋萍听着脸一红，说：“腊梅你莫这么讲，我是服从组织安排。”

通哥说：“是是……是嘛，我们都是服从……从……安排……”

腊梅笑笑，说：“是啊，你是革命的螺丝钉，组织上要你在哪里钻，你就在哪里钻！”

通哥听出弦外之音，沉了脸：“腊梅，你……你……这是什么意……意思！”

有人故意想把话儿挑明白，便说：“腊梅，你一个黄花闺女，怎么说得出口！”

腊梅说：“我说什么了？我又没有说哪个是螺丝帽！”

阳秋萍低了头，钻出人群，飞跑去了。

通哥瞪了眼睛：“腊梅，你……真……真过分！阳秋萍……父母有……问……问题，她是可以改造……造的！周总理讲……的，有成份……论，不唯成成……份论！”

腊梅不等通哥说完，哼了声鼻子，也走了。通哥说到后面两句，只能望着她那条长长的大辫子，李铁梅式的。

通哥继续写字，围观的人仍看着热闹。我趁机捡了阳秋萍的差事，给通哥扯纸。通哥没有骂我，准许我替他扯纸。我像受了奖赏，居然有些不好意思。

“用心……何……何……其……其其……毒也……”通哥字有些草，我又是反着看，念得结结巴巴。

通哥却以为我在学他结巴，突然抬头望着我：“六……六坨！你顽……顽……皮啰！”

围观的人哄笑起来。通哥气恼，发起无名火：“有有什么好……好看的，又不是杀……杀……年猪！”乡下没什么好看的，过年杀年猪，补锅匠补锅，剃头匠剃头，都会围着许多人看。

快黄昏了，通哥才写好那些字，一张张贴到墙上去。墙报贴好了，大家围着看了会儿，都说字好，字好，渐渐散去。似乎没人在意上面写了些什么，更在乎的是通哥写的字。能把这么多字用毛笔写好，贴到墙上去，村里找不出第二个人。村里人嘴上不怎么说，心里还是佩服通哥的，也有人嫉妒。

只有福哥一直站在圈外，冷眼看着。福哥名叫幸福，外号王连举。等到通哥开始往墙上贴纸了，福哥却装着什么也没看见，吹着口哨走开了。我听到有人吹着郭建光的“朝霞映在阳澄湖上”，就晓得是福哥。我抬头看看，果然是福哥，正拿手摸着他的西式头。

福哥是大队支书俊叔的儿子，一年四季拿手摸着他的西式头，把自家摸得像个王连举。叫他王连举，算是我的发明。有回放学的路上，我和同学们没有马上回家，坐在稻草垛上晒太阳。那是个初冬的星期六，学堂只有半日课。还有半日，我们在外面疯。稻草被晒得暖暖的，香香的，我躺在上面，闭上眼睛。我故意朝着太阳方向，眼前血样的红，然后变黑、变绿、变灰、又变黑。脑壳开始嗡嗡作响，仿佛是太阳的声音。这时，听得有人吹着口哨，调子是“朝霞映在阳澄湖上”。我仍闭着眼睛，说：“肯定是福哥，他那样子就像叛徒王连举，还吹英雄人物郭建光的歌哩！”

“王连举！王连举！”同学们高声喊了起来。

我忙睁开眼睛，眼前漆黑一片。半天才朦胧看见福哥的影子，他正摸着自家的西式头。福哥起先并不在意，仍只顾吹着郭建光调子。他突然发觉不对劲，回头一看，见同学们正朝他喊得起劲。福哥瞪了眼，骂了句娘，朝我们猛跑过来。同学们轰地作鸟兽散，边跑边喊“王连举”。福哥不知抓哪个才好，哪边喊声大就朝哪边张牙舞爪，结果哪个也没抓住。我幸好早早睁开眼睛了，不然准被他抓住。福哥站在草垛边骂几句娘，回去了。可是从那以后，他在村里就有了个外号：王连举。乡下人并不忌讳外号，人家叫他王连举，他也答应。不过，地富反坏右不能叫他王连举，辈分小的不能叫他王连举。我就不能叫，只能叫他福哥。可我有回叫他福哥，却被他瞪着眼睛骂了：“你还晓得叫我福哥？叫王连举啊！”原来，不知哪个告诉福哥，他那个王连举是我叫开头的。

通哥有回问我：“六坨，王连举……是……是你叫出来的？”

我不敢承认，也没有否认，只是望着通哥。通哥说：“幸福真像……像死了王连举。要是真的打……打起仗来，他说……不定就……就是叛徒。”

人都走完了，通哥自家望着墙报，摇摇头说：“写字就是上……上不得墙，放在桌……桌上好看，贴上去就像……像鸡……鸡抓烂的。”

我随了通哥去溪边洗毛笔。他把毛笔一支支洗干净，一支支递给我。通哥说：“古……时候有个人字写……得好，你晓得人……家费了多……少功夫吗？”

通哥这会儿又像老师了，我便紧张起来，摇摇头。

通哥说：“他家门前有个水……水塘，他每回写……写完字，就在水塘里洗……洗笔洗砚。天……天长日久，水塘里的水都变……变成墨，可以拿去写……写字了。”

通哥说：“这就叫……有志者，事……竟成。”

通哥又说：“这个古人的名字叫……王……王羲之。”

通哥说着，就拿湿毛笔在干石板上写了个大大的“羲”字，正楷的。“这个字很难……难写，很……很难认，读……西，东西的……西。”通哥严肃地望着我，就像平日在教室里。

我就是那回认识这个字“羲”的，再也没有忘记过。事后我还拿这个字去考同学，没有人认得。倒是有同学说是马列主义的“义”字，繁体的。村里墙壁上、田垄里的土坎上，尽是石灰写的标语，也有些“义”被写字的人故意写成繁体，显得很有学问。

通哥接过毛笔，走在前面。已是黄昏，蛙鸣四起。通哥问：“六坨，你晓得孔老二是……是什么人吗？”

我说：“你在墙报上都写了。”

通哥说：“你是……是说批林批孔啊。林彪肯定是……是坏人，他想谋害……毛……毛主席。但……但是孔老二都死了两……两千多年了，他是我们老……师的祖……宗……”

通哥并没有说孔老二是好人，可他说了“但是”，我就听出些意思来。这时，迎面碰见阳秋萍。她站在路中间，望着通哥。天已擦黑，我看不清楚她的眼神。

通哥还没说完孔老二，喊道：“阳……”

没等他喊出人家的名字，阳秋萍返身跑了。我弄不明白，通哥同阳秋萍就像闹了意见。

回到家里，我问妈妈：“孔老二是好人吗？”

妈妈吓死了，忙问：“你听哪个说的?”

我说：“通哥说孔老二是老师的祖宗。”

妈妈说：“六坨，这句话你千万不要再说!”

二

通哥要上大学了，我是听别人说的。听说这回上的大学，不是社来社去，回来是要吃国家粮的。有人不信通哥会上大学，说肯定是幸福上大学，人家是大队支书的儿子。俊叔听到了这些闲话，很生气，说：哪个上大学，又不是我舒象俊说了算，大队上头有公社领导，公社上头有县里领导!

晚饭后，我去了通哥办公室。通哥叫我去的。当时我并不晓得他的房子应叫办公室，只叫老师房。每间教室的栋头，都有间老师房，只容放张办公桌，一张小床。学堂有十来间这样的老师房，只有通哥晚上住在那里。学堂就在村后，从前是坟地。建学堂的时候，挖出很多人骨，吓死人了。这里不知埋葬过好多先人，坟重着坟。有回，我们教室的地面突然陷进去一块，有个同学连人带桌椅掉进坟坑里。我们好久都不敢碰那个同学，总觉得他身上有股死尸的气味。

我趁天没黑，飞快跑到通哥那里。通哥正在看书。灯光有些灰暗，通哥眼睛不好，就像拿鼻子在闻。通哥并没有回头，只说：“六坨吃……过饭了?”

“吃过了。”我问通哥，“通哥，你真的要上大学吗?”

“你是小……小孩子，问……问这些做什么?”通哥望着我。

我说：“应该是你去上大学，福哥字都不认得几个，你还会写毛笔字。”

通哥笑笑，说：“上大学又……又不考毛……笔字!”

我问：“那考什么?”

通哥说：“就是几……个干部，一个……一个叫我们进去问……话。”

“问什么?”我很好奇。

通哥说：“问我什么叫儒……法斗争。”

我隐约晓得儒法斗争的意思，却说不清楚，有些紧张地望着通哥，生怕他考我。

通哥说："儒……法斗争，报纸上天……天讲，魔……芋脑壳都……晓得。"

魔芋是地里长的一种块根植物，大如人头。我们那儿笑话别人蠢，就说他是个魔芋脑壳。我正想象那魔芋的样子，真的很像人头，却见通哥笑了起来。

我以为通哥笑我，忙逞能，说："通哥，儒家的代表人物是孔子和孟子，法家的代表人物是荀子和韩非子，是吗？"

通哥摸摸我的脑壳，说："六坨真的很……聪明，比……比幸福强。幸……福二十几岁的人了，闹了个天……大的笑话。"

通哥没有说幸福闹了什么笑话，我也不问。通哥笑得直捂肚子，我猜他笑过之后，会告诉我的。果然，通哥笑过之后，长长地喘了几口气，说："幸福说，儒……法斗争，就是日……日本和法……国两个帝……国主义之间狗……咬狗的斗争。"

我没想到幸福这么蠢，笑得眼泪都出来了。我们那儿土话，"儒"跟"日"同音，都读成"日"。我脑子里立即想起广播里天天喊的那句话，说林彪是不读书、不看报的大军阀、大党阀。我想不出幸福是什么阀，心想他应该叫做大蠢阀。我只闷在心里想，不敢说出来。通哥尽管还没有去上大学，我却感觉他的学问好像比平日大了许多，不敢在他面前出丑。

"通哥，你看什么书？"

"牛……虻，小……说。"

通哥拿起桌上的书，瞟了眼封面，并没有把书给我看。我听成了"流氓"，觉得很奇怪。通哥大概看出我的心思，说："你还……小，这是长篇……小说，长大了再……看。"

我暗自害羞，心想我永远不会看流氓小说。可是，我看通哥脸上没有半点不好意思，他居然满面微笑，望着我。心想，难道大人就可以看流氓小说了吗？

"六坨，我想同……阳秋萍谈……心，写……了封信。她老娘太……厉害了，我不敢到……她家里去。"通哥脸上突然通红起来。

我忙说："通哥是要我送鸡毛信吧？"

通哥说："六坨就……是聪明。"

我拿了信，走到门口，却不敢出门了。

"怎……么了，能……完成任务吗？"通哥突然像个解放军首长。

我说："外面黑了，我怕。"

通哥说："你真……的怕鬼？世上是没……有鬼的。好……吧，我送……你出校门。"

学堂其实没有校门，大家习惯把操场外面进村的口子叫做校门。我走到村口就不怕了，说："通哥你回去吧，我保证完成任务！"

从通哥像解放军首长那刻起，我就觉得自家像小兵张嘎了。解放军跟八路军我分得并不太清楚。我脑子里响起冲锋号的旋律，都是电影里的。我走到拐弯处，忍不住回头望望。只见通哥站在操场中间，朝我挥手。但他挥手的动作并不像电影里面那样，手举过头顶，慢慢地左右摆动。通哥挥手的动作很快，就像赶蚊子。我明白他赶蚊子的意思，就是叫我快去。

我飞跑起来，惊得村里的狗狂叫。我马上想起妈妈的话，狗叫的时候，千万别跑，不然狗会追着你咬的。我只好慢下来，警觉地看看四周，再从容前行。狗叫声渐渐平息下来。我慢慢走着的时候，感觉自家就像深入敌后的地下工作者，正机警地走在大街上。大街上满是特务、宪兵。

快到阳秋萍家的时候，我步子更慢了。阳秋萍家其实就是我三伯父家，分出两间，供他们家住下。记得有一年，突然有辆卡车拉来些箱子、柜子和桌椅板凳。卡车停在祠堂前面，车上下来一个中年妇女，一个女儿家。那个女儿家脸比所有人都白，嘴巴闭得紧紧的，眼睛不望人。

"长得像一朵花！"有人悄悄儿说。

那朵花就是阳秋萍。很快，附近十几个村子都晓得舒家坳有个阳秋萍，城里下放的。有人背地里不叫她名字，叫她阿庆嫂。舒家坳的毛泽东思想文艺宣传队远近闻名，阳秋萍演阿庆嫂。阳秋萍其实也演过李铁梅，但人们只叫她阿庆嫂。铁梅是腊梅的外号。

阳秋萍家在我三伯父家西头搭了个棚子做厨房。我猫腰进了她家厨房，想先侦察情况。灯光从木板缝透过来，照进厨房里。我趴在木板缝处往里看，见阳秋萍正对着镜子，往脸上涂雪花膏。她左右看着自家的脸，又龇开嘴看自家的牙。正在这时，听得她妈妈的声音："一天到晚只晓得照镜子！"

阳秋萍忙收起镜子，低头坐着。她妈妈我叫向姨，听说原是在城里当老师的。向姨说："幸福有什么不好？人家马上就是大学生了。"

阳秋萍说："他上大学又怎么了？箩筐大的字，认不得几担！像个王连举！"

"王连举怎么了？人家长在乡下，梳个西式头，就说人家像叛徒。明天他上大学了，那样子就是知识分子！"向姨说话间，手在女儿头上不停地戳着。

阳秋萍说："你真以为他会变成知识分子？亏你自家还是知识分子！"

"死鬼婆，你是越来越胆大了！"向姨说，"俊叔要是不照顾我们，我们永远回不了城！"

"回不了就回不了！住在乡下，我还少几个人欺负！"阳秋萍说着，屁股一蹦，转过身去。我只能看见她的背了，弯着，像半边月亮。

向姨大声说道："我已答应俊叔了！"

"你答应俊叔了你就自家……"

我没来得及听清阳秋萍说什么，只听得啪的一声脆响。阳秋萍挨打了。我吓着了，不小心碰着什么，哐的一声响。

"哪个？"向姨厉声喊道。

我忙学着猫叫："喵……喵……"

我学猫叫几可乱真。

向姨骂道："回不了城，你就天天同猫呀、老鼠滚在一起吧！"

听得门哐的一声，向姨出去了。阳秋萍趴在桌子上，肩膀耸动着。这时，我才想起如何完成任务。向姨那么凶，我也不敢进她家去。

我继续学猫叫："喵……喵……"

阳秋萍仍趴在桌上哭泣。

"喵……喵……"我边学猫叫，边学猫抓着壁板。

阳秋萍终于回头望望，很怕的样子。后来我晓得她真的很怕猫。我把通哥的信悄悄地从木板缝里塞进去。阳秋萍先是吓了一跳，忙望望四周，悄悄儿走上前来，抽走了信。大功告成，我躬着腰摸出她家厨房，飞跑。

三

老师不要下地出工。也有老师星期天出工的，会得到俊叔的表扬。通哥教书之外从不出工，除非大队安排他写毛笔字。通哥星期天会躲在老师房看书，从早看到晚，中饭都不吃。

这是暑假，老师房热得要命，通哥跑到村头的大樟树下看书。我打猪草回来，路过樟树下，通哥喊我："六……坨，来！"

我背着猪草走到他面前，晓得他又会问鸡毛信的事。鸡毛信送出去十多天了，可通哥还老是问我。

"六……坨，信真……是阳……秋萍拿……走的吗？怕……不是她老……娘吧？"

我说："真是阳秋萍拿走的。要是向姨拿走了，不找你来了？"

通哥脸刷地红了，说："她找……我做什么？我是找……阳秋萍谈……心。"

我说："谈心你怕什么？"

通哥笑了起来："六坨可……能知……事了。"

我顿时脸上发烧。我们乡下说哪个伢儿知事了，就是懂得男女了。我当时才八岁多，这话听来很丑。

"把猪……草放下，坐……会儿。"通哥说着，他手里拿的仍是那本我听成"流氓"的小说。

我放下背猪草的竹篓，坐了下来。树下清凉，头顶早禾郎吱吱长鸣。早禾郎就是城里人说的蝉。

通哥说："六坨，你知……道什……么是恋……爱吗？"

我不晓得什么是恋爱，懵懂地摇摇头。通哥笑笑，莫名其妙地说："不……晓得，不晓得就……好。"他再往下说的话，我一句也听不懂了。他抬头望着空中的白云，一会儿说天上的太阳、月亮、星星，一会儿说大海和大海里的石头。我从未见过大海，任他怎么讲都不明白。

"长……大了，你就会……晓得的。"通哥突然摸了摸我的脑壳。

这时，队上收工了，社员们扛着锄头进村子。通哥收起书本，往村头张望。有人从樟树下走过，说："舒通，你会享福啊！跑到樟树下面坐着！"

通哥嘿嘿笑着，眼睛却朝村口的溪边望去。社员们出工回来，都会在那里洗洗脚。"城……里人，就……是讲究些。"我听通哥这么一说，晓得他说的是阳秋萍。原来大家洗完脚，裤腿依旧高高卷着。只有阳秋萍把裤腿放下来，左右看看身上是否还沾着泥。

阳秋萍原本低头走路，她突然看见了通哥，马上闪进旁边岔路去了。阳秋萍闪进岔路的那一瞬间，斗笠下面那张雪白的脸，刷地红了。岔路并没有马上拐弯，可以看见她飞快地走着碎步，腰肢一扭一扭的很好看。阳秋萍消失在拐弯处的时候，我听得通哥叹息了一声。

"通哥，阳秋萍不愿意和你谈心？"我问。

通哥低声骂道："莫……乱讲！"

我不敢乱讲了，同通哥招呼一声，准备回家去。我刚背上猪草篓子，通哥说："六……坨，吃过晚……饭跟我到河……里洗澡去！"

我们那儿，游泳就叫洗澡。那条河叫溆水，汇入洞庭湖，再到长江。长江的水是要去东海的，从小我听老人讲东海龙王的故事，就感觉自家像溆水里的一条鱼，紧贴着河底往下游，游往东海去。河离家三华里左右，得走过一片田野和沙滩。没有大人陪伴，我们小伢儿是不准去河里洗澡的。其实我们平时也偷偷儿去，只是不敢让大人晓得。热天在外混了半日回来，爸爸或者妈妈会用指甲在我手臂上划一下，如果留下白色的痕迹，就会挨打。无可抵赖，肯定是下河洗澡了。今日妈妈听说我跟通哥去洗澡，就答应了。通哥是大人，又是我的老师。

那天晚饭吃得早，我同通哥穿过甘蔗林和橘园，爬上河堤，只见河面闪着金光。落日正衔在我们身后的山口上。

"通哥，风篷，风篷！"我指着河的上游。

通哥问："六坨，你知……道风篷在书……上是怎么说……的吗？"

我摇摇头："不晓得。"

通哥说："叫帆，这么……写的。"

通哥说着，就拿脚尖在地上写了个大大的"帆"字。

“为什么船上要扯帆?”我问。

通哥说:“借助……风力,船就不……用撑竹篙,自家会……走。你……看看,船越来越……近了。”

船近了,可以看见船尾冒着炊烟。一个女人从河里舀了一瓢水,倒进锅里,顿时热气腾腾。女人后面有个光着上身的男人,端着碗喝酒。

“通哥,他们在河里做饭吃,几有意思啊!”我很是羡慕。

通哥说:“是有……意思。我哪天也过……过这种日子。”

下了河堤,踩过松软的沙滩,再走过一片鹅卵石,就可下河了。河水先是浅浅的,越到中间越深。通哥说:“六坨,我到中……间去了,你只能在浅……水里玩,千……万莫到深水去。”

我说:“我会游泳了。”

通哥说:“会游也……不行。我不晓……得你是在塘里游?那是死……水,这是活……水,水急,还怕有流……沙。”

通哥独自到深水里去了,我只好在齐腰深的水里扑腾。扯着白帆的船渐渐远去。

我多次试图往深水里泅,都被通哥严厉地喝住了。

“六坨,你不……听话,我下……次就不带你来……洗澡了。”

我生怕通哥不带我下河洗澡,只好回到浅水里。我不停地潜水,每次都憋得脑壳发胀,才猛地跳出水面。

我再次从水里跳出来,猛然间发现天已漆黑了。我朝深水里望去,不见通哥的影子。

“通哥,通哥!”我大声叫喊。

不见通哥回答。

“通哥,通哥!”仍不见通哥答应。

我害怕起来,全身发麻。我怕通哥淹死了。想起平时听过的很多流沙和落水鬼的故事,我忙往岸上跑。鹅卵石顶得我的脚板心生生地痛。

“通……哥……”我边喊边逃,忍不住哭了起来。

这时,突然听见对岸有人大喊:“捉贼啊!捉贼啊!”

我猛地一惊,反而不怕了。我朝对河望去,只见浓黑一片。我晓得那浓黑处是甘蔗地,属于对河李家村。

“捉贼啊，捉贼啊！”叫喊声没有歇下来。

星空之下，河水泛着点点白光。河中央的白光激荡着，发出响声。一定是那贼逃过河来了。贼我也是害怕的，转身继续往岸上跑。

“六坨！六……坨！”我突然听见通哥叫我。

我回头一看，见通哥手里举着东西，在水里朝我招摇。我不敢相信，惊疑地望了会儿，才回到河里去。

原来通哥跑到对岸偷甘蔗去了。这时，对岸捉贼的人也不叫喊了。

“通哥，吓死我了！”

通哥递给我一根甘蔗，说：“怕什……么？他……们抓……不住我的！”

“我怕你淹死了……”

“真……是小伢儿，通……哥那么容……易淹死？”通哥笑笑，“吃……甘蔗要从尖尖吃起，越……吃越甜。”

通哥是我的老师，竟然当着我的面偷甘蔗，真是好玩。李家村的甘蔗好吃，我顾不上说话。通哥却不停地说话：

“我偷李家村的甘蔗，没有偷自家队上的。”

“口……渴了，吃根甘……蔗，不算偷。读书人偷书也……不算偷。”

“他喊捉……贼，怎么捉得到……我呢？我光……着身子，他抓了我一下，一……滑，我就下……河了。他穿着衣……服，还是个老……头子。”

通哥边吃甘蔗边说话，突然问我：“六坨，你不会到学……校去说吧？”

我说：“不说。”

通哥又问：“我要你给阳秋萍送……信，你也没有告诉别……人吧？”

我说：“没有。”

通哥说：“那好，你当……得地……下党员。”

通哥这么一说，我立即觉得庄严起来，似乎他刚才是缴获敌人武器去了，而不是偷甘蔗。我把吃剩的甘蔗比划成枪，朝空中啪啪地扫射。甘蔗蔸子弯弯的，正像手枪把儿。通哥笑笑，说：“你拿的是左……轮手枪。”

听说是左轮手枪，剩下的这节甘蔗我舍不得吃了。往回走的时候，我边听通哥说话，边拿左轮手枪往四周瞄着，就像夜间警戒。

通哥说："河里的水越……来越浅了。我小时候，水比现……在深半个人。古时候，这里的水只……怕还深些。"

"什么是古时候？"

通哥说："古时候？就是很久……很久以前。很久很久以前，有个……诗人，叫屈原，他被国王赶……出来，就坐船到……了这里。他在诗里还写……到我们溆浦……"

通哥念了两句诗，我听不明白。直到上了大学，我才晓得那是屈原《涉江》里的两句：入溆浦余儃佪兮，迷不知吾所如。

通哥念这两句诗的时候，正好站在河堤上。河风吹起他的头发，样子很水。当时讲的水，相当于现在讲的酷。

通哥站着望了会儿河面，突然说："六坨，你把'左……轮手枪'吃了，不然碰……着大队长，以为你偷……队里甘蔗吃。"

通哥等我吃完"左轮手枪"，才领着我继续往回走。走在甘蔗林的小路上，我想起电影里的青纱帐，胸中又涌起了战斗激情。我同通哥就像两位八路军战士，在青纱帐里穿梭，寻找战机打日本。通哥没有说话，我也不作声，就更像执行任务了。

我俩默默走了好一会儿，突然听到有女人骂道："你流氓！"

通哥马上拉住我，停了下来。

"你妈妈答应的！"我听出是福哥在说话。

"我妈妈答应，我又没答应！"原来是阳秋萍。

福哥语气很恶："你不答应，约我出来做什么？"

阳秋萍："我想同你说清楚，让你死心！"

福哥大声说："我今日就是要搞你！"

"流氓，流氓，我告你强奸！"阳秋萍厉声叫喊。

"你喊，你喊破喉咙都没人听见！"

通哥突然甩开我，飞跑过去，大喊："王连举……你不……是人！"

我也跟着跑了过去，那里已是橘林了。橘林里很黑，两个黑影呆立在那里。福哥说："栾平，管你卵事！"

我头回听说通哥的外号叫栾平，那是革命现代京剧《智取威虎山》里的土匪，一个说话结巴的联络官。

通哥说："管我卵……事？你这是犯……罪，告了你，你就要坐……牢！"

福哥说："你想吓我？我要让你成为反革命！我要让你坐牢！"

通哥说："我是人……民教师！"

"人民教师？你说孔老二是好人，你说孔老二是人民教师的祖师爷，你还看流氓小说！公社早就对你有看法，你好逸恶劳，从来不在生产队出工。"福哥说。

"你造……谣！你……你……你……"通哥气得更加结巴。

阳秋萍跑过来说："通哥，我们回去！他敢乱说，我就告他！"

通哥走在前面，阳秋萍走中间，我走在最后。路上谁也没有说话。月光很亮，阳秋萍衣上的碎花点我都看得清清楚楚。我想起那天她收工回来，见通哥坐在樟树下，她突然闪进岔路里，那腰肢一扭一扭的，很好看。

四

吃过晚饭，爸爸妈妈在场院里歇凉。饭吃得很晚，月亮已在屋顶上了。姐姐和哥哥在屋里没出来，奶奶早睡觉了。我想跑出去玩，不敢马上就走。爸爸躺在竹靠椅上，摇着大大的蒲扇。妈妈坐在矮凳上，也摇着蒲扇。妈妈把我拉近些，就便给我赶蚊子。我却想找机会溜出去。爸爸同妈妈很少说话的，除非有事要说。我和爸爸妈妈就在月光下静静地坐着，萤火虫在夜色里低低地飞舞。

爸爸突然说："舒通可能出事了。"

妈妈忙问："出什么事？"

爸爸说："公社来人把他带走了。"

"舒通就是有些懒，人很老实，他会出什么事？"妈妈问。

我说："今日通哥还上我们的课哩！"

爸爸严厉地说："大人的事，你不要乱讲！"

我就不敢乱讲了，傻傻地坐着。没多时，爸爸开始打鼾，妈妈手里的蒲扇也慢慢停止了摇摆。趁爸爸妈妈都瞌睡了，我溜了。

我跑出没多远，听妈妈在后面喊道："眼睛管事些，别踩着长的！"

原来妈妈醒了。长的，指的是蛇。家乡的人对蛇有着莫名的敬畏，不敢随便直呼其名。老辈人讲，祖先总是化作蛇回家来看望后人，屋前屋后看见蛇是不能打的。我夜间走路，突然想起蛇跟祖先的传说，背脊骨立即凉嗖嗖的，脚下似乎扫过一阵冷风。

我循着小伢儿的喧闹声走，晓得他们在那里玩打仗。还没吃晚饭的时候，猴子就跑到我家门口，偷偷儿朝我招手。我跑去一问，他说晚上打仗，司令叫他来邀我。司令就是喜坨，福哥的弟弟。我俩说得很轻，妈妈却听见了，喊道："不准去！"

猴子吓得一溜烟跑了。猴子跑到屋角，快转弯了，朝我大喊："怕死不当共产党！"我觉得很没面子，自家成了怕死鬼。上回打仗，我头被瓦片砸了，流了很多血。我没有哭，坚持战斗到最后。回家妈妈一边给我上草药，一边骂着说再也不准我出去玩打仗，我竟哭了。

我听出战斗声在队上仓库那边，就朝那边飞跑。我跑着跑着，就感觉自家像离开战场多日的战士，马上就要回到战友们身边了。我会跑到喜坨面前，立正向他报到："报告首长，我回来了！"

突然，我被人从后面扑倒，膝盖摔得青痛。

"抓了个俘虏！"我听出是猴子的声音。

我大喊："猴子，我是去向司令报到的！"

猴子说："司令正等着你哪！"

猴子推着我走，真像他抓着了俘虏。

我说："猴子，你诬蔑自家的战友！"

猴子冷冷一笑："你是敌人派来的间谍！"

我说："你才是间谍哩！"

仓库后面就是草树塬。草树是我家乡的风物，通常是选高爽之地，立起高高的树桩，把干稻草往上码起来，像个竖起来的巨大纺锤。埋草树的地方，就是草树塬。现在快到早稻收割季节，干草没剩下多少，十几根杉树桩高高地耸立着。

司令站在一棵草树下面，双手叉腰，威严地望着我。

“报告司令，猴子诬蔑我，说我是间谍！”我大喊着。

司令不说话，目光严厉地逼视着我。猴子望望司令的表情，立即叫道：“把间谍绑起来！”

几个战士拥上来，真把我绑起来了。原来他们早搓好了稻草绳子。我的手被粗糙的稻草绳绑得刺痛，骂了起来：“喜坨，我不玩了！”

“革命不是请客吃饭，玩不玩不由你！”司令喜坨背对着我。

我被绑在扯完稻草的草树桩上，敌人的子弹在我耳边嗖嗖作响。想起上回被瓦片砸破头的事，我有些害怕。这时，阵前杀声震天。瓦片好几次落在我身边，可我没法躲藏。

喜坨掩护在前面的草树边，审问我：“栾平都同你说了些什么？”

我说：“我们在玩打日本鬼子，怎么会有栾平？又不是剿匪！喜坨你这个都不晓得！”

“我是司令！不准喊我喜坨！”喜坨说，“我是问你，舒通都同你说了什么反动话？”

我很恼火：“喜坨，你说栾平……通哥，那是真事，我们这是在玩，假的！”

“报告，敌人冲上来了！”一位战士跑到喜坨面前敬礼，立正。

司令大手一挥：“同志们，我们弹尽粮绝，冲上去，打肉搏战！”

战友们喊道“冲啊”，奔向仓库前面的晒谷场。敌我双方叫骂、拉扯、推搡、摔跤。有人哭喊，那是真的哭喊。晒谷场硬得像石板，摔上去痛得要命。玩是玩假的，痛却是真的。

喜坨仍躲在草树后面，密切注视着战况。猴子跑了过来：“报告司令，敌人不肯假装打败仗，把我们八路军战士摔伤了。四毛头上摔了好大一个包，他在哭！”

喜坨说：“摔个包还哭，算什么八路军战士！下回叫他做日本鬼子！警卫员！”

猴子马上跑到他前面立正：“到！”

喜坨说：“你去把麻雀叫来！”

麻雀今夜又是扮作山田。只要玩打仗，喜坨总是八路军司令，麻雀总是日本鬼子的小队长山田。不一会儿，麻雀来了，话也不说，很不服气的样子。

喜坨说："说好了的，打肉搏战，日本鬼子都要倒下装死！"

麻雀说："回回我都是日本鬼子，我不玩了！"

喜坨说："不玩了就不玩了！猴子，我们回去！"

麻雀朝晒谷场大喊："战斗结束了！"

没人理他，八路军同日本鬼子还在肉搏。麻雀又喊道："不玩了，喜坨讲不玩了！"

晒谷场慢慢安静了，八路军同日本鬼子混在一起，聚到草树塬来。八路军指责日本鬼子说话不算话，讲好了要倒下去的，不肯倒下去，还同八路军硬拼，还把四毛头上摔了个包！

我喊道："喜坨，快把我放了！"

八路军同日本鬼子见我仍被绑在树上，哈哈大笑。笑声仿佛让他们回到现实，便开始恶作剧。有人从后面封住我的眼睛，有人朝我哈痒痒，有人拿稻草探我的耳朵。我大骂起来，骂的尽是粗话，对他们祖宗三代女人不客气。我的眼睛仍被人封着，看不清整我的人，我就骂喜坨家的三代女人。封我眼睛的手终于松开了，也没有人哈我痒痒了。我的眼睛刚被开得金花四溅，这会儿仍黑云密布，看不清任何东西。我脸上被人打了一拳，我猜肯定是喜坨。我慢慢看清眼前的人了，果然是喜坨。

"你这个间谍，敢骂我娘？"喜坨歪着头，凶狠地望着我。

我说："就骂你娘！你家王连举要流氓！"

喜坨说："你乱说，我告诉我爸爸！要你像栾平一样，抓到公社去！"

"哪个打的？哪个打的？"突然见四毛妈妈拖儿子来了，"喜坨，你少家教的！"

司令喜坨嘴里很硬，骂着脏话，却闪身跑了。八路军同日本鬼子立即溃逃，只剩我还被绑着。四毛妈妈骂骂咧咧给我松绑："六坨，你同四毛都是猪，只有让人家欺负的分！"

五

我放学回家，妈妈朝我招手："六坨，你过来。"

妈妈语气平淡，脸色却不好。妈妈这种脸色我很熟悉，胸口就怦怦跳，低头走了过去。妈妈突然抓住我，狠狠地打我屁股。妈妈打得气喘，才停了手。我没有哭，妈妈更加气愤，又重重打了几板。

打过之后，妈妈把我往后一推，盯着我："和你讲过的，大人的事，你不要乱讲，就是不听！"

我根本不晓得自家乱讲什么了，不过也没多大委屈。妈妈打儿子，天经地义。

"人家杀人放火都不关你的事，你好大的人？关你什么事？"

"栾平还在公社关着，你也想进去？"

"阳秋萍自家都不讲，你讲什么？哪个相信小伢儿的话？"

妈妈不停地嚷，嚷了老半天，慢慢我才听明白。

"王连举强奸阿庆嫂，我和通哥看见的！"我大声喊道。

妈妈慌忙望望门外，扑向我，捂着我的嘴巴，狠狠打我。我被打得两眼发黑，妈妈才放手。我不敢再嘴硬，呜呜地哭。

"你说护着通哥，你是在害通哥！"

"公社定他的罪，我都听你说过。"

"我听你说过，你说通哥说，孔老二是个好人。"

"你说通哥看流氓书籍。"

"你说通哥同阳秋萍乱搞男女关系。"

"我交待过你，不要乱说大人的事。"

"我交待过你，一传十，十传百，好话都会变坏话。"

"我交待过你，你就是不听！"

……

听妈妈不停地嚷着骂着，我真感觉到自家害了通哥。妈妈说的通哥这些事，有些是我自家晓得了同妈妈说的，有些是我听别人说了告诉妈妈的。

我挨打的第二天，碰到腊梅。腊梅笑眯眯的，叫我过去。我就过去了，抬头望着她。腊梅脸格外的红，她鼻孔里呼出的气格外热。她摸摸我的脑壳，问："六坨，你真的看见了？"

"看见什么了？"我问她。

腊梅又问："福哥同阳秋萍，你看见了？"

我听不懂腊梅的话，摇摇头。

腊梅急了，说："你看见福哥强奸阳秋萍了？"

我记住了妈妈的话，忙说："我没有看见，没看见！"

腊梅说："就是嘛！福哥怎么会是这样的人？人家是大学生了。说通哥还差不多。"

我说："通哥也没有！"

腊梅笑笑，说："你晓得什么？人家就是当着你的面，你也不晓得是做什么！"

我听得糊里糊涂。腊梅不再问我什么，只是望着我笑。我就走了。路过阳秋萍家门口，见福哥在她家外的柿子树下，低着头来回走着。乡下像这么来回走动的人见不着，我就多看了几眼。福哥猛一抬头，看见我了。福哥凶狠地瞪我一眼，咬了咬牙齿。我忙掉头跑了。我跑到家里，还在想福哥来回走动的样子，真像电影《大浪淘沙》里的那几个革命青年。可是福哥有些坏，我不愿意把他想成好人，就觉得他像里面的叛徒余宏奎。再想想，还真有些像，长长的头发。王连举也好，余宏奎也好，都不会有好下场。

没过几天，通哥回到了村里。不像发生了什么大事，还有人同他开玩笑，说："栾平你招了没有？"

通哥说："我又……没犯法，招……招什么？"

"没犯法，公社请你去做客？"

通哥说："哪个……讲孔子是好……人？我讲……的？证……明人在哪……里？"

围着许多人，像看新媳妇。"是啊，哪个敢讲孔老二是好人？吃了豹子胆！"有人说。

"说我看流氓书，屁……话！我看的小……说，叫……《牛虻》！"通哥说着，无意间瞟了我一眼。我脸上火辣辣的。

有人说："我们只晓得流氓，没听说过牛氓。"

通哥笑笑，说："什么牛……氓？牛虻！你们天天看见……牛氓，还不晓得什……么是牛虻！"

“我们天天看见牛虻？在哪里？”

通哥说：“就是叮在牛背上吸血的麻蚊子！”

看热闹的人更加热闹了。“麻蚊子就麻蚊子嘛！麻蚊子有什么好看的？你不说看牛虻，只说看麻蚊子，公社哪会捉你去？”

通哥立即瞪圆了眼睛，说：“话要说……清楚啊！我不是公社捉……去的啊，我是公社打电话喊……我去的啊！电话打到俊叔……屋里，俊叔可以……作证。”

说到俊叔，就没人答话了。俊叔是支书，大队电话装在他家里。我经常去俊叔家里玩，喜坨是我们的司令。我很少听见电话响过，也很少看见哪个打过电话。只有一回，麻雀妈妈哭哭啼啼跑来，说快打个电话，要救护车，麻雀得急症了。俊叔忙丢了烟屁股，使劲地摇电话把手，摇上几圈，就拿起听筒，喂喂地叫唤：“喂，喂，总机吗？”然后再摇，再喂喂叫喊。如此再三，才听得俊叔开始说话：“总机吗？请接公社卫生院！”

电话响起来，总不会是太好的事。要么就是公社开紧急会议，无非是中央又出问题了；要么就是哪个在外面的人得了急病，遇了车祸之类。乡下人没有天灾人祸，绝不会打电话的。

电话在乡里人脑子里是这么个玩意儿，通哥说自家是公社打电话找去的，也不见得就好到哪里去。有人就开玩笑：“公社伙食好吗？是钵子饭吗？”

这话又把通哥惹火了。我们乡下，吃钵子饭，就是坐班房的意思。通哥脸红脖子粗：“哪个乱讲，我要骂娘了！”

六

通哥并没有坐班房，福哥也没有上大学。听大人们说，通哥坏了福哥的事，福哥也坏了通哥的事。通哥肚子里书多，福哥家庭背景好。本来他们俩总有一个会上大学的，现在哪个也上不了。

不见通哥有什么不高兴，福哥也没有脾气。夜里宣传队在祠堂排节目，通哥和福哥都会去。通哥是宣传队的，福哥是看热闹的。福哥的口哨一年四季吹着革命现代京剧，宣传队却不要他。腊梅也夜夜去大队部看热闹，她喜欢唱“我家的表叔数不清”，宣传队里也没有她。宣传队里，通哥是领头的，阳秋萍是主角。放暑假了，通哥白天打禾栽秧，晚上排节目。

祠堂里有个戏台，平日开会就是主席台，闲着不用就是我们小伢儿玩的地方。戏台两边各有一根大木柱，我们男伢儿显本事，总喜欢顺着柱子爬上爬下。经常有小伢儿从戏台上摔下来，直挺挺地躺在天井里。天井地面是青石板，人摔在上面头破血流。大人总是过了很久才晓得出事了，脸色铁青地跑进祠堂，哭喊着把小伢儿抱了回去。我们就不玩了，各自跑回家去。可是过不了几天，这个小伢儿又跑到戏台上打打闹闹来了。从来没有听说哪个摔死过，真是奇怪。老人家就说，祠堂本来供着祖宗牌位的，破四旧的时候被砸掉了。老祖宗不计较，照样保佑着子孙们。

公社李书记就在我们大队蹲点，住在腊梅家里。腊梅家是大队最穷的，她爸爸是个瘫子。上头下来的蹲点干部，专选家里穷的住，同贫苦农民打成一片。腊梅的妈妈做得一手好菜，村里哪个屋里有红白喜事，都是她去掌勺。

有天夜里，公社李书记来到祠堂，召集宣传队的人说话：“你们村的毛泽东思想文艺宣传队，在全公社是有名的。你们要百尺竿头更进一步，不满足于只演革命现代京剧，要争取自编自演一些群众喜闻乐见的节目。”

阳秋萍说：“舒通会编，就让他编。”

通哥说：“试试，我……试试……”

李书记说：“舒通，任务就交给你，公社就看你的表现了。”

通哥说：“我争……取把任务完成好。李书记，我有个……请求。宣传队排节目不……比出工轻松，能不能宣传队的人白天只……出上午工，下午休……息，晚上排……节目？不然，人受……不了。”

李书记问俊叔：“我看可以，支书同意吗？”

俊叔说：“李书记同意了，我没意见。”

宣传队员们高兴极了，都笑眯眯地望着通哥。俊叔仍有些可惜，喃喃道：“都是些青壮劳力啊！”

李书记说：“毛泽东思想宣传很重要，革命生产两不误！群众的精神被调动起来，就会转变成巨大的物质力量！”

俊叔说："我没意见，只是说说，说说。"

腊梅悄悄儿对福哥说："什么了不起的！戏子！"

福哥点点头，偷偷儿拉了拉腊梅，两人出了祠堂。大家都在说排节目的事，没人在意福哥同腊梅。我见福哥想拉腊梅的手，腊梅把手甩开，往前跑了几步。福哥学郭建光出场，比划了几个动作，就追上腊梅了。我看得出，福哥和腊梅其实都很想演戏的。

李书记同俊叔走后，宣传队又开始排节目。通哥自家上不了场的，坐在那里看别人排节目。演出的时候，若是革命样板戏，通哥就蹲在戏台角上提词。宣传队的人都笑话他，说他只演得了栾平。可是没有他这个栾平，什么节目都演不成。我后来晓得，通哥这个角色，其实就是导演、编剧和总监，反正是灵魂人物。

阳秋萍自己跳着，不时停下来教别人。同样一个动作，别人摆出来，就是不如她好看。我想来想去，就因为阳秋萍的腰比她们好看。我这么想着的时候，眼前浮现出的景象，又是那次在樟树底下，她突然闪进岔路里，腰肢一扭一扭地远去。

我正看得入迷，头被哪个拍了一下。一看，正是通哥。通哥轻声问我："你看见……福哥同腊梅出……去了吗？"

"看见了。福哥还学着郭建光。"我说。

"我也……看见了。"通哥说着，嘿嘿地笑。

我问："通哥你笑什么？"

通哥说："没笑什么……说了……你也不懂……"

我觉得通哥这种笑脸同腊梅那天的笑脸有些像，她也说我不懂。这时，看热闹的小伢儿追打起来，嘻嘻哈哈。通哥站起来，大吼："你们……出去！搞得不……成名堂了！"

通哥毕竟是老师，小伢儿都是他的学生，怕他，都出去了。通哥回头望望我，说："六坨你……也出去！今后排……节目，不准你们小……伢儿进……来！"

小伢儿是闲不住的，我们出来玩"藏喏聒"，就是城里人讲的捉迷藏。划了几轮拳，正好是我倒霉：他们藏，我捉。我面朝墙壁站好，隔会儿喊声"成了吗？"直到有人高声回答"成了"，我就开始捉人。

今晚的月亮很圆，地上明晃晃的。屋子、树木和远处的山峦都显出黑黑的轮廓，贴在青色的天光里。每个黑暗的角落似乎都藏着我要捉的人。可我四处寻找，都扑了空。我高声喊道："打个喏聒！"

藏着的人要打"喏聒"，这是规矩。没听见"喏聒"，我又喊道："不打喏聒我就不玩了！"

"喏聒！"立即有人回道。

"喏聒"声短促而隐秘，此起彼伏，好像每个地方都藏着人。我只需捉住一个人，他就得顶替我，我就可以躲在一处打"喏聒"去了。

我仿佛听见樟树洞里有人打"喏聒"，麻着胆子朝那里走去。那是棵千年古樟，十几个人手牵手才能围住。树根下面有个高大的空洞，可容二十几人。这樟树是成了精的，哪个孩子生了病，大人都会跑到这里烧香。据说很灵验。我小时候，凡是大人们认为神圣的地方，都十分害怕，比如寺庙、土地庙和这个樟树洞。我就连自家屋里的中堂都害怕，晚上根本不敢进去，因为那里有神龛，家里老了人那里就是灵堂。

我离樟树洞越来越近，胸口跳得越是厉害。我给自家壮胆，有人敢藏到里面去，我就敢爬进去捉他！

临近樟树洞，有股古怪的气味随风而来，我几乎想吐。我不喜欢这种气味，那其实就是寺庙里常有的气味。那会儿虽说破四旧，可村后山上早没了和尚的破庙里，常有人偷偷儿烧香。我不爱去破庙里玩，就因为闻不惯那里的气味。

我听得樟树洞里有人说话，说明里面藏着至少两个人。我高兴坏了，放慢了脚步。樟树洞很多出口，我怕他们逃走，就学解放军匍匐前进，然后一跃而起，扑了进去。

我扑住人了。可是，我刚扑着热乎乎的身体，猛地被人踢了出来，听得一声怒喝：出去！

我顾不得屁股痛，连滚带爬跑掉了。我慌乱中还是看清楚了，藏在樟树洞里的不是小伢儿，而是大人，福哥和腊梅。他俩搂在一起，腊梅把脸藏在福哥背后。

我有了上回的教训，决定闭口不提自家见到的事。回到家里，妈妈见我满身泥土，裤子屁股破了个洞，问是怎么回事。我说不小心摔的。妈妈骂我没长眼睛，撕扯着脱下我的裤子。我被弄痛了，哎呀叫唤。妈妈本来不在意，听我喊痛，扯我到灯光下细看，见好几处青紫，就厉声问道：“身上怎么弄的？哪个打的？”

我说：“没有哪个打。”

“你是猪？挨了打回来还不敢说？”

“被福哥踢了一脚……”妈妈逼问之下，我不得不说了。

“他为什么踢你？啊？”妈妈问。

“我们藏喏聒，我又不晓得他躲在樟树洞里，我摸了进去，他就踢我一脚。”

妈妈可气坏了，立即背诵毛主席语录：“人不犯我，我不犯人；人若犯我，我必犯人！”

我光着身子，让妈妈拉着，飞快地跑。妈妈是快步走，我就是跑了。妈妈骂着嚷着，碰上别人问，就停下来，说：“你看看你看看，王连举那么大的人了，把我六坨打成这样！他是二十多岁，又不是二十多斤！”月光虽然很好，但还是看不清我身上的伤。别人就说几句王连举要不得，摇头走了。

俊叔家黑着灯，妈妈把他家门擂得嘣嘣响。听得俊叔在里面高声问道：“哪个？三更半夜的？”

门开了，俊叔披衣出来：“啊，嫂子，你……”

妈妈把我往他面前一推，说：“你看看我六坨身上！”

俊叔反手拉亮了灯，把我拖进屋里，说：“啊？我喜坨今夜没出去呀？”

妈妈说：“不是喜坨，是你家王连举！”

“福坨？他都是做得爹的人了！”俊叔回头喊道，“福坨！幸福！福坨！幸福！幸福！”

俊叔母出来，说：“幸福做什么了？幸福还没回来哩！”

妈妈说：“你看看六坨身上，青一块紫一块，幸福踢的！”

俊叔母说：“小伢儿讲话要信半不信半，你讲是喜坨我还相信，你讲是幸福，我不信。幸福都做得爹了……”

妈妈更加气愤：“要不你把幸福找回来对场！说是喜坨我没意见，小伢儿不懂事。我气就气在幸福，他好大？六坨好大？”

俊叔低头问我：“六坨，你讲真话。”

我说：“我讲的是真话！我听见樟树洞里好像有人打喏聒，我跑进去捉人，我不晓得福哥同腊梅躲在里面。”

“啊？”三个大人都大吃一惊，一时说不出话。妈妈本来还站在门外，马上进了屋。俊叔母忙关了门，望着我说：“六坨，你不要乱讲。”

“我没有乱讲，他俩就是躲在樟树洞里，抱在一起！”我的声音很大。

“你不准说话了，听我们大人说！”妈妈猛地拉我过去，抱着我，抬头同俊叔和俊叔母说，“六坨是不会乱讲的。他在家里只说被幸福踢了，我听着好气，就拖他来了。你想幸福好大？六坨好大？早晓得是这样，我就不带他来了。”

俊叔仍不相信，问我：“六坨，真的吗？”

我说：“真的！”

俊叔一拳砸在桌上，骂道：“报应！出报应了！”

报应，就是别的地方讲的孽障。福哥同腊梅都姓舒，按族规是不能在一起的。他们居然不规矩，就是报应。当时我并不晓得问题有多严重，只觉得自家看见了不该看见的事。

妈妈他们三个大人把我放在一边，去了里面。好一阵，他们才出来。妈妈不再说话，拖着我回去。俊叔母轻声对妈妈说：“嫂子，你就不要生气了。这个报应！这里有点风药，拿去和酒磨，给六坨揉揉。”

“风药我屋里有，屋里有。”妈妈拖着我回来了。

爸爸找了个土钵碗，往里面倒了些酒，取来风药慢慢地磨。那药是种淡黄色的根块，治跌打损伤的，被乡里人笼统地叫作风药。

爸爸边磨药边问我：“他俩穿了衣服没有？”

我说：“好像穿了，好像没穿，没看清楚。”

妈妈问：“他俩是坐着呢？还是怎样？”

我说：“坐着，好像福哥坐在腊梅身上，腊梅藏在福哥背后面，我认得她的裤子，就是腊梅。我看见他俩从祠堂出去的。”

爸爸望望妈妈，妈妈摇摇头。爸爸妈妈就不问我了。我当时并不晓得爸爸妈妈为什么问得这么细，硬要问福哥同腊梅穿了衣服没有。过了些年我才晓得，我们乡下人以为撞见了男女之事会倒霉的，须得当着他们的面脱脱裤子才能消灾。乡下人把男女之事讲得隐晦，叫蛇相缚。

“不准出去讲啊!”妈妈冷着脸。

“我不讲。”

“听到你在外头讲，打死你!”妈妈又说。

“我不讲。”我低着头，就像做错了事。

药磨好了，爸爸替我搽药，说：“六坨，以后要是看见男人和女人……没穿衣服……你就脱一下裤子，反身就跑，不要回头。”

“我为什么要脱裤子?”我听得懵里懵懂。

妈妈说：“听大人的，叫你脱，你就脱。俗话说，蛇相缚，快解裤!”

七

下午，祠堂里只有通哥和阳秋萍两个人排节目。其实他们是在编节目，我当时并不晓得这同排节目有什么不同。通哥哼着曲子，阳秋萍跳舞。阳秋萍跳着跳着，就笑了起来，笑得弯腰捶背的，说：“通哥，你还是拉二胡吧，你五音不全，你哼曲子我就跳不出了。”

通哥抓耳挠腮地笑，拿起二胡，说：“曲子是我自……己编的，还说我五……音不全!”

通哥拉着二胡，舌头就吐了出来，头不停地晃动。我觉得奇怪，通哥写毛笔字的时候吐舌头，拉二胡也吐舌头。突然，通哥停了二胡，走上前去，说：“这个动作要改……改。这……样，这样……好……些。”

通哥比划几下，阳秋萍又笑了，说：“好了好了，你意思一下，我就懂了。你自家跳起来，丑死人了。”

阳秋萍按照通哥的意思再跳，果然好看多了。真是怪事，曲子是通哥编的，他唱不好；舞也是通哥编的，他同样跳不好。

日头快落山了，通哥说：“秋……萍，要……得了。晚上可……以排了，你来……教。”

阳秋萍笑笑，说：“曲子和舞都是你编的，还是你教吧。”

通哥说：“你要出……我……丑啊！你教……你教。”

通哥那天发脾气，说不准小伢儿晚上去祠堂，哪里禁得住！晚上祠堂里照样尽是小伢儿，通哥最多大吼一声："不……准吵!"因为结巴，"不"字拖得老长，意外地增添了威严。

我吃了晚饭，早早地跑到祠堂去了。有些小伢儿比我还早些，已在里面台上台下飞蹿了。只是再也没见福哥和腊梅来过祠堂。

通哥来得早，坐在那里独自拉二胡。他闭着眼睛，舌头吐出来，头一晃一晃的。他那样子很好玩，就有调皮的小伢儿站在他面前，学他的怪样子。通哥眼睛是闭着的，不晓得有人在学他。学他的人越来越多，很快就在他面前站了一排，都闭着眼睛，吐着舌头，脑壳一晃一晃的。很快，没有人打打闹闹了，都学着通哥拉二胡。祠堂里突然安静下来，我晓得出麻烦了。通哥突然睁开眼睛，见几十个小伢儿在学他，一跳而起："你们……少家……教的，不成……名堂了!"

小伢儿一哄而散。通哥见我仍坐在他身边，没有学他，就指着其他小伢儿："你们都……出去！六坨……一个人可……以在里面!"通哥操起一根鼓槌，做出打人的样子。小伢儿像赶飞的小鸡崽，在祠堂里面乱窜了几圈，都跑出去了。

通哥坐下来，问我："六坨，你看见蛇……相缚了?"

我说："没有，我没看见。"

"只有我们……两个人，你讲没……事的。"通哥说。

我说："我妈妈不准我讲，要打人。"

通哥就笑了，说："是……啊，不……要讲，讲出去不……好。王连举不……管他，腊梅还要嫁……人的。"

我听不懂，想着妈妈讲的那句话，就笑了起来，说："蛇相缚，快解裤。"

通哥说："那是迷……信，没有那……回事。"

我问："那我今后要是看见蛇相缚，不用解裤?"

"你相信就……解，不相……信就不解。"通哥像是没了兴趣，心不在焉地回答我，又开始拉二胡。通哥像是刚才受了刺激，舌头也不吐，眼睛也不闭，头也不晃。可他拉着拉着，舌头又吐出来了，头也晃起来了，只是眼睛没有闭上。

宣传队的人慢慢到齐了。突然，有人问我："六坨，你看见蛇相缚了？"

我立即红了脸，说："没有，我没看见！"

女的就躲得远远的抿嘴笑，男的全围过来问："都说你看见了蛇相缚了，真的吗？"

我说："我没有看见！"

通哥突然红了脸喊道："好了！你们不……成名堂！六坨几……岁的人？你们问他这……种事！六坨，不理……他们！"

他们都不好意思了，嘿嘿地笑。通哥喊道："正经事……正经事！我们今日排个新……节目，叫……《插秧舞》，再现我们农民……社员的劳动……场面。舞我和秋萍编……好了，她……来教！"

阳秋萍说："舞是通哥一个人编的，编得很有意思。我先跳一下。"

通哥说："大家边……跳边改，看看行……不行。"

这时，妈妈突然来了，喊道："六坨，回去！"

我在外头玩，妈妈从来不会出来找我的。今日她找到祠堂来了，肯定有什么事了。我有些害怕，忙跟着妈妈走了。刚走出祠堂门，妈妈猛地揪了下我的耳朵，说："你这耳朵就是不听话，回去整你的风。"

我一路上心惊肉跳，真不晓得自家又闯了什么祸了。我从早上起床想起，就是想不起自家做了什么错事。越是这样，我越是害怕。

一进门，爸爸先扇过一耳光来，打得我晕头转向，我立即哭了。妈妈又在我屁股上加了几掌，嚷道："哭哭哭，哭个死？叫你不要出去讲，你就是不听话！"

"我讲什么了？"我边哭边问。

妈妈说："现在村里人都晓得你看见蛇相缚了！"

真是天大的冤枉！我越发哭得厉害，大声喊道："我又没有讲！我就是没有讲！"

爸爸问："你没有讲，人家怎么晓得的？"

妈妈问："有人问过你吗？"

我说："只有通哥问过。"

妈妈又问："你怎么说的？"

“我说妈妈不准我讲，要打人。”我哭泣着。

爸爸怒道：“蠢猪！你不等于说了？”

那个晚上，我几乎没有睡着。我不停地流泪，冤枉死了。上回通哥同阳秋萍的事赖我说的，这回福哥同腊梅的事又赖我说的。我真的没有说过。我也不晓得说得说不得，只是怕挨打，就不敢说。那个晚上，应该是我平生头回失眠。

八

那个夏天，通哥的宣传队很风光，三天两头都去别的大队演出，最受人喜爱的节目就是《插秧舞》。阳秋萍是领舞的，她的名字红了半边天。远近都晓得我们村有个阳秋萍，城里妹子。方圆几十里的地方，阳秋萍在哪里演出，后生家就往哪里跑。北方话叫小伙子，我们那里叫后生家。

宣传队要是不出去演出，天黑以后，舒家祠堂前面就会聚集很多外村的后生家。他们都认得我们村的舒五或舒六，说是来找他们玩的。其实，他们是想碰运气，看能不能遇着阳秋萍。但他们哪个也没有在村里碰见过阳秋萍。

晚上要是没有演出，阳秋萍就同通哥沿着村后的小溪慢慢地走。那条路很僻静，尽是参天古树，夜里很少有人去。溪边也有好几棵成了精的树，树上经常贴着红条子，上面写着四句口诀：天皇皇地皇皇，我家有个夜哭郎；过路君子念一遍，一夜睡到大天光。我从小就晓得那是个可怕的地方，不是说哪个树上吊死过人，就是说哪个夜里在哪处遇上过鬼。通哥胆子大，不怕鬼，晚上只有他敢带着阳秋萍去那里。通哥告诉我，他每天晚上都同阳秋萍在村后的溪边散步，真把我吓得两腿发麻。那是我头回听说散步这个词，记得非常清楚。我还问了通哥：“什么叫散步？”通哥张张嘴，像是不晓得怎么同我说：“啊……啊……散步，就……是没事慢……慢地走，城里人才……散步。”我说：“那我不天天散步？我老喜欢慢慢地走，妈妈总是怪我走路太慢，说我不把路上蚂蚁全部踩死不甘心。”通哥无可奈何的样子，望着我摇摇头，笑着。

有个下午，我手里拿着弹弓，在村里转悠着打麻雀。突然狂风大作，闪电雷鸣，天黑了下来。我晓得要下大雨了，连忙就近往学堂里跑。我还没跑进学堂，雨就倾盆而下。我脱了衣，只穿着短裤，站在学堂走廊里躲雨。

雨太大了，几米之外看不清东西。这时，一只麻雀飞过来，站在窗台上。我瞄准麻雀，啪地打了过去。只听得哐的一声脆响，窗玻璃碎了。麻雀自然飞走了。

“哪……个？”听得有人大喊。

我刚想跑掉，听得是通哥的声音：“六坨！”

我跑不掉了，站在那里等着挨骂。“你怎么打……玻璃？损坏公……物，照价……赔偿！”通哥目光严厉。

我说：“我打麻雀，除四害。”

“你打麻雀就打……麻雀，打玻璃做……什么呢？”

我低着头，光脚丫在地上乱划。通哥说：“莫鬼……画符了，到我房……里去。”

我跟着通哥走，准备到他房里去再挨骂。没想到阳秋萍在里头坐着，笑眯眯地望着我：“是六坨啊！六坨不顽皮的啊！”

通哥并没有再骂人，好像完全忘记了我打碎玻璃的事，望着窗外高喊：“让暴风雨来得更猛烈些吧！”通哥高喊之后，哈哈大笑。

阳秋萍笑着，说了句广播里经常听见的话：“你用心何其毒也！”

通哥说：“雨不停……地下，下午就不……要出工了。”

阳秋萍说：“你不想出工，就说还要排节目不就要得了？”

“老是说……排节目，也……不好。”通哥又喊道，“那些海鸭呀，享受不了战斗的欢乐，轰隆隆的雷声就把它们吓坏了！”

通哥高喊的时候，讲的是普通话，也不结巴。怪就怪在通哥平日讲话结巴，课堂上念课文的时候不结巴，蹲在戏台角上提词的时候不结巴，这会儿高声喊着普通话也不结巴。我当时并不晓得高尔基和《海燕》，只觉得通哥真了不得，高喊起来就像电影演员。

暴风雨并没有像通哥说的越来越猛烈，而是越下越小；但时间也不早了，等雨慢慢停下来，已近黄昏了。阳秋萍说要回去了。通哥叫她先回去，他等会儿再走。

阳秋萍出门前，站在那里拿双手理了理头发，昂着头甩了甩。她甩头发的时候，腰肢随着扭动了几下。真是奇怪，见着阳秋萍的腰肢，我就会想起那次在樟树底下见到的情景：她飞快地迈着碎步，扭着轻盈的腰肢，消失在拐弯处。

阳秋萍走了，通哥望着窗外出神。西边山头上，云慢慢淡去，渐渐露出阳光。这是今日的最后一丝阳光。没过多久，天就暗下来了。

“六坨，你晓……得什么是爱……情吗？”通哥问。

我摇摇头。

通哥仍是望着窗外，说：“男人和……女人，两个人好……了，就有爱……情，今后就生活在……一起。”

我还是听不懂，只是望着他。通哥回过头，也望着我，说：“你还……小，同你说没……用。你快长大，就晓得什……么是爱情了。”

我要回去了，通哥让我先走，他还要独自呆会儿。我出门的时候，回头望望通哥，他的目光仍在窗外。

回到家里，我问妈妈：“妈妈，你和爸爸是爱情吗？”

妈妈脸色都变了，问道：“哪里学来的痞话？”

我说：“通哥说男人和女人好了，就有爱情，就在一起生活。”

妈妈说：“你老是跟着他做什么？他是书读到牛屁股上去了！”

妈妈边忙着做饭菜，边嚷着通哥太不像话。这时，听得通哥高声唱着革命样板戏：“共产党员，时刻听从党召唤……”

妈妈锅铲都没放下，跑到门口，大声喊道：“舒通！”

“叔母……”通哥停住，笑着。

妈妈说：“你时刻听从党召唤？党叫你当老师，教学生，没叫你教他们讲痞话！”

通哥肯定觉得莫名其妙，眼睛睁得老大，问：“叔……母，我哪……里告诉学生讲……痞话了？”

妈妈说：“你要同哪个爱情是你的事，不要讲给六坨听！”

通哥不服气：“叔母，你这是封建思想。爱情是纯……洁的，高……尚的……”

“你别给我扣帽子，还不就是男女关系！”妈妈闻得锅里的菜煳了，跑进屋里去了。

九

开学那天，通哥在班上讲："这个暑……假，你们过得有……意义吗？劳动充……满快乐。我们宣传队天……天排节目，夜……夜演出，很……辛苦，但是很快……乐。"

我晓得通哥总是想办法躲避出工，打禾栽秧太辛苦了。听他说劳动快乐，我觉得很好玩。通哥说着说着，就点了我的名字，说我爱思考，肯学习，别的同学放假就野了，只有我像在学堂一样遵守纪律。通哥表扬我的时候，我想到的是自家打烂了学堂的玻璃，还想到通哥呼唤让暴风雨来得更猛烈些，就不要出工了。

"你们要好……好读书。不是我在表……扬自家，我要是不……肯读书，就编不出……好节目，宣传队就不会有……《插秧舞》。我们现在开……学了，但是宣传队的演……出还忙不开。今日晚上，我们还……要出去演……出哩。"通哥说着说着又说到宣传队了。

同学们很佩服通哥，觉得他是学堂最厉害的老师。老师们围在一起，也都说通哥有才，说《插秧舞》不光在全公社有名，在县里都有名了。老师们说着说着，话题就到通哥和阳秋萍身上去了。

"舒通，你自家承认，你们俩是在恋爱吗？"有老师问。

通哥笑笑，说："人家是城……里妹子，迟早要回……城里去的，我算……什么？"

"还不承认，村背后那条路，叫你们俩踩矮三寸了。"又有老师说。

通哥笑着说："你们未……必跟踪？"

"哈哈哈，承认了嘛！要晓得，群众的眼睛是雪亮的！"

老师们以为我们听不懂，他们说着大人的事，并不回避。我也不晓得怎么就叫鬼摸了脑袋，莫名其妙地喊了句："男女关系！"

我的声音很响亮，震得自家耳朵嗡嗡响。老师们都回头望着我，哈哈大笑。通哥黑了脸，瞪着我："我还表……扬你哩，这么顽……皮！"我一溜烟跑了。

有桩喜事儿在村里传着，说是公社要成立铁姑娘拖拉机队。村里女儿家都想去开拖拉机，她们只要凑在一起，就说这事儿。有的家里大人就上俊叔家说，让他帮忙。俊叔说这是公社管的，他说不起话。公社李书记就住在村里，夜夜睡在腊梅家。可是没有哪个敢去找李书记说。慢慢地，女儿家们发现，只有腊梅从来不同她们说开拖拉机的事儿。她们就猜，肯定是腊梅去开拖拉机了。

她们猜对了。有天，腊梅突然打上背包上县城去了。俊叔说派腊梅去学拖拉机，生产队和大队都盖了章，公社批准的。哪个也说不上意见。

冬天快到的时候，腊梅开着红色的拖拉机回到了村里。拖拉机没有棚，老远就见腊梅身子一跳一跳，就像骑马。她戴着乳白色草帽，肩上搭着条白色毛巾，很像村里墙上到处可以看见的邢燕子画像。

腊梅开回来的只是拖拉机头，后面没有拖斗。拖拉机停在祠堂前面，围着很多人看热闹。正好是放学的时候，学生们都往拖拉机跟前凑。腊梅笑着同所有大人打招呼，那神气就像从部队回家探亲的军人。好像她的口音也有些变了，有些城里人讲话的味道。有人就说，腊梅出去学开拖拉机，人都学漂亮了，有些像街上的人了。

“腊梅，怎么只开个脑壳回来？”有人问。

腊梅说：“运输的时候挂拖斗，耕地的时候挂犁和耙，我是回来取衣服，就什么都不挂。”

这时，通哥腋下夹着课本，挤了进来，说：“腊梅要是挂……个拖斗回来，夜里就拉……我们去野鸡坪演……剧。”

腊梅说：“我就是挂拖斗回来了，也不敢送你们去。要节约柴油！”

通哥笑笑，说：“哦，铁姑娘……拖拉机队的，思想都蛮……好的。”

“通哥你莫挖苦我。”腊梅跳下拖拉机，拿白毛巾在脸上擦擦，其实她脸上什么也没有。

通哥说：“我哪敢挖苦……铁姑娘！你思……想好，怎么不自家走……路回来呢？开空车回……来，也浪费柴……油啊。”

腊梅说：“我开空车回来，李书记批准的。李书记明天去县里开会，我顺便送他去县城。”

“李书记今……后有拖拉机坐了，不要骑……单车了。”通哥说着，抬手摸摸拖拉机。他手上的粉笔灰没有洗，一摸一个印子。腊梅很心痛的样子，忙拿起座位上的抹布擦擦。

通哥就说：“腊梅你硬……是对我有……意见，粉笔灰未必比……泥巴还脏？你怎么……不把拖拉机上的泥……巴都擦……干净呢？”

腊梅说：“通哥你莫这么说，我们拖拉机是天天要擦的，就像解放军擦枪。”

大人和学生伢儿都往里面挤，我不晓得怎么就被挤出来了。我刚从人缝里探出头来，就见福哥从祠堂南边的屋角走过来。福哥见很多人在看拖拉机，身子闪了一下，就往回走了。他动作很快，就像电影里面躲避敌人跟踪的地下工作者。

通哥也从里面挤了出来，拍了一下我的脑壳。我就跟在通哥后面，一起回家。

“只是开……个拖拉机，要是从部……队回来，那还了……得！”通哥自言自语。

我说：“福哥看见拖拉机，脑壳一缩就跑掉了。”

“他不是怕……拖拉机，他是怕……”通哥话没说完，咽回去了。

“他怕什么？”我问。

通哥说：“大……人的事，你莫……要多问。”

第二天一早，我去学堂的路上，见公社李书记推着单车，走在腊梅背后。腊梅说：“李书记，要是公路通到我屋里，就不要你走路了。”李书记笑笑，说：“我一步路都不走，那不变修了？”

走到拖拉机旁，腊梅取下摇把，准备发车。李书记突然严肃起来，说：“腊梅，幸好摇把还在这里！你要汲取教训，摇把要随身带。万一阶级敌人搞破坏，把摇把偷走了，往水塘里一扔，拖拉机就动不了。”

腊梅脸马上红了，说：“李书记革命警惕真高，我记住了。”

李书记把单车扛上拖拉机，先爬了上去。腊梅爬上拖拉机的时候，突然看见我站在下面看稀奇，马上铁青了脸，喊道：“六坨快走开！”

我忙闪到墙角，望着拖拉机在崎岖的公路上马一样的跳着远去。拖拉机在村里停了一夜，村里人已经晓得它叫铁牛 55，我也晓得了。

十

通哥常常在阳秋萍房里坐到深更半夜，向姨都不晓得。每次通哥走的时候，怕向姨听出两个人的脚步声，就背着阳秋萍出来。阳秋萍送走通哥，独自回房间，故意弄得很响。向姨听见脚步声出去了，又回来了，以为阳秋萍上茅厕，仍是安心安意睡觉。

只是通哥同阳秋萍两个人的事，不晓得怎么就传到外面去了。不管男人女人，他们凑在一起，就说通哥同阳秋萍的风流事。人们添油加醋的，越说故事越多。

有些话终于传到向姨耳朵里去了，气得她嘴唇发紫。向姨脾气不好，可她想着女儿这么大了，打骂都不是办法，就好言相劝："秋萍，你要爱惜自家前程！你迟早是要回城的，进了城当个营业员，哪怕是饮食店端盘子抹桌子，也比在农村强。你同舒通好，同他结了婚，就回不了城了！"

阳秋萍说："舒通聪明，人也好。"

向姨说："聪明？他会编几句戏就算聪明？聪明怎么大学都考不上？"

"大学又不兴考，你不是不晓得。"阳秋萍说。

向姨骂道："你听也得听，不听也得听！我不能让你永生永世跟着个粪佬儿！"

城里人叫乡下人粪佬儿，乡下有脾气的人听见了就会骂娘。哪个也不晓得向姨骂粪佬儿的话是怎么传出来的。别的城里人说了这话，乡下人拿着没办法。向姨是下放改造的，她说了，麻烦就大了。通哥的妈妈二伯母晓得了，气呼呼跑到向姨家门，高声喊道："向玉英，你出来！"

向姨出来，问："二嫂，什么事？"

二伯母骂道："我舒通是粪佬儿怎么了？我们村里几百老老少少都是粪佬儿！你干净，你是城里人，你回去呀！你们家回去，我们村里还节约几个人的口粮！"

向姨先是吓着了，脸红一阵白一阵。她听二伯母气势不饶人，也就硬了起来："粪佬儿粪佬儿，你们就是粪佬儿，怎么样？"

听得吵架了，立即围过好多人。大家都很愤怒，说向姨太要不得了。

这时，俊叔来了，指着向姨骂人："向玉英，你要老实点！"

"我怎么不老实？"向姨昂头望着俊叔。

俊叔眼睛睁得鸡蛋大，说："你诬蔑贫下中农！你不好好改造，我叫你全家永世回不了城里！"

向姨说："她先惹我的！"

俊叔说："我正要找你哩！早有群众揭发，说你诬蔑贫下中农，说我们是粪佬儿！人家勇敢地站出来批评你，做得对！"

向姨辩解道："我哪里讲贫下中农是粪佬儿了？哪个听见了？站出来做个证明人呀！"

俊叔说："全村人都晓得了，未必全村人都冤枉你了？你是想在全村人面前认罪，还是在第九生产队社员面前认罪？"

向姨软下来了，低着头，哭了起来。

俊叔当即宣布："晚上第九生产队开社员大会，斗争向玉英！"

向姨哭着跑进屋里。看热闹的人还没有走，围在一起骂向姨，说她不老实，太猖狂。"看她自家养的那个女儿，像个妖精，不是个正经货！还赖人家舒通！"

"第九生产队全体社员，吃了晚饭，到仓库开会！"我正在家吃晚饭，听得生产队长海波吹着哨子，高声叫喊着。俊叔是第九生产队的老队长，他当了大队支书，他的侄儿舒海波就当队长。

"向玉英是自找的！"妈妈说。

爸爸说："向玉英脾气太坏了，她全家下放，只怕就怪她这张嘴巴。"

"第九生产队全体社员，吃了晚饭，到仓库开社员大队！"

海波吹着哨子，一遍一遍叫喊着开会。晓得今晚是要斗争向姨，我听着这哨子声，胸口就怦怦跳。向姨那人我也不喜欢，可见她哭的样子，又有些可怜。大人们都说阳秋萍的坏话，可我喜欢她。阳秋萍每次见到我，总是笑眯眯的，有时还摸我的脑袋，说："六坨是个聪明伢儿。"

不管大队开会，还是生产队开会，最高兴的仍是小伢儿。我们会去凑热闹，看稀奇。吃过晚饭，我嘴都没抹，就往仓库跑。老远见有个黑影，挑着粪桶，往仓库里去。那黑影走到仓库门口，昏暗的灯光下，我认出那正是向姨。

等我进入会场的时候，向姨已低头站在粪桶前面了。会场里臭烘烘的。社员们还没有到齐，小伢儿在会场里追打。海波厉声喝道："出去疯！把粪桶打泼了，要你们在地上滚干净！"

小伢儿们都出来了，在晒谷坪里玩。猴子说会议室里臭死了，喜坨马上骂他，说你还敢讲大粪臭，就把你押到台上去，同坏分子向玉英一起挨斗！喜坨骂着人，突然像是发了傻，翻了下白眼，说："猴子，我左边脚后跟痒，你给我抠抠。"猴子忙蹲下去，帮喜坨抠痒痒。猴子正蹲在喜坨屁股底下，喜坨的脸似笑非笑地紧紧绷着，然后慢慢张嘴笑了，笑出了声。猴子忙掩了鼻子，站到一边去了。原来喜坨故意骗猴子蹲下去，放了个臭屁。臭屁不响，响屁不臭。我们都没听见响声，却都闻到了恶臭，掩着鼻子一哄而散。小伢儿们边跑边吐口水，骂喜坨的屁比狗屎还臭。

我又回到会议室，会议已经开始了。俊叔站在向姨跟前，指着她骂道："你身上的臭知识分子气硬是改不了！大粪你闻着是臭的，我们贫下中农闻着是香的！没有我们这些粪佬儿，你们城里人连粪都没吃的！你们臭老九才是真的臭，我们贫下中农比鲜花还香！"

向姨低着头，一声不吭。我眼睛在会议室扫了好几圈，没有看见通哥和阳秋萍。不知怎么回事，我怕看见阳秋萍。想着阳秋萍会伤心，我就难受。我想要是我的妈妈站在台上挨批斗，我会非常难受的。

"要向玉英低头认罪！"

"问她粪是臭的还是香的。"

"要向玉英把头埋进粪桶里去！"

……

社员们叫喊着，很是激愤。俊叔扬扬手，叫大家停下来，然后说："向玉英，你自家说说，粪是臭的还是香的？"

"粪肯定是臭的，但是……"社员们不容向姨说下去，又喊叫起来。

"向玉英死不认罪！"

"把向玉英吊起来！"

这时，妈妈走过来，黑着脸对我说："六坨你快回去睡觉了！"

我说："我还不困。"

"听不听话？这种热闹你不要看！"妈妈扬手要打人了。

我忙飞跑着出了仓库。回家躺在床上，老睡不着。想着向姨会被吊起来，我就害怕。爸爸妈妈回来得很晚，听见他们的脚步声，我就假装睡着了。妈妈走进我的房间，看看我蹬了被子没有。见我睡得很死，妈妈就同爸爸轻声说话。

"也太不像话了，不就是讲错一句话吗？硬要把人吊起来？"妈妈说。

爸爸叹了一声，说："有人喜欢多事，坏。"

妈妈说："向玉英肯定伤了。上次六坨用过的风药放在哪里了？"

"你送去？怕人家讲闲话啊！"爸爸说。

妈妈说："怕什么？向玉英又没犯死罪！"

爸爸可能是找着风药了，听见他说："酒也带去，她家男人不在，不会有酒的。"

几天以后，我放学回家，碰着向姨在我家堂屋里同妈妈说话。向姨眼睛有些红肿，像是哭过，她说："自家女儿不争气，我也没办法。我骂她几句，他两个人干脆就睡到一起去了。我挨斗争、挨吊，都是为这个不争气的！"

妈妈说："舒通是我自家侄子，不是我护着他，他人倒是个好人。"

向姨说："我也不是说舒通人不好，只是……政策你是晓得的，秋萍在农村结了婚，就回不去了。"

妈妈叹道："要是我，也不会同意女儿嫁在农村，太苦了。农村人都讲，要是到城里去，扫街都愿意。"

妈妈不想让我偷听，不是要我喂鸡，就是叫我扫地。我扫地的时候，故意在堂屋里磨蹭。可是向姨要走了，说："四嫂，你真是好人啊！"

"向姨莫讲莫讲，你家现在是落难了，今后会好的。"妈妈说。

向姨摇摇头，叹息着走了。妈妈把用剩的风药小心包好，藏了起来。

十一

有天放学，喜坨说晚上出来玩打仗。我说装敌人我就不玩。喜坨说让你装解放军侦察兵。我就答应了。

吃过晚饭，我趁妈妈没在意，偷偷跑了。妈妈现在不准我夜里出去，她说我老是挨欺负。我跑到学堂操场，喜坨已等在那里了。他说我不遵守纪律，执行任务不能迟到。我没看见几个人，就说：“同志们都还没有到呀！”

喜坨说：“今日就是我们几个人，深入敌后去侦察。我带队，你们只跟着我走，不准说话！”

“是！”我同猴子等几个人齐声回答。

“我们行动吧！”喜坨把大手一挥，转身就走。

我们跟着喜坨，一声不响。操场坪对面就是我们的教室，青砖砌的平房。夜里学堂没有人，漆黑一片。我们悄悄儿绕到教室后面，小心往前走。突然发现前面有个窗户透着灯光，喜坨抬手往后压压，自家就猫下了腰。我们也赶紧猫下了腰，继续前行。到了有灯光的窗下，喜坨递个眼神，就坐了下来。我们也都靠墙坐了下来。这时，听得屋子里面有人说话，原来是通哥。这间老师房的灯光从教室前面是看不见的。

通哥说：“《插秧舞》要到省……里去演……出！”

“通哥，你真厉害！”阳秋萍说。

通哥说：“我编……是编，不……是你跳得好，也枉……然了。秋萍，你应该……进县文工团。”

阳秋萍说：“我哪里还进得了县文工团？我妈妈顽固不化，一家人都回不了城的。我就跟着你，生几个农民出来算了。”

通哥哈哈大笑，说：“秋萍你开始老……是脸红，现在比我脸皮还……厚了！我要你明天就生个农……民出来！”

阳秋萍说：“明天就生呀？催豆芽菜都没这么快啊！”

“来，现在下……种，明天就……生！”通哥说。

阳秋萍尖叫一声，说：“通哥，你没有戴帽帽，怕出事啊！”

喜坨忍不住笑了起来，拔脚就跑。我们几个也忙跑了。听得通哥隔着窗户骂人：“是哪……个？少家……教的！”

我们一直跑了老远，才停下来。猴子问：“司令，舒老师怎么不戴帽子呢？他一年四季戴帽子啊。”

我也说：“是啊，通哥大热天都戴帽子，人家说他朽。”

喜坨笑着说："舒老师白天戴帽子，晚上弟弟要戴帽子。"

我说："讲鬼话，通哥哪有弟弟？"

"你不是他弟弟？"喜坨把我的脑壳摸得生痛。

我说："我又不是他亲弟弟！"

喜坨大笑起来，做了个下流动作。我这回听明白了，他说是通哥同阳秋萍正在蛇相缚。可是这同我戴不戴帽子有什么关系呢？

十二

我们乡下人对上头大干部十分敬畏，背后称他们大老官。听说县里来了个大老官，专门审查《插秧舞》。晚上，村里老老少少好多人，都跑到祠堂去了，想看看大老官，也想再看看《插秧舞》。村里人不晓得看过了好多遍《插秧舞》，可这回听说要送省里演出，好像更加发现了这个节目的稀奇。

社员们三三两两来到祠堂，有搬凳子来的，有空手来的。小伢儿来得更早，却不准上台去玩。"等会儿大老官要来！"大队会计三番五次拿这句话吓唬小伢儿。

通哥他们来了。通哥同几个拉琴的、敲锣打鼓的人坐在台角试着乐器，阳秋萍她们跳舞的全部进了后台。

过了好久，那个大老官才进来，后面跟着公社李书记和俊叔、腊梅，还有好几个像干部的人。俊叔快步走到前面，招呼大家让路。社员们忙闪开一条路，大老官同李书记几个走到天井中间，那里的凳子空着。不用哪个告诉，我也认得出哪个是大老官。只有他披着件军大衣，像电影里面的解放军首长。他要是把双手叉在腰上，就更像大老官了。大老官的双手不在腰上，他的左手插在裤兜里，右手的小手指正翘着，剔着牙齿。

大老官坐下，架起了二郎腿，嘴巴动了几下。俊叔忙双手做成喇叭，朝台上喊道："开始开始！"

场面马上安静下来了。尽管隔得远，我还是隐约听见通哥喊声"三二起"，乐队就演奏起来。一段过门之后，阳秋萍领着女儿家载歌载舞出来了。台下的脸都是欢快的，他们悄悄议论哪个的扮相好，哪个的腰身好，哪个的歌喉好。我想腰身最好的当然是阳秋萍，她摆出的动作最漂亮。俊叔那样子，好像台上跳舞的尽是他的女儿，他喜滋滋地笑着，望望台上，又望望大老官。

突然，大老官站了起来，大喊："算了算了！"

台上的人听到喊声，停了下来。他们不晓得发生了什么事情，都站在台上。大老官走出观众席，上了戏台。他拿起话筒，先拍拍，试试声音，说："不要演了！党中央、毛主席说了！一九八〇年农村要全面实现机械化！你们这个《插秧舞》还在表现原始的人工插秧！这是开历史倒车！这是给社会主义脸上抹黑！"

大老官的声音特别洪亮，他说的每句话都应该打惊叹号。台上台下鸦雀无声，宣传队的人悄悄儿退到后面去了。大老官独自站在台上，威风凛凛。这时候，他一手拿着话筒，另一只手是叉在腰间的，但我觉得他不像解放军大首长，倒是像《闪闪的红星》里的胡汉三。

大老官说："这个节目，原来只是听说好，就往省里报了。幸好我亲自来审查，不然要犯政治错误！听说这个节目还在全公社各个大队演出，流毒不浅！"

社员们哪个也不敢多嘴，都紧张地望着大老官。

"这个戏是哪个编的？"大老官逼视着台下，好像编戏的人坐在下面。

"是……我。"通哥从戏台后面走了出来。

通哥仍是平时的模样，帽子低低压在鼻子上，他要望着大老官，头自然就高高昂着了。大老官受不了他这副傲慢相，喝令："把帽子取下来！"通哥没有取帽子，只把帽檐转了个向，拉到后面脑勺上去了。

大老官望望通哥，问："你是干什么的？"

通哥说："教……书……"

"你这么结巴还教书？不要把学生都教成结巴？"大老官说。

通哥说："我教……好多……年书了，还没教出一……个结巴。"

大老官很不高兴："你严肃点，不要油腔滑调！"

通哥说："我结……巴，想油腔滑……调都不……行。"

俊叔走上台来，说："报告首长，舒老师只是说话结巴，念书一点儿不结巴。"

大老官笑笑："俊生同志，你是支书，不要有封建宗法思想。你们大队全是姓舒的，好坏你都得护着？说话结巴念书不结巴？鬼才相信！"

通哥不等大老官批评完，突然流畅地背起了毛主席语录："毛主席教导我们说，知识分子如果不和工农民众相结合，则将一事无成。革命的或不革命的或反革命的知识分子的最后的分界，看其是否愿意并且实行和工农民众相结合。"

大老官吃惊地望着通哥，点点头，说："果然是怪事啊！好，你也算是知识分子吧，回乡知青。舒腊梅同志上来一下！"

台下叽叽喳喳起来，不明白大老官的意思。腊梅从人群中挤了出来，昂首走上戏台。腊梅毕竟没上过台的，亮堂堂的灯光一照，手脚就没地方放了。

大老官说："腊梅也是回乡知青，她学会了开拖拉机，以实际行动同农民群众相结合了。舒通，我看你是有才气的，这个《插秧舞》仍要上省里演出，但是要改，改成机械化插秧。"

"这……个怎……么改？"通哥问。

大老官说："这个就不要问我了。舒腊梅同志是开拖拉机的，有这方面的生活，她配合你改吧。这是政治任务！"

大老官说完，扯着军大衣往胸前拢拢，下了戏台，走了。他刚要下楼梯，突然转身对通哥说："你戴帽子的样子，像个二流子！人民教师，不许这个样子！"

通哥在村里就有些抬不起头了。我父母辈以上的人几乎都不识字，但他们都会讲些广播里的话。他们说通哥现在是立功赎罪，以观后效。通哥成天也是罪人的样子，走路低着头。他以往都是高高昂着脑袋的，帽檐压着鼻子。他现在帽子也没压得那么低了，不然就是二流子。正好很快学堂放寒假了，通哥天天同阳秋萍、腊梅几个人在祠堂改节目。腊梅的铁牛55天天停在祠堂门口。李书记不去公社，蹲在大队搞三同，与贫下中农同吃、同住、同劳动。改节目是件大事，李书记晚上没事也在祠堂陪着。

几天几夜过去了，节目仍不让人满意。通哥说："李……书记，人插……秧表演起来还……好看，机……械插秧，怎么表……演呢？未必我……们还要弄几台插……秧机到戏台……上去？"

李书记还没开口，腊梅早把这几天学到的一句话抛了出来：“艺术源于生活，高于生活。”

通哥听了很不满，冲着腊梅说：“县里领导说你有开拖拉机的生活，你来编算了。”

腊梅脸落了个通红，白眼瞟着通哥。李书记批评通哥：“舒老师你要谦虚，腊梅的意见是对的。”

阳秋萍几乎不说话，通哥同大家商量会儿，叫她怎么跳，她就试着跳。跳过之后，她又坐在那里不动。我每天晚上都去看热闹，发现节目真的越改越不好看。有个动作是李书记的主意，让女儿家排成一排，侧着身子，手上下抽动，说这像插秧机。我看了怎么也觉得像开火车。

正月初三，县里来了辆大客车，把宣传队的人全部接走了，说是进省城汇报演出。腊梅没有去，她要开拖拉机。

正月初七，大客车把宣传队送回了村里。宣传队的人个个胸前戴着红花，喜气洋洋。原来，《插秧舞》跳得好，获奖了。通哥的帽子仍旧低低压在鼻子上，头昂得高高的。同样戴着大红花，偏是阳秋萍格外显眼。俊叔拍着通哥的肩膀：“舒通，你为我们大队争光了！”通哥昂着头说：“好节目走到哪里都是好节目！”

真是天大的喜事！整个正月间，村里人都在说这件事，越说越神。有人甚至说，弄不好这个节目会上北京去演，哪天让通哥他们跟随周总理出国访问都说不定。这些话传到别的地方，都是说周总理接见通哥他们了。

我总觉得原先那个《插秧舞》好看些，就偷偷儿问通哥：“《插秧舞》丑死人了，还戴大红花？”

“那个大……老官，他晓得……个屁！”通哥说着，取下帽子，哈哈大笑。我不晓得他笑什么，听他骂大老官，有些害怕。

十三

老人们都说，解放二十几年，村里就出了三个有名人物，幸福、舒通和腊梅。舒通领着宣传队跳舞跳到省里去了，腊梅一个女儿家开拖拉机了，幸福上大学了。

幸福是突然接到大学录取通知的，他们全家人都说事先不晓得，原以为事情早就黄了。送幸福上大学那天，俊叔请了桌饭。公社李书记自然去了，俊叔还请了通哥和腊梅。俊叔敬着酒，老是讲："李书记晓得，幸福也是才接到通知，原先早以为没有戏了。"李书记就应和说："是是，都是县里定的。舒通你文化好，好好教书，今后县里招工，要是有机会，我推荐你。腊梅也是一样的，我也推荐！"

通哥越来越听出些味道来，就怀疑幸福上大学，肯定是搞了名堂。事先怕社员告状，就说幸福上不了大学了。快开学了，突然来了通知，哪个想告状也来不及了。通哥把眼睛藏在帽檐下面，偷偷儿看着酒桌上的人。他发现俊叔老是同李书记递眼色，李书记老是同腊梅递眼色，腊梅望着幸福和李书记就不自然，幸福老想同舒通说话却看不见他的眼睛。

这场饭局多年之后通哥同我说起过，我当时只是在家里听爸爸妈妈说到过幸福上大学的事。爸爸说俊生这个人也不是太坏，就是关键事上有些自私，幸福比舒通差远了，还送去上大学。妈妈说哪个当支书都会这样，有意见也没用。

正月刚过，那个大老官又到村里来了。因为《插秧舞》在省里获奖，我们大队被定为县里学习小靳庄的点。大老官是下来蹲点的。他坐在祠堂戏台上讲了一个晚上，就是要社员群众都写诗，都当诗人。有人笑了起来，说自家名字都认不得，哪里写得出诗？大老官说当诗人未必就要文化，小靳庄的农民也是农民，他们可都是诗人。大老官举了个例子，说有个八十岁的老太太，钞票都不认得，却写了首好诗：队上养猪大如牛，队上养牛像条龙；八十老太饲养员，夕阳敢比朝阳红。通哥在下面悄悄儿同别人说："吹……牛皮，后……面那句，肯定是读书……人改的。八十……岁老太太，哪晓得什么夕……阳朝阳！"

台下说话的人很多，祠堂里闹哄哄的。大老官很没面子，脸上不好看了。公社李书记望望俊叔，俊叔忙从戏台角上走到前面，大声喊道："不要讲小话！"

大老官目光逼视着通哥："舒通，我刚才看见，你在下面说得最起劲。你不要翘尾巴，你的《插秧舞》，不是我们及时发现问题，还想获奖？那是大毒草！"

台下哄堂大笑。大老官不明白下面为什么会笑，甚至怀疑自家讲错了话。他停顿片刻，想想自家并没有说错话，就问："你们笑什么？有什么好笑的？要分清香花和毒草，这对于我们开展学习小靳庄运动，非常重要！"

台下又笑了起来。大老官非常恼火："我发现，你们大队有股邪气，甚嚣尘上！这股邪气是从哪里来的？我们要追查到底！舒腊梅同志，你上来一下。"

大家都回头，四处寻找腊梅。腊梅好像有些不好意思，低头扭捏一下，走向戏台。她上了戏台的时候，头昂起甩了几下，就像刘胡兰要英勇就义了。大老官问："舒腊梅同志，你站在群众中间，听见了群众呼声。你告诉我，大家笑什么？"

腊梅说："在省里获奖的《插秧舞》，不是我们改过的，是人工插秧的老《插秧舞》。社员们都晓得这个事，他们就笑。"

大老官猛地站了起来，拍着桌子："我晓得了，晓得了，你们大队这股邪气是从哪里来的，我晓得了！"

社员们不禁把目光投向通哥。通哥像被几百瓦的灯光照着，无处躲藏，低下了头。大老官说："群众的眼睛是雪亮的，也都晓得这股邪气是从哪里来的了。把舒通带上来！"

不知哪个应该去带舒通，祠堂里没半点声音。舒通自家走了上去，站在戏台角上。他不再低头，脖子直直地昂着。因为帽檐压得低，他直着脖子正好看清台下的社员。大老官说："舒通，你自家向社员群众交待清楚！"

舒通到戏台中间拿过话筒，仍旧走到台角，站着说："获奖的……的确是老……《插秧舞》，我怕出你们领……导的丑，交待宣传队的人不……准讲出来，不晓得哪……个嘴巴痒，讲出……来了。"

"出我们的丑？这是丢我们县里的脸！"大老官叫喊着。

通哥说："我们到……省里以后，发现外地有个……《采茶舞》，就是演的人……工采茶，很……漂亮，省里领导说很……好。我就灵……机一动，叫宣传队改跳老……《插秧舞》。"

"好，你改得好哇！"大老官忍不住怒火。

“也不是演机械化就一……定得奖，有个节……目叫《火……车向着韶山跑》都没有得奖，火车比插秧机还……高级些。”通哥说。

大老官站起来，抢过通哥的话筒：“社员同志们，你们要提高觉悟，心明眼亮。这说明什么问题？说明资产阶级文艺黑线仍然还有市场！我们学习小靳庄，就是要朝这条黑线开火！舒通，不要以为你在省里得奖了，就怎么样了！我们会把情况向上级反映，我们照样整你的材料！”

“我祖宗八……代都是贫农，清……水岩板底子，你整……吧！”通哥撂下这么句话，自家下来了。

十四

从祠堂里回来，二伯母跑到我家，同爸爸妈妈商量如何救通哥。二伯母哭着说：“这回舒通完了，只怕要坐班房啊！”

“嫂嫂你莫急，没有那么大的事，最多就是在大队开个斗争大会。”妈妈劝道。

二伯母说：“开了斗争会，他的民办老师肯定就当不成了。”

爸爸说：“是啊，斗争了，民办老师只怕就当不成了。”

二伯母焦急万分：“我叫他写个检讨给人家，舒通就是不肯。”

“检讨没用，”爸爸说，“除非全大队人出面保他。”

“哪个肯出这个头？”二伯母问。

爸爸说：“只有请俊生出面。话讲在明处，俊生肯的。”

二伯母说：“俊生平日人也还好，人心隔肚皮，晓得到这个时候他肯出面吗？”

妈妈说：“管不了那么多，嫂嫂你自家去请一下俊叔，六坨去把你通哥喊来。”

二伯母说：“我叫他一起来，他就是不肯。他整天同那个狐狸精搞在一起，人家要整他，多桩事，说他流氓阿飞，这是钉子钉的，跑不脱啊！”

我摸着黑去了学堂，推开教室门，看见通哥房里透着光亮。我碰着了桌椅，响声弄得很大，通哥在里面问：“哪……个？”

“通哥，是我！”我说。

通哥开了门，说："六坨，你……来做什么？"

我说："二伯母叫你到我屋去。"

通哥没有戴帽子，上身穿着棉衣，下面只穿着里裤，站在门口，没有让我进去的意思。我透过通哥和门框间的缝儿，看见阳秋萍坐在床上，拿被子盖着脚。阳秋萍说："快进来，外面冷哩！"通哥进去，我就跟了进去。通哥仍坐到被窝里，问："叫我去做……什么？"

我说："二伯母同我爸爸妈妈商量，叫全大队人保你。"

通哥不做声，把头偏向一边。阳秋萍说："通哥，你还是听大家的，回去一下。人家是上面来的官老爷，莫要硬顶着来。"

通哥说："我不……怕！我又没……犯法！"

阳秋萍说："人家是县里工作组的组长，就是代表县里的。你大丈夫能屈能伸，退一步天宽地阔。"

房里没有烧火，我站在那里冷得打颤，就说："我回去了，通哥你快来。"听得阳秋萍在说话："通哥你莫太犟了，回去吧。你莫让六坨自个儿来自个儿回去，外头漆黑的。"

我回到家里，俊叔已到了，听他正说道："事情这样办，保书让舒通自家写，大队也只有他写得好。出面还是二嫂自家出面，挨家挨户上门讲好话，要人家签名盖章。我呢？只装着不晓得这个事。"

二伯母见通哥没跟我来，问："他没来？"

"他不肯来。"我说。

二伯母骂了起来："他想坐班房，叫他去坐好了，我们都不要管了。"

俊叔说："二嫂莫急，再去喊一下。"

这时，通哥推门进来了。二伯母骂道："大人急得要死，你自家还雷打不动！"

通哥说："我又没……有犯法，我怕……什么？"

"没有犯法？光是你同那个狐狸精乱搞，就可以抓你流氓阿飞！"二伯母点着通哥的鼻子骂着。

通哥说："我们是自……由恋爱，宪法上都写……了的。"

俊叔说："舒通，你妈妈说你几句，你还顶嘴，你不是个孝儿。宪法也没有写着不结婚可以睡在一起啊！"

“俊叔，我没……犯法，不……怕他。这个姓刘的，还是文……化局副局长，我说他懂……个屁！”通哥把帽子取下，捏在手里，我看见他的眼睛从来没有睁得这么大过。

俊叔说：“舒通，你硬来是不行的！工作组在通夜整你的材料！我是支书，本来不该护着你说话。我们关起门讲，都是一个祠堂的人，你赶快写个保书。”

几个大人劝了好久，通哥没法，只好说：“我去学……堂写！”

二伯母气不过，骂道：“你就一时半刻都离不开那个狐狸精？”

通哥也火气冲天：“莫一口一个狐……狸精好不好？笔和纸都……在学堂……”

通哥说完就摔门出去了。我不晓得什么时候睡着的，肯定是睡着了让妈妈抱上床的。第二天才晓得，通哥写好了保书，马上送了回来。俊叔一直等着，听通哥自家念了一遍，才放心回去。二伯母就让我妈妈陪着，挨家上门去。除了大队的地富反坏右，家家户户都跑了，也都签了名盖了章。

吃过早饭，二伯母匆匆往祠堂去。祠堂东西两厢楼上楼下有很多房间，楼上房间外面还有走廊。工作组的办公室在东厢房楼上。祠堂平时也是我们小伢儿玩的地方，但工作组在楼上做事，我们就不准上楼。我怕通哥出事，见二伯母往祠堂去，也就跟去了。

二伯母上了楼，进了工作组办公室，扑通一声跪下，双手递上保书。大老官呼地站了起来，瞪着眼睛：“你这是做什么？贫下中农不能跪！这里不是旧社会衙门！”

二伯母说：“刘局长，全大队人都证明，我儿子舒通是个好人，你们不能把他抓起来！”

“哦，你是舒通的妈妈啊！你可是养了个好儿子啊，专门对抗无产阶级专政！”大老官重新坐下，不接二伯母的材料，他突然看见我趴在门边偷看，“走走走，小孩子看什么？”

我忙退了出来，刚想跑下楼去，见通哥来了。他见二伯母跪在地上，气得脸铁青：“妈妈，你骨头也太软了，快起来！”通哥竟然没有结巴，快步上前，拉起二伯母。

二伯母站了起来，拍着膝头的灰，大声哭了起来。通哥说："妈……妈，你不能在他……面前跪，要跪也……是他跪！"

"舒通！你猖狂！"大老官叫道。

工作组的几个人大吃一惊，有人指着通哥喊道："舒通，我们可以马上把你抓起来！"

通哥说："我说话自……家负责！刘局长，我想同你个……别谈谈。"

"我同你没什么好谈的，要谈，等审查你的时候再谈。"大老官哼哼鼻子，他又发现我了，"又是你这个小鬼！走走走！"

通哥说："那好，不……谈你自家莫……后悔。"

我怕再挨骂，下楼来了。可我看见通哥同大老官也下楼了，他俩都黑着脸，一声不吭，进了一间屋子。这时，楼上几个干部朝楼下张望，听得有人说："怕舒通狗急跳墙，对刘局长动手啊。"二伯母忙说："领导放心，我儿子不敢做蠢事的。"

听了楼上人说话，我还真怕通哥杀了大老官。我悄悄儿贴着壁板，听着里面的动静。祠堂的壁板年月久了，很多地方裂着宽宽的缝，里面说话的声音我听得一清二楚。

"你太嚣张了！"大老官说。

通哥说："我哪……嚣张？我妈妈是贫……下中农，你……的出身你自……家晓得，你怎么能让我妈妈跪……着？"

"她自家跪的，又没有哪个强迫她！"大老官说。

通哥说："我晓……得你，你自家出……身不好，在县里是挨……整的，你就想办点办出成……绩，好翻……身。我只要让社员群众晓……得你的出身，你就威……信扫地，就没有人听……你的。"

大老官笑笑，说："你想得天真！"

通哥也笑笑，说："我见……得多了。县里老……在我们大队办点，农业学……大寨、批林……批孔，都在我……们大队办点。前年有个姓……马的，我们喊他马……组长，就是在这里得……罪了人，大家就把他的出身翻……出来一说，他就呆……不下去了，灰溜……溜走了。听说他回……到县里，更加抬……不起头。"

大老官说："你想威胁我？"

“是……啊，我就是在威……胁你，你可以不……怕。”通哥说。

大老官说：“你比五类分子还坏！”

通哥说：“你不要乱……扣帽子、乱打棍……子。五类分子是……地富反坏右，你出……身资本家，农村里没见……过资本家，会更加痛……恨。”

不听见大老官说什么，只听得通哥又说道：“我把话讲到根……子上，你莫讲不……好听。你其实就是不……懂文艺的文化局副局长，指导我们排节目出……了丑，就恨……我，想整……我。告……诉你，我没有任……何问题，你拿《插秧舞》整……我，我就到省……里去告状。”

“你莫拿省里吓我，省里也有文艺黑线问题。”大老官说。

通哥说：“那就试……试看。我告……诉你，我幸好叫宣传队改……跳老《插秧舞》，不然会丑……死去，别说得……奖。你回去问……问县文化馆带队的吴……馆长，省里领导对我们的节目大……加赞扬。”

大老官问道：“我的情况都是吴馆长告诉你的？”

通哥说：“吴……馆长没有说，你莫冤……枉人家。县里同去的干部又不……是吴馆长一个人，你在县里的群……众基础怎么样，你自家清……楚。”

“他妈的那些文化人就是坏！”大老官骂了起来。

通哥笑道：“你莫骂，你自家也是文化人，老牌大学生啊。”

大老官又不说话了，听得通哥说道：“你想试，就试……试。我输……得起，你输……不起。我最多不当民……办老师了，未必还会开……除我当农民，叫我去当……工人，当……干部？你一输，就都……输掉了。”

“你好坏！”大老官说。

“狗急了还要跳……墙哩！我是你逼……的。”通哥说，“你阿娘的……事我都……晓得。”

我的家乡喊老婆叫阿娘。大老官压着嗓子，声音低得我差点听不清楚：“舒通，你敢说我阿娘，我打死你！”

通哥说：“你是资……本家出身，我是贫……农，你不……敢打我。要打你也打……我不赢。”

很久很久，没听见里面再有说话声。原来，大老官的阿娘同县委向书记搞男女关系，城里的干部都晓得，只在背后议论。大老官又气又恨，却没有办法。别人都说，幸得他阿娘有这个本事，不然他这个副局长早保不住了。

突然听见大老官长叹道："好吧，算我棋逢对手了。舒通，你就是革命导师们批判过的那种流氓无产者，身上充满着流气、匪气。"

通哥说："刘……局长，你不要我说你是臭……知识分子吧？我说了，你不要乱……扣帽子。弄得好，我还可……以帮你。"

大老官冷笑道："我用得着你帮？"

通哥说："你犯了致……命错误，忘记了走群……众路线。"

大老官说："我不缺你这个群众。"

通哥嘿嘿笑了几声，说："你真……以为社员群众写……得出诗？我敢说，书……上印的群众诗，都是秀才加……工了的。可是你带的这些秀……才不行，我晓得。"

祠堂里玩着的小伢儿见我贴着壁板偷听，突然大喊起来："六坨，特务！六坨，特务！"我吓得要死，朝他们做眼色。这时，工作组的几个人担心出事，都跑了下来，高声喊道："刘组长！刘组长！"

大老官高声回答着，开门出来了。通哥也出来了，朝楼上喊道："妈……妈，我们回……去。"

二伯母惊慌下楼，跑到大老官面前，哀求道："刘局长，请你放过我儿子！他还年轻，不懂事……"

大老官没好气，说："行了行了，我们再研究研究！"

"妈……妈，我们回……去。"通哥说着，转身就走。二伯母望望大老官，又望望儿子的背影，只好跟着走了。二伯母追上通哥，带着哭腔说道："你莫犟，回去求求人家！人家保书都还没接啊你的啊！"

通哥头也不回，说："他不敢整……我！"

十五

妈妈说："真是怪事了！前日还说要整舒通的材料，今日就让舒通进工作组了！”

“这个刘组长可能还算个正派干部，晓得群众意见大，就不整舒通了。”爸爸说。

我晓得是怎么回事，却不敢告诉爸爸妈妈。我早学乖了，很多事情晓得了也闷在肚子里不说。通哥身上发生的有些事，也并不是我耳闻目睹的，好多是他后来慢慢告诉我的。我长大以后，通哥老喜欢在我面前回忆以往的事情。

大老官说腊梅是新式农民，她应该写首诗。腊梅回答得很响亮，说一定完成任务。可她憋了半个月，只得四句：铁牛 55 没长脑，但是它的思想好。日日夜夜不歇气，犁田耙田还要跑。大老官看了腊梅写的诗，笑着说：“意思好，意思很好，话句子还要加工加工。舒通，你来吧。”

通哥闭着眼睛想了会儿，说：“我改……改。”于是写道：铁牛 55 嗵嗵响，今日开口把话讲：社会主义就是好，没油我也自家跑！

大老官看了，非常高兴：“舒通，革命的浪漫主义啊，好，太好了！特别是最后一句，没油我也自家跑！”大老官派人火速将舒腊梅的诗稿送往县里，县广播站当天晚上就广播了这首诗。村里离县城很近，骑单车三十分钟就到了。一夜之间，这四句诗就在全县流传开来。司机同志们都背得这四句诗，几乎曲不离口。

工作组传下话来，每家每户都要有一首诗，不完成任务的扣口粮。妈妈把我哥哥、姐姐和我叫到跟前，说：“你们三个是读书的，诗就要你们写了。”

哥哥说：“我上学时语文成绩最差了，写不好。”

姐姐说：“通哥讲六坨聪明，六坨写。”

我说：“我很多字都不会写，我不写。人家腊梅都写了诗，姐姐你也要写诗。”

爸爸火了：“你们三个不要争，诗反正要你们写出来！”

我跑去祠堂求通哥，哪知通哥那里围着几十社员，都是请他改诗的。通哥说：“你们把作品上面写……了名字，都放在桌……上，我一个……一个想。这是写……诗啊，要慢……慢想。”

大老官同公社李书记他们站在天井角落抽烟，说话。见这边响声大，大老官跑过来说："社员同志们交了作品就回去，舒通同志要集中精力看你们的作品，这么吵吵闹闹，没办法看啊。"

社员们就回去了，却又不放心似的，忍不住回头张望。大老官拿起桌上的纸条，问："有好的吗？"

"正是你……说的，意……思都好，但都……要改。"通哥说。

大老官随口念着口中的条子："一年四季不穿鞋，田里事情做不完。苦干巧干拼命干，多挣工分好过年。这首诗嘛，总体上讲是好的，体现了大干快上的精神，但是思想境界要提升，不能只想着自家过个好年，而要把落脚点放在建设社会主义新中国上。"

李书记也拿起一张纸条念道："一年养他三头猪，一头过年一头盘书，还有一头送国家，完成任务不认输。这首……这首……刘组长你看？"

大老官说："要不得，这首要不得。"

通哥说："说的倒……是大……实话。"

"通哥，我妈妈要你写首诗。"我说。

没等通哥答话，大老官说了："不能喊人代写！你是哪家小伢儿？"

通哥说："我四……叔家。"

大老官说："你们自家写好，交给工作组审查、修改，这是可以的。"

通哥笑笑，摸着我的脑袋，说："六坨最……聪明了，你想……想，再告……诉我。"

真是难住我了，我哪里晓得写诗？天井中间烧着一堆大火，青烟直上云霄。通哥的桌子放在火堆的一角，他正埋头改诗。大老官同李书记几个人围着火堆烤火，说着社员写诗的事。大老官说："县里对我们工作是肯定的，我们要抓紧时间把每户一首诗搞出来，搞个社员赛诗会。"

"搞社员赛诗会，能不能把县委向书记请来？"李书记问。

"向书记肯定会来的，我去请示汇报。"大老官说。我当时还不晓得县委向书记同大老官阿娘的事，也就没有在意他的脸色。我正在想诗哩。通哥平日骂不会做作业的同学只晓得望天花板，可我这会儿坐在天井中间，只能望着天空了。今日是冬日里难得的晴天，空中的白云像大团大团的棉花，慢慢从天井北边角上飞到南边角上。

我突然想起，腊梅的拖拉机没油都可以自家跑，我何不把天上的白云拿来做棉花呢？可我有了这个想法，也写不出诗来。我看见别人写的诗都押韵，每句的字数也都一样多。我冥思苦想了老半日，才麻着胆子走到通哥跟前，说：“通哥，我想了几句。”

通哥放下笔，望着我：“说给我听……听？”

我的脸刷地红了，心里怦怦跳。我壮着胆子，说：“我顺着彩虹飞上天，神仙问我我不回答。我没有工夫回答他，我正忙着晒棉花！”

通哥吃惊地望着，说：“六坨你是神……童啊！好，真好，我给你稍……微改改！”通哥皱着眉，不一会儿，提笔写道：农民伯伯去天宫，踩着彩虹上九重。神仙问话没空答，社员忙着晒棉花。

“刘……组长，李书……记，六坨是个神……童哩！”通哥喊道。

大老官接过通哥递上的诗，同李书记凑在一起念了念，都怀疑地望着我。“真是你写的？”大老官问。

“我是说的飞上天，通哥改成上九重。我说我正忙着晒棉花，通哥改成社员忙着晒棉花。”我说。

“你几岁了？上几年级？”李书记问。

我回答说：“九岁了，三年级。”

“九岁？神童，真是神童！马上打发人把六坨的诗送到县里去！”大老官叫唤着工作组的人。有个年轻干部从楼上下来，拿着诗稿看看，推着单车就要走。大老官突然想起：“对了，叫六坨自家抄写一遍，带他自家抄写的原稿去！”

我整个人就像中了邪，恍恍惚惚。我趴在桌上抄诗，一堆大人围着看。我紧张得要死，出了身老汗。有人摇头叹服：“真是聪明，九岁小伢儿的诗，这么好，我们大人都写不出。”我抄完诗，回头看看通哥，他独个儿蹲在火堆旁烤火。大老官望望通哥，脸上满是笑容，对李书记说：“老李，我们这个点，会出成绩的！”

我挨到很晚才回去，爸爸妈妈早听说我写诗的事了。“真是你自家写的吗？”妈妈问我。“当然是我自家写的，通哥、大老官、李书记都在场。”我说。不晓得怎么回事，我没有说起通哥帮着修改了。

我刚端起碗吃饭，就听见广播里说道：“世界上有神童吗？回答是否定的。但是，在社会主义新农村里成长起来的儿童，不是神童，胜似神童。下面广播一首九岁小朋友的诗，请听！”接下来念我那四句诗的是个小女孩，她念得真好，我真不相信这诗是我写的。小女孩念完，又是大人的声音，整个儿都在说这诗短小精悍，写得太好了。“作者运用了革命浪漫主义手法，描写了农村棉花丰收的景象。棉花多得像天上的云，神仙都为之惊讶，多么生动的神来之笔！”

爸爸妈妈嘴里含着饭，都停在那儿不敢嚼，生怕听漏一个字。爸爸拿筷子轻轻敲了下我的脑袋，笑得合不拢嘴，说：“舒通平日总夸你聪明，我就是看不出。还真要得啊！”

我成了小诗人，感觉非常的好。不论走到哪里，大人都夸我。小伢儿们也羡慕，老问我这诗是怎么想出来的。

十六

通哥和工作组忙了好久，家家户户都有诗了。学堂也开学了。通哥没有去学堂上课，他要准备赛诗会。他的课都由别的老师代了。有个白天，祠堂门口扎了松枝做成的彩拱门，上面挂着的红绸布上写着“学习小靳庄社员赛诗会”。学堂不上课，同学们早早地就坐到了天井里。社员们比以往任何会议都听打招呼，他们家家户户都要上台。

听得汽车喇叭响，晓得县委向书记来了。果然，一个胖子披着军大衣进来了，他身后跟着大老官刘组长、公社李书记，还有几个不晓得是什么人。我猜那个胖子肯定就是向书记。俊叔站在楼梯口招呼着，向书记就领着人上楼了，走到主席台上坐下来。

大老官拿起话筒，站着说：“县委向书记对我们点上学习小靳庄活动非常重视，百忙之中抽出宝贵时间，参加今天的群众赛诗会。下面，我们以热烈的掌声，欢迎向书记作指示！”

大老官说完，把话筒端端正正放在向书记面前，自家退到后面座位上坐下。向书记清清嗓子，说：“社员同志们，有战无不胜的毛泽东思想作指导，任何人类奇迹都可以创造！两千多年前，中国诞生了一部诗歌集，叫《诗经》，总共收录了三百零五首诗。这是中国古人千百年创作诗歌的总和。但是今天，我们大队三百二十五户，不到两个月时间，每家每户都创作了一首诗，有的户还创作了两首、三首，总数达到四百零五首，比《诗经》整整多出一百首！如果我们全县每个村都像点上一样，那将是怎样的景象？那是诗的海洋！”向书记下面的话我就听得不太懂了。他讲儒法斗争史，从两千多年前的孔子讲起，一直讲到林彪。我瞟了眼坐在后面的大老官，他总是微笑着望着向书记的后脑勺，好像那里也长着双眼睛，正同他打招呼。

向书记讲完，赛诗会开始。早就同社员群众打过招呼的，赛诗会上不点名，大家要争先恐后上台，气氛搞得热热闹闹的。但是，大老官宣布赛诗会开始了，没有一个人敢上去打头炮。场面有些难看，急死了大老官、公社李书记和俊叔。这时，通哥在戏台角上，朝我眨眼睛。我明白他的意思，猛着胆子站了起来，小跑着上了戏台。站在台上打招呼的阳秋萍忙把话筒递了过来。我双手有些打颤，喉咙发干。

“我，我，”我结巴了两声，终于喊了出来，“诗一首，题目是《晒棉花》。”我就像放鞭炮，自家都还不晓得是怎么回事，就把四句诗念完了。台下拼命鼓掌。我刚要下来，听到向书记喊道：“小朋友，我还没听清楚哩，再念一遍，慢些念。”

我不晓得转过身去，就背对着台下，望着向书记念了起来：“农民伯伯去天宫，踩着彩虹上九重。神仙问话没空答，社员忙着晒棉花。”

向书记高兴地笑了起来，问我几岁了，诗是不是我自家写的，然后连声说好。

我打响了头一炮，就没人害怕了。上去几个人之后，楼梯口竟然排着队了。每家每户都推选自家最有文化的人上台，大家都有争面子的意思。

赛诗会后，向书记召集几个群众代表开会。我居然被喊去开会了，这是我平生头一回参加大人的会议。通哥、腊梅也在会上。向书记表扬大家几句，就说了他的想法：“社员同志们，群众写诗，这是个新生事物。我们不光要人人写，家家写，还要树典型。你们这里是县里的点，应该产生代表县里水平的农民诗人。”

俊叔问：“向书记，舒通是民办老师，算不算农民？”

向书记说：“当然算农民呀！”

俊叔说：“民办老师算农民的话，我个人觉得推舒通比较合适。”

“哪位是舒通？”向书记问。

“是……我！”通哥回答。

向书记望望舒通，说：“你，结巴？”

通哥答道：“结……巴。”

向书记说：“作为农民诗人推出来，有时候免不了要登台朗诵，结巴只怕不妥。”

俊叔说：“他读书一点儿也不结巴。”

向书记问：“你自家写的诗是什么？”

舒通说：“社员挑担桥上过，河水猛涨三尺多；要问这是为什么，一个红薯滚下河。”

“哈哈哈哈！”向书记高声大笑，“这个红薯可真大啊！好啊，有气魄。刚才怎么没见你上台念呀？”

通哥说：“我家的诗是我妈……妈上台念的，我妈妈自……家写的。起床起得早，雄鸡吵醒了。叫声大娘哟，今后你报晓。收工收得晏，天天是大战。社员豪情高，为国做贡献。”

“哦，你妈妈的诗写得好。”向书记说。

“舒通念书不结巴，这是真的，”大老官刘组长说，“不过，我觉得要有代表性，不如推舒腊梅同志。她是拖拉机司机，又是女同志。”

李书记说：“我同意。”

腊梅低着头，脚在地上不停地画着。

“可不可以推这个小朋友呢？”向书记问。

我听了脑子嗡地响了起来，像被哪个敲了一下。

通哥马上说：“不要推……六坨，读……书要紧。”

向书记说：“你这个认识就有问题了，写诗怎么会影响读书？”

通哥说：“我说要推就推腊梅，不然最好推不识字的，更是新生事物。”

大老官严肃起来：“舒通你这是什么意思？说风凉话？你这个人就是喜欢翘尾巴。”

腊梅的脸刷地绯红，嘴巴噘得老高，瞪着别处。

通哥说：“我哪……是说风凉话？劳动人民口……头创作，文化人记……录整理，自……古都有……的事啊。”

向书记说：“舒通倒是个有见识的人，他说得有道理。我们这里只是征求群众意见，最后我们几个留下来研究研究。你们回去吧。”

哪个该回去，哪个该留下来，大家听了就明白。只有俊叔不知是走还是留，迟疑地望着李书记。李书记看出他的意思，说：“俊生同志一起研究。”

我走在通哥后面，一句话也不说。通哥自家想当诗人，就拦着我。他推腊梅也是虚情假意的，故意讽刺人家。

“六……坨，你今天表……现不错。”通哥说。

我不说话，低头走路。

“咦，怎么不……理我？”通哥问。

我说：“通哥，你自家想当诗人吧？”

通哥说：“哦，我晓……得了，你生我……的气？我才不……想当哩！你还……小，不晓……得事。这哪里是……诗？这……叫顺口溜！这也……是诗，那算……命先生个个是诗人！算命先……生讲话，全是顺……口溜，全押……韵！”

我不明白通哥的意思，仍不说话。通哥说：“六……坨，你也……是三年级的学……生了，要大不……大，要……小不小。我讲……的话，你只……记住，不要跟别……人讲。赛诗是一……阵风，过不……了多久，就什么都……没有了。你好……好读书。”

通哥这话，就像冬天的一盆冷水，泼得我人都蔫了。我原以为自家真是小诗人了哩！我分不清顺口溜同诗有什么区别，但还是相信通哥的话。县委向书记，那是个真正的大老官，他都说通哥有见识。

可是过了几天，我就真不清楚自家是否被通哥骗了。通哥明明说他不当诗人的，却被推选为县里的农民诗人，到省里赛诗去了。

这次通哥出门时间可真长，大约二十多天才回来。他背回一捆书，书名叫《舒通的诗》。我翻开看看，竟然家家户户的诗都在里面，我的四句诗也在里面。

“通哥，怎么人家的诗都变成你的诗了？”我问。

通哥说：“六坨，同你讲……不清，你年纪太……小了。”

村里人知道自家的诗印在书上了，都非常高兴。他们并不在意书上印着哪个的名字，看着自家的诗变成了铅字了就满心欢喜。几十本书被社员们一抢而空，没抢到的还有意见，问通哥能不能再弄些来。

只有我不甘心，自家写的诗，印在人家书上。妈妈说："六坨就是钻牛角尖，这有什么奇怪的？大跃进的时候，十多亩田的谷子堆到一丘田里放卫星，现在把全村人写的诗都放在你通哥一个人脑壳上，不是一回事？"

十七

通哥从省里赛诗回来，人就变了。他真的开始写诗，放在信封里，寄到外地去。他说是投稿。我问投稿是什么意思，他懒得告诉我，只说你长大了就晓得了。通哥不再像原先那样，耐心告诉我很多不晓得的东西。他总是昂着脑壳想事情，然后在纸上写几行字。

这年暑假，通哥同阳秋萍去公社登记了。向姨不再反对，随他们去了。二伯母同向姨也说话了，两家都认了这门亲戚。通哥同阳秋萍新事新办，没有弄酒席，开了个茶话会，年轻人聚满了洞房，闹到深夜。通哥不再住学堂的老师房，两人在家里布置了新房。

结婚了就得分家过的，但分家太快又不合情理。到了年底，通哥就同阳秋萍自家过日子了。分家也是当喜事办的，两边大人凑在一起，办几样菜，吃了顿酒。

正是这个时候，幸福大学毕业了。我这才晓得，福哥上的大学，只有八个月，叫春秋大学。春季入学，秋季毕业。但福哥回家的时候，已是冬天。他吃国家粮了，去了县里氮肥厂上班。

第二年初夏，村里出了件大事。腊梅肚子大了。冬春衣服厚，没人发现；一到夏天，就见她的肚子高高地腆着了。腊梅闭门不出，拖拉机停在站里没有开回来。村里人开始议论，有人说她肚子里的货是公社李书记的，有人说是县里刘副局长的，还有人说是幸福的。最后大家晓得，原来是李书记的。李书记挨处分了，撤了职务，调到别的公社去了。

腊梅被发现怀孕的时候，日子早到了。村里妇女主任领她到医院，要打掉。她不光违背计划生育政策，而且没有结婚。人打下来却是活的，腊梅哭着嚷着，把伢儿抢走，抱回来了。生的是个女伢儿。

幸福每隔些日子，就回到村里。他穿着蓝色工装，袖子高高卷起，样子很叫人羡慕。他回到村里就是个没事的人，四处游走。看见谁家里有人，喜欢就站在人家门口，说会儿话。他碰见人总是打声招呼，说："倒班，休息。"有时是村里人先打招呼："幸福，倒班？"我不晓得什么是倒班，就问通哥。通哥说，氮肥厂二十四小时上班，分三班，轮着上。轮着上夜班，白天休息。连续上几个夜班，就加休一个白天。加休这天，就叫倒班。幸福是村里最清闲的人，吃的国家粮，月月还有工资拿。妈妈说："你长大了要是像幸福，命就好了。"

有天，幸福回来没穿工装，穿了件白衬衣，扎进裤腰里。村里谁也没见过这么白的布，很多人扯着摸摸。幸福说："这叫的确良，日本人发明的，放在地里埋三十年都不会烂。"

有人不相信："鬼话，哪有沤不烂的布？"

幸福说："的确良又不是棉花做的，石头做的。石头埋在地里会烂吗？"

大家更加不相信了："石头碎了，最多是粉粉，怎么会变布呢？"

幸福说："你们不懂科学。氮肥是什么变的你们晓得不呢？"

众人摇头。幸福说："氮肥是空气变的！把空气收在一起，放在机械里，就变氮肥了。"

众人听得神乎其神，幸福很是得意，吹起大牛："你们晓得的，我们用的尿素，最好的是日本尿素。你们晓得日本人有好聪明吗？日本人把轮船开出来，本来是空的。他们就在太平洋上边走边生产，等到了中国，就是满船的尿素了。再把尿素卖给中国，运中国的大米回去。"

有人很不服气，说："他妈的日本人太狡猾了，拿空气换我们的大米！"

我把幸福的话告诉通哥，通哥说："幸福晓……得个屁！日本人是……厉害，也没……有这……么神。"

我突然发现阳秋萍的腰粗了，走路时总喜欢一手支着腰。听大人们说，阳秋萍有了。算着日子对不上号，背地里说阳秋萍肚子里是现饭儿。现饭儿，是我们乡下人的说法，指的是未婚先孕。

有天，我正在外头玩，突然听得广播里响起哀乐。我听了，大吃一惊。我飞快地跑回家，说："妈妈，毛主席死了！"

妈妈正在织布，听我这么一说，拿起身边的扫把就要打人。我躲了一下，没打着。妈妈站起来，追着我打。广播里正在念着讣告，妈妈一边追打我，一边听着讣告，慢慢停下脚步。我边跑边回头，见妈妈站住了，我也站住了。妈妈站在那里不动，白着眼睛望天，反复听着，终于听清楚了，突然大哭起来："毛主席呀……"

毛主席的哀期未过，阳秋萍的儿子悄悄儿生下来了。生儿子本来是大喜事，可是这孩子生得不是时候，不准放鞭炮，不准请酒饭。所以说这个小伢儿是悄悄生下来的。通哥给儿子起的名字叫默生，可能就是这个意思。

村里人都戴了黑纱，拿别针别在袖子上。幸福倒班时也回到村里，手臂间也戴着黑纱。人们发现幸福的黑纱做得漂亮些，吃国家粮的就是不同。幸福说："厂里统一发的。"有人说："我们也是大队统一发的，差些。"

很快就是深秋，太阳晒着不烫人，很舒服。晚稻开始收割，白天村里见不着几个人。大人们都到田里收谷子去了。我提着鱼篓，想去田里抓泥鳅。晚稻收割完了，没撒绿肥的冬浸田里，正好抓泥鳅。

我从通哥屋前走过，正好看见阳秋萍坐在外头晒太阳，搂着默生喂奶。幸福坐在她面前，望着她喂奶，同她说话。"六坨，不上学？"阳秋萍问。"今天是星期六，半日课。"我说。阳秋萍说："哦哦，我糊涂了，今天是半日课，你通哥砍柴去了哩。"

我瞟了眼阳秋萍，忙走掉了。她把奶子露在外面，我不好意思看。她头发稀乱，腰照样很粗。刚才阳秋萍同我说话的时候，幸福望都没望我。他一直望着阳秋萍的奶子。真搞不懂，女人没生孩子，身上半寸肉都不敢露出来；生了孩子，就把奶子当着人舞上舞下。

十八

我上五年级了，已经晓得什么是投稿，什么是发表作品。我问通哥：

“通哥，你还投稿吗?”通哥说：“不……投了，我要复……习，参加高……考。告诉你，今后考……大学，不是社……来社去，可以吃国……家粮。”通哥写了好多年诗，我不晓得他是否发表过。我晓得这事不好问，就没有问他。通哥自家却说了：“写……诗，比考大……学还难。”我问通哥：“你考大学出来，想做什么?”通哥说：“肯……定不再当老……师了。我问……过，师范大学不……要结巴。我想当……记者，无……冕之王。”

可是，比写诗容易的大学，通哥也没有考上。通哥摇摇头说：“复习得太……晚了，太晚……了。明年再……来，明年……再来!”通哥准备再次复习参加高考的时候，他的第二个孩子出生了。生的是个女儿家，起名叫秋桂。有人说他给女儿起的名字不通，又不是秋天生的。通哥笑笑，说：“你们不……晓得！现在高考改在夏……天了，发榜的时候……是秋季，同古……时候考状元是一个时间。古时候考……上状元，就叫折……桂。”

乡下人信迷信，听通哥这么一说，料定他今年肯定考得上大学。不说别的，兆头好啊！再说通哥在村里人眼里，学问太好了。但是，通哥仍然名落孙山。幸福在旁边说风凉话：“吃国家粮，还得有命！我们厂里，很多人文化连我都不如!”通哥晓得这话了，冷冷一笑，说：“幸福还吹……什么牛皮？三十……多岁了，阿……娘都找不到!”

幸福的婚事越来越是村里人议论的话题，都说他再找不到阿娘只怕就要打单身了，高脚了。乡下人说话，喜欢拿农事打比方。高脚，本来是讲秧苗过季了，长高了就栽不活了。这时候，俊叔已不当支书了，家里的事儿也越发不称心。幸福吃着国家粮，却找不着阿娘。喜坨书早不读了，学了门丢人的手艺，钳工。也就是扒手。俊叔在村里当支书好多年，丢不起这个面子的。可是儿子大了，管也管不住。喜坨回家一回，打他一顿。打他一顿，出门半年。慢慢地，俊叔打也不打，骂也不骂，由他去了。

慢慢地，村里出了很多钳工，都说是喜坨的徒弟。日子久了，大家也习惯了，似乎那真是一门手艺。喜坨从外面回来，有人甚至会问：“生意好吗?”喜坨衣着光鲜，满面笑容：“好哩，还好哩!”老辈人在一旁摇头：“旧社会，附近十乡八里，只有彭家坡有个彭疤子是扒手，大家都认得他。现在啊，扒手成堆了!”

通哥死心了，再也不想考大学。诗也不写了，他说那东西比考大学还难。家里四口人了，他得挣工分。学校放学，他就扛着锄头往地里跑，还可以赶一气烟的工。一个工分上下两个半日，每个半日分两气烟。

灶里烧的，也要通哥去山上砍。星期天只要天气好，通哥都会上山去砍柴。通哥平日穿衣服算是讲究的，衣上的补丁必须方方正正。但他上山砍柴，穿得就像个乞丐。通哥已经多年没戴帽子，但眼睛同样眯着。他早已是近视眼。

我头回上山砍柴，就是通哥带着去的。家家户户都烧柴，砍柴的地方就越来越远。妈妈本来不让我去砍柴，说太远了，吃不消的。我吵着要去，还必须要穿草鞋。妈妈扔给我一双草鞋，说：“不要哭着回来啊。”

通哥肩上扛着扦担，高声唱着歌。说实话，通哥唱歌很难听。原先在宣传队，他只要唱歌，阳秋萍就会笑。我走了不到半里地，脚就被草鞋磨破了。妈妈的话应验了。通哥回头一看，说：“六……坨，你们小伢儿肉……皮嫩，穿不……得草鞋，不如光……着脚。”

有过这么一回，后来通哥只要上山砍柴，必定邀我。我每次都去。多跑几回，我也能穿草鞋了。通哥去的时候，一路上总是唱着歌。他在山上砍柴，也是唱歌。他把能想到的歌都唱出来，有时从这首歌唱到那首歌，自家并不晓得。

挑柴回家的路上，通哥不再唱歌。路上歇肩，他也不唱。这个时候，人都疲得不行了，哪唱得了歌？通哥坐在路边，眯起眼睛望着远处，我会想起他当年写诗的样子。

十九

我考上大学，通哥并没有祝贺我，他摇摇头说：“你要……考就考北大，要是我像……你，就考……北大。”

我上大学几年，每次放假回来，都听说很多通哥的事情。想不到阳秋萍同他离婚了，跟了幸福。村里人说得难听，幸福三条尿素袋子，就把阳秋萍睡了。当时有种日本尿素袋子，质地很像绵绸。绵绸是那时候很高级的布料，乡下人是穿不起的。日本尿素袋子染过之后，同绵绸差不多，做裤子很好看。通哥看见阳秋萍新做了条尿素袋子的裤子，问是哪里来的。阳秋萍讲是幸福给的。通哥对幸福从来就没什么好感，老见他没事就到家里来，望着阳秋萍喂奶他就眼睛发直。通哥起了疑心，盘问阳秋萍。阳秋萍不承认，两人吵着吵着，就打起来了。打过之后，阳秋萍就承认了。

离婚的时候，问两个孩子，愿意跟爹，还是愿意跟娘。默生和秋桂都说愿意跟娘，还说听老人讲了，宁愿跟讨饭的娘，不愿跟当官的爹。通哥红了眼圈，说："你……们的爹又没当……官！"他心里清楚，两个小伢儿听了阳秋萍的挑唆，跟着幸福有活钱用。

通哥不再唱歌，也不再上山砍柴。混了些日子，课都懒得上了。民办老师也就当不成了。最叫村里人说闲话的是他同腊梅搞到一起去了。同姓人乱搞，这在乡下是丢脸的事。通哥就同腊梅带着女儿，住到县城里去了。一家人在城边租了两间破屋子，做着小生意。每日清早，通哥就同腊梅守在城外路口，拦着进城来的菜农，长说短说把人家的菜趸下来，再挑到菜市上去卖。我问妈妈："他这样过得了日子吗？"妈妈说："有时候你通哥也这样……"妈妈做了个扒手的动作。

通哥同腊梅躲在城里，一口气就生了三个小伢儿，都是儿子。村里把他家里房子拆了，就再也拿他没办法。那几年，只要听说腊梅肚子又大了，乡政府和村里就派人到城里去找。腊梅就四处躲，影子都找她不着。有回，几个干部捉住通哥，说你阿娘不肯扎，就把你扎了。通哥笑笑，说："我同腊梅又没……有结婚，你们凭……什么讲她是我阿娘呢？你们凭什么把我阉……了呢？我阉……了你们！"当时通哥正在卖鱼，手里拿着破鱼的刀。他说话笑眯眯的，却把几个干部吓着了。

那年上面突然来了政策，工龄长的民办老师可以转为正式老师，村里好几位和通哥同年当民办老师的都转正了。通哥晓得了很后悔，不该把民办老师这个饭碗丢了。有天通哥听说，江东村有位民办老师，也是中途离开教师队伍的，同样转正了。他很兴奋，打了报告，跑到县教育局。

通哥走进局长办公室，原来局长正是当年在大队办点的大老官。"刘……局长，你还认……得我吗？"通哥笑着。

刘局长望望舒通，很热情的样子："原来是舒通啊！好多年不见你了，倒是老听人家讲起你。坐啊，坐啊。”

“我有什……么好讲的，”通哥坐下说，“刘局……长，我的政……策能落实吗？”

刘局长溜了眼报告，说：“你的情况我清楚。像你这种情况，没有办法落实政策。你是自动离开教师队伍的。”

通哥就说：“那……江东村有……个老师，他也……是中途离开的，听说他转……正了。”

刘局长说：“你讲的情况不错，但人家是因为在文革时期受迫害，被开除出教师队伍。现在平反昭雪，承认他的连续工龄，就转正了。”

“刘……局长，还有没有办……法想呢？”通哥几乎是哀求。

刘局长说：“没有办法。人家是受迫害，你是因为乱搞男女关系。”

通哥面红耳赤，站了起来。他真想骂娘。要是依着当年在宣传队的脾气，他差不多会扇刘局长一个耳光。他拿回放在刘局长面前的报告，捏成一团。

“听说你阿娘阳秋萍跟人家去了？”刘局长笑眯眯地问。

“你阿娘还偷县委书记吗？”通哥摔下这句话，扭头出来了，居然没有结巴。

几年之后，默生突然来找我，说他爸爸关起来了，要我帮忙把他搞出来。通哥并不专门偷扒，他只是遇着机会就顺手牵羊。可他年纪毕竟大了，眼睛又不好，老是被抓。他其实被关了好多回了，每次都托人说情，关几天就放了。这回他倒霉，偷到公安局长家里去了。往日都是关在派出所里，请人帮忙，交钱就放人。这回关到监狱去了，麻烦就大了。他家里四处托人，听人家说只有找六坨了。我其实是不肯求人的，但通哥是自家堂兄，又是老师，赖也赖不掉。算是通哥有运气，公安局长正是我大学同学。我这同学听我一说，哈哈大笑，说：“原来是你老师啊！你还有这样的老师，佩服！”

我自家开车去监狱接通哥出来，见面很有些尴尬。我尽量做得自然些，同他寒暄：“通哥，你受苦了。”

不料通哥嘿嘿一笑，说：“不……受苦！我在里……头就像皇……帝！那……里头可黑……啊！里面犯……人个个凶……恶，欺……生。我刚进……去，差点儿被他们打……了。幸……好喜坨在里头，喜……坨是里面的老大。喜……坨说，他是我的老……师，你们要尊敬……老师！每餐……吃饭，喜坨都要人……家把菜分一半给我吃。他们都争……着把好菜给我吃，我吃都吃……不完，不是家……里人硬要……我回去，我在里……头还……好些……"

通哥结结巴巴，不停地讲着自家在监狱里的奇遇。要不是到了他家门口，他还会讲下去。他住的地方在城边，房子像建筑工地的临时工棚。下车的时候，通哥又嘿嘿笑着："当老……师还……是好，坐班……房都有学……生来接……啊！"

漫　水

一

漫水是个村子，村子在田野中央，田野四周远远近近围着山。村前有栋精致的木房子，六封五间的平房，两头拖着偏厦，壁板刷过桐油，远看黑黑的，走近黑里透红。桐油隔几年刷一次，结着薄薄的壳，炸开细纹，有些像琥珀。

俗话说，木匠看凳脚，瓦匠看瓦角。说的是木匠从凳脚上看手艺，瓦匠从瓦角上看手艺。外乡人从漫水过路，必经这栋大木屋，望见屋上的瓦角，里手的必要赞叹：好瓦角，定是一户好人家！

瓦角扳得这么好看，那瓦匠必是个灵空人。扳得这么好瓦角的瓦匠，就是这屋子的主人，余公公。漫水这地方，公公就是爷爷。余公公的辈分大，村里半数人叫他公公。余公公大名叫有余，漫水人只喊他余公公。余公公是木匠，也会瓦匠，还是画儿匠。画儿匠就是在家具或老屋上画画的，多画吉祥鸟兽和花卉。不只是画，还得会雕。老屋就是棺材，也是漫水的叫法。还叫千年屋，也叫老木，或寿木。如今请木匠做的家具少了，多是去城里买现成的，亦用不上画儿匠。余公公的画儿匠手艺，只好专门画老屋。

漫水的规矩，寿衣寿被要女儿预备，老屋要儿子预备。不叫做老屋，也不叫置老屋，叫割老屋。余公公的老屋是自己割的，他六十岁那年就把老两口的老屋割好了。不是儿女不孝顺，只是儿女太出息。两个儿子都出国了，一个在美国，一个在德国。女儿离得最近，随女婿住在香港。美国那个叫旺坨，德国那个叫发坨。两兄弟在外面必有大号，漫水人只叫他俩旺坨和发坨。女儿名叫巧珍，漫水人叫她巧儿。儿女不当官，不发财，余公公竟很有面子。逢年过节儿女回不来，县里坐小车的会到漫水来，都说是他儿女的朋友。漫水做大人的见着眼红，拿自家儿女开玩笑，说："我屋儿女真孝顺，天天守着爹娘。不像余公公儿女，读书读到外国去了，爹娘都不认了！"做儿女的也会自嘲："有我们这儿女，算您老有福气！要不啊，老屋都得自己割！"

余公公的老屋是樟木料的。他有一偏厦屋的樟木筒子，原来预备给儿女们做家具。儿女们都出去了，余公公就选了粗壮的割老屋。漫水这地方，奶奶，叫做娘娘。余娘娘还没打算自己做寿衣寿被，一场大病下来人就去了。隔壁慧娘娘把自己的寿衣寿被拿出来，先叫余娘娘用了。第二年，慧娘娘的男人家有慧公公死了。有余和有慧，出了五服的同房兄弟。慧娘娘虽把自己二老的寿衣寿被做了，老屋还没有割好。慧娘娘没有女儿，只有个独儿子强坨。她就自己做了寿衣寿被，等着儿子强坨割老屋。强坨说："我自己新屋都还没修好，哪有钱割老屋？就这么急着等死？"话传出去，漫水人都说强坨是个畜生。乡里人修屋，就像燕子垒窝，一口泥，一口草。强坨新修的砖屋只有个空壳，门窗家具还得慢慢来。儿子只有这个本事，慧娘娘也不怪他。怪只怪强坨嘴巴说话没人味，叫她做娘的没有脸面。慧公公没有老屋，余公公把强坨叫来："你把我的老木抬去！"慧公公睡了余公公的樟木老屋，漫水人都说他有福气。

二

漫水地名怎么来的，村里没人说得清。漫水只有余公公跟旁人不太像，他不光是样样在行的匠人，农活也是无所不精。漫水这么多人家，只有余公公栽各色花木，芍药、海棠、栀子、茉莉、玉兰、菊花，屋前屋后，一年四季，花事不断。有人笑话说："余公公怪哩，菜种得老远，花种在屋前屋后！"

余公公的菜地在屋对门的山坡上，吃菜须得上山去摘。一大早，余公公担着箢箕，箢箕里是些猪粪或鸡屎，晃晃悠悠地往山上去。一条大黑狗，欢快地跟在身边跳。黑狗风一样地蹦到前面，忽然停下来，回头望着余公公。黑狗又想等人，又想飞跑，回过头的身子弯得像弓，随时会弹出去。余公公喊道："你只顾自己疯，你疯啊，你疯啊，不要管我！"黑狗肯定是听懂了，摇摇尾巴，身子一弹，又飞到前面去了。

山上有茂密的枞树，春秋两季树林里会长枞菌。离山脚三丈多的地方，枞树有些稀疏，那里就是余公公的菜地。余公公爬坡时，脚步有些慢。黑狗早上去了，又蹦下来，屁股一撅一撅，往后退着走。黑狗那吃力的样子，就像替余公公使劲。余公公说："不中用的东西，你还拉得动我？"黑狗肯定又听懂了，摇摇尾巴，脑袋一偏一偏，眼珠子亮亮的。

余公公施肥或锄草的时候，同黑狗说话："你要是变个人，肯定是个狐狸精！"黑狗是条母狗，身子长长的，像刀豆角，毛色水亮水亮，暗红色的嘴好比女人涂了口红。村里别人的狗都是黄狗、灰狗或麻狗，只有余公公屋里是条黑狗。前年开始，黑狗不再生了。过去八九年，黑狗每年都要做一回娘。不再做娘的黑狗，仍活得像年轻女人，喜欢蹦跳，喜欢撒娇。余公公逗它："崽都生不出了，还这么疯，不怕丑啊！"

这时节，正是栽白菜的时候。余公公的白菜已栽下半个月，嫩嫩的叶子起着细细的皱。蒜已长得半根筷子高，秆子粗粗地包着红皮。辣子即将过季，改天得把辣子树拔掉，再栽一块白菜。快过季的辣子拌豆豉炒，或作爆辣子，都是很好的菜。

余公公慢慢收拾着菜地，突然想起好久没同黑狗说话了。一回头，见黑狗蹲在菜地边上，一动不动望着山下的村子。二十多年前，县里来人画地图，贴出来一看，漫水人才晓得自己村子的形状像条船。余公公的木屋正在船头上。船头朝北，船的东边是溆水。

溆水要流到东海去，东海在日头出来的地方。溆水流到沅江，沅江流到洞庭，洞庭流到长江，长江流到东海。山千重，水百渡，很远很远。说近也很近，溆水边有座鹿鸣山，山下有个蛤蟆潭，潭底有个无底洞，无底洞直通东海龙宫，钻个猛子就到了。蛤蟆潭在溆水东岸，西岸是平缓沙滩，河水由浅而深。水至最深处，就是蛤蟆潭。

余公公还是伢儿子的时候，常在蛤蟆潭西岸游泳，打死也不敢游到东岸的潭中间去。余公公没听人说过南海、北海或西海，只听说有东海，也只听说过有东海龙王。东海龙宫遍地珍珠玛瑙，有美丽的龙女。漫水人望见太阳雨，总会念那句民谣：边出日头边落雨，东海龙王过满女！漫水人说过女，就是嫁女。遇上件好东西须得夸赞，必会说：龙王老儿的轿杠！

漫水没有人见过海，日子里却离不开海。天干久旱，依旧俗就得求雨，行祭龙王的法事。男女老少，黑色法衣，结成长龙阵，持香往寺庙去。一路且歌且拜，喊声直震龙宫。人过世了，得用龙头杠抬到山上去。孝男孝女们身着白色丧服，又拿连绵十几丈的白布围成船形，拉起十六人抬着的灵棺慢慢前行。已行过了水陆道场，孝子们拉着龙船把亡人超度到极乐世界去。余公公画过很多老屋，年轻时雕过很多人家的窗格子，就是没有雕过龙头杠。漫水这副龙头杠传过很多代了，龙的眼珠子像要喷出火来，龙尾像随时在甩动。余公公常想：这龙头杠怎么不是我雕的呢？那龙头杠是楠木的，不要油，不要漆，千年不腐。

前几年，有个城里人想买这副龙头杠，价钱出到几万块。强坨动了心，想把龙头杠卖掉。龙头杠是全村人的，世世代代都放在强坨屋。他公公，他爹爹，都是保管龙头杠的。漫水很多事都说不清来龙去脉，人人只知守着种种规款就是了。听说强坨要卖掉龙头杠，余公公把强坨屋门拍得山响：“强坨，你出来！你要好多钱？我给你！”强坨说：“那个城里人是傻子，一个龙头杠他出好几万！信我，由我卖了，我做十副龙头杠赔给大家！”余公公扬起手就要打人，说：“放你的屁！如今是不信迷信了，不然要把你关到祠堂去整家法！”过去祠堂有个木笼子，男人若不孝不义，会被族人绑在里面，屁股露在外头，任人用竹条子抽打。这叫整家法。一个村里只准有一副龙头杠，强坨说赔十副龙头杠，这话很不吉利。强坨这话很多人听见了，都骂他说的不是人话。几个年轻人一声喊，就把龙头杠抬到余公公屋后去了。

龙头杠搭在两个木马上，平时用厚厚的棕蓑衣包着。木马脚上绑了猫儿刺，不怕老鼠爬到龙头杠上去咬。猫儿刺形状像猫，刺头子又多又锋利，老鼠不敢往上面爬，漫水人又叫它老鼠刺。有个大晴天，余公公解开棕蓑衣，细心擦着龙头杠上的灰。心想：楠木真是好料，这龙头杠也不晓得传好多代了，虫不咬，水不腐，随便擦擦，亮堂堂的。慧娘娘望见了，过来说："余哥，龙头杠祖祖辈辈在我屋的，只怪强坨不争气。我想，龙头杠要不要漆一漆？漆钱还是我出，功夫出在你手上。"余公公还是很好的漆匠。余公公摇摇头，笑眯眯地说："老弟母，我们漫水龙头杠不要漆，永远都不要漆。漆了，可惜了！"慧娘娘不明白，问："余哥，你是说……我听不懂了！"余公公嘿嘿一笑，说："前年过年旺坨和发坨回来，我告诉他两兄弟，有个城里人要花几万块钱买我漫水的龙头杠。旺坨和发坨跑到屋后看了半天，说这龙头杠是个宝贝文物，肯定不止这个价钱。两兄弟都说，千万不要去油，去漆，文物越旧越值钱！"慧娘娘听着，吓住了："你也想把它卖掉？"余公公笑了起来，说："老弟母，强坨说这话不稀奇，你也这么说我就稀奇了。我是不想弄坏文物！你想想，你我哪天阎王老儿请去了，用几十万块钱的龙头杠抬去，面子天大！"

三

余公公喊了黑狗，说："你望傻了啊！莫望了，我们回去！"余公公扯掉几株辣子树，摘下上面的辣子，差不多有一餐菜了，就说："回去吃早饭去！"刚想下山，余公公回头望望身后的林子，想：干脆捡几朵枞菌去。人家捡枞菌要满山钻，余公公只去几个地方。每回余公公提着枞菌出来，碰见的都要说："这山是你屋菜园啊，你捡枞菌就像去菜园掐蒜！"余公公只是笑，也不告诉他的枞菌是哪里来的。这会儿余公公对黑狗说："你莫要跟脚，我就回来！"黑狗偏一偏脑袋，望着余公公的背影到林子里去了。

余公公径直去了一个山窝堂，那里有个大刺蓬，枞茅铺得满地。针一样的枞树叶，漫水人叫它枞茅。回去二十年，漫水人会把枞茅扒去当柴烧，现在开始烧藕煤。扒枞茅的扒叉，过去家家户户都有好几把，如今看不见了。余公公熟悉山上的每一棵树，每一块石头，晓得哪个山窝堂好长枞菌，哪个山坎坎好长蕨菜。别人扒枞茅也是满山钻，却摸不出捡枞菌的窍门。余公公一路上就想着：那个刺蓬里肯定生了一窝好枞菌！他走到刺蓬前面，拿棍子扒开刺蓬，果然就望见里面生了好多枞菌。大的有半个手掌大，伞一样撑着；小的像扣子，圆溜溜的闪着蓝光。捡大菌子过瘾，吃还是小菌子好吃。就像捉泥鳅，捉喜欢捉大的，吃喜欢吃小的。余公公把一窝枞菌一朵一朵捡好，回头却见黑狗远远地立在那里，就说："叫你莫跟脚！你想去告诉人家啊！这是我的菜园，不准说！"

下山时，余公公望望田垅中的村子，通通都是两三层的砖屋。白白的墙，黑黑的瓦。只有自家是木屋，远看很不起眼。记得从前，家家都是木屋，高低都差不多，可望见炊烟慢慢升到天上去。旺坨和发坨都说过，想把旧木屋拆了，改修砖房子。余公公不肯，说："你们人都不回来了，我修新屋做什么？"两兄弟就安慰老爹："我们也会回来养老的！"余公公不作声，心上想：哪个稀罕砖屋？哪有住木屋舒服！木屋是余公公自己修的，每根柱子，每块椽木，一钉一瓦，都经过他的手。哪怕有人树一幢金屋，他也舍不得换。

余公公屋同慧娘娘屋只隔着菜园子。一边是慧娘娘屋的菜园，一边是余公公屋的菜园。慧娘娘屋菜园一年四季种各色菜蔬，余公公屋菜园子一年四季栽各色花木。屋场前后的菜园土很肥，慧娘娘屋的菜却没有余公公屋山上的长得好。慧娘娘自己动不得手了，就总骂强坨："人勤地不懒！你看看余伯爷，人家菜园还是黄土坡上，辣子驼断了树！"强坨说："我又不是菜农，又不靠卖菜赚钱，有吃就够了！"余公公不会去说强坨，人家毕竟不是他亲侄子。若是他亲侄子，他会说：种地是种脸面，地种得不好，见不得人！余公公是个要脸面的人，他的事就样样做得好。

慧娘娘屋有条黄狗，是余公公那黑狗的儿子。黄狗望见娘回来了，又是蹦跳，又是打转转。黑狗很有母仪，立在地场坪望一望黄狗，慢慢走到自家檐前，抖一抖皮毛，趴下。余公公进屋做早饭，自言自语："一人吃饱，全家不饿！”每次说过这话，他都会在心上问自己：是不是真的老了？老喜欢说这句话！人开始说冗话，就是老了。余公公的日子过得很慢，家家户户都吃过早饭了，他才开始慢慢地淘米下锅。有回巧儿回家，见老爹慢慢地淘米，就说：“爹，现在城里人都不兴淘米了，工厂出来的大米是不用淘的。您老还是淘米，其实很好。”巧儿是想说，老爹很讲卫生。这年月在城里，吃的用的都不放心。余公公并不晓得城里人的恐惧，他只是把日子过成了习惯。

枞菌很不容易洗干净，粗手粗脚吃着必定有泥沙。余公公细心地洗着枞菌，听见黑狗突然汪汪地叫，同时也听见有人喊着：“收烂铜、烂铁、鸭毛、鹅毛……”他赶紧跑出去看，怕黑狗惹事。他出门晚了一步，黑狗已经惹事了。慧娘娘屋的黄狗已咬了收破烂的外乡人。慧娘娘也跑出来了，嘴里不停地喊道：“怎么得了，怎么得了，咬得重不重？”外乡人卷上裤子，哎哟哎哟的，说：“你看你看，牙齿印这么深！你看你看，开始出血了。”慧娘娘作揖打拱的，说：“真是对不住，我跑都跑不及，就出事了！你是年轻人，多原谅！”外乡人也不算很蛮，只说：“原谅？您老人家是要我原谅人，还是原谅狗？”慧娘娘说：“原谅人，也原谅狗。我养的儿子蠢，养的狗也蠢！只要听见人家的狗叫，它就扑上去咬人！”余公公笑了起来，说：“老弟母，你是说这狗的娘聪明呢？还是说狗的儿子蠢？这个蠢儿子，可是聪明娘养的！”外乡人听着怪怪的，说：“我痛得要死，您二老在说笑话呢。我死是死不了，就怕狂犬病。”慧娘娘忙往屋里走，走几步又慌慌地回头，说：“年轻人，我进屋取钱，您去打疫苗，钱我出。”余公公忙喊住慧娘娘，说：“老弟母，钱我出，你莫管。祸是我黑狗惹的，它不叫，黄狗不会咬。”慧娘娘不理余公公，进屋去了。没多时，两个老人都从自己屋里出来，手里都拿着钱。余公公笑着说：“老弟母，你莫和我争，养不教，母之过。黑狗到底是做娘的，哪个喊它乱叫！”慧娘娘不开脸，也不答话，径直把钱放在外乡人手里，说：“价钱我晓得，多几块零星钱你不用找了。”余公公把外乡人手里的钱抢过来，又把自己的钱塞过去，说：“年轻人，你不能拿她的钱。”慧娘娘开腔了，冲着余公公说：“你钱多，那是你的钱！”外乡人看不明白，瞪大眼睛看热闹，说：“今天我碰着两个怪老人了！我该要哪个的钱呢？算了算了，我都不要了，莫耽搁我的生意!”余公公把外乡人一推，说：“你快拿了钱走，我不留你吃早饭!”

外乡人推着推车走了，黄狗开始朝天狂叫。慧娘娘骂道：“你现在晓得叫了？你叫有人听吗？有人替你咬人吗？”这时候，围过来几个看西洋景的村里人，开始说笑话：“慧娘娘，人哪会替狗去咬人？只有狗替人去咬人!”余公公说：“你们慧娘娘正在生气，你们还在挑拨！你是说黄狗替我去咬人？我同那个外乡人有仇？”有人又开玩笑，说：“黄狗真是个孝子，最听娘的话。娘一声招呼，儿子就扑上去了。”“真是这样的娘，那就不是个好娘。”“儿子也不是好儿子，哪有好事坏事都听娘的？”慧娘娘听得脸上发青，转身进屋去了。余公公朝那些开玩笑的人歪嘴作脸的，压着嗓子说：“你们莫像逗小伢儿！慧娘娘真生气了！幸好强坨不在屋，不然更不得了!”

余公公拖住一个小伢儿，说：“你把慧娘娘的钱送去！告诉你，不要放在她手里，放在她枕头底下。”小伢儿不肯，他娘做声道：“去不去？余公公叫你做事，你听话!”小伢儿接过钱，晓得这任务神秘，诡里诡气一笑，故意放慢了脚步，悄悄溜进慧娘娘屋去了。大人们都笑了，只道如今小伢儿都是精怪!

余公公回到屋里，又慢慢地做饭吃。心想，今天早饭和点心饭一餐吃了。漫水人不像城里人说吃中饭，他们说吃点心饭。做饭炒菜的时候，余公公老想着自己得罪慧娘娘了。狗惹的祸，你同人计较什么呢？难怪都说老怪物，人是越老越怪了。余公公的菜是罢园辣子烧枞菌，满屋子枞菌的香味。菜里还放了些菊花瓣，漫水只有他老人家把菊花当香料。他的菜园里栽了很多菊花，小的有拳头大，大的有饭碗大。饭快吃完的时候，余公公嚼了一粒沙子，嘴里很不舒服。必定是枞菌洗得不干净。余公公做事最细心，今天是心上有事。

四

慧娘娘屋后也是菜地，菜地里打了一口摇井，摇井四周铺着青石板。慧娘娘洗衣、洗菜，都在摇井边的青石板上。有时强坨惹她生气了，也独自搬了小凳坐到这里来。今天她是生余公公的气。那老的说，蠢儿子，也是聪明娘养的。不是骂我吗？想着强坨不争气，慧娘娘眼泪就出来了。揩干眼泪再想想，强坨也只有这个本事。他书不肯读，只有卖苦力的命。漫水把老婆叫阿娘，强坨阿娘嫌家里穷，走了好多年了。强坨在窑上替人做砖，挣几个辛苦钱。一个孙儿，一个孙女，也都不是读书的料，十五六岁就打工去了。强坨早出晚归，日里只有慧娘娘在屋。

听着菜园里的吱吱虫声，慧娘娘心想：今年是听不见几回虫叫了。她想起前几天余哥说的话：虫老一日，人老一年。人一世，虫一生，都是一回事。日晒雨淋，生儿养女，老了病了，闭眼去了。漫水人都不在意慧娘娘的名字，只依她男人家有慧的辈分，叫她慧娘娘、慧伯娘、慧叔母、慧嫂嫂。慧娘娘年轻时很怕虫子，望见棉花树上肥肥的绿虫，全身皮肉发麻。有一回，慧娘娘望见灶头死去的虫子，问她男人家有慧："夜里吱吱叫的就是它吗？"有慧说："不是它，还有谁？蛐蛐！"有余正好在她屋说话，听见了，说："我看都不要看，就晓得不是蛐蛐，是灶虮子！"有慧是个犟人，说："余哥，你做功夫手巧，我承认！蛐蛐，灶虮子，一回事，我都不晓得？"有余笑着说："有慧，你的眼睛，看马同驴子，都差不多。你说的话，只有你阿娘信！"有余这话惹了有慧的心病，两人都不说话了，埋头抽旱烟。有余自己找梯子落地，说："不信，我去捉个蛐蛐来！"蛐蛐叫声四处听得见，想捉个蛐蛐却不是件容易事。

天上好大的日头，有余出门捉蛐蛐。他耳旁尽是蛐蛐叫，就是找不到蛐蛐洞眼。伢儿时，他跪在地上，趴在地上，看各色虫蚁。长到做爹了，再不能趴在地上。他在地头到处翻，心上就在算账。一年有三个月听见蛐蛐叫，人要是活到七八十岁，二十来年都在听蛐蛐叫。听了二十来年蛐蛐叫，一世就过去了。望见过蛐蛐的，又没有几个人。不是望不见，望见了，等于没望见。人活在世上有那么多大事，哪有心思在乎蛐蛐呢？有余小伢儿时捉过蛐蛐，他认得蛐蛐。伢儿时捉蛐蛐很里手，多年没捉就手生了。

有余捉了个蛐蛐回去，有慧早把这事忘记了。有慧说："认得蛐蛐算个卵本事！"有余弄得没脸，望望有慧阿娘。蛐蛐停在他手心，一蹦，逃走了。有慧阿娘脸都热了，忙说："余哥，你慧老弟的脾气你是晓得的，莫把他的话当数！”有余笑笑，说：“又不是伢儿了！”有慧也笑笑，把烟袋递给有余，叫他自己卷喇叭筒。有余抽着喇叭筒烟，说起小时候抓早禾郎的事。漫水人说的早禾郎就是蝉，抓早禾郎是伢儿子夏天必要玩的。听得早禾郎“吱——”地叫，伢儿子躬着腰，循声往树上望。望见了，偷偷爬上去，拿手掌猛捂上去，就抓住了。有余说：“我做伢儿子时，才不去爬树哩！我拿长长的竹竿，竹竿头上绑个篾皮圈圈，圈圈上缠满蜘蛛网。望见早禾郎了，把竹竿伸过去一巴，就到手了。”有慧笑得被烟呛了，说：“余哥，又不是你一个人玩过！”有余说：“那我问你，叫的是公早禾郎呢？还是母早禾郎？”有慧并不感兴趣，只说：“你抓早禾郎也要分公母！”有余说：“你就不晓得！动物跟人是个反的！人是女人漂亮，动物是公的漂亮。雄鸡比母鸡漂亮，雄孔雀比母孔雀漂亮。早禾郎也是公的会叫，母的不会叫。蛐蛐也是的，公的会叫，母的不会叫。夜里叫的都是公蛐蛐，它在喊母蛐蛐。”有慧嘿嘿一笑，说：“余哥，你夜里吹笛子，也是喊母蛐蛐？”有慧阿娘白了男人家一眼，说：“你嘴巴不上路！”

从那个下午开始，有慧阿娘会留心地里每一个虫子，哪怕是蚂蚁、蜘蛛、蝴蝶。它们也分公母，有家室，养儿女。一生一世，日晒雨淋，好不辛苦！那时候，有余阿娘生了旺坨和发坨，巧儿还没有生。有慧阿娘还没有生强坨，她心想：地上的虫都会生养，自己就不生个一男半女！有余说有慧：“你说的话，只有你阿娘信。”有慧听着不舒服。他阿娘的来路，漫水人是当故事讲的。有日清早，有慧没事到城里去，天没黑就带了个女人回来。女人十七八岁，穿着缎子旗袍，手里挽个包袱。女人跟在有慧背后，头埋得很低。有人问：“有慧，哪个啊！”有慧说：“管你卵事！”女人进了有慧屋，没有做酒，没有拜堂。有慧爹娘早不在了，就他孤身一人。懒人自有懒人福，有慧是出名的懒人。他不要人保媒拉线，就把阿娘带进屋了，还是漫水最漂亮的阿娘。好多年过去，漫水老辈人还会记得那天的事。有人记得有慧阿娘的旗袍，过去是财主人家小姐穿的。有人记得她的头发，梳了个油光水亮的髻子，髻子上别了个白亮亮的银簪。有人记得她的脸皮，白白的不像乡里人。过了几天，听见她开腔了，讲的是远路话。

漫水人老少都晓得，有慧的漂亮阿娘是他骗来的。世上哪有蠢女人会上有慧的当呢？有慧并不聪明，他阿娘并不蠢。漫水人最觉稀罕的，是有慧阿娘还认得字！有慧阿娘来的时候，漫水认得字的没几个人。有一天，北方干部念报纸，鸭绿江的“绿”字，念成“绿色”的“绿”，有慧阿娘抿了嘴巴，忍住不笑。干部看见了，问：“你笑什么？”有慧阿娘说：“我没有笑。”干部说：“你抿着嘴巴笑！”有慧阿娘只得说：“念鸭‘录’江，不念鸭‘律’江。”干部嘿嘿一笑，说：“绿帽子的绿，我不认得吗？”有慧阿娘脸红了，眼睛在干部脸上瞪了半天，说：“你现在穿的军装是绿色的，你投诚以前是‘录林中人’，不读作‘律林好汉’。你讲志愿军的意思也是错的，志愿不是支援的意思。”曾为绿林的干部并不生气，很傲慢地问：“你说不是支援，那是什么呢？中国人民志愿军，不是去支援朝鲜打美帝国主义吗？”有慧阿娘说：“志愿，就是自觉自愿。”那位干部在漫水就有了个外号：绿干部。漫水人背后叫他绿干部，当面还是叫他的职务。

有慧阿娘平日不太作声，那天当着众人讲了好多话。漫水人像遇了大仙，只道有慧阿娘嘴巴这么会讲！漫水没有女人认得字，她认的字比绿干部还要多！绿干部的兴趣比漫水人更大，散会后就问人：“她是谁的婆姨？”这话漫水人听不明白，他们不晓得“谁”是什么，也不晓得“婆姨”是什么。有慧阿娘告诉漫水人：“谁”，就是漫水人讲的“哪个”，“婆姨”就是“阿娘”。绿干部晓得她是有慧阿娘了，就动员有慧参加志愿军。有慧说：“我阿娘告诉我，志愿就是自觉自愿。我不晓得自觉是什么，只晓得自愿是什么。我不自愿！”

有慧不愿意当志愿军，漫水好几个人也不愿意了。鼓动有慧参军的人很多，他们都在绿干部面前讲烂话。绿干部就对有慧说：“你拖了大家的后腿！”有慧听不懂他的话，说：“人只有手和脚，哪有后腿？又不是猪，又不是牛！”绿干部说：“根子在你阿娘那里，她拖你的后腿！”有慧偏了脑袋，样子像个斗鸡，说：“不准你说我阿娘！她晓得人只有手和脚，没有后腿！人和畜生她是分得清的！”绿干部的手朝有慧一点一点的，说：“你今天要讲清楚，你说谁是畜生？”有慧吼了起来：“巴不得我去参军的人，都是畜生！”有慧的话哪个都听明白了，只是没有人往那上头点破。绿干部却抓住他的辫子不放，硬要他说清楚谁是畜生。有余上来劝架，说："莫为一句话争了。有慧听不懂你北方干部的话，我也听不懂！漫水人自古就没听哪个讲人有后腿，又不是故意和你摆龙门阵！"

有人在背后说：有慧阿娘是堂板行出来的！她认的几个字都是逛堂板行的公子哥儿教的！有一日，绿干部同人摆龙门阵，说："堂板行，我们北方叫窑子，大城市叫妓院。里边的女人，我们老家叫窑姐儿，大城市里叫妓女。你们南方叫啥来着？叫婊子！婊子见过的男人太多了，生不出的。不信你们看吧，生不出的！"绿干部正说得口水直喷，有余过来听见了，锄头往地上一杵，说："哪个畜生在放屁？"围坐在绿干部身边的人忙立了起来，只有绿干部一个人还坐在地上。有余说："你是个男人，讲话就要像个男人！你那天问人家，哪个是畜生。我今日告诉你，背后讲人家妻室儿女，就是畜生！难怪人家背后喊你绿干部！"众人围成一圈，绿干部坐在地上，样子有些狼狈。他只好立起来，拍拍屁股，说："你发啥火？又不是讲你阿娘！"绿干部这话说坏了，有余扛起锄头就要打人。众人忙抱住有余劝架，说："算了算了，莫和北方佬一般见识！"有余推开众人，说："你们都是漫水男人，漫水没有嘴巴像女人的男人！"众人脸有愧色，抓的抓耳朵，摸的摸脑壳。有余指着绿干部，说："不要以为你屁股上挎把枪哪个就怕你了！我们不犯王法，你那家伙就是坨烂铁！告诉你，漫水没有不干不净的女人！你要是乱说，我把你嘴巴撕齐耳朵边！"

事情过去好久，有慧请有余去屋里喝酒。有余说："又不是过年过节的，喝什么酒？"有慧说："余哥，我想请你，你老弟母也想请你。"有余听了这话，不好再推脱。进了有慧屋，饭菜已经摆在桌上，只不见有慧阿娘。有余问："老弟母呢？"有慧说："她在灶屋吃，我两弟兄喝酒。"有余说："那不行，又不是过去了，哪有女人家不上桌的？"有慧说："你老弟母说了，今天让我两弟兄好好说话。"

不晓得有慧要说什么话，有余也不问他。两人只是喝酒，东扯葫芦西扯叶。酒喝得差不多了，有慧说："昨天夜里，老子打了绿干部一餐！"有余愣着了，问："听说绿干部被人扑了黑，你搞的？"有慧嘿嘿笑着，说："他妈的，哪个喊他嘴巴上长了块牛麻牤？"有余说："我就要说你几句了！老弟，男子汉，明人不做暗事。他嘴巴不干净，你堂堂正正找他。夜里扑黑，不算本事！"有慧说："他屁股上有枪！"有余把筷子一放，鼓着眼睛说："我当着他面说过，只要我们不犯王法，你那家伙是坨烂铁！我当面骂他畜生，他屁都不敢放！"听有余说了这话，有慧眼皮都抬不起了，端了酒杯说："好，不讲这事了。"有余说："慧老弟，这话到这里止。听说，县里来人查案子，说漫水有坏人，想杀害干部。抓到了，要坐牢的！你千万莫到外头去吹牛！"

有慧说："余哥，你夜里吹笛子，你老弟母听着，手忍不住打拍子。"

有余说："慧老弟，你马尿喝多了。"

有慧说："我还没有醉！余哥，我阿娘是我从堂板行领回来的。"

有余把筷子往桌上一板，说："有慧，你放什么屁！"

有慧摇摇手，说："余哥，你莫发火，我过去不争气，放排，拉纤，担脚，几个辛苦钱，都花在堂板行了。我阿娘，早几年我就认得了。世道变了，不准有堂板行了。那年我上街，街上碰到她。我喊她，问她到哪里去。她就哭，不晓得到哪里去。我说，我屋就我一个人，你愿意，跟我回去。"

有余猛喝一口酒，说："老弟，你一世只做对一桩事，就是把老弟母引进屋了。她是个好女人家！你样样听她的，跟她学，你会家业兴旺！"

有慧摇头叹气："我人蠢，没有她心上灵空。听你吹笛子，我是个木的，她听得有味道，手不听话就轻轻拍起来了。"

有余说："老弟，你莫讲了，我再不吹笛子了，好吗？"

有慧说："余哥，哪个不要你吹笛子了？她喜欢听你吹笛子，又不犯王法。她认得字，写得出，晓得好多事。她的世界比我大，古人的事，远处的事，她都晓得。我不晓得哪辈子修来的，有她做阿娘。"

有余这回笑了，说："漫水人老少都说，你是懒人自有懒人福。慧老弟，几辈子修来的福，你就好好珍惜吧。漫水有句老话，从良的婊子赛仙女。老弟母自己今后心正人正，没人敢说她半个不字。听我的，今后漫水哪个再敢说那两个字，我打死他！"

从那以后，有余多年没有吹过笛子。夜里没事，他是想吹笛子的。怕有慧阿娘听见，就忍了好多年。他把笛子藏了起来，慢慢就忘记笛子在哪里了。发坨三岁那年，翻箱倒柜找玩的，把笛子翻了出来。发坨把笛子当竹棒棒敲，妈妈看见了，忙抢了过来，说："你爹的笛子，敲炸了不得了!”发坨惕哭了，半天哄不回。有余拿过笛子，逗发坨玩，就吹了起来。发坨听见笛子声，就不哭了。哄好了发坨，有余就不吹了。发坨不依，缠着他爹，叫他不停地吹。有余心上是没有谱的，他不爱吹现成的歌，自己爱怎么吹就怎么吹。吹着吹着，眼睛就闭上了。他就像进了对门的山林，很多的鸟叫，风吹得两耳清凉，溪水流过脚背，鱼虾在脚趾上轻轻地舔。第二日，有余去有慧屋摆龙门阵，说到了蝉和蛐蛐。有慧说：“余哥，你夜里吹笛子，也是喊母蛐蛐?”

五

慧娘娘眼睛有些不好了，耳朵很清楚。蛐蛐的叫声，她听得见。余公公的菜园一片金黄，菊花开得热热闹闹。慧公公在的时候，总会笑话：“余哥，菊花是炒着吃呢？还是打汤喝?”

有回，余公公请慧公公去喝酒，慧公公问：“今日是什么日子?”

余公公说：“好日子。你叫老弟母也来。”

也是这个季节，菊花开得金黄，山上长着枞菌。余娘娘也还在世，她做了四个菜，一碗枞菌炒肉，一碗黄焖鲤鱼，一碗葱煎豆腐，一碗清炒白菜。

四个老人坐上来，慧公公又问：“什么好日子?”

余娘娘说：“问你余哥。”

余公公搓脚摸手的，对他阿娘说：“还是你说吧。”

余娘娘说：“今日是阴历九月初十，你余哥记得，慧老弟把老弟母引进屋，五十年了。”

余公公没有抬眼，望着桌上的菜，说：“你两老没有拜堂，没有做酒。按电视里说的，五十年，算是金婚。金子不得烂，不得锈，好。”

慧娘娘忙把筷子放下，撩起衣襟揩眼泪，说：“这日子，你慧老弟是记不得的，我自己也忘记了。余哥，你哪里记得呢?”

余公公说：“人老了，年轻时的事记牢了，就忘不了，老了眼前的事，都记不住。那年粮子过路，阴历九月初八到的，在漫水歇了一夜，初九走的。我想参军吃粮去，我娘不准。娘病着，说，余坨，你敢走！你初九走，我初十死！我就没有去。娘这句话我一世都记得。初十，慧老弟把老弟母引回来了。听说慧老弟引了个阿娘回来，我娘说，粮子的衣服变了，世界也变了。娘的话，我都记得。”漫水老辈人，军人就叫粮子。

慧娘娘揩干眼泪，说：“我搭帮你慧老弟人好，要不我不晓得在哪里落难。”

余娘娘就笑，说：“老弟母，好日子，敞口喝酒！”

慧娘娘说：“我一世跟着他，值得！他人是生得蠢，手脚也不勤快。他不打我，不骂我，不嫌我。跟他五十年，手指头都没有在我头上动过。”

慧公公笑道：“我把你当菩萨供着，还嫌没有天天烧香哩！”

余公公端了酒杯，说：“我们四个老的，今天都要喝酒！慧老弟总问我，菊花是炒着吃还是打汤吃，今日菜里都放了菊花！”果然，四碗菜里都有黄黄的菊花瓣。

慧公公问：“余哥，吃得吗？”

慧娘娘不等余公公回答，自己先夹了几片，说：“菊花入中药，怎么吃不得？”

余娘娘说：“你余哥犟，硬要把菊花当香料放。我晓得，他就是要同慧老弟争，看菊花能吃不能吃。”

慧娘娘望望自己男人家，又望望余公公，说：“他两兄弟，一世都在争。不争大事，尽争些小伢儿的事。年轻时为个蛐蛐，两个也要争。”两兄弟你望望我，我望望你，碰碰杯子，笑了起来。

慧娘娘喜欢吃菊花，说：“菊花当香料放在菜里是好吃，不晓得净炒菊花好不好吃？”

日头开始偏西，井边的石板地到了阴处，开始变得清冷。慧娘娘仍坐在那里，想起死去的男人，眼泪又出来了。她望着菜园过季的辣子树，说：“你是好啊，两脚一伸去了好地方了，留我在世上受苦！你养的儿子蠢，养的孙儿、孙女也蠢。一屋都是不读书的！我是个蠢的，我也认了！我哪样事不会做？我要是再多读几句书，再大的世界都去闯！漫水的伢儿女儿，几个不是我接生的？漫水的人老了，不都是我去妆尸？”

慧娘娘年轻时是漫水的赤脚医生，哪家有人头痛脑热，她背着药箱就跑去。药箱是余公公做的，用的是好樟木料，漆成白色，锁扣下面画了个红十字。哪个的阿娘要生了，慧娘娘更加跑得飞快。背着木箱跑快了，箱子里的药瓶会碰碎。年轻男人只要看见慧娘娘跑，就晓得哪家要生了，会接过她的箱子，跟在她后面跑。年轻人手上有劲，悬空提着箱子跑，不会碰碎药瓶。日子久了，都成了规矩。年轻男人碰上慧娘娘飞跑，他不接过药箱，会落得人家去说。漫水四十岁以上人的生辰八字，慧娘娘个个都记得。糊涂的爹娘，收亲过女对八字，记不准儿女落地的时辰了，就说："问问慧娘娘就晓得了。"慢慢的后来不兴接生婆了，女人都去城里医院生。比慧娘娘老一辈的人讲，从前漫水哪家女人要生了，一边预备着喝喜酒，一边预备着打丧火。自从慧娘娘做了接生婆，漫水没有一个难产死的女人。

慧娘娘进男人家十二年，才生了强坨。巧儿也是那年生的，比强坨小三个月。那年，漫水的接生娘死了，村里几个大肚子，都愁着没人接生。大肚婆都掐着手指算日子，猜哪个先出窑。不晓得哪来的说法，漫水人开玩笑，把女人生产喊作出窑。哪个女人胆子大，帮人家把毛毛接下来了，她就一世都是接生婆。女人肚子越来越大，离生死关越来越近。她们嘴上只把这事当笑话，找信得过的女人说："你来帮我接啊，生死都放在你手里。你要是平日恨我呢，那天就手打发我回去了。"漫水已没有接生婆，没人敢答应人家。有慧阿娘没有同人说，天天挺着大肚子，该做什么照做什么。有日深更半夜，有慧门前突然响起了炮仗声。有余两口子离得最近，惊得在床上坐了起来。有余对阿娘说："你快去看看！"有余很担心，不晓得这炮仗是凶是吉。毛毛落地，马上要放炮仗；人死落气，也要马上放炮仗。炮仗祛邪，生与死都要祛邪。只是死人的时候，又放炮仗，又烧落气纸。

有余阿娘挺着大肚子，一步一挪跑了回来，惊喜得喘气都粗重了，说："老弟母生了，生了，生了个儿子！"有余问："哪个接的生？"有余阿娘说："神仙哩，老弟母自己接的生！"有余听得嘴巴都合不上，半天才说："我是不方便去，你快去招呼，有慧是什么都不晓得的。"有余阿娘说："我就去，就去。我是怕你担心，先回来说声。告诉你，我刚才出门，生怕看见落气纸。"有余长叹一声，说："天保佑啊！"

三个月之后，巧儿落地了。巧儿是慧娘娘接的生。漫水过去的接生婆，剪脐带的剪刀就是灶屋的菜剪刀，放在火上燂几下就用了。慧娘娘自己出了月子，就去街上买了医生用的剪刀和纱布，替有余嫂嫂预备着。巧儿要生那天，慧娘娘把接生要用的剪刀放在锅里煮着，把纱布放在蒸笼里蒸着。巧儿是下午生的，帮忙和看热闹的女人多，慧娘娘有条有理地忙着，她们就像看西洋景。

巧儿生下之后，有余阿娘招呼大家喝甜酒。有女人问："慧嫂嫂，你哪里晓得身下要贴一块大纱布呢？你哪里晓得纱布要放在蒸笼里蒸过呢？"

慧嫂嫂笑笑，说："想都想得到。"

有女人问："慧叔母，往日接生婆都把菜剪刀放在火上燂，你哪里晓得剪刀要放在开水里煮呢？"

慧娘娘又笑笑，说："想都想得到。"

又有女人问："慧伯娘，脐带留好长，你哪里学的呢？"

慧娘娘还是笑笑，说："留短了怕伤了毛毛肚子，留长了不方便。我是这样想的。"

有一年，漫水要派人上去学赤脚医生。村里人想都没多想，都说这事只有慧娘娘做得了。她认得字，人又聪明，又肯帮忙。接生，她天生就会。女人都是要生的，没有哪个给自己接过生。

强坨同巧儿只隔三个月，一起滚大的。有余做木交椅，做两把，强坨一把，巧儿一把。有余做木车，做两架，强坨一架，巧儿一架。旺坨和发坨穿过的衣服分作两份，强坨一份，巧儿一份。有天夜里，有余阿娘对男人家说："有人背后讲，原先以为他阿娘是不会生的，哪晓得十多年后又生了。不晓得是有慧不能生，还是他阿娘原先生不了？"有余说："生不生，观音娘娘管的，你问我，我问哪个？"有余阿娘说："你还不明白我的话吗？"有余说："我听明白了，只是不想听！告诉你，人家说什么，你不要插嘴。说得过分的，你就说他几句。吃自家饭，管人家事，我最看不得这种人！"有余阿娘说："我是说，强坨算是算你侄儿，到底还是隔房的。我们平日对他好，有这样子就行了。"有余听出些名堂来，问阿娘："你到底听到什么了？"有余阿娘说："有人说，强坨只怕不是有慧的，说有慧是个王八脑壳。"有余问老婆："我这回才听明白。你是信了？"有余阿娘问："我信了什么？"有余说："你问自己，有话就说。"有余阿娘说："我相信有什么用呢？嘴巴长在人家身上！”有余说：“嘴巴长在人家身上，不怕。手脚长在自己身上，最要紧！人正不怕影子歪。”

有年，漫水替人妆尸的人也死了。一个八十多岁的老太太，身子很硬朗的，说去就去了。漫水的接生婆有时会有几个，妆尸的人永远不会有第二个。老的妆尸人死了，总有接脚的顶上来。老辈人想想这事，都觉得很怪。可是这回，妆尸人自己死了，替她的人不晓得在哪里。慧娘娘是赤脚医生，守着老人落气的。没有人给妆尸的老人妆尸，她说：“我来吧。”丧家哭得天昏地暗，她招呼村里人赶快烧水，问丧家寿衣寿被在哪里。她得趁老人身子还软和，快把澡洗了，穿上寿衣。慧娘娘已接生过很多毛毛了，但活到三十几岁还没有碰过死人。她是看着老人落气的，心上并不害怕。她替老人妆尸的时候，口罩始终没有取下来。口罩是抢救老人时戴上去的。

老人干干净净躺在案板上了，漫水人才回过神来，朝慧娘娘满口阿弥陀佛，只道她必定好人好报。慧娘娘取下口罩，说：“老人家做了一世善事，去得无病无痛。”

从那天起，漫水人不论来到这世上，还是离开这世上，都从慧娘娘手上过。

妆尸虽是积善积德，到底让人有些怕。怕鬼，怕脏，怕邪。往日妆尸的每送走一个亡人，总有几天人家不敢接近她。她的手是刚摸过死人的，人家不敢吃她拿过的东西，不敢同她挨得太近，不敢叫她进屋里去坐。

慧娘娘妆尸，没人怕她脏。只是觉得有些怪，慧娘娘那么爱漂亮，爱干净，怎么敢碰死人呢？她的头发总是梳得那么水亮，她的衣服总是那么干净整齐。哪怕是身上的补巴，她也比人家补得漂亮。

也有那嘴巴讨嫌的，逗有慧说：“你那么漂亮的阿娘，去给死人洗澡，不论男女都洗，不论老少都洗，你不怕吗？她做的饭菜，你敢吃？”

有慧在外护阿娘，同人家吵架。回到屋里，也同阿娘吵架，怪她不该学妆尸，又不是讨饭吃的手艺。“你看病有工分，接生还有碗甜酒喝，妆尸得什么呢？”

有慧阿娘说：“人都要死的，死人就得有人妆尸。”

有慧说：“我只问你，你有什么好处呢？”

有慧阿娘说："做事都要有好处吗？日头照在地上，日头有什么好处呢？雨落在地上，雨有什么好处呢？余哥你是晓得的，他给人家修屋收工钱，做家具收工钱，捡瓦收工钱，只是给人家割老屋不收工钱。他得什么好处呢？"

有慧说："余哥这规矩是他自己定的，别处木匠割老屋也收工钱。漫水又不是他一个木匠，他不收工钱，人家也不好收，都恨他哩！"

有慧阿娘说："你是说，我替人家妆尸，也问人家要钱？人都死了，这钱还能要？你想得出啊！"

有慧忙说："阿娘，你莫冤枉我！我没说这话！我只是不想你去妆尸，不想人家开我的玩笑。"

"哪个开你的玩笑，告诉我！哪天他死了，我不给他妆尸就是了！"说过这话，有慧阿娘很后悔。这话太毒了。

六

有慧阿娘有件医生穿的白褂子，一年四季都白得刺眼睛。平日，白褂子叠得整整齐齐，拿干净布另外包着，放在药箱子上面。有事了，她一手拿着白褂子，一手背着药箱子，飞跑着出门。到了病人屋里，麻利地穿上白褂子，戴上口罩。病人就只看得见她的眼睛和眉毛。她的眼睛很大很亮，眉毛细长细长的像柳叶。她把脉的时候就低着头，病人又看见她的耳朵。她的耳朵粉粉的，像冬瓜上结着薄薄一层绒毛。看完病，打完针，她取下口罩，撩一撩并没弄乱的头发，笑眯眯地说几句安慰的话。这时候，若是夜里，幽暗的灯光下，有慧阿娘就像传说中的夜明珠。若是白天，日头从窗户照进来，她的脸上好像散发着奶白色的光。

白褂子慢慢发黄，强坨就有十岁多了。这年春上，有一日，有慧阿娘背着药箱子刚要出门，公社干部跟在大队书记后面进屋了。有慧阿娘招呼说："稀客啊，有事？"大队书记说："你急吗？不急就说个事。"原来，县里有个女干部，犯了错误，放到漫水来改造。想来想去，住在有慧屋合适。公社干部说："我们晓得你，你有文化，人又好，教育女同志，你很合适。"有慧阿娘说："安排了，我就服从。"大队书记说："你要不要同有慧商量?”有慧阿娘说:“他是个直人,没事的。”有余屋前堆了很多杉木,公社干部问:“修新屋吗?”有慧阿娘说:“隔壁余哥屋的,他屋要树新屋了。”

第二天,漫水来了个女干部。引女干部来的还是那个公社干部,他像领贵客进屋似的,望着有慧阿娘说:“慧大姐,人我给你引来了。她姓刘,你叫她小刘就是了。麻烦你啊。”公社干部中饭都没吃,说完话就走了。

小刘立不是,坐不是的。有慧阿娘说:“小刘同志,我屋随便,只有我男人家,儿子强坨。你随便啊。”

有慧阿娘早给小刘预备了房间,领她进去,说:“乡里条件不比你城里,屋里到处稀烂的。也还算干净,你将就着住吧。”

小刘放下行李,跑到厨房取了水桶,问:“慧大姐,井在哪里?我去担水。”

有慧阿娘去抢水桶,说:“不要你担水,屋里有男人,哪要你担水!”

小刘死活要去担水,有慧阿娘抢了半天,只得由她去了。乡下人看城里女人,头一个就是白不白。小刘担水从村子里走过,路上就净是看热闹的人。

“长得白哩,像个白冬瓜!”

“白是白,比不上有慧阿娘白。”

“好看是好看,也比不上有慧阿娘。”

“她犯什么错误?”

“听说是男女关系。”

有个叫秋玉婆的女人说:“搞网绊!”

漫水人说男女私通,叫做搞网绊。谁和谁私通了,就说他们网起了。有慧阿娘见小刘后面有人指指点点,她耳朵根子就发热。好像人家说的不是小刘,说的是她自己。夜里,有慧阿娘去有余屋。有余正在中堂做木匠,晓得有慧阿娘有话说,就放下手里的斧头。有慧阿娘说:“余哥,小刘住在我屋,我就要管她。她哪怕犯天大错误,也是来改造的。有人背后说她,不好。”有慧阿娘也在中堂忙着,把劈下的木片打成捆,旺坨和发坨给妈妈做帮手。有余阿娘听见是讲大人的事,就说:“你两弟兄进去,早把作业做了。”

强坨喜欢在巧儿屋做作业，他俩同班同学，都上小学三年级。强坨在隔壁偷听到了大人的话，跑出来问："什么是搞男女关系呀？"

有余扬手轻轻拍了强坨屁股，说："大人说话，不准听！"

有慧阿娘笑笑，说："一个女的，听男的说，我想去睡觉。女的也说，我也去睡觉。他们俩，就是搞男女关系。"

巧儿也跑了出来，说："慧叔母，我刚才说，作业做完了，我要睡觉了。强坨说，我也要睡觉了。我俩也是搞男女关系呀？"

有余笑得眼泪水都出来了，一把拉过巧儿，说："你乱讲，爸爸打烂你的屁股！快去睡觉了！"

强坨缠着要跟妈妈一起回去，叫他妈妈赶走了。有余说："我明天去说说。最喜欢嚼舌的是秋玉婆，她不起头说，人家不会说的。"

有余阿娘说："秋玉婆嘴巴最烂，你是不好说她的，我去说。"

有慧阿娘走了，有余对自己阿娘说："你嘴巴笨，说不过秋玉婆。我不怕，我去说。"

有余阿娘说："我要你不要去说！"

有余听着有些怪，说："我还怕她？"

有余阿娘把头偏向一边，说："你不怕，我怕！"

有余说："你怕，那你还争着去说？"

有余阿娘说："她要乱说让她说去，说出麻烦了有干部管！"

有余生气了，说："你说的什么话？一个女人家，到漫水来改造，已经是落难的人了。听人家在背后乱说，我们不管？我说，你就没有慧老弟母晓得事！"

有余阿娘也来了气，高着嗓子说："我是没有她晓得事！有她晓得事，也不用秋玉婆在背后说她了！"

"秋玉婆说什么了？慧老弟母有她说的地方吗？那年她自己害病害成那样，不是慧老弟母救她，她早到阎王爷那里去了！"有余嗓子也高了。

有余阿娘说："你朝我叫什么？秋玉婆哪个跟她有仇？她哪个的烂话不说？"

两口子吵半天，有余阿娘就是没点破那层纸。原来，秋玉婆在外头说，强坨是有余的种。有余也听出来了，只是装糊涂。他晓得话说穿了，不好收场。又怕两口子为这事吵起来，传到慧老弟母耳朵里就不好了。

有余不作声了，闷头想了会儿，说：“放心，我不会无缘无故找她去说，我自有办法。”

有慧阿娘睡觉前，先去小刘房里看看。小刘正摊开本子写字，望见有慧阿娘进屋了，忙招呼道：“慧大姐，你坐啊。”

有慧阿娘说：“日子是春上了，夜里还是有些冷。你被子太薄了。”

小刘说：“我盖惯了，不冷。慧姐姐，我其实比你大。”

有慧阿娘望望小刘，说：“你城里人，天晴在阴处，落雨在干处，就是年轻些。乡里人看城里人，个个都漂亮！”

小刘笑笑，说：“慧姐姐其实比城里人还漂亮！城里人漂亮是穿衣服穿出来的，乡里人漂亮是天生的。慧姐姐是天生的漂亮女人。”

有慧阿娘红了脸，说：“小刘你说到哪里去了，乡里人哪敢同城里人比！”

小刘问：“慧姐姐，听口音，你不是本地人啊！”

有慧阿娘说：“我也不晓得自己到底是哪里人。我很小就流落在外，就像水上的浮萍，不晓得哪股风把我吹到漫水来了。”

“你说的也是漫水土话，你的腔调是外地人的，有些字音还是北方话。”小刘好像要从有慧阿娘的口音里替人家找到故乡。她一声不响看了有慧阿娘一会儿，长长地叹了一口气，“慧姐姐也是个苦命人！”

有慧阿娘也跟着她叹了一口气，反过来安慰小刘似的笑笑。有慧阿娘不经意瞟了一眼桌上的本子，赶忙把目光移开了。

小刘问：“慧姐姐，你认得字？”

有慧阿娘说：“哪敢在你们干部面前说认得字！我认得报纸上的字，晓得不讲反动话。我认得药瓶子上的字，晓得不用错了药。”

小刘合上本子，说：“慧姐姐，你晓得我犯的什么错误吗？”

有慧阿娘倒不好意思了，眼睛朝旁边向着，说：“不管什么错误，改造就行了。”

小刘叹气说：“明天要出工，我哪有面子见人！”

有慧阿娘说：“世上哪个人敢保证自己是干净的！你相信，乡里人多半老实，不敢当面不给人面子。你做事做人好好的，日久见人心，没人敢欺负你!”

“我是自己这关过不了。”小刘说着就哭起来了。

有慧阿娘拉了小刘的手，说：“你莫哭，哪个敢保自己一世百事都顺？你是一时不顺，改造好了回去，照旧是我们的领导。你明天跟着我去出工，你只贴身跟在我后面，我替你给人家打招呼，告诉你认识人。人都熟了，你就晓得乡里人蛮好的。”

小刘揩揩眼泪，说：“慧姐姐，你去睡吧，我还要写认识。”

有慧阿娘立起来，笑笑说：“有什么好认识的！人和人，不就是相处得热了，一时管不住自己！吃过亏，今后管住自己就好了！”

第二天清早，生产队长吹了哨子，高声叫喊：“十队全体社员扯秧!”

有慧阿娘担了箩箕，喊小刘：“走，出工去。”

小刘问：“还有箩箕吗？”

有慧阿娘说：“你不要担箩箕，我和我男人家担就行了。”

社员们从各自屋里出门，有担箩箕的，有空手空脚的。走到村外田埂上，前面的人不断地回头，他们都晓得后面有个城里来的女干部。小刘空着手，走路就更不自在。有慧阿娘看出来了，悄悄地说：“小刘，你担着箩箕，显得积极些。”小刘接过箩箕担着，走路的样子果然自在多了。路上有正面碰上的，有慧阿娘就大声招呼，说这是哪个，那是哪个。有的是喊名字，有的是喊外号。有慧阿娘指着秋玉婆的儿子说：“他叫铁炮！”小刘朝那人点头笑笑，说：“铁炮你好。”听见的人都笑了，铁炮很不好意思。小刘问：“慧姐姐，他们笑什么呀？”有慧阿娘说：“他喜欢打屁，屁又很响，就像放铁炮。他是个猛子，胆子大，村里红白喜，放铁炮都是他的事。”说笑着，前面就有人学放炮的样子，喊着：“砰！砰！砰!”

早工是扯秧苗，早饭后再去插秧。来到秧田边上，有慧阿娘一边挽裤脚，一边轻声问小刘：“下过田吗？”

“年年要支农，下过田。”小刘答道。

有慧阿娘就笑了，说：“又不是大姑娘上轿头一回，那就不怕。”

小刘把声音放得很低，说：“我还是怕，怕蚂蟥!”

有慧阿娘说：“不怕，我帮你看着。”

早上田里很冷，社员们下田时，一片哎哟哎哟的笑闹声。今天大家叫得更加欢快，更加放肆。男人叫得癫，女人叫得疯。只有小刘没有叫，咬紧牙齿忍着泥巴里渗骨的冷。有慧阿娘也笑着，她晓得大家都有些人来疯。田里多了一个城里来的女人，一个搞网绊的女干部。

有慧阿娘见小刘扯秧很熟练，也就很放心了。她说："小刘，要是评工分，你可以评七分！我也是七分。"

小刘说："我是耐力不行，太累了还会发晕。"

有慧阿娘说："多半是低血糖，莫要饿着就是了。"

小刘吃惊地望着有慧阿娘，说："慧姐姐，你当得县医院医生哩！我过去在乡里发过晕，一般赤脚医生只晓得笼统说这是晕病。我就是低血糖。"

"我哪里敢算个医生，半瓶醋都说不上。"有慧阿娘说，"你要是太累了，放心大胆歇歇，没有人会说你偷懒。"

这时，突然听见小刘哇地叫了起来。众人都直了腰，朝小刘望去。原来，她腿上爬了蚂蟥。有慧阿娘忙说："莫怕莫怕，你立着莫动。"有慧阿娘怕世上所有软软的虫，她扯掉小刘腿上的蚂蟥，用劲往远处摔。蚂蟥被摔到铁炮脚边，铁炮笑道："慧叔母你来害我啊！"铁炮把蚂蟥捉起来，爬到田埂上，找一根小柴棍，把蚂蟥翻了过来。里外翻了个的蚂蟥全是红红的血，看着叫人手脚发麻。铁炮却像缴获了战利品的士兵，高高举着那红红的东西，说："蚂蟥切成好多段，就会变得好多条。只有把它翻过来，晒干了才会死。"铁炮说的不是新鲜话，乡里人都以为蚂蟥是这样的。

铁炮落了田，众人看完把戏，又躬腰开始扯秧。听得秋玉婆说："一个蚂蟥，也叫成那个样子！听她那叫声，就像个搞网绊的！"

有余立了起来，冷冷瞟着秋玉婆。旁边几个人也立起来了，望望有余，又望望秋玉婆。秋玉婆感觉有些不太对劲，也立起来了。有余见她立起来了，也不望她的脸，只瞟着她的腿脚，轻声道："好锣不要重敲，好鼓不经重锤！高人莫攀，矮人莫踩！"

秋玉婆自知理亏，红了脸，说："我又没说什么。"

有余说："没说什么就好，说了等于放屁！好了，做事！"

有余躬下腰，众人都躬下腰了。秧田很大，田的那头在说什么，有慧阿娘不晓得，小刘更不晓得。

铁炮隐隐感觉到他娘又在那边讲烂话，他猜到肯定是在讲城里来的女干部。铁炮是个老实人，娘的嘴巴常弄得他没有面子。

听得呜的汽笛声，有人喊道："放喂子了，吃早饭了。"漫水三公里之外有座火电厂，每天定时放两次汽笛，一次是上午八点半，一次是下午两点。漫水人叫它放喂子。漫水没有一个钟，没有一块表，喂子就是大家的时间。

吃过早饭，落雨了。

雨越落越猛了，看样子歇不住。有余递过烟袋，叫有慧卷喇叭筒。抽烟的时候，有余望望对面田垄，雨水漫过田坎，满眼尽是小瀑布。千工坝的水也漫出来了，流成几个更大的瀑布。山上必定也有水流下来，只是叫枞树挡住了，又罩着很浓的雾，看不见。有余想，漫水这地名，就是这么来的吗？

七

余公公晓得自己得罪慧娘娘了，却并不晓得她正坐在屋后生气。他把早饭和点心一餐吃了，担着箢箕又上山去。木马脚上的猫儿刺太久了，应该剁些新刺回来换上。老鼠爬上去咬烂了龙头杠，他就要遭一世的骂名。

黑狗又跟着他，虎虎地飞到前面，忽又停下来等他。余公公越是笑骂，黑狗蹦跳得越高兴。余公公每次出门，慧娘娘屋黄狗也会跟上半里，路上总会碰到什么稀奇东西，停下来东嗅西嗅，就慢慢跑回去了。余公公就会望着黑狗说："看你养的好儿子！"

余公公晓得山上哪里有猫儿刺，上山没多久就剁好了。余公公眼尖，下山的时候，看见几处枞菌，顺手摘了回来。路过慧娘娘屋门口，余公公喊道："在屋吗？"喊了好几声，不见慧娘娘答应，余公公就推开她屋门，把枞菌放在门槛里。

余公公在屋后绑猫儿刺，听得慧娘娘在身后说："余哥，枞菌我要了，钱退你的。"余公公立起来，回头望望慧娘娘，不像生气的样子，就说："老弟母，事是黑狗惹的，你莫太认真！"慧娘娘说："人是黄狗咬的，钱不要你的。"慧娘娘说着，把钱放在龙头杠上。余公公笑笑，说："你脾气是越来越坏了!”慧娘娘也笑了，说：“哪个脾气坏?《三字经》上明明说，养不教，父之过。你说，养不教，母之过。不是双人吗?”读书人说得含沙射影，漫水人只用一个字：双。余公公又嘿嘿地笑，慧娘娘也笑。两条狗在身边闹，黄狗跳得高高的，黑狗只是应付着，懒得奉陪的样子。余公公说：“黄狗没良心，又懒。每回我出门，它都摇着尾巴跟着，都是半路上跑回来了。它娘好，跟前跟后，赶都赶不走。”慧娘娘说：“毕竟，我是黄狗的主人，你是黑狗的主人。我出门，黄狗是左右不离的。人都像狗这么忠，世上就相安无事了。”听上去，慧娘娘真是在说狗，不是在双人，就晓得她消气了。

余公公把新剁的猫儿刺绑在木马腿上，再揭开棕蓑衣擦龙头杠。慧娘娘凑近嗅嗅，说：“你听听，微微的一股香，不知道几朝几代了。”余公公说：“你鼻孔好，我是听不见了。”漫水人讲话有古韵，声音用听字，气味也用听字。闻气味，说成听气味。慧娘娘说：“我就是鼻孔太好，听不得太香的东西。过去年轻人用花露水，我听见就脑壳晕。你屋种的花，我样样喜欢，就是不喜欢栀子花和茉莉花，太香了。”余公公擦着龙头杠，说：“那你不早讲，早讲我就把它剁了。”慧娘娘忙说：“莫剁莫剁，我不喜欢，人家喜欢。世上的事都依我，那还要得?”余公公说：“那就信你的，不剁。”

慧娘娘拿了抹布，也帮着擦龙头杠。慧娘娘说：“我小时候看过一次舞滚龙，记不清在哪里看的了。漫水龙灯是竹篾皮扎的，糊上皮纸，里头点灯。滚龙全用黄绸子扎，上头画龙纹。漫水龙灯夜里舞，我看见过的滚龙日里舞。我是几岁看的，也忘记了。”慧娘娘从来不讲自己过去的事，从来不讲自己娘屋在哪里。漫水伢儿子都有外婆，强坨没有外婆。晓得慧娘娘不想讲，余公公也从来不问。听慧娘娘讲起小时看过滚龙，他也不往她过去的日子引，只说：“十里不同音，隔山不同俗。漫水正月初二不可以拜年，只拜生灵。对河那边，正月初一不可以拜年，拜生灵。”先年屋里老了人，头年正月要祭拜，叫拜生灵。

慧娘娘问：“余哥，阎王老儿真识货吗?他晓得这龙头杠是文物?强坨说它值几万，你信?”余公公说：“龙头杠是漫水的宝贝，无价!莫说它雕得这么好，莫说它传了多少代，就是这么好的老楠木，如今也找不到了。什么是文物？旧！什么文物最值钱？稀！”慧娘娘笑笑，说：“余哥，看我两人哪个先去。我先去呢，你不要后生家抬着我满村打转转，我要径直上山。八抬八拉，推来推去，吆喝喧天，热闹是热闹，我怕吵。”余公公放下抹布，说：“老弟母，你比我小，身体又好，肯定走在我后面。你看你，七十三了，头发还乌青的！”慧娘娘说：“七十三，八十四，阎王不喊自己去！”两个老人说起生死大事，就像说着走亲戚。日头慢慢偏西，天光由白变红，龙头杠上浮着薄薄的玫瑰色。

慧娘娘是梳着髻子来漫水的，髻子上别着白亮亮的银簪子。她中年时剪过短发，老了又梳着髻子，仍别着那个银簪子。她的头发又黑又浓，未见过半根白发。她到老都没用过洗发水，常年只用烧碱水洗头发。拿一把干净稻草烧了，把稻草灰放在筲箕里，用热水淋上去，底下拿脸盆接着。滤下的热腾腾的黄水，就是洗头发的烧碱水。慧娘娘每次洗了头发，手心点一点茶油抹匀，往头发上轻轻地揉。烧碱水有股淡淡的清香，像日头晒过干草的香味。余公公只是哑看，从来不对人说，却晓得慧娘娘头发好，就搭帮烧碱水和茶油。看着年轻人用各种香波和乳膏，心上就想：你不如用烧碱水和茶油。他也只是这么哑想，从不说出来。

夜里，余公公去慧娘娘屋里，喊了强坨：“你明天起个早，帮我把筒子盘出来。”强坨问：“余伯爷，你要做什么？”慧娘娘就说强坨：“你一听不就晓得了，还要问！”割老屋的木头叫筒子，漫水人都晓得。

强坨起了大早，帮余公公盘筒子。早就割好的老屋，慧公公先用掉了。余公公有一偏厦屋的樟木料，割得好几副老屋。余公公身子硬朗，原先也不急着割。昨天下午，慧娘娘讲到生死大事，余公公心头一惊，就想：还是把老屋先割了。

强坨盘了一大堆筒子出来，问：“余伯爷，差不多了吧？”

余公公说：“全盘出来。”

强坨望望坪里堆的樟木筒子，说：“一副千年屋，差不多了啊！”

余公公说：“你莫管，再盘几筒出来。”

吃过早饭，余公公下锯的时候，慧娘娘问：“余哥，割老屋是好事，要看日子，你看了吗？”

余公公说：“择日不如撞日。虫老一日，人老一年。今年不割，不晓得明年我还割得动吗?”

慧娘娘搬了小凳,坐在余公公前面说话:“余哥,你怎么记得我是阴历九月初十来漫水的呢?你慧老弟是记不得的,我自己也忘记了。”

慧娘娘这话问过千百遍了,余公公每次都回答几句现话,心上却想:女人家老了,就讲冗话。人和动物,真是个反的。动物是公的漂亮,嘴巴也多。公鸡喜欢叫,早禾郎公的也喜欢叫。人是女的漂亮,嘴巴也多,老了讲冗话。慧娘娘耳朵还很尖,头发乌黑的,就是嘴巴老了,喜欢讲冗话。余公公拿斧头剁筒子,说:“我年轻时的事,记牢了就忘不了,老了眼前的事都记不住。那年,粮子从漫水过路,阴历九月初八到的,歇了一夜,初九走的。我想参军吃粮,娘不准。娘身体不好,说,余坨,你初九走,我初十死!我就没有去。娘这句话我一世记得。初十,慧老弟把你引回来了。听说慧老弟引了个阿娘回来,我娘说,粮子的衣服变了,世界也变了。”

“搭帮你慧老弟,要不我不晓得在哪里落难。”慧娘娘每次都说这句话。

斧头剁出的木片子,箭一样地往地上射。余公公说:“老弟母,你人到我后边来,木片子不认人,怕打着你了。”

慧娘娘立起来,笑道:“老了,就拦路了。打死还好些,省得在世上受苦!”

慧娘娘把凳子搬到余公公身后,望着他一斧一斧地剁。心上想:余哥也是七十七岁的人了,这么老了还自己割老屋,世上只怕没有第二个这样的木匠。樟木很香,听着这香气心上很安静。

慧娘娘说:“余哥,你说做城里人有什么好呢?死了一把火烧了!不如乡里人,还有个老屋睡!”

余公公说:“人死如灯灭,烧了还是煮了,哪个晓得?国家领导人老了,那么大的官,不说烧就烧了?一把灰,丢在海里!”

慧娘娘啧啧几声,说:“那海里的鱼,人还敢吃?”

也不要余公公句句话都答,慧娘娘只顾自己说话:“迷信你说有没有呢?秋玉婆讲了一世冤枉话,死了还叫雷打脱了下巴。”

漫水人都相信,讲冤枉话会遭雷打。哪里都有嘴巴臭的人,像秋玉婆这么喜欢嚼舌的人少有。那年有余修新屋，忙到秋后打过晚稻，农事就闲了。有余的老屋拆了，住到了有慧屋。有余要在秋月里树好屋，要在新屋里过年。秋玉婆在背后说双双话："有余和有慧本来就是一屋人，样样都是共着的。又来了个城里专门搞网绊的，样样都搞到一起去了。"

有天，有余正在做屋架子，绿干部突然来了。有余笑着招呼："绿干部，稀客啊！"绿干部的叫法，漫水人喊了快二十年。绿干部也不生气，他早就习惯了。今天绿干部脸色不太好，很生气的样子。有余以为又有什么运动来了，脸色也正经起来。每逢运动，绿干部总是到漫水蹲点。绿干部问："人呢？"有余没头没脑，问："哪个呀？"绿干部说："我婆姨！"有余更加奇怪，说："你婆姨？"绿干部脸色铁青，说："你漫水人有远见，给我起个外号，绿干部！我婆姨给我戴绿帽子，放在你漫水改造。"有余这才明白，说："小刘原来是你阿娘！"绿干部说："什么小刘！四十多岁的人了，还搞男女关系！"

有余递上烟袋，请绿干部卷喇叭筒。绿干部摇摇手，自己摸出纸烟，抽出一支敬给有余。点上烟，有余说："你阿娘出工去了。我是要树屋，请了假。"

绿干部骂骂咧咧，又被烟呛着了，太阳穴上的青筋胀成几根蚯蚓。有余说："绿干部，小刘来漫水大半年了，没人晓得她是你阿娘。护你的面子，她瞒得天紧。今天你来了，就好言好语。想要离婚，到民政局去就行了，不要到漫水来吵。"

绿干部眼睛红红的，说："你讲得轻松！要是你老婆偷人呢？"

有余笑笑，说："绿干部，你对哪个漫水人这么说话，都会挨打。我不打你，我要告诉你，你阿娘偷人，只怪你自己。"

绿干部声音比有余还高，说："放屁，怪我？我儿女都做出了三个！"

有余放下斧头，坐在屋架子上，双手抱胸，望着绿干部，话不高声："绿干部，做得出儿女，就是男子汉？俗话说，一条鸭公管一江，一条脚猪管一乡。脚猪算男子汉吗？你脾气不改，你不像个好男子汉，你阿娘还会偷人。"

绿干部坐在刨木花里，眼泪一滚出来了。有余递过烟袋，绿干部接了。绿干部卷了喇叭筒，说："儿女都还没成人，不然我离了算了。"

有余说："我看小刘是个好人，她来漫水大半年，没人把她当犯错误的人。等她散工回来，你多说几句温暖话。大半年，你没来看过，她也没回去过。你不来，是你不对。她没有回去，是她怕见你。"

绿干部抽旱烟不习惯，一口又呛了。他咳了半天，歇下来，说："我平日哪有空？今天是星期日。有余，我俩打交道快二十年了。你是第一个敢同我对着干的人，我一直以为你对我有意见。你知道小刘是我老婆，还替她说话，为我夫妻好。你是个好人。"

有余笑道："漫水没有坏人！你要我讲句直话吗？"

绿干部望着有余不作声，不晓得他要讲什么天大的事。有余说："你听得进，我就讲。漫水离县里近，不论来什么运动，都先到漫水试点。每回试点，你都是蹲点的。蹲来蹲去，你把漫水的人都得罪光了。人家蹲点越蹲官越大，你是年年雀儿现窠叫。你是上下都不讨好。"

绿干部抬起头，问："你说漫水没有坏人，那地富反坏右呢？"

有余就不说话了，捡起斧头敲屋架子。木匠树屋都要人打下手，有余只是自己干。他只要树架子那天，再喊乡里乡亲帮忙。盖瓦也要人帮忙。架子树起来了，瓦盖好了，装壁板和门窗，都不要帮手。这个秋月，每日都是日头天。夏秋两季，只要不落雨，漫水的男人多光着上身做事。有余的上身叫日头晒了四十多个夏秋，皮色又黑又亮。长年拿斧头剁来剁去，臂上的肌肉鼓得紧紧的。

有余嘭嗵嘭嗵敲了老半天，歇下来，说："我讲了那么多话，你只晓得问一句，地富反坏右！你官上不去，阿娘犯错误，都怪你自己！抗美援朝你来漫水，屁股上还背着坨烂铁，都没人怕你。今天你屁股上铁都没有了，还有人怕你？记得那年，我慧老弟母说你是绿林吗？"

绿干部说："我早在一九四八年就投诚了。"

有余说："你升不了官，只怕就是你早年做过绿林。绿林就是坏人？未必！你承认自己是坏人吗？漫水往南六十里大山冲里，过去也有绿林，逢赶场的日子，就在那里关羊。拦住的人，交钱就放人。实在没钱，也不害你。其实，他们都是穷人。日子苦，穷人搞穷人。"

绿干部说："只要到关键时候，有人就抓我历史问题的把柄。我那时候多大？十四岁！家里没吃的，跟着人家上山了。屁事都不懂。干了不到一年半，我就投诚了。”

有余继续敲屋架子，说：“你晓得自己不是坏人，就莫随便说人家是坏人。我活到四十多岁，漫水老老少少两千多人，我个个都晓得。讨嫌的人有，整人的人有，太坏的人没有。整人，都是跟你们学的。过去，漫水也有整人的，那叫整家法。有那忤逆不孝的，关到祠堂笼子里，笼子外放一根竹条子，哪个都可以去打他的屁股。我长到这么大，只听见过去整过一回家法。你们蹲点蹲来蹲去，整过多少人？”

绿干部听着，望望四周无人，说：“有余，你说的句句都是反动话。相信我，我不会说出去。”

有余笑了，说：“你说我也不怕，有人证明吗？我还会说你造谣诬陷哩！”

绿干部说：“有余，我真的不会说的。”

“你要说就说！”有余笑笑，又忙自己的去了。

绿干部自己抽烟，望望天上的日头。他在等老婆回来。他没有手表，不像别的干部。一只雄鸡叫起来，惹得整个村子的雄鸡都叫了。雄鸡叫过之后。村子更加安静。只剩有余的斧头声，嘭嗵嘭嗵寂寞地敲着。天上没有半丝云，日头像停在那里不动了。绿干部无话找话，问：“那个被整家法的人还在吗？”

有余说：“怎么不在？我不想点他的名，他到土改时是最红的人。过去忤逆不孝的人，到你们手上成了宝贝！”

中午收工时，小刘跟在有慧阿娘后面，有说有笑地进屋。看见她男人家坐在屋里，脸色立马就白了。有慧阿娘说：“绿……绿干部，你来了啊！”原来有慧阿娘早晓得小刘是他阿娘了，她就连有余老大都没有告诉。小刘和有慧阿娘贴心，手指缝缝里的话都说。

“小刘在漫水很好，群众关系也好。你们说话，我去做饭。”有慧阿娘刚出门几步，小刘就跟着出来了。

有慧阿娘说：“小刘，你俩说说话，怎么出来了？”

小刘说：“我要去担水。”

有慧阿娘高声喊她男人：“有慧，你去担水。”

有慧正在有余那里看热闹，很不情愿地过来。自从小刘来了，有慧就没担过几回水了，总是小刘争着担水。没等有慧过去，小刘说："慧姐，你让我去担水吧。我心上乱，要想想。"

有慧阿娘就朝有慧摇头，叫他莫过来了。有慧又去帮有余搬木头。有慧阿娘把饭煮上，过来对绿干部说："她不晓得哭过好多回了。她说千错万错，都是她的错。儿女还小，你们都做好的打算。你莫再骂她。她是想着儿女，不然死的心都有。她说你是个好人，就是脾气不好。夫妻间哪有不吵的？笼屉里的碗都有相碰的。她的错误不会再犯，你的脾气也要改改。"

绿干部说："你余老大也是这么说我的，你们都商量好了？"

有慧阿娘说："你说的什么话？漫水只有我晓得你俩是两口子！你爱听就听，不进油盐也没办法。你想想吧，我要炒菜去了。"

有余望望日头，说："发坨，强坨，巧儿，还在哪里疯？"一大早，发坨引着强坨和巧儿，到河边扯猪草去了。余娘娘在屋里听见，猜发坨必定引弟弟和妹妹到河里洗澡去了。她不作声，怕男人家发脾气。有余也猜小的到河里洗澡去了，就担心他们去蛤蟆潭。有余小时候，溆水河里的水更深，他也喜欢去河里洗澡，时常见大船扯着白帆在河里走。看见船家行着船吃饭，真是羡慕极了。

忽听到几个小的在追打，就晓得他们回来了。有余虎了眼睛，望着发坨："过来！"发坨晓得自己犯事了，一边往爹身边移着身子，一边拿手护着脑袋。有余抓住发坨的手膀，拿指甲一划，一道白白的印子。啪的一掌，发坨被打在地上。有余指着发坨骂道："这么大的人了，不晓得带个好样，我剥了你的皮！"

有慧阿娘忙跑出来，拉起发坨揽在胸前，朝有余说："哪兴你这么打伢儿？你手重，哪经得你打？不能只怪发坨，强坨也不小了。强坨，一定是你要哥哥引你去洗澡的！"

强坨说："蛤蟆潭我不敢去，发哥说不敢去是婊子养的。"

有余手里拿着弓尺，扬手就朝发坨打来。有慧阿娘转身护着发坨，弓尺打在她身上，啪地断了。有余阿娘跑出来，骂她男人家："你只晓得打人！生儿养女，你没有痛过！你要打从我打起，都是我生得不好！"

发坨躲在慧叔母身子前面辩解："我没有说！"

巧儿说："就说了！"

强坨也说："他发誓愿，说不敢去蛤蟆潭就是……"强坨话没说完，被他娘扇了一巴掌。强坨被打哭了，嘴里咿里哇啦不晓得嚷着什么话。有余阿娘过来拉发坨，嘴里嚷着："蛤蟆潭你也敢去，那里有无底洞，有乌龟精，你是不要命了啊！"发坨怕妈妈也会打人，躲在慧叔母怀里不肯出来。

秋玉婆正好路过，站在那里看把戏。她见有余护着强坨，他的阿娘护着发坨，就说："侄儿侄儿也是儿，手板手心都是肉。余公公疼侄儿比亲儿子还疼，明理的人就是这样的。漫水哪个不讲余公公好？他是对人家的人比对自家的人好，明理啊！"

一听就是双双话，有余阿娘对她说："秋玉婆，你是老鼠子偷盐吃，嘴巴咸啊！我屋的事，你莫管！"

秋玉婆说："我哪管得了？又不是打我的儿！我的儿我是舍不得打，我养的狗都舍不得打！人也好，狗也好，我只认亲的，不认野的！"

有慧阿娘拉着发坨往屋里去，回头又喊儿子强坨："你进自己屋去！人有屋，狗有窝，莫在外头乱叫！"

秋玉婆一听，叫了起来："慧娘娘，你双哪个？"

有余阿娘晓得慧老弟母不会相骂，立马接过腔去："秋玉婆，她骂自己儿子，你管得宽啊！"

秋玉婆更是起了高腔，朝有余阿娘拍手跺脚的："我讲她，你也帮腔？晓得你俩共穿一条裤子！你们样样都是打伙的，屋打伙住，儿打伙养！你屋是共产主义哩，样样共哩！"

有慧蹲在屋前，本来半句话不讲。女人相骂，就让女人骂去。男人插手女人的事，漫水人是会笑话的。可听秋玉婆说得太难听了，他忽地站了起来，径直朝秋玉婆扑去。早围了很多看热闹的，忙拉住有慧说："动不得手，动手就要出大事。"

这时候，绿干部从屋里出来，说秋玉婆："你刚才说啥来着？你诬蔑共产主义！"

秋玉婆没想到绿干部会在这里，反而得了理似的，说："你是县里干部，你评评理！我哪句话错了？有余树屋，有慧天天帮忙拉锯；有慧养儿，有余是帮了忙的。换工抓背，都是活雷锋，我是讲好话！有慧屋里来了个城里专门搞网绊的女干部，我从没讲过半句怪话。”

绿干部突然面上铁青，头往秋玉婆冲着，鼓起眼睛，骂道：“我操你妈！”

秋玉婆被骂蒙了，绿干部怎么会骂娘呢？她怕干部是有名的，不晓得自己犯了好大的事，掉头就想跑开。四周立了很多人，她就像被围猎的野兽，冲开一个口子跑了。

小刘担水回来，一声不响进屋了。她听见了秋玉婆的话，走过的时候头埋得很低。有慧阿娘立在门口喊：“吃饭了！”

有余阿娘过来喊发坨，有慧阿娘说：“伢儿不晓得事，嫂嫂莫骂他了。”

有慧屋吃饭时，不见小刘上桌。绿干部从小刘屋里出来，说：“她不想吃，我们吃吧。”

吃过中饭，有余蹲在地上抽了会儿烟，又嘭嗵嘭嗵做屋架子去了。天气有些闷热，强坨早没事了，他和巧儿并排坐在门槛上，扯着喉咙高声喊着：“布谷布谷送风来哪，嗬——嗬——”伢儿们相信只要这么叫喊几声，就会起风。

生产队长的哨子响了：“出工了，栽油菜！”九油十麦，阴历九月，正是栽油菜的时候。有慧阿娘站在小刘门外喊：“小刘，你快吃点东西吧，你有低血糖，饿不得。”

小刘开了门，眼睛又红又肿，说：“慧姐姐，我这样子见不得人，下午你帮我请个假。”

有慧阿娘晓得绿干部在里面，就说：“我帮你请假，你两口子好好讲讲话，莫吵。”

夜里，铁炮到有余屋赔礼。他的辈分更小，依漫水的叫法，他叫有余太太，叫有余阿娘太婆。他说：“日里的事，我听人讲了。我娘她嘴巴讨嫌，漫水人都晓得。太太和太婆莫把她的话放在心上。”

有余说：“我是个直肠子，话说了就说了。说了你娘几句重话，你也莫放在心上。”

有余阿娘说：“铁炮，你还要去给慧太婆赔个礼，慧太婆你是晓得的，漫水人哪个在她手上没有恩？”

铁炮忙说：“我就去，我就去。我这个娘，讲也讲不变，骂也骂不变。六十多岁的人了，看她哪日到头！”

绿干部到漫水不久，小刘就回城里去了。出门前，小刘在屋里拉着有慧阿娘手，流着眼泪说了半天话：“慧姐姐，十多个月，不是你，我熬不过来！你慧哥，你余哥，你余嫂，都是漫水最好的人。”

小刘走后没几日，有余就要树屋架子了。

吃过早饭，有余屋坪前面来了许多男人。有余阿娘特意买了纸烟，笑眯眯地散给大家。有的接了烟马上点燃，有的接过烟夹在耳根上。六封屋架子已摆在屋场上，立屋柱的磉墩岩整整齐齐，像挨地摆着的石鼓。有人留意到了，说：“余叔，你没声没气的，就在哪里搞来这么好的磉墩岩？”有余开玩笑说：“菩萨送了一个梦，告诉我哪里有现成的磉墩岩，我昨日取回来的。”原来是前几年，有余去山里帮人家树屋，主人家是个岩匠师傅。有余就不收岩匠工钱，岩匠就打了磉墩岩送来。有人说到磉墩岩，大家都来看，都说磉墩岩好，岩料好，打得好，抵得过去财主家的。

巧儿在大人中间钻来钻去，她娘喊道：“巧儿，莫疯！要树屋架子了，打着了不得了！”巧儿挨了骂，就跑到有慧屋坪前，邀几个女儿家踢房子。巧儿手脚麻利，捡了一块瓦片，几下就把房子画好了。巧儿正踢得上劲，听得大人们一声高喊，她回头望去，她屋的屋架子已树起来了。女儿家们都不踢房子了，立着不动看热闹。有个女儿家问：“巧儿，你是哪间房？”巧儿说：“我爹说，等长大了，旺哥把左边这头，他是大房。发哥把右边这头，他是二房。”女儿家又问：“你呢？”又有女儿家就开玩笑，说：“巧儿就嫁人了，回娘屋住偏厦。”巧儿晓得这不是好话，女儿家们就追打起来。

屋架子树好了，掐准了时辰抛梁。有余怕人讲他迷信，偷偷请风水先生看了时辰，只闷在肚子不讲出来。众人心上都有数，嘴上也都不说。梁早准备好了，是一根樟木梁。看女要看娘，看屋要看梁。梁要选好材料，要粗大，要直。漫水这地方，选根大樟木做梁，众人看着都眼红。梁中间包着红布，红布上钉着铜镜和古钱。古钱容易找到，铜镜很难有了，多用玻璃镜代替。有余屋这块铜镜是旧屋梁上取下来，重新磨得亮光亮光的。

有余看看日头，晓得时辰到了。梁的两头套了新棕绳，一声喊："起!"两头立在屋架上的壮汉齐手动作，把梁平平正正地吊上去。梁刚安放妥帖，铁炮就杀了雄鸡，朝梁上抛过去。炮仗就响起来了，在场的人都齐声高喊："好的！好的！好的!"

依规矩，抛梁的雄鸡是要送给木匠师傅的。有余是自己修屋，雄鸡就不用送人。铁炮就开玩笑："余太太，你是肥水不落外人田啊!"有余阿娘笑着接腔："做事的，看热闹的，都来吃中饭！鸡肉大家吃，鸡汤大家喝！山上打野猪，见者有份!"

盖好了瓦，屋样子就出来了。屋两头自瓦角朝天翘起，没人不夸有余的手艺："漫水第一，漫水第一!"

看有余装壁板，成了男人们的娱乐。从没见过哪个先做好门窗和壁板，再来树屋架子！看了几天，他们信服有余了，果然比别人修屋快。有余说："我是自己一个人的事，就先把门窗和壁板预备好。只要屋架子一立，瓦一盖，我有空就做，不急不慌。"

天气越来越冷，堂屋壁板还没装好，就在中间烧了一堆大火。每日都有人在堂屋里烤火，摆龙门阵。有个落雨天，队上没有出工，有慧阿娘也坐到火堆边上纳鞋底。她问有余："余哥，你柱子上写的是什么？像道士画符，我是认不得。"

有余笑着说："老弟母，你字认得比我多，这几个字只有我认得。这是鲁班祖师传下来的，就是在料上做的记号，标明方位这个写的是东山，这个写的是西山。左边为东，右边为西。前面喊前山，后面喊后山，前后又喊正地、顺地。"

有慧阿娘左右望望，说："左边是南方，怎么说是东方呢？"

有余说："木匠讲的东方、西方是不一样的。木匠以中堂屋为准，左手边是东，右手边是西。东为大，西为次。旺坨成亲了住东头，发坨住西头。"

"你们二老自己住哪头呢？"有慧阿娘笑着。

有余看看有慧阿娘的眼神，就晓得她在开玩笑。不等有余答话，他阿娘就说了："我们老了，哪头都轮不到了，住外头！儿女养大了不孝，爹娘不就赶出去了？"

有慧阿娘忙说："嫂嫂你说得好哩！旺坨和发坨这么懂事，哪会不孝？我强坨，我是不敢靠他。他那牛脾气，犟死了。"

有余就专心做事了，听她们两大媳说话去。忽又听有慧阿娘问："余哥，我从没看见哪个木匠在板子上写洋文啊！"

有余有些不好意思，说："旺坨告诉我的英语字母。我把每扇壁板都编了号，做好了就免得乱。六封屋，十几间房，天干地支编起来不方便，就用洋文编。我鲁班祖师没传过这个，嘿嘿！"

有余不要别人打下手，有慧闲着反正没事，就在有余身边递东递西。由你们说天说地，他都不搭腔。有慧阿娘喜欢男人老实，生气时却会嚷他："哑起个尸身！"

冬月二十，有余进新屋。漫水进屋做酒，亲戚和同房叔侄要挨家去请，村里其他人不需请，愿意喝酒自己来，叫做喝乡酒。亲戚和同房叔侄得备礼，喝乡酒的不拘备不备礼，不备礼的放一块炮仗也行。

有余人缘好，流水席从中午开始，天麻眼了还是炮仗不断。秋玉婆也来喝乡酒，她是跟着儿子铁炮来的。通常喝乡酒的不管备不备礼，一户只来一个人。秋玉婆母子俩都来，只放一块炮仗，有人就在背后讲闲话。有余两口子倒是高高兴兴，不论哪个来了都高声招呼。秋玉婆喊着贺喜，就挨着铁炮坐下了。

秋玉婆眼睛跟着有余打转转，等有余走过身边，她忙立起来，再次招呼："余公公，贺喜啊！"有余拍拍秋玉婆的肩膀，笑道："秋玉婆，您老多吃多喝啊！"秋玉婆拍着肚子，满嘴油光，说："今日是吃大户，我敞开肚皮吃，把自己胀死！"同桌的就开玩笑，说："死个老牛，吃餐好肉！死个小牛，吃餐嫩肉！"有人又说："秋玉婆，你要是死了，我们打丧火吃三日三夜，热热闹闹把你抬到太平垴去！"铁炮端着酒碗，斜眼瞟了他娘，说："她死不上路的，漫水没有几个人喜欢她。她死了没人抬，拿钉耙拖出去！"乡下人只要场合对劲，拿生死大事开玩笑，没人生气。秋玉婆笑着说："俗话说，讨死万人嫌！漫水好多人？要过三四代加起来，才上万人。我要把上万人的嫌都讨尽了才死！"有人就喊了起来，说："好啊，你是千岁不老的老妖精！"

天气很冷，场院里烧了一堆大火，又可取暖，又可照明。男人们高声猜拳，天上飘着薄薄的冰雾，没有人在乎。只剩铁炮这桌还在吃，早来的都散席了。没走的围着火堆说话，伢儿们穿来穿去在坪里疯。旺坨和发坨不时给火堆里加柴，火焰蹿到半天上去了。有人见秋玉婆趴在桌上不动，就喊铁炮："你娘睡着了，还是喝酒了？"铁炮望望娘，说："她没喝酒啊！娘，你回去睡啊！"铁炮推了推趴在身旁的娘，他娘软软地滑到地上去了。桌上的人都笑了，说："铁炮你娘会睡啊，还像小毛毛样的，肯定长命百岁，肯定千岁不老。"

铁炮想把娘拉起来，说："娘，你回去睡啊！"

铁炮发现不对头了，踢开脚边的凳子，把娘抱起来，喊："老娘！妈妈！老娘！"

没想到竟然出事了。铁炮抱着秋玉婆，不停地哭喊着娘。有慧阿娘跑过来，摸摸秋玉婆的脖子，又把耳朵凑到她鼻孔边听听，回头喊："有慧，快把卫生箱拿来。"

有慧阿娘拿出听诊器，听了一会儿，说："老人家过去了。"

铁炮哭着："娘啊，落气纸都没烧，你就去了啊！你话都没有一句啊！"

有余阿娘忙从屋里取来纸钱，堆在秋玉婆身边烧了。遇着这种事，漫水总会有几个头脑清楚的人，一五一十地编条子，你做什么，他做什么。炮仗在铁炮家门口响起来，门口又烧了三堆纸钱。秋玉婆的尸体被人抬了回来，铁炮家老小上下哭声震天。丧事需别人主持，丧家自己不能动手。有人很快烧了水，有慧阿娘替秋玉婆妆尸。

有慧阿娘试试水，说："太凉了，加点热水，这么冷的天。"

旁边好几个帮忙的女人，有人就说："她现在还晓得冷热？"

有慧阿娘轻声说："死者为大！侍奉死的，同侍奉活的，要一样。"

有慧阿娘果然就像给活人洗澡一样，边洗边同秋玉婆说话："水热热火火的，洗得干干净净，舒舒服服，你好上路啊！先给你洗背，你莫急啊。你有福气，吃得饱饱地走。你是哪辈子修来的好福气？无病无痛，说走就走了。"

有人就问："怎么这么快呢？"

有慧阿娘说："可能是急性胰腺炎，可能是心肌梗塞，也可能是别的急病。我是半桶水，大医院的医生，看一眼就晓得了。”

有人过去喊铁炮：“你娘的寿衣预备了吗？”

铁炮说：“哪里预备？她真以为会千岁不老的。”

女人们就商量，问哪家去借。她们晓得哪几个老人预备寿衣了，就说：“铁炮，借寿衣，要孝子自己出面。你上门去，多说几句好话。这是修阴德的事，人家肯借的。”

铁炮说：“老木也没有。”

有余阿娘说：“老木人家只怕不肯借的，我去和你余太太讲一声，要他赶快割！”

铁炮朝有余阿娘作揖，说：“余太婆，你做得好事，修千年福啊！”

铁炮借寿衣去了，有慧阿娘又喊人加热水，不能叫水凉下来。突然，响起一声炸雷，秋玉婆的下巴掉了下来。死人的下巴往下掉，下眼皮也拉开了，眼睛白白地翻着。女人们都惕得弹，不停地拍着胸口。有人就说：“冤枉话讲多了，遭雷打。这回真是相信了。”

有慧阿娘说：“莫这么讲，人都死了。”她说着，就把秋玉婆的下巴往上扣好，又把她的眼睛合上。有人又想起冬天雷声的不祥，说：“雷打冬，牛栏空。明年只怕是个大灾年啊！”

铁炮借来了寿衣，哭喊道：“娘啊，你到那边去，要好好保佑漫水的人啊！都是好人，都在送你！”

有余锯了自己屋的木料，通宵给秋玉婆割老屋。铁炮跑来，扑通跪在地上，嘭嘭地碰了三个响头，说：“余太太，你修千年福啊！你子孙兴旺，千财万富！”

有余说：“老屋你就莫管了，你去招呼其他事。老人家睡白木去是不好的，要上漆。你问问三道士，看是哪日的日子。日子不就，只漆一道。日子宽，就多漆两道。漆，我屋里还有，你莫管。”

“我去问问。我人都木了，事事还得请余太太想着。”铁炮又说，“我娘是又想来喝酒，又没有面子来喝酒。我要她来的。我说，余太太和余太婆不会计较你的，你去吧。没想到，她就去了。”

有余说：“哪个都想不到的事，莫哭了。铁炮，我们好好把你娘送走。”

铁炮临走又说:“余太太,木钱和漆钱,我以后算给你。”

有余摇头说:“快去,不是讲这话的时候。”

铁炮走了不久,又跑回来,说:“余太太,有人回信,说三道士不敢做佛事道场了。这几年,有事就整他,说他搞迷信。三道士那里,你说话他听。”

有余说:“我这里半刻工都停不得,哪有空去找三道士?他整是挨整,道场不照样做?下回哪个斗争他,我就问他家里要不要死人!你把我这话告诉他,就说是我讲的。另外,你捉条鸡送去。”

有余哐当哐当忙到天亮,老屋的粗坯出来了。早饭时,跑到铁炮家吃丧火饭。铁炮过来说:“余太太,三道士说,出丧不准喊过去迷信的号子了。”

有余问:“三道士听哪个说的?”

铁炮说:“三道士讲,上面干部交代的。”

有余就不作声了,匆匆吃过早饭,又去割老屋。没事的就到有余这里看热闹,陪他说说闲话。有人说:“秋玉婆冤枉话讲多了,死了雷公老儿还打掉她的下巴。”

有余说:“死者为尊,话就不要这么说了。”

“上山那天,丧伕们只怕要整人的。”

有余又说:“铁炮是个孝顺儿,整他做什么呢?”

“整秋玉婆。”

有余刨得刨花四射,说:“你们听我一句劝,死人安心,活人才安心。好好地送上山,莫坏了人家的事。”

三道士看了冬月二十五的日子,老屋就只能漆一道了。冬天,漆本来就干得慢。有余只得把底子灰刮得更细致些,秋玉婆的老屋只漆一道也油黑发亮。

出殡那日,地上结着薄冰。丧伕们都穿着草鞋,头上围着白布。抬老屋的丧伕,前面八个,后面八个。前后又各有一个扶杠的。扶杠的丧伕,必是服众的头面人。上山的路上,丧伕们抬着老屋推来推去。铁炮就不停地跪下,哭号道:“乡庭叔侄,你们做桩好事,把我娘安心送上山!”

有余把三道士抄好的号子记牢了,沿路喊道:“砸烂孔家店啊!”

丧伕们齐声和道："噢!"

有余又喊："林彪是坏蛋啊!"

丧伕们齐和："噢!"

有余喊着号子，心里却在骂娘："人都死了，还要管世上的屁事!"

八

樟木动了刀斧，香气散得老远。慧娘娘夜里睡在床上，仿佛都听得见樟木香。

慧娘娘看见余公公下了两副老屋的料，问："余哥，怎么是两副呢?"余公公削着樟木皮，不停手，只说："你把眼睛看，不就晓得了?"慧娘娘早就猜到了，只是不好开口。自己养着儿子，却让人家割老屋，不是件有面子的事。儿子面上也没有光。话既然点破了，她就说："余哥，钱我还是要强坨出。他爹睡了你的老屋，你又帮我割老屋，我哪受得起！两副老木料，钱都要强坨出。"有余就笑了，说："老弟母，我们四个老的活着在一起，到那边去了还要在一起的，你就莫分你我了。"

强坨也晓得了，心上过意不去。做儿子的，爹娘老屋都不割，大不孝。爹睡了余伯爷的老屋，强坨也说要出钱的，好多年了都还是一句话。他修新屋亏了账，这几年手头紧。强坨有点儿见不得人，每日大早就跑到余公公家去，想帮着做点事情。木匠的事都是他帮不上手的，余公公晓得他的心思，就故意喊他搬进搬出的。强坨说："余伯爷，工夫出在您老手上，料钱我是要出的。"余公公说："料钱你娘出了，你把钱给你娘吧。"

慧娘娘事后问余公公："余哥，我哪里给你钱了？你怎么告诉强坨，讲我出了钱呢?"余公公说："强坨是个孝儿，他也是要面子的。他刚修新屋，莫逼他。"

不光强坨要面子，慧娘娘也要面子。割老屋的话讲穿了，她面子就没地方放。那老的走得忙，没来得及预备老木，睡了余哥的，还说得过去。晃眼这么多年，借人家的老木没还上，又要人家割老木，橙皮狗脸不算人了！慧娘娘不论在屋里哪个角落，都听见樟木香。她的鼻孔好，耳朵好，只是眼睛有些花。樟木的香气叫她坐立不安，嘭嗵嘭嗵的刀斧声就像敲在她的背上。不去陪余公公讲话，她过意不去。要去，心上又不自在。她一世都是余公公照顾着，死了还欠他的！慧娘娘闭眼一想，自己从没替余公公做过半点事。往年她当赤脚医生，余公公壮得像一头牛，喷嚏都没听他打一声。漫水四十岁以上的人，都吃过她拣的药，都叫她打过针。只有余公公，她连脉都没给他把过一回。

慧娘娘每日早起，先在屋后井边浆洗，再去做早饭吃。她早想喊余公公不要再开火，两个老的一起吃算了。话总讲不出口，一直放在心上。慧娘娘吃过早饭，没事又到屋后磨蹭。她鼻孔里尽是樟木香。往年她每日背着樟木药箱，每日听着樟木香味。别人的药箱都是人造革的，慧娘娘不喜欢听那股怪味道。有个省里来的专家，看见了慧娘娘的药箱，打开看了看，问："用樟木做药箱，很科学！天然樟脑，可以杀菌，防虫。谁做的？"慧娘娘只是笑，脸红到了脖子上。

余公公手脚比原先慢了，嘭嗵嘭嗵忙了半个月，终于割好两副老屋。慧娘娘在井边再听不见蛐蛐叫了，她想：真是余哥说的，人老一年，虫老一日。两副白木放在余公公屋檐下，只等着上漆了。慧娘娘从屋里出来，往余公公地场坪去。她走路双脚硬硬的，双手没地方放。很像年轻时走在街上，晓得很多年轻男人望着她。余公公拿砂纸把两副白木打得光光的，老屋两头可看见樟木的年轮。两副老木一大一小，就像人分男女，鸟分公母。慧娘娘突然觉得那不是两副老屋，而是躺着的两个人，一个男的，一个女的。她心上就有说不出的味道，不好意思再往前走。

余公公怕慧娘娘哪里不舒服了，老远就喊："老弟母，你没事吧？"

慧娘娘眼皮都不好抬起来，说："没有事，没有事。"

慧娘娘走近了，余公公就摸着老木，说："要是楠木，漆都不要漆了。"

慧娘娘晓得余公公的心思，就是要她夸夸手艺。她从头到尾摸着老屋，光得就像打了滑石粉。当年做赤脚医生，用过那种奶白色橡胶手套，上面就是打了滑石粉的。那个卫生箱还在她床底下，白色油漆早变成黄色的了。慧娘娘把两副老屋都摸了，说："余哥的手艺世上找不出第二个。我过去那个卫生箱，背到县里开会最有面子。别人都喜欢打开看看。一打开，就是一股樟木香。有个省里的专家说，用樟木做药箱，很科学。"

余公公就开玩笑，说："老弟母，这话你讲过三百遍了！你喜欢，我再给你做个卫生箱，你背到那边去，还给人家打针，还给人家接生。我有一偏厦屋的樟木料，原先预备着给旺坨、发坨和巧儿做家具的，都用不上了。"

慧娘娘笑得像个小女孩，说："我们这边变了，那边只怕也变了。不再要赤脚医生，也不再要接生婆。余哥，你说我讲冗话，你不也讲？一偏厦屋的樟木料，你也讲过三百遍了。"

今天开始做漆工，头道工夫是刮底子灰。慧娘娘问："打得这么光了，还要刮底子灰？"

余公公说："哪道工都不能省。刮过底子灰，还要拿砂纸打光。"

慧娘娘坐在旁边晒日头，说："人一世，好像做梦，晃眼就过去了。我这几日老想起那个小刘。那个女人家是个善人，叫人家欺负了，还说她男女关系。"

余公公说："我老想起她男人家。他也是个善人，就是有些傻。上面说什么，他就听什么，不是傻吗？天气老是变，能相信天吗？"

慧娘娘说："记得那年吗，绿干部又来漫水蹲点。队长开会回来，隆夜传达。会没开始，绿干部坐在那里就打瞌睡。那么多人，那么吵，他也睡得着。队长说，金不如锡，哪个相信？金子跟锡哪个贵，我们不晓得？"

余公公想了想，说："我记起来了。绿干部那是最后一次蹲点，后来再也没有来过。"

慧娘娘说："后来再也没有干部到漫水蹲点了。绿干部在漫水蹲了一世的点，蹲得自己都不想蹲了。那年，旺坨和发坨高中都毕业了，巧儿和强坨还在读高中。旺坨和发坨都在会上，听说金不如锡，他两兄弟就笑了。"

余公公说："你一讲，我全想起来了。绿干部醒了，不晓得出了什么事。队长告诉绿干部，说，我讲金子不如锡子，这是屁话，旺坨和发坨就笑！"

"是的，是的！"慧娘娘说，"绿干部不生气，也不笑，又闭着眼睛。旺坨说，不是金不如锡，是今不如昔。旺坨边说，发坨就拿土坨在墙上写了四个字，抢着说，今，讲的是现在；昔，讲的是过去。今不如昔，就是现在不如过去。”

刮完了底子灰，第二日才可打砂纸。余公公和慧娘娘就坐在地场坪晒日头。村子不像往日热闹，青壮年都出远门挣活钱，老人守在屋里打瞌睡，小伢儿都在学校里。偶尔听得鸡叫，就晓得是什么时辰了。

慧娘娘突然想起余公公的笛子，问：“余哥，你的笛子还在吗？好多年不听你吹笛子了。”

余公公笑笑，说：“你不说，我也忘记了。好多年了，不晓得还会吹吗？”

余公公进屋去，半天才把笛子找了出来，说：“我记性越来越差了，笛子放在箱子底下，我硬记成柜子里了。”

“吹什么呢？”余公公抬头想了想，就呜呜吹了起来。他不再像年轻时由着性子吹，吹的是电视里常听到的曲子。可他吹着吹着，就会从这个曲子吹到那个曲子去，吹到最后自己就笑了起来。慧娘娘也听出名堂来了，嘴上却说：“吹得好，你老了气势还这么长，你要千岁不老。”

慧娘娘早替余公公做好了寿衣寿被，一直想着哪天方便时拿出来。等到余公公替她割了老屋，她就拿不出手了。两套寿衣寿被，抵不上两副老屋。慧娘娘想了半日，说：“余哥，你的寿衣寿被，我去年就做好了。想等你八十岁生日，送你做贺礼。”

余公公嘿嘿一笑，说：“我就晓得你要做的。拿来，我想看看。”

慧娘娘进屋去，取了两人的寿衣寿被，说：“你的，我的。”

余公公接过自己的寿衣寿被，一双寿鞋从包里滚出来，就问：“老弟母，你哪里晓得我的鞋码子？”

慧娘娘说：“我帮你纳过鞋底，鞋样一直压在我床板底下。你和我那老的、旺坨、发坨、强坨、巧儿，几个人的鞋，都是我跟嫂嫂打伙做的。”

余公公就笑，说：“我只管穿，我哪里晓得！”

黑狗突然叫了起来，余公公忙看看屋前，是不是来了生人。没有看见生人。黄狗早窜到地场坪了，脑袋昂得高高的。黄狗也没看见生人。

余公公就骂黑狗：“黄天白日，见鬼了？”

余公公随意的话，却叫慧娘娘不安起来。漫水人相信，阴人来到阳间，人看不见，狗看得见。阴人晚上会出来，听见公鸡叫就飘然上山。夜里，狗若冲着门外叫，又不见门外有人，狗的主人就会害怕，私下检点自己做错什么事了。白日里见鬼，就更是不好的事。

慧娘娘抱了自己的寿衣寿被，回到屋里去。她点了三枝香，插在神龛前的香炉里，作了三个揖，说："老的，你要保佑余哥。你伸脚就去了，你到好地方，留我在世上。不是余哥，我老屋都没有睡的。你也要保佑强坨，不是儿不孝，他只有这个力量。他年纪轻轻，阿娘跟人家去了，他养一双儿女，不容易。"

慧娘娘祭完了男人，回头吓得双手打颤。原来余公公站在门口，不声不响望着她。余公公晓得慧娘娘吓着了，就笑道："老弟母，你年轻时不信迷信的，怎么越老越信了？你替那么多人妆尸，人家说怕鬼，你说你不怕。"

慧娘娘摸摸胸前，又反手捶捶腰背，说："余哥你愒得我心跳到喉咙里了！我是不怕鬼！我替人妆尸，那是行善。我活到如今无病无灾，都搭帮过去了的人在保佑。我要我老的保佑你，保佑我。他是个善人，在阎王老儿面前说话算数。"

这几日落雨，砖厂做不了事。强坨不去上工，守在余公公家打下手。老木开始上漆，慧娘娘说："不得信就落雨了！再多晴几日就好了。"

余公公笑得很得意，说："老弟母，你这就是外行了！老木上漆，落雨还好些！天晴有灰，漆就怕灰。落雨天只是干得慢些，没有灰。干得慢不怕，反正慢工出细活。你的福气好，老天才照顾！"

慧娘娘听了，忙说："哪是我的福气？我是享余哥的福！"

老木漆过三遍，天上还在落雨。余公公说："我上了天，要朝玉皇老儿叩九个头！他老人家太照顾我了！"天空飘着细雨，青黑中似乎映着黄色的光。余公公望着天上，似乎他真看见玉皇老儿了。漫水人对于死后的光景，想象得有些逻辑模糊。有说死后见玉皇老儿的，有说死后见阎王老儿的。似乎天上和地下原是连在一起，玉皇老儿和阎王老儿是隔壁邻舍。

余公公在老屋两头画了松柏仙鹤之类，又在两侧画上福禄寿喜和暗八仙。画到何仙姑的荷花，余公公想起强坨跑掉了的阿娘，问："你阿娘走了好多年了？"

强坨说："八年了。"

余公公问："晓得她在哪里吗？"

强坨说："哪个晓得！"

"你访过吗？"余公公问。

强坨说："她心野了，访她做什么呢？不要我也就算了，儿女也不要了？"

慧娘娘说："强坨，莫怪人家，只怪自己过去穷。她有心出去，就保佑她遇好人，过好日子。"

"前几年听说在浙江，又生了两个儿女。"强坨那语气，像说别人家的事。

余公公说："儿女都这么大了，你新屋也修好了。我说，哪日她有心回来，你还得让她进门。"

慧娘娘也说："我常日劝强坨，人家走了不要怨，她有心回来就让她回来。吵啊，闹啊，爱啊，恨啊，都是年轻时候的事。老来一想，跟哪个不是过一世？"

强坨说："我是这样想的，人家是这样想的吗？人家说不定在享清福哩！"

"人家享福，那是她的好事！退万步讲，她也是你儿女的娘，就让她享福去。"慧娘娘不想再说这事了，就问余公公，"余哥，你不声不响，漆啊，金粉啊，都预备着。老话讲得好，吃不穷，用不穷，盘算不到一世穷。你家日子从来过得比人家好，就是你会盘算。"

余公公说："你不也是不声不响，就把我的寿衣寿被做好了吗？"

老屋里面要漆红的。余公公调好红漆，说："老弟母，人家用的是红洋漆，我用的是朱砂漆。如今朱砂不好找，有钱都买不到。你不晓得，我这朱砂藏了六十多年了！"慧娘娘听得满心欢喜。

老屋漆好之后，放置在余公公的偏厦屋。四对木马架起四根柱子，两副老屋并排放在架子上，拿棕垫严严实实盖着。余公公说："樟木有香味，老鼠是最喜欢咬的。"强坨听了这话，飞快上山砍猫儿刺去了。

九

慧娘娘受了寒，病了。自己拣了药，睡在床上不想动。清早，听伢儿在外头喊："二十五，推豆腐；二十六，熏腊肉；二十七，献雄鸡；二十八，打糍粑；二十九，样样有；三十夜，炮仗射！"

快过年了。慧娘娘躺在床上不动，难免就会想些烦躁事。强坨阿娘走了八年，半点音信都没有。听人说她在浙江嫁了人，又生了儿女。那只是听说。这边的儿女就不要了？孙儿孙女在南方打工，晓得他俩过得怎样？说是要回来过年的，又打电话说买不到火车票，不回来了。真买不到票，还是没赚到钱？

腊月间，漫水天天听得杀猪叫。村里只有两三个屠夫，忙得双脚不沾灰。哪家杀了猪，必要拿新鲜猪血、肠油、里脊肉做汤，叫做血汤肉。讲客气的人家，会请亲戚朋友喝血汤。余公公有面子，村里人杀了猪，都会上门来请。余公公总是说："你请慧娘娘，她去我就去。"人家就说："慧娘娘病没好，不肯出门。"余公公就说："大家多请几次，她的病就会好的。"果然，慧娘娘的病就好起来了。余公公去别人家喝血汤，总会说："只有你请我的，没有我请你的，我这老脸没地方放！"余公公好多年没养猪了，年底就买百把斤肉，熏得蜡黄的等儿女们回来。可儿女们难得回漫水过个年。他家的腊肉就老吃不完，每年过了立夏节，就把腊肉送人。请他喝血汤的人家，都是吃过他腊肉的人家。漫水人的礼尚往来，心里都是有数的。

早早就有人家上门来请："余公公，你一个人难得弄，年就在我家过吧。"余公公总是一句话："年还是在自家过。俗话说，叫花子都有个年。"强坨来请，余公公就改了口。强坨说："余伯爷，老娘说，我两家一起过年算了。"余公公问："你娘的主意，还是你的主意？"强坨从没这么灵泛过，居然问道："是我娘的主意又如何呢？是我的主意又如何呢？"余公公笑道："你娘的主意，我乐意去。我同你爹娘做了一世兄弟，就是一屋人。你的主意，我也乐意去，算是你有孝心。我一世待你，不比旺坨、发坨差。"强坨就说："伯爷，是我和娘两个人的主意！"余公公就答应了，又说："给我做道菜。"强坨问："什么菜？"余公公说："你娘喜欢吃枞菌，做道枞菌炒腊肉。"强坨笑得颤，说："余伯爷，寒冬腊月，哪里来的枞菌？"余公公笑道："我说有，就有！"余公公起身，从里屋提了个袋子出来，说："我备了干枞菌，专门留着过年的，你拿去泡了。你先不告诉娘，等泡香了，看她还听得到枞菌香不。"

年三十是个大晴天，日头晒得屋前屋后的桔树叶闪闪发亮。漫水人的年饭弄得早，中午边上就听得家家腊肉香了。余公公的黑狗，慧娘娘的黄狗，叫日头一晒，叫腊肉一熏，变得无比慵懒，长长地打着哈欠。

慧娘娘说："余哥，今天我不动手，你也不动手，信强坨弄去。弄得再好，就是龙肉，你我也只吃得那多了。"

余公公就信慧娘娘的，两个老人坐在地场坪晒日头。闲坐没事，余公公就吹笛子。他新学了几首曲子，不再窜来窜去了。慧娘娘听得享受，脚在地上轻轻地点着。黑狗和黄狗趴在地上，好像也在听笛子。

若依漫水风俗，过年必要炖财头肉。猪头熏得蜡黄，年三十炖着吃，叫做吃财头肉。财头煮好之后，先拿供盘托着敬家神。所谓家神，就是逝去的先人。

余公公和慧娘娘年纪都大了，不再上山敬家神。强坨是要煮财头肉的，余公公不让他煮，说："两个老的，一个少的，吃不完。你只选一块好猪腿肉煮了，一样地过年。"强坨煮好了猪腿肉，过来说："老娘，余伯爷，烧年纸了。"慧娘娘说："一副祭肉，余伯爷屋先烧年纸。"强坨听了，端着供盘就往余公公屋去。余公公喊住强坨，说："莫烦琐了！你屋和我屋，一个祖宗的。就放在你屋中堂烧，我来作个揖就是了。"慧娘娘忙说："端到余伯爷屋里去，我两娘儿去余伯爷屋里作揖。"

敬过家神回来，慧娘娘突然站住，说："余哥，你说怪不怪？我怎么听到枞菌香呢？我怕是有毛病了！"

强坨望望余公公，笑了起来。余公公也望着强坨笑，说："你娘是个老怪物，鼻孔还这么尖！我是鼻孔不行了，香臭都听不见。"

慧娘娘问："真是枞菌呀？寒冬腊月哪来枞菌呢？"

余公公笑着不作声，强坨说："余伯爷晓得你喜欢吃枞菌，专门干了留着过年。刚泡开，我看了，乌的，下半年的枞菌！"

漫水山上每年长两届枞菌，阴历四五月间长红枞菌，九十月间长乌枞菌。乌枞菌比红枞菌更好吃。慧娘娘笑出了眼泪水，说："你余伯爷像土地公公，哪里长什么只有他清楚。年轻时，我们都上山捡枞菌，哪个都捡不赢他。"

吃团年饭时，日头还在西边山上。余公公拿来一瓶茅台，说："强坨，再好的酒，我都不敢喝了。你喝老酒，我和你娘喝糟酒酿。"两条狗站在门口，偏着脑袋望着。余公公说："哦，忘记它们俩了！"强坨就去取了狗钵子，往钵子里放了饭和肉。黑狗和黄狗虽是母子，平日吃食是要打架的。今日它俩好像晓得是过年了，也相安无事地吃着团年饭。

正月初一，余公公早早地醒来，细心听外面的鸟叫。他听到喜鹊叫，心上就宽了。今年是个好年成。他怕听到麻雀叫，麻雀叫就是灾年。起了床，推开门，就望见慧娘娘在她自家门口，朝他拱手作揖："余老大，拜年拜年！你早上听到什么鸟叫？"余公公说："喜鹊叫，风调雨顺！"慧娘娘笑眯眯的，说："我也听到喜鹊叫了，大丰年。今年要是还落场雪，那就圆满了。"

余公公刚吃过早饭，他儿女的朋友上门来拜年。昨天夜里，儿女们都打了电话拜年，又告诉老爹哪个会到屋里来。他们都是儿女们的朋友，一年只见一次面，余公公记不住。那些年轻人也有糊涂的，记不清余娘娘早已过世，会把慧娘娘误作余娘娘，往她手里塞红包。慧娘娘丢了红包，忙往自家屋里跑。正月初那几日，慧娘娘听见汽车喇叭叫，就赶忙从余公公屋出去。村里人不晓得来的是什么人，只暗暗数着上门的小车，十分羡慕地议论："来了十几辆车，比去年还多！"

正月初三，余公公醒来，看见窗户纸亮晃晃的。心上想，未必落雪了？起床推门一看，果然是落雪了。地上厚厚地铺了一层雪，天上的雪还是棉絮样地飞。他出门就喊慧娘娘："老弟母，你是神仙啊！"慧娘娘听见了，站在门口说："余哥吃早饭了吗？没吃就莫自己弄了，到我屋来吃算了。"余公公爽快地答应了，说："我洗了脸就来。"

漫水正月初三开始舞龙灯，叫作出灯。今天落了雪，男女老少都莫名地兴奋。舞龙灯的人格外起劲，说话都高声大气。他们白天要先试试锣鼓，敲得家家户户门窗发颤。伢儿们踩高脚，放炮仗，满村子疯。女儿家踢毽子，小辫子在后脑壳上一跳一跳的。村里都是同宗，祖上分五房发脉。龙灯必定从大房舞起，依次二房、三房、四房、满房。千百年的规矩，从来没有变过。先舞过自己村里，再舞到外村去。可以外村来请，也可以自己下帖子去。不论外村来请，还是下帖子去，礼数都极是周到。外村会有头人挨户报信，晚上家家都得留人。龙灯来时，全村热闹喧天。过去接龙灯，只需打发糍粑，如今需奉上红包礼金。也都不太过分，只是图个吉庆。家有喜事的，龙灯会在你地场坪多闹几下，多打发几个礼钱就是了。

龙灯越舞得远，村子的名声越大，村里人越有面子。余公公年轻时是村里舞龙灯的头人，远近十乡八里都会来漫水接龙灯。过了六十岁，余公公不再舞龙灯了。他说："人都要老的，不要讨人嫌。年轻人本事大，龙灯会舞得更好。"余公公看龙灯的兴趣却不减，村里舞龙灯他会跟着看，十三收灯他会去河边送。

正月十三，晃眼就到了。雪早融得干干净净，天也晴了好几日，地上很干爽。龙灯舞得再远，正月十三必要回到村里。吃晚饭时，余公公问慧娘娘："去蛤蟆潭收灯，你去吗？"慧娘娘说："我夜里眼睛不好，身上也不太自在，不去。你也莫去，路不好走。"

余公公嘿嘿笑着，夜里仍是去了。正月十三更有趣俗，即是家家户户的菜园子，你都可以去偷他的菜吃。遭偷的人家绝不会叫骂。小伢儿喜欢这个游戏，偷人家的白菜、萝卜煮糍粑吃。小伢儿在地里偷菜，大人们在河边送龙。村里人敲锣打鼓，把龙灯送到蛤蟆潭边。点上香，烧上纸，放起炮仗，一把火把龙灯点燃。众人齐声高喊："好的！好的！好的！"火光冲天，龙入东海了。望着最后一串火苗熄灭，总会有人说："唉，又要等明年了！"

回村的路上，年轻人也有童心未改的，就顺路偷菜去了。路上的人越来越少，有人过来问："余公公，看得见吗？"余公公说："看得见，你莫管我。今夜月亮好，地上尽是银子。"余公公故意落在后面，耳旁慢慢就清静了。耳旁越清静，地上越明亮。慧娘娘鼻孔、耳朵都好，就是眼睛有些花。余公公眼睛、耳朵都好，就是鼻孔听不清味道了。小气的怕人家夜里偷菜，白天会往菜地泼大粪。今晚清冷澄明的夜气中，必弥散着一股臭味。余公公心想，鼻子不行了也有好处，只看得见月光，听不见臭气。

强坨在半路上接了余公公，说："老娘打发我到你屋里看了几次，怕你出事了。"余公公笑道："我哪那么容易出事？你娘就爱操心！"回到屋门口，两条狗蹿得老高。慧娘娘站在自家门口，说："我听得狗都叫清寂了，晓得人都回来了，你还没有回来。我怕你是偷菜去了哩！"余公公哈哈笑了起来，说："我还偷得菜，那就好了。"

余公公进屋，门咿呀关上了。整个漫水村，只有余公公屋的门咿呀响，别人屋的都没有咿呀声了。余公公洗了把脸，上床睡下。想起从前，鸡叫三遍过后，家家户户的门就咿呀地响起来。心细的人听得出哪个屋里的门先响，那是户勤快人家。又想栀子花、茉莉花的气味慧娘娘不爱听，明年剁掉算了。多栽些樱花和石榴，好看。石榴多籽，吉祥。又想起屋后的龙头杠，明天得抹抹灰了。

第二天一早，余公公不忙着做早饭吃，想先去屋后抹龙头杠。他才走到屋栋头，就望见棕蓑衣掉在地上。心想昨夜没刮大风呀？未必是小伢儿顽皮？走到屋后一看，余公公双眼发黑。

龙头杠不见了！

两个空空的木马，棕蓑衣丢得乱七八糟。余公公瘫软在地上，耳朵里嗡嗡地叫。地上很凉，余公公全身发寒，慢慢爬了起来。他使劲敲着慧娘娘的门，喊道："老弟母，快开门。"慧娘娘开了门，吓得眼睛睁得箩筐大，问："余哥，出什么事了？"余公公眼泪猛地滚了出来，说："不得了，不得了，龙头杠不见了！"慧娘娘脸色傻了，一屁股坐在地上。

慧娘娘气都出不了，拿手摸着胸脯，也哭了起来，说："强坨，肯定是强坨！"余公公说："怎么就说是强坨呢？他有这么大的胆子？败掉村里的龙头杠，剥皮抽筋都不能叫村里人顺气！我的老天！我怎么向村里人交代！"

没多时，余公公家地场坪就立满了人。

有人说："肯定不是生人，是生人，黑狗要叫，黄狗要咬人！"

强坨就跳脚骂娘，赌咒发誓："我再不是人，敢偷龙头杠？又不是放在我屋了，我不害了余伯爷？"

"肯定是下半夜的事，上半夜外面还有人偷菜，抬龙头杠出去必定有人看见。”

“未必！我好像看见有影子！”

“那你是猪？不晓得喊，只晓得偷菜？”

“他讲鬼话！十三大月亮，哪里只看见影子？”

一地场坪的人，没有哪个说余公公。余公公自己老脸没地方放，低头坐在门槛上。大家说不出个所以然，就各自散去。余公公就说：“东西是在我屋偷的，我赔。我赔不起楠木的，我赔个樟木的。”没有人回头答理余公公，他对着大家的背影说话。

余公公一气，倒床不起了。慧娘娘上年腊月起身子就不好，这回也病了。强坨又要上砖厂做事，又要照顾两个老人，起早摸黑两头跑。余公公说：“你只照顾你娘，我睡几日就好了。”

余公公睡了几日，身上硬朗些了。他出门碰到强坨，问：“你娘好些吗？”

强坨说：“娘不肯吃东西，不想落床。”

“不吃东西，哪有劲落床？”

强坨说：“我每日在床前劝，她只是摇手。”

余公公自己也不想吃饭，胸口有个东西塞得紧紧的。又过了几日，仍不看见慧娘娘出门。余公公喊强坨：“我去看看你娘。”

余公公在慧娘娘床前坐下，说：“老弟母，人是铁，饭是钢。你胃口再怎么不好，霸蛮米汤都要喝几口。龙头杠，你莫着急。我会雕，我雕出来的不会比祖上的差。我再歇几日，手上稍微有劲了，我就去雕。”

慧娘娘不出声，手不抬，头也不摇。余公公又喊：“老弟母，你莫怪强坨。他说不是他，肯定就不是他。我相信，他没有这个胆。”

喊了半日，余公公感觉不对数，拿手摸摸慧娘娘的额头，再摸摸她的鼻孔。“老弟母，你莫愒我啊！”余公公忽地站起来，反手朝强坨扇了一耳光过去：“你娘都冰冷了，你这个畜生！”

强坨忙伏到娘身上去听听，哇哇大哭起来。余公公身子摇晃着，又坐下来，喊着：“老弟母啊，你话都没有一句，就去了啊！”余公公喊了几声，回头朝强坨喊道：“你哭个死！快去烧落气纸！”

听到强坨哭号着烧落气纸，村里人都赶了过来。害怕的就站在地场坪，理事的就进屋去了。进来的都是年长女人，只问哪个时辰走的。没有哪个晓得。余公公说：“拜托你们，快快烧水。慧娘娘一世替人家妆尸，村里如今还有人会妆尸的吗？”有人开始编排，你做哪样，他做哪样，就是没人会妆尸。

余公公没听见人答话，就说：“你们怕鬼，怕脏。我不怕。你们慧娘娘一世善人，她上去以后不是鬼，是仙。她一世干干净净，不脏。你们烧水，我给慧娘娘洗澡。水要热，要洗得她舒服。”余公公吩咐完了，又说：“预备烧碱水，慧娘娘一世只用烧碱水洗头。”

木澡盆里倒好了热水，余公公把慧娘娘抱进去。余公公说：“老弟母，你身上还流软的，哪像过去了的人？你是惕我吧？你是要走，你就放心去，慧老弟在那边等你。你要是不想走，你就说句话。你哪像要走的人？看你还是个笑样子，你是闷着一口气，故意逗我们的吧？”

“老弟母，你是个好人，你是个善人，你到那边去说话算数。你要保佑强坨，他是个孝儿。你要保佑漫水的人，他们都来送你来了。”

听余公公这么说，屋里帮忙的人都哭起来。余公公眼泪也止不住，说：“老弟母，你是个苦命人啊！是人都有娘屋，你没有；是人都有外婆，强坨没有。不是碰到慧老弟，晓得你要落到哪里啊！”

有人就说：“慧娘娘有福气哩！老了，事事有余公公照顾，有余公公割樟木老屋，还让余公公妆尸。哪个老了有这个福气！”

有女人说：“你看慧娘娘，干干净净的！你看她肉皮，又白又细，哪像个老人！”

热腾腾的烧碱水端来了，余公公说：“老弟母，给你洗头啊！你洗了一世烧碱水，头发乌青的，水亮的。”

洗完了头，余公公又说：“来点茶油。”余公公在手心点了点茶油，双手抹匀了，轻轻地揉着慧娘娘的头发。余公公不会梳头，请女人帮慧娘娘梳了个光溜溜的发髻。慧娘娘仍用那个白亮亮的银簪子，别在乌黑的发髻上。

梳洗完了，余公公给慧娘娘穿寿衣，说：“老弟母，你抬手，寿衣是你自己做的，很漂亮。你伸伸脚，给你穿裤子。你的鞋也好看，绣着龙凤。”

熟悉礼数的女人已端着盘子候着，盘子里放着茶杯，茶杯里放着米和茶叶。老了的人嘴里含着米和茶叶去阴间，旧时还会含碎银子。如今银子不好找，有省掉的，也有含硬币的。余公公把米和茶叶放进慧娘娘嘴里，又从口袋里掏出一个细细的银链子，放进慧娘娘嘴里含着，说："老弟母，银链子是巧儿的，你带去吧。"

老屋早已安放在中堂，慧娘娘穿戴好了，抬进去躺着。老屋睡了人，就喊灵棺了。灵棺四壁是红红的朱砂漆，寿被面子也是红的，映得慧娘娘脸如桃花。余公公伏在灵棺头上看着，心上说，"脸红得这么好看，哪像去了的人？"眼泪就吧嗒吧嗒，滴在慧娘娘的脸上。

黑狗和黄狗晓得出事了，低声哀号着，在地场坪乱窜。地场坪的人越来越多，两条狗怕碍事，趴在余公公屋檐下。母子俩趴在一起，望着对门的太平垴，黄狗的脑袋夯在黑狗背上。

余公公叫人抬出一根又粗又长的樟木，他要去雕龙头杠。前几日，余公公害病躺在床上，脑子里尽是雕龙头杠的事。老楠木龙头杠他琢磨过千百回了，闭着眼睛都雕得出来。他还数过龙头杠上的龙鳞，一共九十九片。

慧娘娘屋炮仗声声，念经不断。放铁炮的仍是铁炮，他没事蹲在地场坪吸烟，隔会儿又去点几炮。放铁炮别人怕挨边，只有他是个猛子。铁炮也是快六十岁的人了，哪家死人都是他去放铁炮。他同人家扯闲谈："慧太婆是个大善人。我娘那嘴巴不好，讲过慧太婆好多坏话，我是晓得的。慧太婆不计较，照样给她治病，死了还给她妆尸。慧太婆这样的善人，世上少有！"

丧事越热闹越吉祥，不光要炮火喧天，还要有人哭丧。余公公最担心没人哭，慧娘娘没有女儿，儿媳妇又走了，又没有几门亲戚。强坨是个男人，不会哭丧。没想到哭丧的人还很多，围着慧娘娘哭的都是受过她恩的女人。

余公公就放心了，安心雕着龙头杠。村里老了人，吊丧的，帮忙的，混饭的，看热闹的，都有。很多人围着余公公，看他雕龙头杠。有人看不明白，问："余公公，龙头杠是个整的，你怎么分三节呢？"余公公懒得回答，只说："你把眼睛看吧。"心想，脑子不晓得想事！龙头是翘起的，龙尾往左边摆着，哪有那么粗的木头？樟木都难得那么粗，莫说是楠木了。老楠木龙头杠，也是三节对榫的，没哪个细心看。

做佛事道场的是三道士的儿子，名叫金坨。三道士死了，金坨接了他爹的衣钵。金坨自小顽皮，漫水人不怎么信他的法术。只是找不出别的道士，老人了还得请他。金坨念经念得口渴了，就过来看余公公雕龙头杠，说："余公公，你慢慢雕，时辰依你的。你哪天把龙头杠雕好了，哪天就是好日子。"

余公公拿凿子指着金坨，说："放你娘的狗屁！你好好给慧娘娘看个日子！这是开得玩笑的事？不信，我阉了你！你选了哪天是好日子，我的龙头杠保证误不了事。"

金坨忙双手作揖求饶，说："余公公莫生气，我逗你老人家的。日子早看好了，没人告诉你？阴历二十八，正酉时入土为安。"

余公公勾勾手指，说："够了，足够了。"

金坨见余公公不再理他，又敲钵子去了。这时，过来几个女人，说："余公公，你真是神哩，两天工夫，龙样子就出来了。"

有个女人摸着龙嘴里的珠子转了几下。怎么也弄不明白，问："余公公，这么大个珠子，怎么放进去的呢？"

余公公说："不是说我神吗？我有法术。"

龙头龙尾都雕好了，对榫结在直杠子上。立时围过来很多人，说："阿呀呀，比老龙头杠还威武！"余公公心想，他们真的说对了。老龙头杠的头虽然也是翘起的，那姿势只是往前冲去。新龙头杠的龙头昂得更高，龙颈好像往上拉得长长的，活灵活现一条腾空而起的飞龙。

割老屋正好还剩了朱砂，余公公调好一碗朱砂漆，把龙头杠漆得红红的。龙嘴里的珠子漆成白色，龙的眼珠黑漆点白。漫水人心上想着的龙正是这个样子，老楠木龙头杠过去就是红色的，隔几年都要漆一遍。只是听说成了文物，才没有再上红漆。

余公公雕好了龙头杠，又把慧娘娘的旧卫生箱拿出来，重新漆白了，画上红十字。有人不晓得，余公公就说："慧娘娘说过，她要把卫生箱带到那边去。"

余公公放卫生箱时，他对慧娘娘说："老弟母，我答应过给你做个新的，我做不了啦。做箱子榫太细，我眼睛不尖了。”

余公公又把笛子放在慧娘娘头边，说：“老弟母，你再听不见我吹笛子，我也吹不动了。你带去，陪着你。”

出殡那日，天上挂着日头。丧伕们早早地来了，头上围着白布，脚上穿着草鞋。待丧伕的饭要格外加菜，这是漫水的礼数。余公公过去说：“我拜托各位孙侄，你们慧娘娘、慧伯娘说过，她怕吵怕闹，你们好好把她抬上山，莫在路上乱来。强坨很孝顺，你们也不要整他。”

“晓得，晓得！”丧伕们埋头吃饭，嘴上含混着答应。

余公公心上却是明白，他们必定是要整强坨的。强坨平时不会做人，嘴巴说话不过脑子。他待娘心上很好，嘴巴上话难听。人家不晓得的，都当他不孝。

时辰到了，金坨端了一碗酒祭天祭地，又斥退各路野鬼野神，把碗往地上啪地摔碎，只听得“噢”的一声，灵棺就起来了。哭声震天，旁人听着也要落泪。两条狗跳得老高，汪汪地叫。

余公公拄着棍子，追在灵棺背后作揖，哭喊道：“老弟母，你好走啊！飞龙拉着你腾云驾雾，你一路莲花上瑶池！”

十几丈白布围着灵棺，强坨和乡亲们圈在白布里面，就像众人拉着老大老大的龙船。黄狗围着灵棺跳上跳下，又像是引路，又像在催人。黑狗跟着余公公，左右不离身。

扶杠的丧伕喊着号子：“八抬八拉啊！”

众丧伕齐和：“噢！”

“五子登科啊！”

“噢！”

灵棺到了塘边，前后丧伕们开始推棺。前面的往后推，后面的往前送。强坨忙跪到水塘里作揖：“拜托叔叔、老弟、侄儿，求你们做桩好事啊，把我娘安心送上山！我有一万个不孝，一万个不好，都做错了！求求你们啊！”阴历二月天气，强坨落到塘里嘴巴就紫了。

余公公也在后面喊道：“莫推了，莫推了，出不得事啊！”

推棺再怎么乱来，灵棺不得碰地，落井时辰不得耽搁。余公公喊几声，灵棺又慢慢前行，一路喊着号子，尽是些吉祥的话。

灵棺到了冬水田边，丧伕们又开始推棺。强坨哭喊着，跳到冬水田里，跪在烂泥里作揖："乡庭叔侄啊，你们做桩好事啊！我平日不是人，往后给你们当牛做马都要得啊！"

灵棺抬过田垅，开始往太平塆去。上山的路很陡，空手走路都怕摔着。丧家最担心丧伕们在这条路上推棺，害怕灵棺落地。灵棺行到半山上，前面突然大喊一声，掉转身子就往后面推。后面丧伕们敌不住，飞快地往后退。黑狗和黄狗冲到前面去，咬住扶杠丧伕的裤子往山上拉。强坨吓得魂都没了，爬到灵棺下面趴着，生怕灵棺碰到地上。他嘶哑着声音哀号："求求你们了，你们莫整我了！晓得你们凭什么整我。我承认了，龙头杠是我跟外面人打伙偷的！我保证把龙头杠找回来，你们把我娘安心送上山啊！"

丧伕们不再推棺，抬着灵棺往上去。强坨满身是泥，趴在地上哭，半天没有爬起来。余公公拿棍子打了他的屁股，说："你这个不孝的东西，娘死了还叫你丢脸！"

强坨哭道："余伯爷，我没有办法，我屋欠你两副老木，我哪有钱？"

余公公骂道："你这个傻儿啊！我白疼你几十年！哪个要你还钱？你还趴在地上装死？快去！"

强坨爬起来，哭号着追上娘的灵棺。余公公腿脚酸酸地发软，人落在了灵棺的后面。他抬头望去，山顶飘起了七彩祥云，火红的飞龙驾起慧娘娘，好像慢慢地升上天。笔陡的山路翻上去，那里就是漫水人老了都要去的太平塆。

权力场中人性的追摄与反思[①]

——王跃文小说论一题

龙永干

内容摘要：权力场中人性的追摄与反思，是王跃文小说的核心内容。其前期作品多写底层公务员的敏感与尴尬，其实质则是人物自由性情与官本位意识的冲突；至《国画》，表现视域大为开阔，对权力进行欲望化表现的同时，更对人性的自私颟顸与愚昧空虚进行了批判。《梅次故事》、《大清相国》是其调整阶段的创作，作品在塑造清官形象的同时也对其人性与文化的维系可能表达了焦虑。《苍黄》则是王跃文创作走向深化的作品，它在严峻批判权力意志的恣肆与暴虐的同时，更通过对权力场中人的恐怖与死亡的叙写表达了深沉的忧患与反思。

关键词：王跃文；权力场；人性

王跃文为全国广大读者所接受，并成为批评界关注的焦点当是1999年《国画》出版后的事情。尔后，他就一直处于人们的热议之中。不但新

---

① 作者简介：龙永干（1974— ）男，湖南醴陵人，文学博士，湖南第一师范学院中文系副教授，主要从事现当代文学研究。本文为湖南第一师范学院重点学科“文艺学”学科建设阶段性成果。

作一出评论丛生，对其进行整体把握者也是不少，而对其创作进行历时性把握，并对其创作的前后流变予以比照观察者则少而又少，本文试图就此展开阐释，意图对其创作的具体进程及其审美意蕴的具体展开进行贴切的把握。

一

任何事物的生成异灭，都是因缘和合而成。王跃文因《国画》一出，而呈洛阳纸贵之势。其实，此前他的创作，特别是以机关生活为题材的中短篇小说，可说是其创作走向成功的前奏与准备。将这些小说与《国画》进行互文比照，不仅可以照亮因《国画》巨大成功而遮蔽的前期创作，更能见出它们在其创作历程上的价值与意义。

其实，早在 1990 年代，王跃文就已创作了许多中短篇小说，其中以政府机关工作人员生活为题材的政治文化叙事相对集中，《无雪之冬》、《天气不好》、《很想潇洒》、《蜗牛》、《无头无尾的故事》、《棕红色皮鞋》、《秋风庭院》、《开始或结局》等，不仅规模初现，而且表现出作者在人际关系的把握、情感心理的捕捉、环境氛围的营构上所具有的才情与功力。但整体来看，这些作品在题材选取上呈现出由社会而政府，由面的感触而点的聚焦的变化。《无雪之冬》中，作者想对世相进行批判，也想对基层公务员的灰色心态予以表现，从而在两者之间呈现游离与暧昧之状。《蜗牛》作为《无雪之冬》的姊妹篇，虽然通过人物命运的表现意图探照更为广阔的社会生活的意向依然残留，但笔触由外放而内敛，旁逸枝蔓文字大为减少，内容大多集中到机关日常生活之上。到了《天气不好》、《无头无尾的故事》、《很想潇洒》、《头发的故事》等作品，不仅内容真正做到了以机关为中心聚焦，而且权力作为支配性力量渗入到了人物的日常言行与精神心理，形成了贯穿整个作品的审美张力。

叙事的推进需要矛盾冲突，只有这样，情节才能够获得展开的动力，作品的审美意蕴才能得到生发的基础。小刘（《天气不好》），黄之楚（《无头无尾的故事》），汪凡（《很想潇洒》），小马（《头发的故事》）等虽与领导有着芥蒂，与官场规则有着抵牾，但他们作为体制中人，不可能也不会与官场有着本质意义上的冲突。同时，小刘在县长召开会议上的忍俊不禁、上厕所时的喷嚏（《天气不好》），黄之楚被领导夫人的使唤与旁人的误会（《无头无尾的故事》），汪凡（《很想潇洒》）的不通世故与诗人气质，小马闲聊时的并非失言的“失言”（《头发的故事》），小张为讨好领导买棕红色皮鞋想获取优秀的落空（《棕红色皮鞋》）……不是一般意义的官场倾轧与派系之争，也不是重重政治矛盾的交错激荡，而只能说是底层官员的“尴尬人偏逢尴尬事”。而之所以尴尬，实则是他们身上仍有的自由个性、善良品质、人格尊严与诗性情怀与官本位意识之间的冲突、错偶与龃龉。事件本身的琐屑日常，再加上他们对官场本身的依赖，无从生发悲壮崇高之美。但他们无法进入中心的忧愤，对自身前途的焦虑以及保存个性的本真还是臣服权力中心铁律的犹豫，则让作品带有了灰色的调子。特别是他们或因家庭压力，或因朋友影响，或因自我说服而将先前有价值的品性与精神予以压抑、扼杀，而完成官本位意识的认同、迎合乃至“从心所欲不逾矩”，更让作品带上了较为浓厚的感伤与失落的情调。小中见大，见微知著，权力对自然人性侵蚀与异化的题旨也就获得了一种最为本色而充分的体现……当然，上述形象失落与异化引发悲剧价值较为有限，因为他们的悲欢多是建基于体制与权力中心对自己的认同与重视与否之上。正因如此，作品对他们谨小慎微、患得患失、杯弓蛇影、纠结烦恼的表现，不仅是一般的“尴尬人偏逢尴尬事”的叙写，而是“将无价值的东西毁灭给人看”。再加上反讽手法，笑点细节与幽默语言，又让作品带有了淡而隽永的喜剧意味。可以说，悲喜共存及两者之间的交错重叠，不仅让其作品意蕴更为丰富，也让其作品的审美张力更具持久性与弥散性。

无论从题旨设置、叙述推进，还是从人物刻画与语言表现来看，《秋风庭院》都可说是这一时期的特出之作。该小说与上述讽刺官本位意识的取向不同，更多的是对机关公务员“黄昏”体验的“同情之理解”。笔触一改先前的自然轻快、跳脱浅近，而变得迂缓从容、节制含蓄。作为中心人物的地委书记陶凡不仅没有刚愎自用的势态，更没有阴险狡诈的手腕，而是一位沉稳持重，宽容慈祥的长者，一位满腹诗书，气质儒雅的士人。作品以陶凡退居二线为线索，叙写了感冒、老干部活动中心的报建获批、桃园改造等三个主要事件。前者则将主政一方的他在回归一介贫民的那种复杂微妙，尴尬怅然的精神心理与情感纠葛表现得极富质感与诗意；后两者则在不显山不露水间托出前任与现任的或有或无的矛盾，表现出官场人际的冷漠与权力意志的无情，真可谓“不著一字，尽得风流”。同时，作品通过意境的营构，让“官场黄昏”的无奈与“秋风庭院”的体验笼罩了整个作品，表现出深浓的伤感情调……在具体的行文过程中，作者更是将环境描写与人物的言行、心理连成一体，语言圆润雅致、优美自然，细节捕捉敏锐真切，氛围渲染具体感人，在含蓄而不失张力，沉着而不陷于板滞中，表现出了极高的文学表现力与审美感染力。再有，作品中《孤帆》、《秋风庭院》与《桃咏》三幅画，可谓神来之笔。诗性文字与画面形象相得互发，人物情感与画中境界相互交融，不仅表现了人物难于言说的内心隐秘，更让作品增添了浓郁的人文雅趣……

可以说，王跃文的上述创作虽为《国画》的巨大成功所遮蔽，但其为《国画》的出现积累了丰富的创作经验，奠定了良好的基础，甚至可以视为其长篇的雏形，王跃文就曾将其相互连缀的中篇小说集结成长篇小说《西州月》出版。更为准确地说，它们本就是王跃文官场叙事不可缺少的部分。

二

1999年人民文学出版社的《国画》一出，不仅在中国文坛掀起了一场多年未曾有过的阅读热潮，并在评论界引发了持续不断的热议。《国画》的巨大成功，有源自它对经济社会大转型时期审美需要顺应的原因，也是作者在政治文化叙事上不断进步发展的结果。将其与前期的小说相比，无论从表现视域、生活内容，还是形象谱系、价值取向与审美意蕴等来看，都有着焕然新变与长足进展，并标志着其创作的成熟。

就《很想潇洒》、《今夕何夕》、《秋风庭院》等作品来看，内容聚焦无非是敏感知识分子官场境遇中的滴水微澜与杯弓蛇影，所涉事件也多是领导冷落、黄昏嗟叹而已，内容与格局都相对有限。而《国画》的视域则远为开阔，机关生活表现更为深入全面，作品的审美内涵自然也就更为深厚丰赡。作品以开放的视域围绕权力这一轴心，描就了20世纪末中国社会的政治、经济、艺术、宗教、家庭、婚恋、社会风习的浮世绘。就形象谱系而言，有默默无闻的普通市民，也有权重一方的一市之长；有无以为生的下岗工人，也有腰缠万贯的大腕新贵；有桀骜不驯的艺术名家，也有装神弄鬼的神功大师；有入世甚深的得道高僧，也有甘居平淡的民间隐士；有恪守妇道的家庭主妇，也有播弄风月的艳情少妇……可谓三教九流无所不包，五行八作无所不有……就政府机关生活而言，既写出了基层公务员的谨小慎微、彷徨忧郁，也写出了他们的苦心钻营、为虎作伥；既写出了上层领导的呼风唤雨、权倾一时，也写出了他们的门庭冷落、夜半惊心；既写出了同僚之间的口是心非、钩心斗角，也写出了上下之间的兔死狐悲、唇亡齿寒；既写出了官场竞争的你死我活、机关算尽，也写出了不义之举、卑劣行径给心灵带来的压力与沉重；既写出了碰头开会视察工作时的道貌岸然，也写出了私人空间的偷情苟合、腐朽荒淫……可以说，正是上述书写，让官员的神秘祛魅，也让政治的严肃被消解，而呈现出世俗化，日常化的图景。也正如王跃文所说："《国画》里没有那些百姓根本不理解的所谓神圣、伟大、正确、权威等可笑的玩意儿，作品行走的人物也就是百姓们眼中的真实的人物。"[1]

与前期叙事中权力对自然人性的侵蚀异化的伤感不同，《国画》在对机关进行世俗化祛魅的同时，更对权力欲望化这一"单向度"存在进行了批判。与王跃文早期官场叙事中的底层公务员在良知个性与权力中心规则之间的犹豫彷徨不同，《国画》中的公务员已经完成了对官场规则的适应，不仅是"随心所欲不逾矩"甚至还是创造性的运用，朱怀镜假借向市长汇报之名抬高身价，张天奇为摆脱挪用公款一事而拉龙文抵罪，皮德求不动声色中以各种名目敛财等无不表明他们在权力场中的游刃有余……但官场规则的自如运用不是权为民用，利为民谋，而是将权力作为实现欲望最大化的工具与手段。于是，对金钱的攫取与对女色的占有，成为他们为官的根本目的，甚至生活的全部。宋达清、朱怀镜、张天奇、柳子风、皮德求……从下到上，由小而大，无一例外。这与传统文学将"官场"视为是人生价值得以确证的最高场所，也是人性异化道德堕落的渊薮；是国家民族兴衰荣辱的关键所在，也是忠奸道势的博弈舞台的多样复杂的做法不同，也与新时期《新星》、《沉重的翅膀》、《抉择》、《苍天在上》、《省委书记》等作品张扬其崇高严肃，正义神圣的取向不同，而呈现出欲望化的"单向度"的状态。这种单向度不是愤激之下的片面之词，也不是无从深入的简单发露，因为作品中没有戏谑夸张之笔，更未借叙述者强力介入而激情批判，而是以冷静文字从容道出，令人惊心怵目的腐化与堕落的现状呈现本身就具有了无所不在且尖锐而有力的批判锋芒………

与这种腐朽异化展现的推进相应，作品的意蕴也在黑幕发露的同时伴生着一种由淡而浓、由弱而强的悲剧感。这是其前期作品审美意蕴的继续，更是一种扩大与深化。就其具体生成来看，这既是人物命运走向所生成，也是生命整体生存状态所生成。龙文的被陷害、邓才刚的无法立足、李明溪的疯狂、曾俚的出走、卜未之老先生的猝然辞世、梅玉琴的身陷囹圄、朱怀镜的四面楚歌……都让作品带上了一定的伤感色彩，特别是且坐亭谷口的闭合更是给人以某种悲剧的宿命之感。但作品中更为令人感到忧患揪心的是人文精神与社会价值根基缺失所引发的失落与虚无。由家庭而单位，由政府而社会，夫妻之间，情人之间，父子之间，亲戚之间，朋友之间，上下之间，同事之间……没有真正意义上的情义、关心、尊重、理解与爱，有的只是彼此之间虚伪作态、冷漠自私、利用算计。梅玉琴对朱怀镜可谓情深意切，朱怀镜对其也不能说毫无情义，但她本质上只能是朱怀镜正常家庭生活外的情欲寄托，在天马娱乐城的交易中朱怀镜就为实现皮杰的利益而在无形中给梅玉琴施加压力；李明溪可谓特立独行、洁身自好，与朱怀镜可谓君子之交，但却在朱怀镜的屡次索画以投领导所好中被利用，即使被视为珍宝的《寒林图》也被朱怀镜轻易转手。可以说，上述种种令人不寒而栗的境况，种种让人无从接受的事实，不能简单视为一般意义上的官场腐败，更不能将其归罪为一般意义上的“上梁不正下梁歪”。“这世上自有作家以来他们都在写人，而且是写现实（或现在）的人。”[2]《国画》在写某些官员，更是在写人性，所表现的是当下人性的自私愚蠢，颟顸恣睢，空虚无奈。本质价值的缺席是无法通过外在物质的占有来平衡，心灵意义的虚无也不是身体欲望的餍足所能建构，疯狂地攫取物质，放纵身体的本能，只能在自我耗散性中陷入无可救药的泥淖……作者在观照世人欲望膨胀、社会无序后的疯狂漂浮的无根之轻的同时，更表现出价值涣散、相与无望的悠长怅惘与深沉忧患，也正如此，官场得意的朱怀镜会有悲凉袭上心头，犹如小时候走夜路无助而孤独；官场失意之时不仅是心思沉重，更是精神恍惚，不知身在何处……

三

《国画》之后王跃文紧接着推出了其续篇《梅次故事》（人民文学出版社2001年初版），2007年又出版了《大清相国》（2007年花山文艺出版社初版）。两者相隔6年，虽创作动机与具体语境各有差异，但在表现视阈、内容构成、形象塑造、题旨取向与审美情感上却都现出某种趋同，可说是《国画》之后其在小说创作上的某种调整阶段的创作。

《梅次故事》与《大清相国》一现实，一历史；一为《国画》火爆后的趁热打铁，一是应朋友影视制作之约的命题创作，但两者在表现视阈上改变了过去揭露腐败的先入之见，如放野火的批判也变为冷静的叙写与深入的体察。这是王跃文《国画》创作后的一种调整："也许再冷静些，平和些，放达些，小说会更加雍容大气。"[3]视阈调整的直接表现则是文本呈现的新变。与《国画》中将笔墨叙写官员如何逢迎巴结、营私舞弊、贪赃枉法、情欲泛滥不同，它们开始将文本中心移易至主要形象如何施政，如何用权，如何为官，如何为人之上。具体来看，《梅次故事》中虽然也写到了跑官送礼，钩心斗角，男女暧昧，但文本主体却是由朱怀镜不偏不倚地协调关系，深入实际地理解民情，科学规范地组织工程竞标，切实有力地处理民事纠纷，有理有节地抵制上层弄权等构成……而《大清相国》除因历史时空所形成的间离与科场考试事件的传奇意味外，绝大部分都是围绕一系列重大事件展开，德州百姓捐献义粮，阳曲黎民捐建龙亭，铸钱局集体贪污，高士奇指使地痞恶霸强取豪夺民宅，云南巡抚王继文好大喜功、挪用银库，康熙南巡中出乎意料的种种问题……如果说，《国画》之前，作者所展示的是非常态的权力场的话，那么在这两部作品中则应该说是权力场的一种常态，官场与任何生活领域一样，有堕落也有挣扎，有黑暗也有光明，有顺从也有抗争……它是一种混沌复杂，是非无间的场域，从这一层面来看，它又回到了传统政治文化叙事的忠奸之辨、道势斗争的格局……

与《国画》中官员无可遏止的堕落朽败相比，《梅次故事》中的朱怀镜、《大清相国》中的陈廷敬呈现出正面乃至理想化色彩。《梅次故事》

中的朱怀镜经历荆都的官场沉浮、情感裂变与人生沧桑后，不仅变得成熟理性，而且多了份正直与道义。在刘芸、舒畅等女性面前，他改变了先前的庸俗滥情的形象，有所收束并能自律；在金钱面前，他兼顾官场规则但不苍白伟岸，将受贿所得款项全部捐给残疾人基金会以维持自己良心的洁净；在权势面前，他能上下相孚、知人善用，却又坚持底线、绵里藏针、敢于斗争……到了《大清相国》中，陈廷敬的形象可说是更为理想化了，他不仅才学文章、人品抱负过人，而且才干城府、权术心思臻于化境。他是宅心仁厚的清官，精明强干的好官，从善如流的能官，不乏铁腕的德官……

当然，在朱怀镜、陈廷敬身上，不仅承载着作者理想官员的意向，更寄寓着作者对于人性的思考，那就是"好官"的人性的与文化的深度反思。朱怀镜在梅次地区的种种表现，可说是经历了荆都的遭际后的良心发现，是其人性善的本质未泯。但更令人应该深层思考的是，人性如何面对世界与自我的欲望而筑起道德的藩篱？如何避免腐败与黑暗而维护自己的清白本性？如何在黑暗与丑恶势力的斗争中捍卫公平与正义？朱怀镜与市委书记王莽之的斗争在很大程度上是以卵击石，但其抗争意志、道义精神的践履，在显得具有悲剧意味的同时则又显得有些苍白乏力。最终，斗争胜利的希望只能在文本中变为王莽之的调走、极富佛教因果宿命的车祸……与朱怀镜相比，陈廷敬身上更多地集中了传统文化的精髓，他的言行心性是典型的儒、法、道的三位一体。陈廷敬谨奉圣贤之教，积极入世，舍身求法，体恤民情，道济苍生，是典型的儒家民本情怀；但他并不空谈心性，不迂远而阔于事情，而是精明干练，求实务本，具有经生济世之才；他深谙地位权势是行道基础，法家权势道术在他那里也可谓得到了真正意义上的自如运用，但他并不严酷残忍，更不刚愎自用；他无法离开朝廷，但却深知"官场如沧海，无风三尺浪"的古训，更深知福祸相依，荣辱相随的人生世相，对民则休养生息，对己则清心寡欲，当斥退原籍时，乐天而知命、随缘自在，当官至顶峰时，功成而不居、全身隐退，这些又是道家精神的最佳体现。但这样深谙官场三味，不偏不倚捏拿等、忍、稳、狠、隐五字诀，践行儒道法而做到外圆内方、进退自如的人又何其之难？"宽大老成，几近完人"的官员又有几何？可以说朱怀镜、陈廷敬身上的这些气质与精神，行为与决断是王跃文理想形象的影像，但这与周梅森、张平等人的主流意识形态代表的理想取向相比，无疑更具有生活与文化的质感。从其人物形象谱系上来看，则是《秋风庭院》、《今夕何夕》、《西州月》中关隐达形象的一种全面艰难的展开……理想是对缺失的渴望，是对现实的忧患，正如王跃文在一次访谈中所说："反过来问，好官尚且如此，坏官又该何堪？"[4]可以说上述形象与其说是理想形象的寄托，还不如说是忧患苦境中的自我安慰……

四

2009年王跃文推出了《苍黄》（江苏人民出版社，2009年初版）。该作品从《国画》初版后就开始构思，断断续续写了近10年，可说是其迄今耗时最长，用心最为良苦的一部作品。与《国画》、《梅次故事》、《大清相国》等相比，该作品不仅叙述更为冷静客观，事件更为起结自然，语言更为细致圆熟，就是机关大院内的银杏树、玻璃窗上的白壁虎等意象的出现也是与人物命运、心情相照应勾连，令人击节叹赏，但更令人震撼的则是其对权力场中人性思考的严峻深入，忧患的深切沉郁。

权力场中人性异化的表现，是王跃文作品一以贯之的内容。其前期主要是通过官本位意识对人的自由个性的钳制与压抑来表现，《国画》则主要通过欲望的膨胀与泛滥来表现，而在《苍黄》中这种异化的表现焦点则移易至权力意志的残忍与疯狂之上。马克思·韦伯认为权力是"一个人或若干人在社会行为中实现自己意志的机会"，"甚至不顾参与该行为的其他人的反抗。"[5]它天生的带有强制的、唯我的非理性的倾向。正因如此，它需要民主将其导向理性常态，需要法制让其规范，因为"民主的实质在于承认人的基本权利，承认对政治、经济与文化过程的公共参与。"[6]王跃文前期作品在表现官员钩心斗角、以权谋私、贪污腐化的同时，权力意志基本上是依势而行，是一般世俗意义上的蔓延，还笼罩着基本的组织原则与民主面纱。也正因如此，《西州月》中关隐达能够当选为市长，《国画》中的皮德求有所收敛与顾忌。但民主缺失、机制偏差让其虎兕出柙则是一种必然。《梅次故事》中王莽之与王小莽父子身上就开始从世俗与日常状态中变异，并恶化。到《苍黄》中，这种状况可谓发展到了极致。县委书记刘星明为了贯彻所谓的党委意志，完全僭越党纪国法之上，唯我是从。简单粗暴地拉黄土坳乡党委书记刘星明做差配，穷凶极恶地打击违背其意愿的舒泽光，将上访的舒泽光和财政局副局长刘大亮强行送至精神病医院，违背组织原则将贺飞龙任命为县长助理，纵容手下将李济发杀害等。他的颠倒黑白、草菅人命，已经完全超出了一般意义上的官场倾轧，更非一般意义上的贪污腐化，而是人性邪恶的放纵，是虎兕出柙的疯狂。从其根源来看，则是身为县委书记的他的权力在非监督状态下的放纵，从其抽象本质来看，则是权力意志的肆虐。“谁影响乌柚的发展一阵子，我就要影响他一辈子！”权力不再是腐朽的温床，而是邪恶的主谋……“菩萨怕因，凡人怕果。心里有怕，敬畏常住。”可以说，刘星明那里不仅失去了民主与法制的观念，一般意义的因果报应也是荡然无存。这种景况，怎不令人不寒而栗……

与上述权力意志异化造成的疯狂凶暴相比，《苍黄》对李济运的安排可谓独出机杼。首先，他身上基本上祛除了情欲的因子，即使与朱芝号称领导班子中的金童玉女，但他们之间有的只是在面对黑暗腐败上的心灵相惜。其次，他在作品中链接了各种事件，在情节结构的推进上发挥着重要的角色功能。人大会的民主闹剧，幼儿园的投毒，李家坪的爆炸，桃花溪煤矿的矿难，为维持会议秩序的上访堵截，为创建文明卫生城市的掀摊子、砸牌子、拆房子等事件，从他这个县委常委、县委办主任的视角表现，天然地具有了客观性。他的维护社会稳定与党委权威的努力与自觉，更是增添了作品的现实色彩。但其努力周全的事与愿违，甚或是每况愈下，则更添了对权力意志给人形成的异化感，也在无形中增添了作品的反思力度。再有，作品通过他的遭际写出了权力异化给人的烦恼、愧疚、无力与恐怖的体验，更是具有震撼人心的审美力量。与以前作品中的人物的怨愤不满、牢骚愤激、无可奈何不同，李济运所体验到的是一种烦恼疲惫、愧疚痛心、如履薄冰的恐怖之感。如果说，愤懑不平只是自己地位与境遇不如人意的话，起码官场还有着其值得认同与追求的东西在，而《苍黄》中则让李济运整个地陷入到痛苦之中。乡党委书记刘星明是其老同学，因做差配而疯狂自杀；物质局长舒泽光是其老熟人，因拒绝做差配而被整自杀；财政局长李济发是其堂兄，因矿难而莫名其妙地失踪；父母因对聚赌之事稍有微词，就遭到炸弹袭击差点命丧黄泉……这些虽然不直接与他相关，但无不与他有关，这些事件的巨大压力让他无法面对陈美，无法面对舒芳芳，无法面对同学、朋友、兄弟、父母与乡亲……他常常感到精疲力竭，感到是在“无边的黑暗和恐怖之中”，感到“人想瘫下去。真不是人过的日子”，感到“自己很卑劣，泪水和汗水混在一起流”。作为权力场中人如此，权力场外的百姓又何以堪……可以说，权力批判到《苍黄》中不是一般意义的尖锐与锋芒，而是一种沉重的苍凉与悲郁了……

“悲剧能够惊人地透视所有实际存在和发生的人情物事；在它沉默的顶点，悲剧暗示出并实现了人类的最高可能性。”[7]打出欢迎舒泽光清清白白回家横幅的普通职工，坚持上访的刘大亮，一起扳倒刘星明的阳明、李济运等，散发各种各样的舆论与帖子的底层声音……虽然其不一定符合现代民主与法治的要求，但其是推进民主、获取自由的抗争性力量，这些书写也是王跃文先前小说中所没有的因子，它们也启示着其创作表现的新的可能性……

参考文献：

［1］王跃文：《国画》琐语［J］．理论与创作．1999 年第 5 期。

［2］王跃文：拒绝游戏（代后记）［A］．《国画》．南昌：百花洲文艺出版社，第 490 页。

［3］王跃文：《二十年小说创作之检讨》［J］，《创作与评论》，2011 年第 2 期。

［4］夏义生，龙永干：《用作品激发人性的光辉：王跃文访谈录》［J］，《理论与创作》2011 年第 2 期。

［5］丹尼斯 · 朗：《权力论》［M］，陆震纶，郑明哲译，北京：中国社会科学出版社，2001 年版，第 6 页。

［6］米歇尔 · 福柯：《性史》［M］，张廷琛译，上海科学技术文献出版社，1989 年版，第 91 页。

［7］雅斯贝斯：《悲剧的超越》［M］，亦春译，北京：工人出版社，1988 年版，第 6 页。

王跃文作品要目

长篇小说

《国画》，人民文学出版社，1999 年
《亡魂鸟》，中国电影出版社，2001 年
《梅次故事》，人民文学出版社，2001 年
《朝夕之间》，陕西师范大学出版社，2002 年
《西州月》，中国社会出版社，2004 年
《大清相国》，花山文艺出版社，2007 年
《苍黄》，江苏人民出版社，2009 年
《爱历元年》，湖南文艺出版社，2014 年
《大清相国》(精装典藏版)，湖南文艺出版社，2015 年

中短篇小说集

《没这回事》，湖南文艺出版社，1998 年
《官场无故事》，中国电影出版社，1998 年
《官场春秋》，百花文艺出版社，1999 年
《人事故事》，中国电影出版社，2001 年
《文艺湘军百家文库——王跃文卷》，湖南文艺出版社，2002 年
《王跃文自选集》，陕西师范大学出版社，2002 年

《王跃文作品精选》，长江文艺出版社，2003 年
《官场王跃文》，北京广播学院出版社，2004 年
《王跃文读本·今夕何夕》，时代文艺出版社，2006 年
《漫天芦花》，长江文艺出版社，2006 年
《天气不好》，长江文艺出版社，2006 年
《蜗牛》，群言出版社，2009 年
《平常日子》，群言出版社，2009 年
《也算爱情》，中国工人出版社 ，2010 年
《人事》，中国工人出版社，2010 年
《漫水》，湖南文艺出版社，2012 年
《无雪之冬》，湖南文艺出版社，2012 年
《人事官事》，群言出版社，2012 年

散文随笔集

《有人骗你》，中国工人出版社，2004 年
《我不懂味》，同心出版社，2005 年
《胡思乱想的日子》，中国海关出版社，2008 年
《拍手笑沙鸥》，江苏文艺出版社，2011 年
《我们把肉体放在何处》，湖南人民出版社，2011 年
《幽默的代价》，湖南文艺出版社，2012 年
《我们把月亮忘记了》，重庆出版社，2012 年
《读书太少》，广东人民出版社，2014 年